杜甫与秦陇文化论集

刘跃进 ◎ 主编
韩高年 彭 燕 ◎ 副主编

中国社会科学出版社

图书在版编目（CIP）数据

杜甫与秦陇文化论集/刘跃进主编. —北京：中国社会科学出版社，2018.3
ISBN 978-7-5203-2225-6

Ⅰ.①杜… Ⅱ.①刘… Ⅲ.①杜诗—诗歌研究—文集②文化史—陕西—文集 Ⅳ.①I207.227.423-53②K294.1-53

中国版本图书馆CIP数据核字（2018）第049486号

出 版 人	赵剑英
责任编辑	史慕鸿
责任校对	石春梅
责任印制	戴　宽

出　　版	中国社会科学出版社
社　　址	北京鼓楼西大街甲158号
邮　　编	100720
网　　址	http://www.csspw.cn
发 行 部	010-84083685
门 市 部	010-84029450
经　　销	新华书店及其他书店

印　　刷	北京明恒达印务有限公司
装　　订	廊坊市广阳区广增装订厂
版　　次	2018年3月第1版
印　　次	2018年3月第1次印刷

开　　本	710×1000　1/16
印　　张	19.5
插　　页	2
字　　数	323千字
定　　价	89.00元

凡购买中国社会科学出版社图书，如有质量问题请与本社营销中心联系调换
电话：010-84083683
版权所有　侵权必究

目　　录

上编　杜甫陇右诗研究

漂泊无助的远游
　　——读《秦州杂诗》二十首及其他 ……………………… 刘跃进(3)
杜甫与陇右地域文化 …………………………………………… 聂大受(19)
秦陇文化的特征及其对杜甫的影响 …………………………… 韩高年(36)
杜甫《两当县吴十侍御江上宅》创作时地考 ………………… 孙　微(41)
陇蜀道诗：杜诗分地域研究之重要区间 ……………………… 蒲向明(48)
"同谷体"论略 …………………………………………………… 温虎林(62)
《同谷七歌》歌"悲辛" ………………………………………… 窦旭峰(71)
萧萧落叶，漏雨苍苔
　　——杜甫的生命悲慨与《同谷七歌》 …………………… 陈江英(78)
《同谷七歌》的变体绝唱
　　——杂剧《寓同谷老杜兴歌》探析 ……………………… 唐海宏(90)
从陇右诗看杜甫的创作心态 …………………………………… 杨兴龙(102)
杜甫陇右诗创作及相关研究述略 ……………………………… 彭　燕(113)

下编　其他相关杜甫研究

杜甫精神清廉文化内涵论 ……………………………………… 徐希平(125)
清末日本人游记中的成都杜甫草堂 …………………………… 房　锐(133)

论杜诗影响宋诗的几个方面 …………………… 左汉林(156)

天宝六载(747):杜甫诗歌嬗变的关节点 ………… 谷曙光　俞　凡(169)

两唐书《杜甫传》辨证 …………………………… 曾祥波(190)

奚禄诒批点杜诗考辨 ……………………………… 曾绍皇(205)

由博返约:《读杜心解》对宋人之注、近世之解的使用 ……… 张家壮(225)

晋唐时期杜甫家族的播迁历程及其背景考论 …………… 胡永杰(252)

论杜甫之"腐" ……………………………………… 安奇贤(279)

胡适的杜甫研究及影响 …………………………… 孔令环(295)

编后记 ………………………………………………………… (308)

上 编

杜甫陇右诗研究

漂泊无助的远游

——读《秦州杂诗》二十首及其他

中国社会科学院文学研究所　刘跃进

【内容提要】唐肃宗乾元二年（759）夏秋之交，杜甫辞华州功曹参军职，避难秦州，年底赴成都。前后半年时间，杜甫写下一百多首作品，表现了诗人从远游，到流浪，到流亡的心态变化。本文以《秦州杂诗》为中心，细致地分析了这种变化的背景和心态以及对杜甫后半生的影响。

【关键词】华州　秦州　远游　流浪　流亡

乾元二年（759）夏秋之交，杜甫辞华州功曹参军职，避难秦州，作《秦州杂诗》二十首。第一首开篇点明题旨："满目悲生事，因人作远游。"① 悲生事，即战事未断，悲酸不已。在诗人眼中，他半生的期许，至此而尽。离开长安，他又进退失据，无所归属。干戈未息，骨肉流离，个人与国家都处在风雨飘摇之中。所有这一切，都凝聚成一个"悲"字。因人，即依托他人，逃亡陇右。远游，在中国诗歌史上有其特殊含义，多与求仙相关。如《楚辞》中有《远游》一篇。王逸注："《远游》者，屈原之所作也。屈原履方直之行，不容于世，上为谗佞所潛毁，下为俗人所困极，章皇山泽，无所告诉。乃深惟元一，修执恬漠，思欲济世，则意中愤然，文采铺发，遂叙妙思，托配仙人，与俱游戏，周历天地，无所不

---

① （清）钱谦益：《钱注杜诗》，上海古籍出版社1979年版，第342页。以下所引杜诗均出自此书，不另注页码。

到,然犹怀念楚国,思慕旧故,忠信之笃,仁义之厚也。是以君子珍重其志,而玮其辞焉。"① 可见,屈原《远游》有两个主题,一是怀才不遇,二是寻仙求远。两者又有因果关系。后来诗人写作这个题材,也多围绕这两个主题展开。譬如三曹就多有游仙诗(如曹植《远游》),李白更是"五岳寻仙不辞远,一生好入名山游"(《庐山谣寄卢侍御虚舟》)。杜甫"三年饥走荒山道"(《同谷歌》),经历了远游、流浪、流亡等种种苦难,刻骨铭心。但他在这个时期写下的诗歌,几乎看不到任何仙道遁世思想,留给读者的多是战乱、饥饿、民不聊生、国家败乱的画面。过去三年的远游经历,彻底改变了杜甫的劫后余生。

一 远游

天宝十三载(754),杜甫困居长安已经第九个年头。这年秋天,连续六十天秋雨,杜甫一家的生活陷入困境,他只好把妻小送到奉先县寄居。第二年,也就是755年,被任命为河西尉,未就任,改从右卫率府胄曹参军,看守兵甲器杖。虽然官小,毕竟还在京城。他决定履职。这年十一月,杜甫前往奉先县探视家小,写下著名的长诗《自京赴奉先县咏怀五百字》,从"穷年忧黎元,叹息肠内热"写起,写出"朱门酒肉臭,路有冻死骨"的贫富悬殊的现实。他回到家中才知道,未满周岁的幼儿刚刚饿死,邻居都觉得可怜,作为父亲的哪能不悲哀呢?"入门闻号咷,幼子饥已卒。吾宁舍一哀,里巷亦呜咽。"但是诗人的悲哀还不仅如此。他想,自己还享有特权,既不缴租税,也不必服役,如今世界上还不知有多少穷苦无归与长年远戍的人,他们的苦比自己多千万倍。这首诗写出了山雨欲来风满楼的衰败氛围。诗人不知道,与此同时,在北方,安史之乱已经爆发。

战事进展很快。第二年,也就是天宝十五载(756)五月,奉先县面临叛军威胁,杜甫携老扶幼向北转移,先是逃到白水县,依时任白水县尉的舅父崔顼,作《白水崔少府十九翁高斋三十韵》。六月,潼关失守,白水受敌。杜甫又携家小逃到鄜州,把家小安置在鄜州的羌村。这年七月,他听说太子李亨在灵武即位,便只身投奔行在所,中途为叛军所俘,押解

---

① (宋)洪兴祖:《楚辞补注》,中华书局1983年版,第163页。

长安。这期间，他创作了《悲陈陶》《悲青坂》《哀江头》《哀王孙》《春望》《月夜》等著名诗篇。

至德二载（757）二月，唐肃宗将行在所迁至凤翔。四月，杜甫冒着生命危险逃出长安，抵达肃宗行在凤翔，被任命为左拾遗。他在《自京窜至凤翔喜达行在所》其二中写道："死去凭谁报？归来始自怜。"这个时期，他完全忘记了自身的安危，将家国视为一体，就像葵花一样追随着他心目中的太阳（《自京赴奉先县咏怀五百字》："葵藿倾太阳，物性固难夺"）。房琯因陈陶斜之败而被罢职，杜甫将房琯视为读书人的典范，上疏营救，引起肃宗的不满，诏三司推问，幸得宰相张镐营救，得以获免。这年闰八月，他离开凤翔，到鄜州去看望妻子，作《羌村三首》《北征》。

乾元元年（758）秋天，唐军收复两京，肃宗回到长安，杜甫也从鄜州入京。由于旧怨，作为老臣的房琯、严武等先后被贬。这年六月，杜甫也被赶出京城，出为华州司功参军。这对杜甫是一次很大的打击。他后来在《洗兵马》诗中说"攀龙附凤势莫当，天下尽化为侯王"，对当权者玩弄权术充满憎恨之情。从此，杜甫再也没有机会回到京城。长安，成了他心头不可磨灭的记忆和生命的寄托。

那年冬末，杜甫回到河南洛阳省亲，在往还的路上，杜甫将其所见所感，凝聚成史诗般的作品《三吏》《三别》。诗人描写一系列人物，或详写，或略写，或明写，或暗写，或一笔带过，或暗中带过，即使着墨很少的人物也很感人。从这些描写中，我们看到诗人鲜明的自我形象，有憎，有爱，有同情，有苦闷，有摆不脱的矛盾，有说不清的困惑。这年，杜甫47岁，却常有"老去悲秋强自宽"（《九日蓝田崔氏庄》）的感慨。

乾元二年（759）春夏，关中久旱不雨，出现灾荒。《夏日叹》说："上苍久无雷，无乃号令乖。雨降不濡物，良田起黄埃。飞鸟苦热死，池鱼涸其泥。万人尚流冗，举目惟蒿莱。"他的生活难以为继。加之杜甫所任华州功曹参军，实际是受到房琯等人的牵连被贬于此，处境非常尴尬。立秋次日，杜甫作《立秋后题》，称自己"平生独往愿，惆怅年半百。罢官亦由人，何事拘形役"。"拘形役"三字有所本。陶渊明42岁辞职时作《归去来兮辞》，就说到自己"既自以心为形役，奚惆怅而独悲"。显然，在杜甫的心目中，此时，他想得最多的前贤可能就是陶渊明了。这年，杜甫已经48岁，比当年辞官的陶渊明还长六岁，故曰"日月不相饶"。他决定要像陶渊明那样，毅然决然地挂冠归隐。

此前，他的侄子杜佐已在秦州东柯驻留。《秦州杂诗》第十三首说："传道东柯谷，深藏数十家。对门藤盖瓦，映竹水穿沙。瘦地翻宜粟，阳坡可种瓜。船人近相报，但恐失桃花。"传道东柯谷，说明杜甫携家眷从华州至秦州，主要是投奔杜佐。此后，他还有《示侄佐》《佐还山后寄三首》，都写到杜佐对他的照顾。赵次公注《秦州杂诗》第十三首说："秦州枕上麓地曰东柯谷，曰西枝村。公侄佐先卜筑东柯谷。"① 抵达之前，杜甫对那里充满了美好的想象，想象着到桃花源一游，也许是一件赏心乐事。

汉唐时期，每当中原战乱，河西陇右，往往是内地人避难的场所。天下太平，这些人又会回到家乡。杜甫也不例外。他来秦州，只为避一时之难。终究，他还是要回到自家的故乡。说到家乡，在杜甫的心目中，其实有两个影像。一是生他养他的故乡，也就是河南巩县的老宅。还有一个是心灵的故乡，那就是他给予厚望的长安。《秦州杂诗》其二说："清渭无情极，愁时独向东。"显然，后者在他的心目中的位置更加重要。

秦州治所在今甘肃天水，距离长安八百余里。《太平寰宇记》载：秦州本秦陇西郡，治所在天水。汉武帝时分陇西置天水郡。王莽末，隗嚣据其地，与占据金城的窦融平分秋色，各自独立。他又串通远在成都的公孙述，想自立为王。显然，这里天高皇帝远。东汉时，天水郡更名为汉阳郡。开元二十二年（734）秦州治所由天水移到成纪。天宝元年（742）还治天水，改为天水郡。乾元元年（758），复改为秦州。杜甫逃亡秦州，最先落脚的就是天水，投奔宗侄杜佐。他事先根本不会想到，自己非但没有回到关中，反而越走越远，最后翻越秦岭，前往蜀中。

从关中入秦蜀，应有七条古道。纵向实际上是四条大道，其中三条是通过汉中前往。从东往西，一是子午道，下接荔枝道；二是傥骆道，下接米仓道；三是褒斜道，下亦接米仓道。另外一条是故道，下接金牛道。杜甫最初应当没有想到蜀地避难。他从华州到秦州，最初的想法，也只是一次短暂的避难。故《发同谷》诗说："始来兹山中，休驾喜地僻。"他一路向西，经眉县、宝鸡，翻越陇板，进入秦州，《青阳峡》诗曰："忆昨逾陇板，高秋视吴岳。"旧志记载，汉阳有大阪，名曰陇坻，亦曰陇山。

---

① 林继中辑校：《杜诗赵次公先后解辑校》，上海古籍出版社1994年版，第315页。

杜甫西征，必经此地。由此来看，杜甫所走的应当是故道，经过金牛岭。从华州到秦州，绵延八百余里，杜甫没有留下诗歌。

进入秦州之后至离开陇右地区，前后不到半年的时间，杜甫留下了一百多首诗歌，几乎每天一首，比较完整地记录了他行踪和情感的变化。在这半年，他最著名的作品就是《秦州杂诗》二十首、《同谷歌》七首。此外还有大量纪行诗。这些作品，内容丰富，在字里行间贯穿一种无法排解的漂泊无助的情绪，自己漂泊，朋友漂泊，国家也在漂泊。

《秦州杂诗》主要抒写的是自己的漂泊之感。第一首说自己从华州到秦州，"迟回度陇怯，浩荡及关愁。水落鱼龙夜，山空鸟鼠秋。"度陇，指翻越陇坂。《太平御览》卷五六引《三秦记》："陇西关其坂九回，不知高几里，欲上者，七日乃越。高处可容百余家，下处数十万户。上有清水四注。俗歌曰：陇头流水，鸣声幽咽。遥望秦川，心肝断绝。去长安千里，望秦川如带。又，关中人上陇者，还望故乡，悲思而歌，则有绝死者。"① 又引《秦州记》曰："陇西郡，东一百六十里，得陇山。南北亘接，不知远近。东西广百八十里。其高处可三四里，登此岭，东望秦川，四五百里，极目茫然，墟宇桑梓，与云霞一色。东人西役，升此而顾瞻者，无不悲思。"② 这里提到的悲思而歌，即著名的《陇头歌》。除这首外，还有一首同题之作见《后汉书·郡国志五》"汉阳郡"条注引郭仲产《秦州记》所载："陇山东西百八十里。登山岭，东望秦川四五百里，极目泯然。山东人行役升此而顾瞻者，莫不悲思。故歌曰：陇头流水，分离四下。念我行役，飘然旷野。登高远望，涕零双堕。度汧、陇，无蚕桑，八月乃麦，五月乃冻解。"③ 这几部书并见唐人征引，至少是唐代或此前的作品，杜甫都应读过。他用一"怯"字，形象地渲染了陇坂的艰险。"及关愁"的"关"字，指的是陕西汧县的大震关，亦名陇关。④ 赵景真《与嵇茂齐书》云："李叟入秦，及关而叹。"老子过此而叹，叹什么？李善注引《列子》："杨朱南之沛，老聃西游于秦，邀于郊，至梁而过老子。

---

① （宋）李昉等撰：《太平御览》卷五六，中华书局影印宋本1960年版，第273页。
② 同上。
③ （刘宋）范晔撰：《后汉书》，中华书局1965年版，第3518页。
④ （宋））司马光编著，（元）胡三省音注：《资治通鉴》卷八："秦地西有陇关，东有函谷关，南有武关，北有临晋关，西南有散关：秦地居其中，故谓之关中。"中华书局1956年版，第283页。

老子中道仰天叹曰：始以汝为可教，今不可教也。"① 杜甫过此而愁，愁什么？诗的最后两句有所交代："西征问烽火，心折此淹留。"逃亡西部时，他最为关心的是广大地区的"烽火"，具体说东有安史之乱，西有吐蕃之警。只有在这里，他以为可以平静地渡过难关，期待着回到故乡的那一天，故曰"心折此淹留"。淹留，就是可能会长久地驻留此地。其第十六首亦表达此意："东柯好崖谷，不与众峰群。落日邀双鸟，晴天养片云。野人矜险绝，水竹会平分。采药吾将老，儿童未遣闻。"一片平静之意，不经意间流出。故赵次公评曰："野人矜险绝，则东柯之人自矜其地险绝，此已含蓄可避世之意，将与野人分水竹之景也。"尽管如此，一个"归"字，一直横亘于他的心中。故第十八首说："地僻秋将尽，山高客未归"，在秦州，他把自己视为过客，仅此而已。

在秦州的最初一段日子里，他的生活稍微安定下来，曾到各处浏览。譬如《秦州杂诗》第二首就描写他造访隗嚣避暑宫遗迹的情形。当年，隗嚣据守此地，与东汉开国君主刘秀明争暗斗，据陇为王。在麦积山之北，留有隗嚣避暑宫遗址。当年，山寺犹存，而旧宫已没。故曰"苔藓山门古，丹青野殿空"。第十二首纪游南郭寺，"俯仰悲身世，溪流为飒然"。此外，在秦州，他还写了好几首《遣兴》，想到了嵇康、阮籍，想到了诸葛亮。"嵇康不得死，孔明有知音。……大哉霜雪干，岁久为枯林。"嵇康不得善终，而诸葛亮幸逢刘备知己。还想到了全身远害的庞德公、隐居不仕的陶渊明。如论陶："陶潜避俗翁，未必能达道。观其著诗集，颇亦恨枯槁。达生岂是足，默识盖不早。有子贤与愚，何其挂怀抱。"也写到孟浩然："吾怜孟浩然，裋褐即长夜。赋诗何必多，往往凌鲍谢。清江空旧鱼，春雨余甘蔗。每望东南云，令人几悲咤。"成也好，败也罢，终究成为历史陈迹。

由自己的遭遇，杜甫又想到朋友，如饮中八仙中的郑虔、贺知章、李白。至德二载，郑虔贬台州司户，杜甫有诗送行。乾元元年，杜甫又有《春深逐客》一诗。乾元二年作《有怀台州郑十八司户虔》：

天台隔三江，风浪无晨暮。郑公纵得归，老病不识路。昔如水上鸥，今如置中兔。性命由他人，悲辛但狂顾。山鬼独一脚，蝮蛇长如

---

① （梁）萧统编，（唐）李善注：《文选》卷四三，中华书局1977年版，第606页。

树。呼号傍孤城，岁月谁与度。从来御魑魅，多为才名误。夫子嵇阮流，更被时俗恶。海隅微小吏，眼暗发垂素。黄帽映青袍，非供折腰具。平生一杯酒，见我故人遇。相望无所成，乾坤莽回互。

《遣兴》写贺知章：

贺公雅吴语，在位常清狂。上疏乞骸骨，黄冠归故乡。爽气不可致，斯人今则亡。山阴一茅宇，江海日清凉。

这时，他还想到了孟浩然、高适、岑参、贾至、严武等著名诗人。这时的李白更是叫他担心。天宝十五载，李白隐居庐山，永王李璘致书邀请其出山。李璘兵败，李白坐系寻阳狱。乾元元年，终以攀附李璘罪名，被流放夜郎。杜甫在《梦李白》诗中写道：

死别已吞声，生别常恻恻。江南瘴疠地，逐客无消息。故人入我梦，明我长相忆。恐非平生魂，路远不可测。魂来枫叶青，魂返关塞黑。君今在罗网，何以有羽翼？落月满屋梁，犹疑照颜色。水深波浪阔，无使蛟龙得。

浮云终日行，游子久不至。三夜频梦君，情亲见君意。告归常局促，苦道来不易。江湖多风波，舟楫恐失坠。出门搔白首，若负平生志。冠盖满京华，斯人独憔悴！孰云网恢恢，将老身反累。千秋万岁名，寂寞身后事。

天下承平时，杜甫与这些朋友游宴赋诗，快意何如。而今，天各一方，生死不明。《寄彭州高三十五使君适、虢州岑二十七长史参三十韵》述说故人不见，自己身老异乡的悲苦之情："故人何寂寞，今我独凄凉。老去才虽尽，秋来兴甚长。物情尤可见，词客未能忘。海内知名士，云端各异方。"

更叫他寝食难安的，是国家的风雨飘摇。《秦州杂诗》最多的内容是咏叹与战事相关的景物，如降戎、鼓角、天马、防河戍卒，第九首写秦州驿亭，第十首写秦州风雨，由风雨又联想到丧乱，引出第十一首："萧萧古塞冷，漠漠秋云低。黄鹄翅垂雨，苍鹰饥啄泥。蓟门谁自北，汉将独征西。不意书生耳，临衰厌鼓鼙。"第十二首又回到秦州古迹。第十八首又想到吐蕃的侵扰："警急烽常报，传闻檄屡飞。西戎外甥国，何得迕天威。"世乱思良将，故第十九首："风连西极动，月过北庭寒。故老思飞将，何时议筑坛？"国家的安危，与他个人安危、朋友的安危密切相关。因此，他才会如此密切地关注着中原战事的变化。

在秦州，虽然他常有漂泊无助之感，但幸运的是，在这里，他也遇到很多素心人，特别是帮助落脚的赞公和尚。《西枝村寻置草堂地夜宿赞公土室二首》其一："赞公汤休徒，好静心迹素。"赞公和尚原本是长安大云寺住持，在方外有着较高的声誉。杜甫流落秦州时，得到他的很多帮助，所以他写了好几首表达感激之情。此外，还有隐居于此的"幽人"，流落于此的"佳人"。"天高无消息，弃我忽若遗。"（《幽人》）"关中昔丧败，兄弟遭杀戮。官高何足论，不得收骨肉。"（《佳人》）诗人借边缘人和弃妇寄寓身世之感。当然，他也可以效仿他们，终隐于此。但这不是杜甫的性格。在杜甫看来，依靠别人谋生，终究不是办法。

在秦州居住了不到三个月，杜甫几度卜居，希望能够过上相对安定的生活。但就是这点小小的愿望也很难实现。《空囊》诗说："囊空恐羞涩，留得一钱看。"其实这里暗用东汉赵壹的诗句："文籍虽满腹，不如一囊钱。"在秦州继续生活下去，确实已不现实。他不得不另谋出路。《别赞上人》说："百川日东流，客去亦不息。我生苦飘荡，何时有终极。"以江水不息比喻客游不归，然后互道珍重："马嘶思故枥，归鸟尽敛翼。古来聚散地，宿昔长荆棘。相看俱衰年，出处各努力。"

二　流浪

漂泊之感，是一种非常复杂的感情。一个人，在现实生活中漂泊无定，到处流浪。他被边缘化，也可能自认倒霉，心安理得，并没有改变现状的勇气。这是一种流浪者的心态，比较容易理解。还有一种情形就比较复杂。他可能在官场体制中，但他依然感觉到自己是异乡人，很难融入固化的体制中。身处魏阙，心在江湖。他渴望改变体制，却又无能为力。这种心态，可能就是美学意义上的流亡状态。杜甫从最初的远游，到秦州的流浪，深深地体验到人生被边缘的痛苦。

乾元二年十月，同谷县有位"佳主人"来信相邀，正在走投无路之际的杜甫听说那里物产丰富，便决定离开秦州，前往同谷。《发秦州》说自己准备南下同谷："我衰更懒拙，生事不自谋。无食问乐土，无衣思南州。汉源十月交，天气如凉秋。草木未黄落，况闻山水幽。"他常常说自己"拙"、"懒"。刚刚进入长安时，他自比宰相，要"致君尧舜上，再使风俗淳"（《奉赠韦左丞丈二十二韵》）。而今，他自叹拙于政事，如《北征》："老大意转拙。"又如《寄张十二山人彪三十韵》："疏懒为名误，驱驰丧我真。"这是多大变化啊。从秦州至同谷，有百十来里的路程。诗人从赤谷写起，经铁堂峡、盐井、寒峡、法镜寺、青阳峡、龙门镇、石龛、积草岭、泥功山、凤凰台、万丈潭、飞龙峡，都留下诗作，细腻地描写了自己经历的苦难。从秦州到同谷，这是半年内的第二次远游。如果说从华州到秦州，只是远游的话。从秦州到同谷，他的心态已经有了很大的变化。他深深地感觉到，这不只是一次远游，因为没有目标，没有尽头，是漫无目的的流浪。《发秦州》最后说："磊落星月高，苍茫云雾浮。大哉乾坤内，吾道长悠悠。"这漫长的游历将会是怎样的结果，他不得而知。《万丈潭》这样形容自己的行程："造幽无人境，发兴自我辈。告归遗恨多，将老斯游最。"这时的杜甫，正是将老未老之时，而颠沛流离，可称其一生之最。他离开秦州，先到赤谷。他说："天寒霜雪繁，游子有所之。岂但岁月暮，重来未有期"（《赤谷》），是说自己既往同谷，就没有了退路。也就是说，自己离政治中心越来越远。前程会是怎样？他不敢细想了。"贫病转零落，故乡不可思。常恐死道路，永为高人嗤。"为什么会被高人嗤笑？王嗣奭《杜臆》解释说："故乡之乱未息，故不可思，言永无归期也。公弃官而去，意欲寻一隐居，如庞德公之鹿门以终其身，而竟不可得，恐死道路，为高人所嗤。"[①]那时，因为自己贫病交加，没有依靠，已经回不到过去的生活状态了。而今，只能苟且地活下去，这才是最重要的。经过铁堂峡，他写道："水寒长冰横，我马骨正折"，"飘蓬逾三年，回首肝肺热"（《铁堂峡》）。三年多来，他长途跋涉，人疲马病。但，还是不能停下脚步，还得前行。《凤凰台》："山峻路绝踪，石林气高浮。安得万丈梯，为君上上头。恐有无母雏，饥寒日啾啾。我能剖心出，饮啄慰孤愁。"《寒峡》："寒峡不可度，我实衣裳单。况当仲冬交，溯沿

[①] （明）王嗣奭：《杜臆》卷三，上海古籍出版社1983年版，第109页。

增波澜。"这是怎样的一种艰难啊！翻越山岭，饥寒交迫。就是在这样的情况下，他的心胸还是那么宽广。他想，自己毕竟"免荷殳"，故"未敢辞路难"。但是，道路确实过于艰险。如《石龛》：

> 熊罴咆我东，虎豹号我西。我后鬼长啸，我前狌又啼。天寒昏无日，山远道路迷。驱车石龛下，仲冬见虹霓。伐竹者谁子，悲歌上云梯。为官采美箭，五岁供梁齐。苦云直竿尽，无以充提携。奈何渔阳骑，飒飒惊蒸黎。

开头几句与曹操《苦寒行》"熊罴对我蹲，虎豹夹路啼"如出一辙，描写山行时所见所感，寄寓身世之感。王嗣奭《杜臆》卷三评曰："起来数语，全是写其道途危苦颠沛之怀，非赋石龛也。"[①] 又如《积草岭》：

> 连峰积长阴，白日递隐见。飕飕林响交，惨惨石状变。山分积草岭，路异鸣水县。旅泊吾道穷，衰年岁时倦。卜居尚百里，休驾投诸彦。邑有佳主人，情如已会面。来书语绝妙，远客惊深眷。食蕨不厌余，茅茨眼中见。

进入同谷界，诗人首先遭遇到的是积草岭的阴森景象。然而，当他想到佳主人"情如已会面"时，又感到稍许慰藉。诗的最后两句是"食蕨不厌余，茅茨眼中见"，流露出来的是一种喜悦、期盼的情绪。又如《泥功山》：

> 朝行青泥上，暮在青泥中。泥泞非一时，版筑劳人功。不畏道途永，乃将汩没同。白马为铁骊，小儿成老翁。哀猿透却坠，死鹿力所穷。寄语北来人，后来莫匆匆。

正如山名所示，这里到处泥泞，需筑板而行。白马小儿，为泥所污。哀猿死鹿，为泥所陷。尽管如此艰辛，但行路至此，已经没有回头的可能，只能振作精神，不畏道永。从最后一句看，他可能真的有点后悔贸然西行，

---

① （明）王嗣奭：《杜臆》卷三，第111页。

甚至后悔毅然辞官。白居易曾有一首《中隐》诗，说文人最好的选择应当是中隐，既有固定的俸禄，不致挨饿，又不能为官场繁冗杂务所拖累。杜甫也许这样想过。因为他怎么也没有料到，同谷的生活竟然如此艰难。那位"佳主人"似乎没有露面。杜甫到了同谷，一下子就跌入了人生的最低谷。《乾元中寓居同谷县作歌七首》这样写道：

  有客有客字子美，白头乱发垂过耳。岁拾橡栗随狙公，天寒日暮山谷里。中原无书归不得，手脚冻皴皮肉死。呜呼一歌兮歌已哀，悲风为我从天来。

  长镵长镵白木柄，我生托子以为命。黄精无苗山雪盛，短衣数挽不掩胫。此时与子空归来，男呻女吟四壁静。呜呼二歌兮歌始放，邻里为我色惆怅。

  有弟有弟在远方，三人各瘦何人强。生别展转不相见，胡尘暗天道路长。东飞䴔鹅后鹙鸧，安得送我置汝旁。呜呼三歌兮歌三发，汝归何处收兄骨。

  有妹有妹在钟离，良人早殁诸孤痴。长淮浪高蛟龙怒，十年不见来何时。扁舟欲往箭满眼，杳杳南国多旌旗。呜呼四歌兮歌四奏，林猿为我啼清昼。

  四山多风溪水急，寒雨飒飒枯树湿。黄蒿古城云不开，白狐跳梁黄狐立。我生何为在穷谷，中夜起坐万感集。呜呼五歌兮歌正长，魂招不来归故乡。

  南有龙兮在山湫，古木巃嵸枝相樛。木叶黄落龙正蛰，蝮蛇东来水上游。我行怪此安敢出，拔剑欲斩且复休。呜呼六歌兮歌思迟，溪壑为我回春姿。

  男儿生不成名身已老，三年饥走荒山道。长安卿相多少年，富贵应须致身早。山中儒生旧相识，但话宿昔伤怀抱。呜呼七歌兮悄终曲，仰视皇天白日速。

组诗的开篇从自我形象写起，形象地描绘出一个衣衫褴褛、骨瘦如柴的诗人形象。作者反复强调一个"客"字，强调自己客居异乡，在荒野采拾橡栗充饥，挖掘野菜中草药，天寒日暮，手皴脚冻，没有衣食。这哪里是客，分明是流浪者的形象。更叫他难以忍受的是，这里与外界隔绝，没有音信，"中原无书归不得"，所以第一首以"悲风为我从天来"收束全篇，让人悲慨叹惋。第二首从他谋生的长镵写起，写到家小因饥饿而卧病，男呻女吟，痛苦不堪。面对着在死亡线上挣扎的孩子，诗人的痛苦可想而知。然而，这里作者用"四壁静"三字将这种愁情轻轻地放在一边，又把自己的笔触写到邻里。《自京赴奉先县咏怀五百字》写到幼儿的饿死，邻里为之叹息。《羌村》三首写他乱世回到家乡，又写到邻里的唏嘘。而在这组诗中，诗人写到"邻里为我色惆怅"，连叹息的声音都没有了。仇兆鳌评曰："上章自叹冻馁，此并痛及妻孥也。命托长镵，一语惨绝。橡栗已空，又掘黄独，直是资生无计。"① 人生到此，天地无情。第三首写到了自己的弟弟。《月夜忆舍弟》写道："戍鼓断人行，边秋一雁声。露从今夜白，月是故乡明。有弟皆分散，无家问死生。寄书长不达，况乃未休兵。"根据杜甫的诗歌自述，他有四个弟弟，其中一个随他流浪，另外三个可能流落他乡。"生别展转不相见，胡尘暗天道路长。"在"共看明月应垂泪，一夜乡心五处同"② 的生离死别的岁月里，诗人的内心充满了对亲情的牵挂。于是第四首又写到了他的妹妹，"十年不见来何时？"这个时候，在诗人看来，不仅邻里同情，就连林猿也为之悲哀。第五首落到流浪的主题上来。浦起龙说："五歌，悲流寓也。申'天寒山谷'。旧注泛言咏同谷，非也。七诗总是贴身写。上四，确是谷里孤城，惨凄怕人。结语，恰好切合流寓。古曰招魂，今曰：'魂招不来'，翻用更深。"③ 尤中间两句："我生何为在穷谷，中夜起坐万感集"，是问自己的内心，还是问天？他设法找到答案。于是，引出第六首，把所有的怨恨，转到了腐

---

① （清）仇兆鳌：《杜诗详注》卷八，中华书局1979年版，第694页。
② （唐）白居易：《自河南经乱，关内阻饥，各在一处。因望月有感，聊书所怀，寄上浮梁大兄、於潜七弟、乌江十五兄，兼示符离及下邽弟妹》，《白居易集》卷一三，中华书局1979年版，第267页。
③ （清）浦起龙：《读杜心解》卷二，中华书局1961年版，第264页。

败的朝政上来。浦起龙注曰："六歌，悲值乱也，申'归不得'。"① 逢此乱世，诗人深感无可奈何。想到自己"三年饥走荒山道"，本以为在同谷可以找到栖身之所，没有想到更为艰难。再往前推，他更想到自己长安十年的落拓，那些有权有势的卿相，早得富贵，而自己呢？由此不由地想到屈原《离骚》中的诗句："老冉冉其将至兮，恐修名之不立"，故而凝聚成"男儿生不成名身已老"，直抒身世之感。从诗的构思看，七歌既终，日色已暮，实际暗喻着生命的凋零与落寞。既然如此，任何感叹、怀想，在这个时候确实没有实际意义。人生的第一要务，是要生存。为此，他还要继续前行，开始了最后的流亡生活。

三　流亡

这年十二月，他应友人相邀，由此入蜀，至成都，开始了"飘零西南天地间"的流亡生活。《发同谷》诗说：

> 贤有不黔突，圣有不暖席。况我饥愚人，焉能尚安宅。始来兹山中，休驾喜地僻。奈何迫物累，一岁四行役。忡忡去绝境，杳杳更远适。停骖龙潭云，回首白崖石。临岐别数子，握手泪再滴。交情无旧深，穷老多惨戚。平生懒拙意，偶值栖遁迹。去住与愿违，仰惭林间翮。

"去住与愿违，仰惭林间翮。"去，是前往成都。住，是留在陇右。无论是去，还是留，都不是他的本意。他还是要回到心灵的故乡。但是现在，他别无选择，只能冒险前往。看到林间自由飞翔的小鸟，他为自己无法选择的颠沛流离而伤感，而惭愧。离别之际，他又写到邻里："临岐别数子，握手泪再滴。交情无旧深，穷老多惨戚。"是穷老话别，尤其震撼人心。在此后的日子里，他经历了木皮岭、白沙渡、水会渡、飞仙阁、五盘、龙门阁、石柜阁、桔柏渡，最后步入剑门，走进成都。一路上，备尝艰辛，留下深刻印象。《木皮岭》：

---

① （清）浦起龙：《读杜心解》卷二，第264页。

>首路栗亭西，尚想凤皇村。季冬携童稚，辛苦赴蜀门。南登木皮岭，艰险不易论。汗流被我体，祁寒为之暄。
>
>远岫争辅佐，千岩自崩奔。始知五岳外，别有他山尊。

"始知五岳外，别有他山尊。"这使我们想到了杜甫全集第一首《望岳》，那时，他是多么自负："会当凌绝顶，一览众山小。"而今只能"忆观昆仑图，目击悬圃存。对此欲何适，默伤垂老魂"。

个人也好，朋友也好，他们的漂泊，还只是个人的流浪遭遇，而国家的风雨飘摇，则叫他无望。他无力改变现实，甚至连提意见的机会都没有。这是杜甫作为流亡者最大的痛苦。我们知道，杜甫的家族有着高贵的传承。他的祖上杜预和杜审言都是名垂青史的人物。他的母系也有皇族血统，出身不凡。在杜甫的心目中，家与国，实际上都与他有着千丝万缕的联系。他对于自己有着较高期许，他对家人、对朋友、对国家也有着非同寻常的关注。《前出塞》《后出塞》《遣兴》等组诗主要表现了对国家的关注。如《遣兴》：

>下马古战场，四顾但茫然。风悲浮云去，黄叶坠我前。朽骨穴蝼蚁，又为蔓草缠。故老行叹息，今人尚开边。汉虏互胜负，封疆不常全。安得廉耻将，三军同晏眠。
>
>高秋登塞山，南望马邑州。降虏东击胡，壮健尽不留。穹庐莽牢落，上有行云愁。老弱哭道路，愿闻甲兵休。邺中事反复，死人积如丘。诸将已茅土，载驱谁与谋。

"故老行叹息，今人尚开边。"使我们想到了"三吏""三别"中的《垂老别》。"老弱哭道路，愿闻甲兵休"又使我们想到《兵车行》。钱谦益解释前后《出塞行》说："《前出塞》，为征秦陇之兵赴交河而作。《后出塞》，为征东都之兵赴蓟门而作也。前则主上好武，穷兵开边，故以从军苦乐之辞言之。后则禄山逆节既萌，幽燕骚动，而人主不悟，卒有陷没之祸，假征戍者之辞以讥切之也。"《两当县吴十侍御江上宅》写到因谏诤而受到罢黜的吴郁，他又想到自己"麻鞋见天子，衣袖露两肘"（《述怀》）的忠心耿耿，最后，还是惨遭贬黜："余时忝诤臣，丹陛实咫尺。

相看受狼狈,至死难塞责。"本来,唐肃宗即位灵武,给杜甫带来了希望。他认为,在这特殊时期,起用玄宗朝老臣如房琯、严武等人,可以凝聚各种力量。可惜,唐肃宗猜忌过甚,先后疏远这些功臣。杜甫努力谏诤,未曾想也被贬黜。这使杜甫深感委屈,乃至无望。杜甫在这个时期所写的作品,所表达的主要就是这种对于希望不确定的茫然情绪,所以令人感到格外压抑。

从这年七月到十二月,杜甫在秦陇实际生活了六个月,却是他平生最为艰辛的时期。所以《发同谷》说自己"一岁四行役",即由华州到秦州,由秦州到同谷,由同谷到成都。从秦州到同谷,这是他心态发生重要变化的一个时期。如果说,以前还只是一种远游的心态,在前往同谷以及到达之后,他真正变成了一个流浪者。而从陇右到四川,有秦岭相隔,又远离了政治中心,这已不是流浪,而是流亡。

西北逃难的半年,彻底改变了杜甫的生活,也使他的思想和创作发生重要变化。年轻时漫游南北,中年时困居长安,虽然目睹并经历了种种不幸,但是彼时,他更多地还是从一个旁观者的角度看社会。他的诗歌创作虽然有宏大的体裁,写个人不羁的抱负,写民众的深重苦难,写困居长安的无尽幽怨,也写到国家日益显露出来的巨大忧患,但是体裁和题材还相对单一。从华州到秦州,他最初只是抱着一种远游的心态,想到秦州寻找一个临时寄居的地方。没有想到的是,他自己竟也沦落到社会底层,加入流浪者的队伍中。他不仅看到了民众的苦难,自己也亲身经历着这种度日如年的生活,每天食不果腹,吃了上顿没下顿,常常野果充饥,还要仰人鼻息,受人接济。人在落难的时候看人生,视野、心态都会发生变化。正是这种流浪的生活,促使他把目光转向自然、转向自我,诗的题材更加广泛,内容也更加深刻。故《杜诗言志》卷五说:"老杜生平诗,自去华适秦以后为之一变。盖前此虽遭遇抑塞,而求进倾阳之志不衰,故每以不遇为悲,虽时作旷达之语,而非其真也。惟至此拜官之后,不能酬其所愿,而绝意弃官,则以山林为乐。虽时作关切君国之想,而亦非从前勃郁不释之忧悃矣。"[①] 他曾长时间在荒山野岭中跋涉,希望能够寻找到东山再起的机会。《秦州杂诗》第五首说:"哀鸣思战斗,迥立向苍苍。"俨然是一个独立苍茫、充满理想的形象。然而,这样的机会并没有出现。非但没有

---

① 无名氏:《杜诗言志》卷五,江苏人民出版社1983年版,第87页。

出现，他反而越发落魄，以致无可奈何地逐渐放弃了他长期以来孜孜以求的理想，背井离乡，踏上不归的流亡之路。

　　远游秦州，流浪同谷，流亡四川，杜甫从来没有忘记故乡。只不过在最初的时候，他更多地是把自己的思念滞留在政治故乡。越过秦岭之后，到达成都，他知道，从此，他已成为一个真正的流亡者。对他来讲，政治理想已经是一个遥不可及、不可触摸的过去。这个时候，他唯一的目标，就是有朝一日回到生他养他的家乡。他在《五盘》诗中说："成都万事好，岂若归吾乡？"这也就是他在听到安史之乱平定之后，写下平生第一快诗《闻官军收河南河北》的原因。在诗中，他设计好回乡的路线。当然，杜甫不会想到，从踏上远游之路起，他就注定要在流浪与流亡的路上度过自己的余生。

杜甫与陇右地域文化

天水师范学院中文系　　聂大受

【摘　要】 陇右时期在杜甫一生的生活和诗歌创作生涯中有着不同寻常的意义。这一时期的诗作具有与其他时期不同的显明的个性。其成就的取得有诸多的因素，其中陇右地域文化的影响是一个不应忽略的重要方面。主要表现在：陇右的独特自然风貌、胡汉民族浑融、文化多元情境及不时出现的边烽紧急情势对杜甫这一时期的思想和创作所产生的多方面的影响：激发了杜甫的诗兴；影响了杜甫山水诗的创作；陶冶了杜甫的心灵，升华了杜甫的境界。杜甫流寓陇右的经历和诗作具有显明的地域文化色彩，对陇右文化产生了多方面的影响，主要表现在：记写了陇右社会生活的多个方面，具有证史、补史的作用；使历史上无人专门咏写过的陇右山川风物得到了全景式的描绘；为陇右文化艺术的拓展延伸提供了一个"武库"；对陇右地区的文化建设、经济发展起了积极的促进作用。其意义是重大而深远的。

【关键词】 杜甫　陇右之行　陇右诗　地域文化　影响

杜甫的一生充满着坎坷与悲辛，尤其是晚年的飘泊流寓生涯，是他生活的极大不幸，然而他此时的诗歌创作却取得了巨大的收获。究其缘由，得益于地域文化的影响不能不说是重要的因素之一，而他的经历与诗作又对流寓之地的文化发展产生了积极的影响。其中，乾元二年的陇右之行及诗歌创作就是一个显明的例证。

一　陇右地域文化对杜甫诗歌创作的影响

唐肃宗乾元二年（759）立秋过后，杜甫携眷西行，先后来到秦州、同谷,岁末又转徙成都。陇右半年,在杜甫的一生中有着不同寻常的意义。冯至先生说:"在杜甫的一生,759年是他最艰苦的一年,可是他这一年的创作,尤其是'三吏'、'三别'以及陇右的一部分诗却达到最高的成就。"① 对此,论者多以"诗穷而后工"概之。这固当是一个重要原因,但陇右独特的地域文化对杜甫此时创作的影响,也是一个不应忽略的方面。

(一) 陇右地域文化对杜甫心态的变化,诗兴的勃发产生了积极的影响。

陇右半年,是杜甫一生创作中最为旺盛的一个时期,五个多月作诗117首,超过了他困守长安十年诗量的总和(约110首)。尤其是寓居秦州的三个月,写诗95首,平均每日一首,这在他的创作经历中是绝无仅有的。同时,我们注意到,这一时期的诗作有一半以上是以组诗形式写的。117首诗中,明确标为组诗的就有10组52首,其规模、数量是其他时期所没有的。这些变化,自然与诗人的经历、思想有关,但陇右的地理形势,诗人新处的与以前不同的自然环境也是一个重要因素。

秦州位于陇山的西面。陇山是六盘山的支脉,为渭河平原与陇西高原的分界,山势险峻,自古为艰险难越之地。《三秦记》载:"陇西关,其阪九回,不知高几里,欲上者七日乃越……俗歌曰:'陇头流水,鸣声幽咽。遥望秦川,肝肠断绝。'"杜甫在《秦州杂诗二十首》中首先记写的就是陇山给他的感受:"迟回度陇怯,浩荡及关愁"(其一),紧接着看到的秦州则是"莽莽万重山,孤城山谷间"(其七)。这一"愁"、一"孤",便是陇右的地理环境给他造成的心理反应。来到秦州后,他又一再写到这里的山川形势,自然环境:

清秋望不极,迢递起层阴。远水兼天净,孤城隐雾深。(《野望》)

愁眼看霜露,寒城菊自花。天风随断柳,客泪堕清笳。(《遣怀》)

---

① 冯至:《杜甫传》,人民文学出版社1980年版,第82页。

下马古战场,四顾但茫然。风悲浮云去,黄叶坠我前。(《遣兴三首》其二)

本来,仕途的蹭蹬,生计的暗淡已经使他陷入愁苦的情境之中,而与关中迥然不同的秦州的地理环境又使他多了一层孤独之感。显然,作为地域文化空间依托的自然环境的改变,深深地影响了他的心理,愁苦、孤独构成了他陇右时期的基本心态。然而,"孤独心态是一种通向精神自由的心态,它有助于作家进入创作的自由天地"①,有助于诗人把写诗作为一种精神寄托。此时的杜甫,把"诗是吾家诗"提升到更为重要的位置之上。陇右时期诗歌创作的空前旺盛,超常丰产与此是不无关系的。"故人何寂寞?今我独凄凉。老去才难尽,秋来兴甚长。"(《寄彭州高三十五使君适、虢州岑二十七长史参三十韵》)即是诗人自己的清楚表白。

同时,高峻的陇坂将秦州、同谷置于一个避远、抑塞的境域,使杜甫远离了中原的战乱和关中的喧嚣,而处于一个相对清闲、平静的环境之中。这样,就使他有充裕的时间和精力去关注个人的际遇,反省自己的经历,思考社会人生的方方面面。地僻关塞,信息不通使他格外思念亲友。采药晒药的乡居生活,置身于山野之中的流徙生涯使他靠近了自然,甚至完全融入了自然。陇右独特的地域物质文化,民风习俗,山水风光,一方面使他感到新奇、惊异,激发了他的诗兴;一方面又给他提供了丰富的诗材,如麦积山、太平寺、隗嚣宫、南郭寺、秦州驿亭、禹穴、仇池山、法镜寺、凤凰台、万丈潭等名胜古迹;飞将军李广、寻源使张骞、陇右的监牧、赴边的使节等各类人物;西出流沙的驿道,兵戈不息的凤林关等通接西域的路隘;"无风云出塞,不夜月临关"(《秦州杂诗二十首》其七)的天象;"胡舞白题斜"[《秦州杂诗二十首》(其三)]、"羌女轻烽燧"(《寓目》)的民风习俗以及本土及外来的动物、植物、器物等,琳琅满目,千汇万状。"秋来兴甚长"的杜甫把它们一一熔铸于笔端,记写在纸上,构成了一幅幅多彩的画卷。忧时伤世,遣兴抒怀,思亲怀友,登临观览,咏物寓意,求田问舍,山水纪行,无所不有。"山川城郭之异,土地风气所宜,开卷一览,尽在是矣。"② 这在此前是没有的。那些被认为是

---

① 周晓琳,刘玉平:《中国古代作家的文化心态》,巴蜀书社2004年版,第110页。
② (宋)刘克庄:《后村诗话·新集》,中华书局1983年版,第176页。

标志着杜诗最高成就的《秦州杂诗二十首》《月夜忆舍弟》《天末怀李白》《梦李白二首》,以及《发秦州》《发同谷》两组纪行诗,无不渗透着陇右地域文化的痕迹,呈现出陇右地域文化的鲜明色彩。

(二)陇右地处边塞,秦州一带自古胡汉杂居,处于中原文明的边缘地带。

唐王朝在文化上采取的兼容开放政策,使秦州这里成了胡汉文化交流融汇的大舞台,但同时也成为西北少数民族伺机窥探中原、争夺疆土的前沿。独特的地理环境所造就的民族浑融和文化多元的情境与不时出现的边烽警急的情势让第一次走进陇右的杜甫感到新奇和惊异,同时也新增了一层忧虑。这样的社会氛围无疑影响了杜甫的思想,也影响了他的创作。他把在中原地区难以见到的文化景观一一写进了诗篇之中,有居民之杂:"降虏兼千帐,居人有万家"(《秦州杂诗二十首》其三);有物产之异:"一县葡萄熟,秋山苜蓿多"(《寓目》);有风俗之奇:"马骄朱汗落,胡舞白题斜"(《秦州杂诗二十首》其三);有人性之悍:"羌女轻烽燧,胡儿掣骆驼"(《寓目》);有地气之殊:"关云常带雨,塞水不成河"(《寓目》)。

与此同时,边郡秦州所面临的吐蕃威胁的形势,则使杜甫十分忧虑。他在诗中多次写到了这种危急,表达了他的深切关注和担忧:

  万里流沙道,西行过此门,但添新战骨,不返旧征魂。(《东楼》)

  清商欲尽奏,奏苦血沾衣。他日伤心极,征人白骨归。(《秋笛》)

  羌妇语还笑,胡儿行且歌。将军别换马,夜出拥雕戈。(《日暮》)

  城上胡笳奏,山边汉节归。防河赴沧海,奉诏发金微。(《秦州杂诗二十首》其六)

  地僻秋将尽,山高客未归。塞云多断续,边日少光辉。警急烽常

报，传闻檄屡飞。西戎外甥国，何得迕天威。(《秦州杂诗二十首》其十八）

花门天骄子，饮肉气勇决，高秋马肥健，挟矢射汉月。自古以为患，诗人厌薄伐。……花门既须留，原野转萧瑟。(《留花门》)

华夷相混合，宇宙一膻腥。(《秦州见敕目，薛三璩授司议郎，毕四曜除监察，与二子有故，远喜迁官，兼述索居，凡三十韵》)

同样的内容在《秦州杂诗二十首》其七、其十九，《遣兴三首》其一，《蕃剑》《捣衣》等许多篇章中，也都屡屡出现，它们构成了陇右诗的又一华章。就"穷年忧黎元"这个主题来说，这些诗和"三吏""三别"等入秦前的诗作是一脉相承的，都表现了人民的深重苦难，但这些诗的题材内容则是全新的。"忧虑边烽"的集中表现是此前不曾有的，这给杜甫忧国忧民的诗史又增添了新的一页。还值得注意的是，此时的杜甫把目光不止投向战乱给人民带来的具体痛苦，而且对"封疆不常全"（《遣兴三首》其一）的国家民族的整体命运予以了极大的关注，反复地表达他的忧虑之情。显示出杜甫思想的发展、境界的升华达到了一个新的高度。之所以能如此，是与他一以贯之的赤子心和极其敏锐的洞察力分不开的，但陇右地理形势所造就的胡汉交汇的独特文化环境则提供了感发的基础，产生了直接的引导作用。

（三）杜甫山水诗取得了卓越的成就，陇右时期山水诗创作是其高峰之一。

寓居半年所作117首诗中，写山川风物的就有一半以上，超过了他入秦前（48岁以前）山水诗的总量，而且有不少创新。其中从秦州到成都的两组纪行诗标志着杜甫山水诗的最高成就，历来为人称道。韩子苍说："子美秦州纪行诸诗，笔力变化，当与太史公诸赞方驾，学者宜常讽诵之。"[①] 陆时雍说："老杜《发秦州》诸诗，首首可诵。凡好高好奇，便与物情相远。人到历练既深，事理物情入手，知向高奇者一无所用。"[②]

[①] （清）仇兆鳌：《杜诗详注》，中华书局1979年版，第675页。
[②] 同上书，第677页。

两组诗共 24 首,写陇右的有 16 首:《发秦州》《赤谷》《铁堂峡》《盐井》《寒峡》《法镜寺》《青阳峡》《龙门镇》《石龛》《积草岭》《泥功山》《凤凰台》《发同谷县》《木皮岭》《白沙渡》《水会渡》。这两组纪行诗的一个突出特点就是它的实录性。各组除第一首外,均以行程地名为题,突出了时空的连续性。所写的是只有在当地才能见到的山川、风土、人情,完全是实地、实景、实情的抒写,而不是像谢灵运和盛唐山水诗那种理想之境和共有之景的表述。它们的"与众不同"之处,就是写出了山水的"个性"。所写峡谷、山岭、石台、古镇、崖寺、渡口,各具神态。如:

> 硖形藏堂隍,壁色立精铁。径摩穹苍蟠,石与厚地裂。(《铁堂峡》)

> 行迈日悄悄,山谷势多端。云门转绝岸,积阻霾天寒。(《寒峡》)

> 天寒昏无日,山远道路迷。驱车石龛下,仲冬见虹霓。(《石龛》)

它们无一不显示出各自特有的景致,独具的风貌。它们只属于陇右。这两组纪行诗可以说是对南朝山水诗的超越,对盛唐山水诗的发展。苏轼说:"老杜自秦州越成都,所历辄作一诗,数千里山川在人心目中,古今诗人殆无可拟者。"① 予以了极高的评价。其之所以能"殆无可拟者",除了老杜非凡的观察力、雄健的创造力及独特的审美情趣以外,"数千里山川"也是一个极为重要的因素,因为"只有秦陇、夔巫那样雄奇伟丽的高山巨川才能真正拨动杜甫的心弦","只有秦陇、夔巫那样奇雄伟丽的高山巨川才能与诗人的才思笔力相称"。② 杜甫的成功,无疑是得到了陇右的"江山之助"。正如江盈科所说:"少陵秦州以后诗,突兀宏肆,迥异昔作,非有意换格,蜀中山水自是挺特奇崛,独能象景传神,如春蚕结茧,

---

① (宋)朱弁:《风月堂诗话》,《宋诗话全编》,江苏古籍出版社 1998 年版,第 2948 页。
② 程千帆、莫砺锋:《崎岖的道路与伟丽的山川》,《社会科学战线》1987 年第 2 期。

随物肖形，乃为真诗人，真手笔也。"①

同时，陇右独特的地理环境对杜甫的创作风格也产生了一定的影响。杜甫早年的山水诗大多写得雄浑、豪迈，如"岱宗夫如何？齐鲁青未了"（《望岳》），"浮云连海岱，平野入青徐"（《登兖州城楼》）。入秦以后，则出现了与此前不同的情形。秦州诗作中，出现了一些清新精丽的小诗，如《雨晴》就是其中的典型之作：

> 天外秋云薄，从西万里风。今朝好晴景，久雨不妨农。塞柳行疏翠，山梨结小红。胡笳楼上发，一雁入高空。

这首诗与这一时期的大部分诗作的情调明显不同，色泽亮丽，笔调明快，使人真切地感受到久雨初晴的秦州秋景的艳丽夺目给诗人带来的欣喜愉悦之情。再看《赤谷西崦人家》："跻险不自安，出郊已清目。溪回日气暖，径转山田熟。鸟雀依茅茨，藩篱带松菊。如行武陵暮，欲问桃源宿。"写景清新阔远，写人欣然自得。杨伦说它有"王、孟之清幽，在公集中亦为变调"。②

杜甫还善于"以丽句写荒凉"。《山寺》一诗写道：

> 野寺残僧少，山园细路高。麝香眠石竹，鹦鹉啄金桃。乱水通人过，悬崖置屋牢。上方重阁晚，百里见秋毫。

何义门说："麝以香焚，逃窜无所；鹦以言累，囚闭不放。非此山高峻，人迹不至，安得适性如此。三四以奇丽写幽寂，真开府之嗣音。"③ 赵汸说："'鹦鹉'二句，本状寺之荒芜，以秦陇所产禽兽花木言之，语反精丽。"④ 在由秦州往同谷途中所作的《法镜寺》也是清丽、鲜明而为人称道的别致诗作："身危适他州，勉强终劳苦。神伤山行深，愁破崖寺古。婵娟碧藓净，萧槭寒箨聚。回回山根水，冉冉松上雨。泄云蒙清晨，初日

---

① （清）杨伦笺注：《杜诗镜铨》，上海古籍出版社1980年版，第292页。
② 同上书，第249页。
③ 同上书，第254页。
④ （清）仇光鳌：《杜诗详注》，第603页。

翳复吐。朱蕊半光炯，户牖粲可数。挂策忘前期，出萝已亭午。冥冥子规叫，微径不敢取。"轻快明畅然又变幻多姿。

此外，还有一些诗作则呈现出一种峭拔奇崛的风格，《秦州杂诗二十首》中写边戍的诗及两组纪行诗比较突出。如：

地僻秋将尽，山高客未归。塞云多断续，边日少光辉。警急烽常报，传闻檄屡飞。西戎外甥国，何得迕天威。(《秦州杂诗二十首》其十八)

山风吹游子，缥缈乘险绝。硤形藏堂隍，壁色立精铁。径摩穹苍蟠，石与厚地裂。修纤无垠竹，嵌空太始雪。威迟哀壑底，徒旅惨不悦。水寒长冰横，我马骨正折。生涯抵弧矢，盗贼殊未灭。飘蓬逾三年。回首肝肺热。(《铁堂峡》)

塞外苦厌山，南行道弥恶。冈峦相经亘，云水气参错。林迥峡角来，天窄壁面削。溪西五里石，奋怒向我落。仰看日车侧，俯恐坤轴弱。魑魅啸有风，霜霰浩漠漠。昨忆逾陇坂，高秋视吴岳。东笑莲华卑，北知崆峒薄。超然侔壮观，已谓殷寥廓。突兀犹趁人，及兹叹冥寞。(《青阳峡》)

杜甫陇右时期诗作中呈现出来的这种奇险峭拔的风格是此前所没有的。它的出现，自然与杜甫独特的艺术感受和高超的艺术与法有关，但秦陇独特的山川地理形势也是一个重要的因素。

(四) 陇右独特的地域文化对杜甫心灵的陶冶，境界的升华也产生了一定的影响。

仁民爱物是杜甫的一贯思想，这是他最伟大的精神，由此而生发的平等意识，和谐思想在陇右诗中比比皆是，体现得非常充分。概括说来，主要有这么两个方面：一是对人与自然和谐的赞美，一是对人与人和谐的祈愿。

秦州地处秦岭东麓，气候温和，林木茂盛，自然风光十分优美。身心疲惫的杜甫来到秦州后，被陇上景致殊异的山川所吸引，为边地纯真质朴的民风所感染，用大量的笔墨记写了他的见闻感怀。如《秦州杂诗二十首》：

> 传道东柯谷，深藏数十家，对门藤盖瓦，映竹水穿沙。瘦地翻宜粟，阳坡可种瓜。船人近相报，但恐失桃花。（其十三）。

> 东柯好崖谷，不与众峰群。落日邀双鸟，晴天卷片云。野人矜绝险，水竹会平分。（其十六）

> 边秋阴易夕，不复辨晨光，檐雨乱淋幔，山云低度墙，鸬鹚窥浅井，蚯蚓上深堂，车马何萧索，门前百草长。（其十七）

> 云气接昆仑，涔涔塞雨繁，羌童看渭水，使客向河源。烟火军中幕，牛羊岭上村，所居秋草静，正闭小蓬门。（其十）

所记之景，疏淡恬静；所写之人，恬然自得。诗人笔下的东柯谷是如此的美好：户户人家，都在藤萝苍翠之中；处处溪沙，皆有丛竹掩映之趣。土地虽然瘠薄，但偏宜种植谷了；山坡温暖向阳，尽可栽培甜瓜。这里，有幽雅的环境可以怡养天年，有山地阳坡可以栽谷种瓜，有农夫村妇可以开怀畅叙，有新鲜空气可以自由呼吸。虽然粗茶淡饭，但也乐趣无边。一切是那么自然、那么随意、那么融洽。诗人在这里将人与自然置于平等的位置，彼此容纳、相互适应，没有侵夺、没有伤害，处于一种完美的和谐之中，它如："麝香眠石竹，鹦鹉啄金桃"（《山寺》）；"鸟雀依茅茨，藩篱带松菊"（《赤谷西崦人家》）；"野人寻烟语，行子傍水餐"（《寒峡》）；"山头到山下，凿井不尽土，取供十方僧，香美胜牛乳"（《太平寺泉眼》）。麝香、鹦鹉各取所需，鸟雀、松菊各得其所，野人、行子随心所意。一幅自然图景，一派和谐气象。《雨晴》《遣怀》《寓目》《西枝村寻置草堂地夜宿赞公土室二首》《秦州杂诗二十首》其九、其十等许多诗中也都从不同的角度作了抒写。这些诗表现了作者对自然的认识、抒发了对自然的赞美，表达了对人与自然和谐的追求。在对自然长时间的直接体验中，杜甫体味到了人与自然的同形同构，感悟到了人生的哲理，宇宙的真谛。"始知五岳外，别有他山尊"（《木皮岭》），即是陇右山川赐予他的珍贵礼物。从"会当凌绝顶，一览众山小"（《望岳》）到"始知五岳外，别有他山尊",可以说是杜甫思想的发展,境界的升华。陇右再一次给了他"江山之助"。杜甫的心灵与陇右山水的融通,鸣奏出了一曲美妙的和弦。

与此同时,杜甫还表达了人与人之间应当建立平等和谐关系的思想和主张。杜甫寓居秦州后,脱离了皇朝政治的漩涡和安史之乱的战火,环境的变化使他得以对社会人生重新认识审视,一连写下了五组十八首以"遣兴"为题的诗作。在这些诗篇中,他对当时社会不平等不和谐的情状表示了不平和忧虑、愤慨和批评:"北里富熏天,高楼夜吹笛。焉知南邻客,九月犹絺绤"(《遣兴五首》其一),通过对比,揭露贫富之悬殊。在另一组诗中,他借古喻今,对当政者的不公表示了不平,进行了指斥:"昔时贤俊人,未遇犹视今。嵇康不得死,孔明有知音"(《遣兴五首》其二);"昔者庞德公,未曾入州府,襄阳耆旧间,处士节独苦。岂无济时策?终竟畏罗罟"(《遣兴五首》其三)。

陇右地处边塞,杜甫来到秦州后,亲身感受到了吐蕃威胁的战争气氛。他对当时的严重局势无比忧虑,十分关切,多次表达了他反战爱民的思想与民族和谐的主张:

下马古战场,四顾但茫然。风悲浮云去,黄叶坠我前。朽骨穴蝼蚁,又为蔓草缠。故老行叹息,今人尚开边。汉虏互胜负,封疆不常全,安得廉颇将,三军同晏眠。(《遣兴三首》其一)

杜甫反对吐蕃对唐王朝的侵犯,"此邦今尚武,何处且依仁?"(《寄张十二山人彪三十韵》)。但他也不赞成天子恣意开边。因为双方争战,势必封疆不全。因此他主张"修德使其来,羁縻固不绝"(《留花门》),双方和平共处,平等往来。杜甫对吐蕃觊觎蚕食唐王朝边土是坚决反对的,但他对归附的夷民被征东调迎击叛军造成的"壮健尽不留"、"死人积如丘"的结果则深感不安,大声疾呼"老弱哭道路,愿闻甲兵休"(《遣兴三首》其二)。这种同情心、怜爱心是极其难能可贵的,它突破了那种偏执的狭隘的民族观,体现了平等、博爱的伟大精神。杜甫胸襟之宽阔,境界之高远,由此亦可一见。这是他的平等意识、和谐思想无比生动、无比真实的体现。

冯至先生说:"秦州就用这座山(指陇山——笔者注)来迎接杜甫,

杜甫也以这座山起始他另一个段落的别开生面的新诗。"① 陇右地域文化对杜甫诗歌创作的影响是深厚而广远的。

二　杜甫陇右之行及诗歌创作的文化意义

朱东润先生说："乾元二年是一座大关，在这年以前杜甫的诗还没有超过唐代其他的诗人，在这年以后，唐代的诗人便很少有超过杜甫的了。"② 杜甫的陇右之行及诗作在他一生的经历与诗歌创作中有着特殊的意义。他的陇右诗能取得极高的成就，与陇右地域文化的影响有着直接的关系。同时我们也看到，他的陇右之行及诗作，具有鲜明的地域色彩，对流寓之地的文学和文化也产生了重要的影响。

（一）诗圣杜甫作为世界文化名人，影响广远。

杜甫的经历，成为人们认识历史、了解祖国河山的一条独特途径，在这方面，他的陇右诗尤为突出。

唐代陇右的历史资料散布于《新唐书》《旧唐书》《元和郡县志》等几部史志中，一鳞半爪，很不完备，所记只是战事、灾荒等内容，而杜甫陇右诗的大部分篇章，则直接记写了秦州的政治、军事、经济、文化、民族等多方面的状况：

> 州图领同谷，驿道出流沙。降虏兼千帐，居人有万家。马骄朱汗落，胡舞白题斜。年少临洮子，西来亦自夸。（《秦州杂诗二十首》其三）

> 城上胡笳奏，山边汉节归。防河赴沧海，奉诏发金微。（《秦州杂诗二十首》其六）

> 闻道寻源使，从天此路回。牵牛去几许，宛马至今来。（《秦州杂诗二十首》其八）

---

① 冯至：《杜甫传》，第73页。
② 朱东润：《杜甫叙论》，人民文学出版社1981年版，第81页。

一县葡萄熟，秋山苜蓿多。关云常带雨，塞水不成河。羌女轻烽燧，胡儿掣骆驼。(《寓目》)

　　此邦今尚武，何处且依仁。鼓角凌天籁，关山倚月轮。官壖罗镇碛，贼火近洮岷。(《寄张十二山人彪三十韵》)

　　云气接昆仑，涔涔塞雨繁。羌童看渭水，使客向河源。(《秦州杂诗二十首》其十)

陇右地处边塞，秦州一代胡汉杂居，处于中原文明的边缘地带，唐王朝在文化上采取的兼容开放政策，使这里成了胡汉文化交流融汇的大舞台，独特的地理环境所造就的民族浑融和文化多元的环境与不时出现的边烽紧急情势，杜甫在诗中都有形象的描绘。居民之杂、物产之异、风俗之奇、地气之殊，一一可览；驿道关隘、烽燧军檄、使节边将、胡人胡物，历历在目。

　　相关的内容在《秦州杂诗二十首》其四、其八、其十三、其十八以及《东楼》《日暮》《赤谷西崦人家》《盐井》《龙门镇》《石龛》等诗中也都作了记写。这些诗对了解和研究唐代秦州的历史面貌、民族关系、地理交通、气候状况、社会生活及文化特征等，有着弥足珍贵的价值，具有证史、补史的作用。同时也构成了他"诗史"的重要组成部分。

　　(二) 杜甫在寓居陇右期间，还用大量的诗篇描绘了独特的陇右自然风貌，记述了特定历史时代的人文景观，呈现出了显明的地域文化色彩。

　　如写自然风光：

　　莽莽万重山，孤城山谷间。无风云出塞，不夜月临关。(《秦州杂诗二十首》其七)

　　塞柳行疏翠，山梨结小红。胡笳楼上发，一雁入高空。(《雨晴》)

　　落日邀双鸟，晴天卷片云。野人矜绝险，水竹会平分。(《秦州杂诗二十首》其十六)

边秋阴易夕，不复辨晨光。檐雨乱淋幔，山云低度墙。鸂鶒窥浅井，蚯蚓上深堂。(《秦州杂诗二十首》其十七)

秦州地处长江流域与黄河流域的交汇地带，特殊的地理位置赋予了它独特的自然风貌。山城云月的奇观，边塞秋日的异景，许多与中原地区迥然不同的景致在杜甫的笔下得到了充分的展示。"塞云"、"塞柳"、"山梨"、"胡笳"、"边秋"等作为中心意象，展开的是一幅幅陇上秋日图。在这里，写景已然亦是记事，透过杜甫的诗句，我们窥见了秦州昔日的风貌。

再如写名胜古迹：

秦州城北寺，胜迹隗嚣宫。苔藓山门古，丹青野殿空。月明垂叶露，云逐度溪风。(《秦州杂诗二十首》其二)

山头南郭寺，水号北流泉。老树空庭得，清渠一邑传。秋花危石底，晚景卧钟边。(《秦州杂诗二十首》其十二)

野寺残僧少，山园细路高。麝香眠石竹，鹦鹉啄金桃。乱水通人过，悬崖置屋牢。上方重阁晚，百里见秋毫。(《山寺》)

秦州历史悠久，文化底蕴深厚，名胜古迹众多。隗嚣宫、南郭寺、麦积山都是秦州著名的胜地。在唐代，隗嚣宫与南郭寺同为秦州南北二山相映成趣的名胜。如今隗嚣宫已荡然无存，南郭寺则风姿犹在。借助杜甫的妙笔，我们方知现在只能看到残痕瓦砾的隗嚣宫有过昔日的辉煌，而南郭寺则因杜甫的诗作而声名大振，至今不衰。麦积山是我国四大石窟之一，被称为"东方雕塑馆"，闻名遐迩。而对它最早进行咏写的我国古代著名诗人的诗篇就是杜甫的这首《山寺》。这里所写，虽然是当时的震后情状，但我们依然强烈地感受到它的殊胜之景。除此之外，秦州驿亭、东楼、太平寺等古迹的信息也都靠杜甫的诗篇保存了下来。

又如写山川奇景：

峡形藏堂隍，壁色立精铁。径摩穹苍蟠，石与厚地裂。修纤无垠

竹，嵌空太始雪。(《铁堂峡》)

林迥峡角来，天窄壁面削。溪西五里石，奋怒向我落。仰看日车侧，俯恐坤轴弱。(《青阳峡》)

天寒昏无日，山远道路迷。驱车石龛下，仲冬见虹霓。(《石龛》)

朝行青泥上，暮在青泥中。泥泞非一时，版筑劳人功……白马为铁骊，小儿成老翁。哀猿透却坠，死鹿力所穷。(《泥功山》)

乾元二年十月，杜甫离开秦州前往同谷（今甘肃成县），同年十二月一日又由同谷南下成都，前后历时三个月，这期间写了两组共二十四首纪行诗。朱熹说杜甫"秦州入蜀诸诗分明如画"（《朱子语类》卷一四〇）。杜甫将陇右山川的奇崛险丽、异姿独态做了全方位的展示，让人震撼，令人惊叹。

杜甫的诗作描绘山区的自然景致，记写边城的人文景观，或清新明丽，或萧瑟疏凉，或壮阔幽远，或奇险峻峭，展现了不同于平原地区的边塞风光。让人惊心动魄，又赏心悦目；既感神奇莫测，又觉自然舒展。这类诗在陇右诗作中比比皆是。宋人刘克庄说："唐人游边之作，数十篇中间有三数篇，一篇中间有一、二联可采。若此二十篇（指《秦州杂诗二十首》——笔者注），山川城郭之异，土地风气所宜，开卷一览，尽在是矣。网山《送蕲帅》云：'杜陵诗卷是图经'，岂不信然。"[①] 对一个地方进行如此全面而集中的记述，这是前所未有的。杜甫的诗作使历史上无人专门咏写过的陇右山川风物得到了全景式的描绘，把陇右神奇独特的风貌展示在了世人面前，具有开创性的意义。清初诗人宋琬《题杜子美秦州流寓诗石刻后》云："夫陇山以西，天下之僻壤也。山川荒陋，冠盖罕臻，荐绅之士，自非官于其地者，莫不信宿而去，驱其车惟恐不速。自先

---

① （宋）刘克庄：《后村诗话·新集》，第176页。

生客秦以来，而后风俗景物，每每见称于篇什。"① 精辟地指出了杜甫的流寓及诗作对陇右扬名于世的独特贡献和重要作用。即如《山寺》一诗，是古代诗人中最早咏写麦积山的诗作，秦州胜景南郭寺则借助杜甫的诗作名扬四方，不少人就是吟诵着"山头南郭寺，水号北流泉。老树空庭得，清渠一邑传"（《秦州杂诗二十首》其十二）等杜甫陇右诗句了解秦州，走进陇右的。

（三）杜甫的陇右诗对陇右文化艺术的拓展、延伸提供了一个充盈丰富的"武库"。

书法、绘画、音乐等诸多领域都从杜甫陇右诗中"猎宝"，创造出了许多新的艺术价值非凡的珍品，为陇右文化增添了新的光彩。

清初宋琬在秦州主持刊刻"二妙轩碑"，以"诗圣"陇右之诗，集"书圣"之字，使二圣之妙品珠联璧合，韵辉墨映，给人们提供了一种新的艺术享受，一种高品位的文化熏陶。在杜甫流寓之地，这是绝无仅有的，也是迄今唯一所见的"诗圣"与"书圣"联袂之妙品。"二妙轩碑"由有"南施北宋"称誉的清初大诗人宋琬任分巡陇右道佥事，驻节秦州时主持所建。原碑已不存，现有拓帖流世。碑帖长1516厘米，高24厘米，集王羲之诸书法名家之字，刊杜甫《秦州杂诗二十首》《山寺》《初月》《乾元中寓居同谷县作歌七首》等陇右诗作60首而成。书体以行书为主，正楷、行草、章草、草书兼备，丰富华采，艺术价值极高。诗书二妙，堪称一绝。"二妙轩碑"的刻立，使杜甫的诗歌在书法领域里大放异彩，为文学艺术的发展开辟了新路，为陇右的文化艺术增添了一道新的风景。1998年，"二妙轩碑"重新刻立于南郭寺杜公祠东南的"北流泉"前，碑廊全长35.6米，高4.36米，气势宏伟，庄重典雅，已成为现今南郭寺的一个标志性文化景观，而重印的《二妙轩碑帖》也成了对外宣传、进行文化交流的特殊"使者"。

杜甫诗意画历来为画坛名家所看重，研习摩绘，源远流长。国画大师徐悲鸿在所绘的诗意画中，精心挑选了杜甫陇右诗中的《佳人》和《秦州杂诗二十首》的第五首予以描摹，对诗意画的创作产生了很大影响，其传达的神韵，其意义甚至超出了绘画本身。被徐悲鸿题为《立马》的

---

① （清）宋琬著，辛鸿义、赵家斌点校：《宋琬全集·安雅堂文集》卷二，齐鲁书社2003年版，第173页。

这幅画作，取材于《秦州杂诗二十首》其五，原诗为："南使宜天马，由来万匹强。浮云连阵没，秋草遍山长。闻说真龙种，仍残老骕骦。哀鸣思战斗，迥立向苍苍。"画中一匹骏马昂首挺立，威风凛凛，势不可挡。这幅画是1943年徐悲鸿写赠少帅张学良的，其时徐悲鸿居贵阳，张学良因"西安事变"被禁闭在贵州桐梓。款识中徐悲鸿摘录了杜甫这首诗的末二句"哀鸣思战斗，迥立向苍苍"，落"汉卿先生教之。壬午岁尽。悲鸿贵阳客中写少陵诗"。这幅作于抗战期间的《立马》，寓意深远，耐人寻味。秦州宝马"哀鸣思战斗，迥立向苍苍"的英勇气概体现了强烈的民族精神，感召力至今不衰。

杜甫的陇右诗还登上了音乐殿堂，而且走出了国门。1980—1984年，苏联作曲家捷尔尼科夫选取杜甫诗19首，谱成了两部大型合唱套曲，并于1986年由苏联国立室内乐合唱团隆重上演。在这19首诗中，《梦李白》《促织》等陇右诗作入列其内。透过这些诗作，异国他邦的人们也领略了杜甫的陇右情思和陇右文化的绵远意蕴，这是杜甫对陇右文学和文化的又一贡献。

（四）杜甫的陇右遗迹和诗作已成为一种独特的文化，对陇右地区的社会生活产生了积极的影响，对文化建设、经济发展起了直接或间接的促进作用。

杜甫在陇右的足迹所涉与诗作所记，遍及陇右的胜地殊境，俗风异情。麦积山、南郭寺、太平寺、同谷草堂等一直是人们旅游观光、陶冶情操的胜地，"南山古柏"、"东柯草堂"、"麦积烟雨"很早就被列入了秦州八景之中。因杜诗而声名大振的南郭寺现已成为秦州的一张文化名片，一个标志性的旅游景点和重要的文化场所。杜甫寓居东柯的传闻、民谣流传广远，妇孺能诵。《秦州杂诗二十首》则很早就被用作秦州学童的启蒙课本内容，一代又一代人受到感染熏陶，对秦州城乡重文重教风气的形成及扩展起了重要作用。天水素以文化底蕴丰厚而为人称道，被列为国家级历史文化名城，杜甫及其诗作起了重要的支撑和充实作用，长期积淀所形成的杜甫陇右诗文化已成为陇右文化的一个重要组成部分。对这一特定文化的开发利用方兴未艾，杜甫纪念馆的筹建，以杜诗文化为特色的自然风光与人文内涵相融合的文化旅游格局的开创，杜诗文化产业的兴起，等等，将为陇右文化的发展带来新的生机和亮点，获得社会与经济双重效益。

杜甫的陇右之行是不寻常的，他的陇右诗作也是不寻常的。陇右成就了杜甫，杜甫也成就了陇右。即如霍松林先生所说："治中华诗歌者，无不注目唐诗；攻唐诗者，无不倾心杜甫；而读杜诗者，又无不向往秦州也。老杜倘无秦州之山川胜迹以发其才藻，固无以激扬创作之高潮；秦州倘无老杜之名章隽句以传其神韵，又安能震荡海内外豪俊之心灵，不远千里万里，来游兹土，以促进经济文化交流乎？"[①]

[①] 霍松林：《天水诗圣碑林序》，1997年，见天水南郭寺东院西壁。

秦陇文化的特征及其对杜甫的影响

西北师范大学文学院　韩高年

【摘　要】杜甫的陇右之行，对杜甫一生的诗歌创作影响深远。从杜甫陇右时期所作诗篇来看，多次写到秦州及周边的山川风物、历史掌故和人文传说，据此可推知，杜甫到秦州后对当地的地域文化和历史传说有更多了解。如杜甫《秦州杂诗二十首》其八，诗中杜甫即以秦州为天河之源，联系历史传说感叹现实身世遭际。由此可见，如果结合秦陇文化与唐代政治的密切关系细读文本，从杜甫的具体作品出发，可以看到秦陇文化在杜甫的生命历程和文学创作中产生了重要影响。

【关键词】秦陇文化　形成与特征　杜甫创作

秦陇文化，特指陇山以西今甘肃天水、陇南一带由早期秦人创造的文化。秦陇文化产生于陇右这一特定的地域空间，由早期秦人兼收并蓄东夷文化与西戎文化等多种文化要素所创造，因而具有鲜明的地域性和民族性，刚健凌厉，积极进取，充满活力，对古代中国社会产生了持久而深刻的影响。关于秦人的族源，传统认识有两种：一是东方说，一是西戎说。持前说者，有卫聚贤、黄文弼等学者；持后说者，有王国维、蒙文通等。[①] 综合文献记载和考古发现来看，两种说法均有失偏颇。近年来，甘肃省文物考古研究所、北京大学考古文博学院、国家博物馆考古部、陕西省考古研究院、西北大学考古文博学院五家考古单位成立联合考古队，以

---

① 参见赵逵夫《论秦史研究与秦人西迁问题》，收雍际春、田佐、南玄子编《嬴秦西垂文化——甘肃秦文化研究会首届学术研讨会论文集》，甘肃人民出版社2013年版，第1—9页。

礼县、西和、清水等地为中心，在早期秦文化所在地区联合展开了为期十年的考古调查，系统梳理了早期秦人在秦陇地区的文化遗存，他们的研究成果，为揭开秦人和秦文化起源发展的神秘面纱提供了重要的考古学证据。[1]可以说，秦文化起源于东方（山东半岛），属于远古东夷集团。秦人的远祖大约在商代中期以后，陆续迁至今陇东南地区。陇东南地区，即今甘肃天水、陇南一带，属渭河、西汉水上游地带。域内多山地丘陵，植被丰富，物产饶多。既可以满足畜牧业的发展条件，同时也适宜于农耕，处在农耕文化与游牧文化的交汇带上。另外，其地理位置也十分险要，是东进关中平原、南入蜀中和西达河西地区的重要通道和战略高地。秦人迁徙至此，经过十数代人的发展，逐渐走向壮大，最终形成一个具有自己显明的文化特色的族群。也就是说，秦人虽发祥于东方，但其形成族群则在西北秦陇，其民族文化特征的形成和确立也是在西北。之后，秦人以秦陇原居地为起点，在秦孝公和秦襄公时代获得了重大的发展机遇，从此逐步东进关中平原，其间有所谓九都八迁，经历了艰苦卓绝的奋斗历程，最终建立统一的国家。

秦人在秦襄公受封为诸侯国后东进关中之前，一直居于西陲，即今甘肃天水、礼县、清水、张家川一带，20世纪以来在这些地方发现的丰富的文化遗址、墓葬群和出土文物可佐证这段历史的真实可信。居陇时期，秦人不仅在经济上形成了自己的特色，而且在文化上也获得了很大的发展。西周末年，秦非子时期，秦人因为善于养马而为周孝王所任信和倚重。秦人所培育的优良马匹，为周孝王乃至之后的西周末季诸王应对劲敌猃狁的入侵，提供了军事上的强大保障。20世纪70年代出土于天水放马滩的秦简中，记载了大量的与秦人养马和马政有关的事项，其中有一篇祭祀马禖之神的《祝辞》，是在祭祀马禖之神的仪式上行祝祷之事而所诵之辞。这篇《祝辞》与《诗经·鲁颂》中的《駉》在命意和功用上都多所相似。[2]《毛序》："《駉》，颂僖公也。僖公能遵伯禽之法，俭以足用，宽

---

[1] 早期秦文化联合考古队：《2006年甘肃礼县大堡子山21号建筑基址发掘简报》《2006年甘肃礼县大堡子山21号祭祀遗迹发掘简报》《2006年甘肃礼县大堡子山东周墓葬发掘简报》，均刊于《文物》2008年第11期。赵化成、王辉：《礼县大堡子山被盗秦公大墓流散文物的整理与墓葬归属问题》，收雍际春、田佐、南玄子编《嬴秦西垂文化——甘肃秦文化研究会首届学术研讨会论文集》，甘肃人民出版社2013年版，第147—161页。

[2] 韩高年：《礼俗仪式与先秦诗歌演变》，中华书局2006年版，第263—265页。

以爱民，务农重谷，牧于坰野，鲁人尊之。于是季孙行父请命于周而史克作是颂。"两相对比，可以看出秦人在非子以来，显然是因势利导①，富有创造性地把发展经济和谋求政治上的机遇结合了起来，最终得到了周孝王的认可，成为周人的"附庸"，并作邑于秦。秦武公在邽、冀、郑、杜等地创设了中国历史上年代最早的县，划分行政管理区域，为之后秦统一后在全国范围内实行的郡县制积累了经验。

不仅如此，秦人在居于秦陇地区时，还吸收周文化，融汇西北的戎族文化，创造了丰富多彩的文化。举例来说，虽然在史家和一般人心目中，秦人皆不擅长文艺，然而谁能想到，秦人创作的诗歌，置之于当时和后世的其他地区诗歌中也毫不逊色。《诗经·秦风》中的《车邻》《驷驖》《小戎》《蒹葭》《终南》，均是居陇时期的秦人诗作。②这些诗篇，都以秦人生活中的大事件为背景，有很强烈的现实性，内容充实，风格独特，雄浑而不失婉约，质朴中富于浪漫，呈现出东夷文化和西戎文化、周文化融汇于一体的特殊风貌。这些诗作受到后世诗家的称赞，堪称《诗经》中的压卷之作。还有传为秦襄公时代的《石鼓诗》十首③，融叙事、抒情、写景于一体，语言典雅精练，置于《诗经》中的雅颂诗篇也无不可。除此之外，还有出于礼县大堡子山秦先公先王墓葬中的青铜器上的铭文，也用西周通行的"雅言"写成，夹叙夹议，措辞典雅，可与出土的西周铜器铭文相媲美。

最为重要的是，由于陇右地区从公元前3000年前后就是中西方文化交流的重要通道，是早期中华文明通过河西走廊和西域走向欧亚草原、欧亚草原文明传入中原的"桥头堡"。秦人居于陇右时期，占有上述"地利"之便。在与西戎的长期斗争、交往中吸收融合了游牧民族的文化，养成了开放包容的民族心态，不畏艰险、积极进取的民族精神。史家认为，至迟从西周末叶起，塞种（斯基泰）人即已进入今河西走廊及新疆地区，到了春秋时期，秦穆公称霸西戎，才阻止了塞种人的东进步伐。于是，就转而西进。有的学者认为，"亚述帝国的灭亡实由于塞种的西侵。

---

① 《史记·秦本纪》："非子居犬丘，好马及畜，善养息之。犬丘人言之周孝王，孝王召使主马于汧渭之间，马大蕃息。……于是孝王曰：'昔伯翳为舜主畜，畜多息，故有土，赐姓嬴。今其后世亦为朕息马，朕其分土为附庸。'邑之秦，使复续嬴氏祀，号曰秦嬴。"

② 韩高年：《秦风秦人居陇诗篇考论》，《兰州学刊》2016年第2期。

③ 郭沫若：《石鼓文研究》，人民出版社1954年版。

故秦穆公的霸西戎对西方的影响并不亚于汉武帝的伐匈奴。塞种初见于中亚。据西史,在西元前7世纪中叶,正是秦国庄襄二公初破西戎的进代。塞种在西方本为亚述帝国的与国,西元前612年忽会同其他游牧民族西侵,攻破亚述都城,而颠覆了亚述帝国,这正是秦穆公逐九州戎以后一二年,则其关系不难明了。马雍也认为,最先对中亚东部产生影响的事件是公元前7世纪后半期秦穆公(前659—前621)的进攻西戎。而西方人最早所知道的中国就以'秦'为代表"。[①] 在秦人与西戎和西方塞种的交往过程中,陇右的地理条件是不能忽视的因素。

归纳起来说,居陇时期的秦人和其创造的早期文化,具有明显的开放性、多元性特征,不仅是秦在春秋战国时期发展的动力源泉,同时也对整个中国文化具有重要的贡献。一方面,秦文化在游牧文化的基础上,吸收中原农耕文化的诸多因素,最终形成富有活力的文化形态,在中国文化出现动力匮乏之时,秦文化提供一种内生力,使中国文化焕发出新的生命力。另一方面,在政治制度层面,开放的秦文化,蓄纳百家,兼容并包,为后世确立了儒表法里的政治统治模式。诸子百家时期,在中原地区,儒家文化占主导,但在秦陇一带,墨家文化和法家思想较为流行,自秦封国至统一,直到清代,中国文化实际为儒表法里的模式,意识形态以儒家为主,而治国则据法家思想,这种沿袭几千年的政治制度,其规模最早建构便是在秦。

中古时期,陇右也一直是当时的中国对外开放的前沿地带。公元609年,隋炀帝西巡,在张掖举办了以"互市"为主要内容的国际贸易大会,亲自接见了西域二十七国使节,写下了中西贸易与文化交流的光辉一页。唐帝国的缔造者李渊,出自陇右豪族,陈寅恪先生指出:"若以女系母统言之,唐代创业及初期君主,如高祖之母为独孤氏,太宗之母为窦氏,即纥豆陵氏,高宗之母为长孙氏,皆是胡种,而非汉族。胡李唐皇氏之女系母统杂有胡族血胤,世所共知,不待阐述。"[②] 而李渊之所以能在隋末大动乱中脱颖而出,最终夺取天下,则与关陇军人集团对他的强力支持有着密切的关系。因此唐初特重"关陇集团",出将入相者皆出自此集团,因而关陇地区也特受重视。《资治通鉴》记载唐朝开元、天宝年间的盛世状况,说是时"自安远门西尽唐境二千里,闾阎相望,桑麻翳野,天下称

---

① 王治来:《中亚通史》(古代卷),新疆人民出版社2007年版,第24页。
② 陈寅恪:《唐代政治史述论稿》,上海古籍出版社1997年版,第1页。

富庶者无如陇右"。这种情形和壮大于陇右后东进立国的秦人极其相似。至武则天临朝，则有意识清除关陇集团人物，改由科举选拔人才，崇尚进士文词之科，这一政治策略上的改变客观是对李氏统治集团的削弱。某种程度上来说，也是导致"安史之乱"的一个重要原因。杜甫本人出自中原大姓，但其母家与皇室有血缘关系。在杜甫内心深处他自己是与皇室命运共休戚的。① 安史乱后，陇右边防空虚，土蕃乘虚而入，唐帝国的西北边境告急。恰值此时，忧国忧民的杜甫来到陇右，除了人所共知的原因外，有没有李唐统治者起于秦陇而此时正值有边患这方面的原因呢？我们认为，恐怕不会没有，至少不能完全否定。读《秦州杂诗二十首》其一末联云："西征问烽火，心折此淹留。"萧涤非先生注此句曰："杜甫这时要往西走，故曰西征。恐前路不静，故问有无战事。烽火，指吐蕃之乱。心折此淹留，是说不想在秦州久留，但又不能不居留，所以心中抑郁。"② 又其七云："莽莽万重山，孤城山谷间。无风云出塞，不夜月临关。属国归何晚，楼兰斩未还。烟尘一长望，衰飒正摧颜。"此诗与第六首一样，字里行间也闪现着杜甫对吐蕃入侵的忧虑。

赵逵夫先生认为，杜甫的陇右之行，对杜甫一生的诗歌创作影响深远。从杜甫陇右时期所作诗篇来看，多次写到秦州及周边的山川风物、历史掌故和人文传说，据此可推知，杜甫到秦州后对当地的地域文化和历史传说有更多了解。比如秦陇一带的乞巧文化，在杜甫诗中也有反映，杜甫在秦州所作《秦州杂诗二十首》《天河》《蒹葭》等诗，其中多称说"天河"、"河汉"、"牵牛"等，同天水得名之义相合，可见杜甫对牛郎织女传说中"天河"在现实社会中所对应之水——西汉水、对牛郎织女传说的起源地有所认识和感知。如《秦州杂诗二十首》其八中有"闻道寻源使，从天此路回。牵牛去几许，宛马至今来"，此诗中杜甫即以秦州为天河之源，联系历史传说感叹现实身世遭际。③ 由此可见，如果结合秦陇文化与唐代政治的密切关系细读文本，从杜甫的具体作品出发，很多地方都可以看到秦陇文化在杜甫的生命历程和文学创作中产生了重要影响。

---

① 这个观点承刘跃进先生见告，在2016年8月6日"秦陇文化与杜甫学术研讨会"第二阶段的主题演讲中也有阐述，特此说明。

② 萧涤非：《杜诗选注》，人民文学出版社1998年版，第118页。

③ 这是赵逵夫先生在2016年8月4日的"秦陇文化与杜甫学术研讨会"第一阶段研讨时的发言中所表述的观点。

杜甫《两当县吴十侍御江上宅》创作时地考

山东大学儒学高等研究院　　孙微

【摘　要】 杜甫由秦州至同谷纪行诗的时地班班可考，然而这首《两当县吴十侍御江上宅》的创作时地却歧见纷纭，因此有必要对这个问题进行详细梳理，以厘清杜甫作此诗的真正时间和地点。经过考查，我们认为《两当县吴十侍御江上宅》应是杜甫寓居同谷期间去栗亭、两当县方向考察时所作，此诗次于《发同谷县》之前似为更妥。

【关键词】《两当县吴十侍御江上宅》　创作时地考

杜甫《两当县吴十侍御江上宅》诗云：

> 寒城朝烟淡，山谷落叶赤。阴风千里来，吹汝江上宅。鹍鸡号枉渚，日色傍阡陌。借问持斧翁，几年长沙客？哀哀失木狖，矫矫避弓翮。亦知故乡乐，未敢思宿昔。昔在凤翔都，共通金闺籍。天子犹蒙尘，东郊暗长戟。兵家忌间谍，此辈常接迹。台中领举劾，君必慎剖析。不忍杀无辜，所以分白黑。上官权许与，失意见迁斥。仲尼甘旅人，向子识损益。朝廷非不知，闭口休叹息。余时忝诤臣，丹陛实咫尺。相看受狼狈，至死难塞责。行迈心多违，出门无与适。于公负明义，惆怅头更白。

吴侍御，即吴郁，排行十，凤州两当县（今属甘肃）人。天宝中，为雍县尉。至德二载（757），在侍御史任，因为民辩诬，取忤朝贵被谪。上元二年（761）放还，居成都，杜甫往访之，有《范二员外邈吴十侍御郁特柱驾阙展待聊寄此作》诗。据敦煌写本《历代法宝记》，永泰二年（766）十月，吴郁为青苗使在蜀。大历中，迁金部员外郎。杜甫任左拾遗时，吴郁任侍御史，同在凤翔行在供职。当时为肃清间谍，抓捕了一些人，吴郁为其中的良民理冤，得罪上司被贬谪。杜甫时因疏救房琯忤旨，正遭困境，对于吴郁的遭贬，未能仗义执言，深感愧疚，自觉有负于明义。乾元二年，诗人经过吴郁的故宅，想起几年前的这件事，遂作此诗。

杜甫由秦州至同谷纪行诗的时地班班可考，然而只有这首《两当县吴十侍御江上宅》的创作时地歧见纷纭，因此有必要对这个问题进行详细梳理，以厘清杜甫作此诗的真正时间和地点。

一　旧注对《两当县吴十侍御江上宅》创作时地的歧见

宋本《杜工部集》将此诗编于《发秦州》之前，《万丈潭》之后。然而赵次公却不同意这种编次，其曰：

> 此篇旧在秦州诗下，合迁入于此。题盖言两当县人吴侍御宅在江上，而身谪长沙，不得去也。诗云："借问持斧翁，几年长沙客？"正言其客于潭州矣。……首四句以秦地之时候景物，言其宅在两当之江上，用引下段"亦知故乡乐"之句。自"鸥鸡号枉渚，落日傍阡陌"，又以楚地之时候景物如此，而乃在长沙也。

又曰："旧本见题是'两当县吴侍御江上宅'，故置之发秦州往同谷间，然亦自非所由之路矣。"① 今按：赵次公将此诗编入大历四年潭州诗内，实是出于对"几年长沙客"的误解所致，此句杜诗明显是用贾谊贬谪长沙之典，不一定是确指吴郁之贬所；赵次公又将此诗下文所云"枉渚"坐实为长沙地名，遂将此诗移编于潭州诗内，更是错上加错。王嗣奭曰："时侍御尚在长沙，公过其空宅，思及往事而赋此。"② 所论良是，此后成

---

① （宋）赵次公著，林继中辑校：《新定杜工部古诗近体诗先后并解》（修订本）己帙卷六，上海古籍出版社 2012 年版，第 1449—1450 页。

② （清）仇兆鳌：《杜诗详注》卷八引，中华书局 1979 年版，第 669 页。

为理解此诗的通行之论。然王嗣奭将"长沙"坐实为吴郁贬所，亦有疑问。此后的杜诗学界几乎没有赞同赵次公之说者，不过赵次公将此诗编次随意移置的做法对明清的杜诗学者仍产生了一定影响，如清初的黄生即又主张将此诗编于成都诗内，其《杜诗说》曰：

> 编诗者因题中"两当县"字，遂次于秦州诗后，此可笑也。吴是此县人，故书其籍，而"江上宅"自在成都，时亦携家寓蜀者，故云："借问持斧翁，几年长沙客？""亦知故乡乐，未敢思宿昔。"此其以两当为故乡，而身在谪籍亦明矣。然则编诗者止看题而不看诗耶？此诗宜与《范员外貌吴侍御郁特枉驾》诗相次。①

可见黄生是因为注意到杜甫成都诗中有《范二员外邈吴十侍御郁特枉驾阙展待聊寄此作》一诗，遂又以为《两当县吴十侍御江上宅》应作于成都，然而此说于诗意难以契合，既然吴郁"身在谪籍"，远贬长沙，为何又忽然跑到成都来了呢？这些问题黄生都不能圆满地解释，故其说实属误解，不能采信。

黄鹤曰："两当县，在凤州城西。凤州亦西至成州二百七十里，殆是公自秦西至同谷时，道经两当，故作此诗，乾元（二年）十月也。"② 应该指出的是，黄鹤终于改正了赵次公的错误，将此诗大致归入由秦州至同谷之间。然而黄鹤并未详考秦州、同谷、两当的相对位置，其"道经两当"之说亦不准确。今人李济阻等《杜甫陇右诗注析》指出，同谷在秦州西南，两当在秦州东南，三地相去甚远，杜甫自秦州赴同谷，是经西和县折向西南，根本不经过两当③，所论良是。若无李济阻等地方学者通过实地考察予以纠正，旧注中的此类失误很难被人察觉。然而黄鹤此说仍然产生了很大影响，如仇兆鳌《杜诗详注》曰："殆是公自秦西至同谷时，道经两当，故作此诗。盖乾元二年十月也。"④ 这明显是对黄鹤之论的沿袭。但是仇兆鳌、浦起龙等人虽然接受了黄鹤的"道经两当"之说，却

---

① （清）黄生：《杜诗说》卷一一，黄山书社1994年版，第412页。
② （宋）黄希、黄鹤补注：《黄氏补千家集注杜工部诗史》卷六，国家图书馆藏南宋刻本。
③ 李济阻、王德全、刘秉臣：《杜甫陇右诗注析》，甘肃人民出版社1985年版，第305页。
④ （清）仇兆鳌：《杜诗详注》卷八，第669页。

又矛盾地均将此诗编于秦州诗之最末,《发秦州》之前。浦起龙对此解释曰:"此系发秦州后所经,但不得混入纪行诗内,故先编此。"① 也就是说虽然《两当县吴十侍御江上宅》肯定作于《发秦州》之后,但是为了保持秦州至同谷十二首纪行诗的完整独立性,只能把这首诗的编次提前,这实际上等于搁置了此诗的作时作地问题。这样一来,《两当县吴十侍御江上宅》便成为秦州至同谷诗编年中的一颗久未排除的地雷,以致后人议论纷纭,迄无定论。

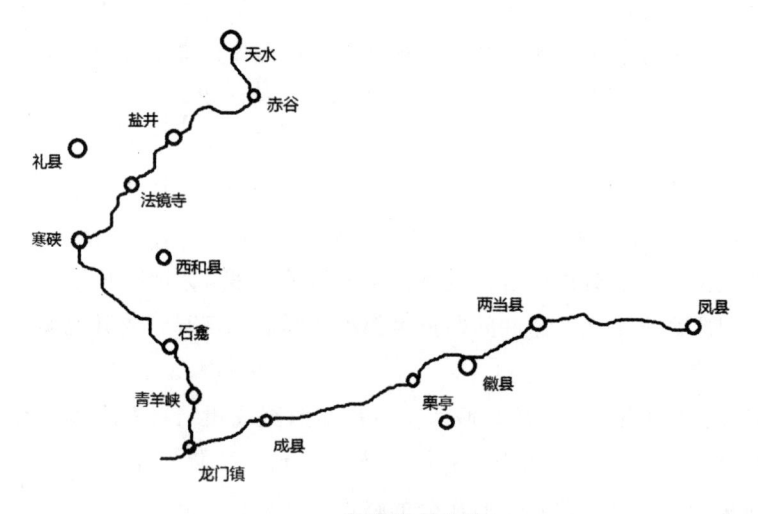

杜甫陇右行迹

二 今人对《两当县吴十侍御江上宅》创作时地的推测

李济阻等人纠正了黄鹤、仇兆鳌关于此诗作地的失误之后,进而提出此诗是从同谷赴蜀途中专门去两当县看望吴郁故居所作,其云:

> 杜甫离开同谷以后,是从现在的徽县、两当交界处(嘉陵江与永宁河、田家河会合地——合河口)沿嘉陵江而下入蜀的。这儿离吴郁江上宅(现在甘肃两当县西坡公社境内)较近,诗人很可能是

---

① (清)浦起龙:《读杜心解》卷一,中华书局1962年版,第73页。

从这里专门看望吴郁去的。(从当时的交通条件来考虑，诗人在秦州居住期间专门去两当的可能性极小。)①

因此，李济阻等认为，这首诗似应定为"赴蜀途中访吴郁两当故居"的作品。另外，严耕望《唐代交通图考》又提出：

> 两当在今两当县东三十五里，西北至秦州数百里，自不当列入秦州诗无疑；然杜翁自秦州至同谷，取上禄道，已见前考，绝非经两当，故鹤注亦非。盖公至河池，未即时南行入蜀，而曾因事枉道先东至两当耳。河池、两当皆在散关入蜀驿道上，详《通典所记汉中通秦州驿道》篇，故此诗当编《木皮岭》之后。②

此说与李济阻等人的说法较为相似，似是受到了李济阻的影响。吴郁嘉陵江边的"江上宅"遗址在今两当县西坡乡琵琶洲附近，因此从距离来看，无论是从徽县、两当的合河口还是河池的入蜀驿道，去两当县西坡乡都很近，所以杜甫由同谷入蜀途中前往两当县的可能性确实存在。然而李济阻等人将距离远近作为考量《两当县吴十侍御江上宅》作时作地的唯一标准，未能综合考虑杜甫在同谷生活及创作的实际情况，似亦有不妥，故仍存继续探讨之必要。

三 《两当县吴十侍御江上宅》创作时地平议

综上可见，除了赵次公、黄生因对诗意的理解有误故而得出错误结论之外，由宋迄清的杜诗注家均将此诗编于秦州至同谷纪行诗中，殊不知杜甫至同谷的路线并不行经两当县。然而悬揣古人将此诗编于的主要理由，恐怕还是诗中表现的时令。《两当县吴十侍御江上宅》开头曰："寒城朝烟淡，山谷落叶赤。阴风千里来，吹汝江上宅。鹍鸡号枉渚，日色傍阡陌。"从诗中描写的景物来看，无疑是深秋初冬之景。而杜甫在秦州至同谷纪行诗《寒硖》《石龛》诗中已经有"况当仲冬交"、"仲冬见虹霓"

---

① 李济阻、王德全、刘秉臣：《杜甫陇右诗注析》，305 页。
② 严耕望：《唐代交通图考》，上海古籍出版社 2007 年版，第 838 页。

之句。因此，对杜诗中时间季节信息颇为敏感的注家感到此诗中"山谷落叶赤"的景物似乎比之《寒硖》《石龛》还要早一些，便只好将此诗编于秦州诗之最末，《发秦州》诗之前了。其实杜诗注家在这里明显过于拘泥了，《两当县吴十侍御江上宅》中的景物既可以说是深秋，也可以说是初冬，仅从景物所表现的时令来看，实在与其他纪行诗难以区分先后。而当代学者李济阻等人在指出旧注的失误之后，又提出此诗应移到杜甫由同谷入蜀纪行诗中的新说。学界对这种说法目前尚少有讨论者，笔者以为此说虽有一定道理，但仍然存在以下几个方面的问题。

第一，从纪行诗的角度看，杜甫由秦州至同谷作纪行诗有十二首，由同谷至成都纪行诗亦为十二首。若非巧合的话，这两组诗应是诗人有计划的创作，当不可增添移易。而《两当县吴十侍御江上宅》并不属于两组纪行诗中，因此从这个角度来看，李济阻、严耕望将此诗随意移动到第二组纪行诗之中，就打乱了两组纪行诗数量上的整齐性。若再考虑到此诗应不晚于《发同谷县》，这样一来，此诗的作时作地便只有寓居同谷这短短的二十多天之内了。刘雁翔先生也已经指出，杜甫过访吴郁宅，只能在寓居同谷、栗亭时。[①] 可谓先得我心。

第二，李济阻等人提出的杜甫从同谷入蜀途中前往两当县的说法，从距离来看虽然确实较近，然而杜甫此行入蜀，"首路栗亭西"之后，便须折而向南，此时距两当县虽比在同谷时近些，但若真的趁此时机去两当的话需要折而向北，与目的地正好反向而行，这在情理上是不易说通的。因为杜甫这次由同谷出发，"辛苦赴蜀门"，有行李家小的拖累，有衣食寒窘的促迫，故出发后在途中专程折返前去两当的可能性极小，所以李济阻先生这种推测尚欠斟酌。

第三，从时间来看，杜甫《发同谷县》题下原注曰："乾元二年十二月一日，自陇右赴成都纪行。"十二月已属于季冬，这与《两当县吴十侍御江上宅》诗中描绘的深秋初冬景象已难相符，故主张杜甫入蜀初期前往两当县的说法在时间上考虑不周，存在明显瑕疵。

总之，李济阻等人提出的新说存在以上问题，难以自圆其说，恐非定论。综合各方面情况，《两当县吴十侍御江上宅》的创作时间只能置于两组纪行诗之间，而此时正是杜甫寓居同谷期间。然而，杜甫在同谷的生活

---

① 刘雁翔：《杜甫陇上萍踪》，甘肃教育出版社2014年版，第126页。

极为困顿，《同谷七歌》甚至给人以"惨绝人寰"之感，那么处于如此困顿的境况之中，杜甫是否还有可能前往一百八十里之外的两当县探访吴郁故宅呢？应该指出的是，即使处于如此的困顿之中，杜甫在同谷期间为谋衣食仍然曾去过栗亭游历。栗亭属于徽县，距两当县较近，故杜甫顺路前往两当县的可能性极大。所以《两当县吴十侍御江上宅》应是杜甫寓居同谷期间去栗亭、两当县方向考察时所作，将此诗次于《发同谷县》之前为妥。然而正是出于人们对于杜甫在同谷的困窘印象过于深刻，所以才有学者反对《两当县吴十侍御江上宅》作于此时，甚或有人提出此诗只是悬想怀人之作，因为诗人似乎毫无必要前往一座遥远的空宅，殊不知这正是杜甫人格的伟大之处。杜甫在寓居同谷期间生活虽极为困顿，前往两当县吴郁故宅也并不顺路，需要经过长途跋涉，但他仍坚持去造访老朋友那座遥远的江上空宅，此举体现了杜甫对吴郁被贬事件的深深自责与愧悔，可见他在《两当县吴十侍御江上宅》中"至死难塞责"、"于公负明义"云云并不是什么客气话，而是发自心底的不安与愧疚。虽然当时他自身亦处于被肃宗冷落排斥的境遇之中，但杜甫却并不能因此原谅自己，所以才会有了这么一首令后世注家感到头疼的诗作。种种不同寻常的情况正好表明，诗人是多么重视此次两当之行，在故友尚在贬所的情况下，他仍克服诸般困难和阻碍，不顾一切、步履踉跄地来到吴郁的江边空宅，细语倾诉衷肠，真诚道歉忏悔，从中体现出杜甫笃于情义的敦厚个性与他人难以企及的高尚人格。这正是隐藏在《两当县吴十侍御江上宅》作时作地问题背后的丰富隐情，值得后世读者仔细品味，故特为之钩沉发覆，希请方家批评指正。

陇蜀道诗：杜诗分地域研究之重要区间

陇南高等师范专科学校文学与传媒学院
蒲向明

【摘　要】现在所见宏观的杜诗分地域研究著作和论文还不多见，至于其稍细微的分地域研究区间，当今学界似乎还未深入，杜甫陇蜀道诗地位重要，值得重视并加以研究。杜甫陇蜀道诗，从"秦陇诗"到"同谷诗"的变化，不仅在概念上需要区分，在意义和内涵上也颇多相异。杜甫陇蜀道诗和同谷诗互为表里，且突出了时空转换的连续性，"情沉"、"韵新"达杜诗极致，此外无他。

【关键词】杜甫　陇蜀道诗　分地域研究

研杜虽如千流百汇，但其中一泓清泉亦有详察的必要。如对于杜诗的分类和分期，宋人繁复叠加甚多，降至清代已难以理出权威清晰的脉络。清人解决这一问题时，采用了编年方法，避开了杜诗分类和分期的繁杂叠乱。从时间维度上看，这样整理、编定杜诗是清楚了，但对杜诗分体、分类、分阶段、分地域研究，还没能绕过去。自近代以来至今，对杜诗的分类和分期研究，已取得瞩目成就。杜诗分体研究五律最多，但最大贡献却不在五律而是七律研究，成果显赫者自不待详举，单就杜诗分类研究如边塞诗、咏物诗、山水诗、纪行诗、咏马诗、题画诗、亲情诗、自传诗、教子诗、妇女诗、乡愁诗、登高诗、写梦诗、农事诗、花鸟诗、苦热诗、戏题诗等已产生大量文章，成绩可观。而杜诗的分阶段研究，以郑振铎《插图本中国文学史》（1957）为代表的三分期法，游国恩《中国文学史》（1963）为代表的四分期法，陆侃如、冯沅君《中国诗史》（1931）为代表的五分期法等，已经奠定了厚实的基础。近二三十年出现的七分期法、八分期法，在杜诗分阶段研究方面更是走向深入和精细化。八分期法的主要倡导者裴斐指出："分期是根据杜诗发展呈现出的阶段性，并不考虑时间长短和作品数量。"① 可见，近时的杜诗分阶段研究，已经和分地域研究出现了交集。但问题是，现在所见宏观的杜诗分地域研究著作和论文还不多见，更遑论形成壮观研究规模。至于稍细微的分地域研究区间，当今学界似乎还未深入，杜甫陇蜀道诗即为一例。

一 杜甫陇蜀道诗：从"秦陇诗"到"同谷诗"

杜甫陇右诗从《发秦州》到《成都府》的地域研究相对于秦州诗来说，应该如何称谓呢？有人称为秦蜀纪行诗，如刘曙初《杜甫秦蜀和湖南纪行诗比较论》认为：秦蜀纪行诗于审美客体表现了奇伟幽奥的景象，于审美主体包含了一定的自信和乐观，于心物关系则是表现自然与人的强烈地对立以及对人形成的压迫和威胁，于艺术传达则是景先情后、由景生情并且写景时以实写为主、虚写为辅。这样论述很有见地，但称"秦蜀诗"显然是含义把握非准，因此他不是太自信地解释说："由于这些诗歌是记录从秦州往成都的行踪，因此可统称为'秦蜀纪行诗'。"② 显然是有勉强的意味，与众所周知的"秦蜀"之历史地理称谓相去甚远。还有人称这段地域的杜诗为秦陇纪行诗，如沙先一认为：险恶、雄峻奇诡的秦陇山水与诗人悲愤躁动心境的相互引发与相互激活形成了其悲怆、浑厚、险奥的风格③，却是把秦山陇水概括为"秦陇"，纯粹对通用的"秦陇"概念是不明就里，而陈小芒《论杜甫秦陇诗的生命意识》一文，把秦陇诗等同寓陇诗④，说这百多首诗形成了一幅特色鲜明的异域行旅图，竟未解释何由要称"秦陇诗"，虽似毫厘之失，实竟相去甚远。

"同谷诗"之称，最先提出者为"苏门四学士"中辞世最晚而受唐音影响最深的作家——北宋张耒。他说："读书有义未通而辄改字者，最学

---

① 裴斐：《杜诗八期论》，《文学遗产》1992年第4期。
② 刘曙初：《杜甫秦蜀和湖南纪行诗比较论》，《安徽大学学报》（哲学社会科学版）2010年第1期。
③ 沙先一：《杜甫秦陇纪行诗的格式塔美学剖析》，《徐州师范大学学报》1999年第2期。
④ 陈小芒：《论杜甫秦陇诗的生命意识》，《西南民族大学学报》（人文社科版）2005年第6期。

者大病也。老杜同谷诗有'黄精无苗山雪盛',后人所改也。其旧乃黄独也。"①虽然张耒此指"同谷诗"实为《同谷七歌》,但把此"同谷诗"演绎进而发挥,北宋末就已经出现。南宋蔡梦弼《杜工部诗话》(别称《草堂诗话》《杜工部草堂诗话》)卷五载,徽宗崇宁年间(1102—1106年),有人依据张耒所云同谷诗"林猿为我啼清昼"句,杜撰出贡士从同谷获"竹林鸟",证"啼清昼"的意境,闹出以讹证讹的历史笑话。②若以此"竹林"为地来看,显然是想与杜甫向往的栗亭县发生一些关系,"栗亭名更佳,下有良田畴……密竹复冬笋,清池可方舟"(杜甫《发秦州》)的描写,为北宋后期的人们想象当年杜甫的陇蜀道,显然提供了丰富的想象空间。同时,南宋学人对张耒同谷诗的提法,已经全盘接受,且深信不疑,《过庭录》不仅引录,而且还试着去重新解释。③降至两宋交替之时,将杜甫由陇入蜀24首纪行诗称为同谷诗已较为普遍。胡仔《苕溪渔隐丛话·前辈》卷一一引北宋阙名编《少陵诗总目》说:"两纪行诗……合二十四首,皆以经行为先后,无复差舛。昔韩子苍尝论此同谷诗笔力变化,当与太史公诸赞方驾,学者宜常讽诵之。"④可见,在江西诗派南宋初的中坚成员韩驹(字子苍)看来,不仅同谷诗和司马迁《史记》中的论赞可以相提并论,而且时多吟诵,已成风尚。据查,宋晚及明清各类诗话著作称谓同谷诗,也即杜甫陇蜀道诗者甚众。《明诗话全编》卷二六《诗弹》推崇张耒《明道杂志》同谷诗之提法,且有解读动向。⑤《广群芳谱》在引用张耒之说同谷诗,将其经典化。⑥清仇兆鳌在引用鹤注分析杜甫《元日寄韦氏妹》言:即同谷诗所云"有妹有妹在钟离"者⑦,同谷诗在清人评论家看来,有其独特的审美内涵。清人《历代诗话》已经堂而皇之地把《送韦十六评事充同谷郡防御判官》归类为"同谷诗"⑧,较之张耒当初的主张,此已经在内涵上发生了转变乃至扩变。在

---

① (宋)张耒:《明道杂志》,商务印书馆1959年版,第6页。
② 张忠纲校注:《杜甫诗话校注五种》,书目文献出版社1994年版,第201页。
③ (宋)范公偁撰,王云五主编:《过庭录及其他一种》,商务印书馆1939版,第38页。
④ (宋)胡仔:《苕溪渔隐丛话·前集》卷一一,人民文学出版社1962年版,第70页。
⑤ 吴文治主编:《明诗话全编》,江苏古籍出版社1997年版,第8728页。
⑥ 清圣祖(玄烨)敕撰:《广群芳谱》卷九三,商务印书馆1935年版,第2256页。
⑦ (清)仇兆鳌:《杜甫详注》卷四,中华书局1979年版,第319页。
⑧ 吴景旭:《历代诗话》(上),中华书局上海编辑所编辑,中华书局1958年版,第535页。

我们熟知的自宋以来至现代，仿作《同谷七歌》已成源流的现象外，杜甫陇蜀道诗（同谷诗）作为一种诗体，也出现在清人的作品集中，如《武林掌故丛编》就有陆培《宿竹阁赠同谷诗》、沈捷《过竹阁赠同谷诗》[1]，这已经是由分期地域化创作的再次衍生。限于篇幅在此无法一一列举，可以作为另行研究的空间和选题，展开深入探讨。

杜甫同谷诗在清代乾隆早期还被曹锡黼编撰为《四色石·同谷歌》杂剧，被郑振铎收入《清人杂剧初集》。该剧模仿徐渭《四声猿》，正名为《寓同谷老杜兴歌》，写杜甫因疏救房琯见放，西入秦州，寓居同谷，赋《七歌》事。在国外杜诗研究界，同谷诗研究也早就受到重视。美国学者艾德娜·沃丝丽·安德伍德（Edna Worthly Underwood）等专门译著《杜甫诗乾元中寓居同谷县作歌七首》（波特兰－缅因－希尔出版社1928年版），是第一部主题研究同谷诗的欧美著作。日本学者黑川羊一《杜甫研究》（日本创文社1977年版）就有研究杜甫同谷诗的专节，和田利男著《杜甫：生平及文学》（日本标志社1981年版）也有"向同谷"专节，集中讨论同谷诗的有关问题。因此杜甫同谷诗的研究，已经扩及古今中外，只是目前学界尚欠深入罢了。从地域对等的角度看，从《发秦州》到《成都府》涉及的杜诗地域，似可称为"成州诗"，因为从《盐井》到《飞仙阁》之间关涉的地域，都在成州境内。《元和郡县志》载："盐井在成州长道县东三十里，水与岸齐，盐极甘美。"但实际上杜甫由陇入蜀时的成州，治所在上禄县（今西和县洛峪乡），不在他的行经路线上。《御批资治通鉴纲目》云："更始二年，《一统志》云：雒谷未详处所，唯巩昌府成县西八十里有雒谷水，雒，一作'骆'，唐太和初（827）诏于骆谷筑城，废上禄县，治于此。"[2] 杜甫是从长道县境直接沿陇蜀道进入接壤的同谷县境的，所以杜诗只字未提"成州"，学界也未有杜甫成州诗之说，因而。从杜甫存诗和历史事实的角度看，称同谷诗似最恰切。笔者有文讨论过这个问题[3]，后来又在"杜甫与地域文化学术研讨会"上与同

---

[1] （清）丁丙辑：《武林掌故丛编》七，京华印书局1967年影印本，第3762页。
[2] 《御批资治通鉴纲目》卷二五下，文渊阁"四库全书"本。
[3] 蒲向明：《杜甫"同谷诗"与同谷唐宋评杜诗碑——杜甫同谷诗研究系列之一》，《许昌学院学报》2011年第1期。

行学者交流过，得到一致认同。①

二　杜甫陇蜀道诗和同谷诗互为表里

近年，学界出现了杜甫陇蜀纪行诗或陇蜀道诗的说法。比较而言，与杜甫陇蜀道诗互为表里的，是"同谷诗"。从该研究的地域范围看，基本和陇右诗差不多，但重点在从《发秦州》到《成都府》的杜诗地域，即同谷诗的范围里。影响较大的有高天佑《杜甫陇蜀纪行诗注析》（甘肃民族出版社 2002 年版），还有见诸学术期刊的一些论文，温虎林著作《杜甫陇蜀道诗歌研究》②，也属此列。实际上，在这些著述里，陇蜀诗和同谷诗的概念是并用的，不仅论著者这样识见，一些评述大家也认可，并有进一步的阐发。如霍松林先生说高天佑在天水师从"李济阻等先生研究杜甫的陇右诗，特别是秦州诗；到了成县，则进一步研究杜甫的陇蜀诗，特别是同谷诗"。③ 此见甚妙，表明陇右诗的重点在秦州诗，而杜甫陇蜀诗的重点却是在同谷诗。笔者在近年陇蜀道文学和文献考察的论述里面④，都申述了这一点。

杜甫由陇入蜀基本上是沿祁山道南行，到同谷、过栗亭，沿陈仓道和金牛道到成都。一路作《发秦州》《赤谷》《铁堂峡》《盐井》《寒硖》《法镜寺》《青阳峡》《龙门镇》《石龛》《积草岭》《泥功山》《凤凰台》《乾元中寓居同谷县作歌七首》《发同谷县》《木皮岭》《白沙渡》《水会渡》《飞仙阁》《五盘》《龙门阁》《石柜阁》《桔柏渡》《剑门》《鹿头

---

① 研讨会学术组（李霞锋、彭燕执笔）：《杜甫与地域文化学术研讨会暨四川省杜甫学会第十七届年会、天水杜甫研究会第八届年会综述》，《杜甫研究学刊》2014 年第 4 期。
② 温虎林：《杜甫陇蜀道诗歌研究》，中国社会科学出版社 2015 年版。
③ 霍松林：《〈杜甫陇蜀纪行诗注析〉序一》，高天佑《杜甫陇蜀纪行诗注析》，甘肃民族出版社 2002 年版，第 3 页。
④ 拙著《关于陇蜀古道的文献和文学考察》一文的主体部分以《祁山古道：沟通南北丝路之陇蜀要津——以陇南祁山古道的文献和文学考察为视角》为题，公开发表于《西南科技大学学报》（社会科学版）2015 年第 1 期，此前该文被收入兰州大学文学院编《敦煌文化与唐代文学国际学术研讨会论文集》（民族出版社 2014 年版），有改动。此后，该文相继收入汉中博物馆编《中国蜀道学术研讨会论文集》（陕西出版传媒集团、三秦出版社 2014 年版）和刘石吉、王仪君、杨雅惠主编《海洋、地理探索与主体性》（台湾中山大学人文研究出版中心 2015 年版）两书，有增改。

山》《成都府》等诗,可以大体看出其行进线路。他的《两当县吴十侍御江上宅》一诗,行吟路线虽然学界至今争论不休,但与陇蜀道有关,大体是没多少异议的。这是杜甫一生中陇蜀道的唯一单程,路途的艰难都蕴含在诗句里:"奈何迫物累,一岁四行役。"(《发同谷县》)"季冬携童稚,辛苦赴蜀门。南登木皮岭,艰险不易论。"(《木皮岭》)清人仇兆鳌对杜甫陇蜀道诗禁不住大发感慨说:"少陵入蜀纪行诸作,雄奇崛壮,盖其辛苦中得之益工耳!"[1] 杜甫陇蜀道诗自辛苦得之,主要源自生活的艰辛和道路的险难,这种外在的因素直接作用到了诗歌创作的风格变化和诗境生成。仇注于是说:"入蜀诸章,用仄韵居多,盖逢险峭之境,写愁苦之词,自不能为平缓之调也。"[2] 从这一点上体察杜甫陇蜀道诗的表里含蕴,与李白《蜀道难》有异曲同工之高格。

这种表里关系,在陇蜀交界的行吟中,就显得更为直接。《五盘》诗云:"好鸟不妄飞,野人半巢居。喜见淳朴俗,坦然心神舒。"写陇蜀道所见,而"东郊尚格斗,巨猾何时除?故乡有弟妹,流落随丘墟。成都万事好,岂若归吾庐。"再一次回应了《同谷七歌》中的忧世之思:"呜呼六歌兮歌思迟,溪壑为我回春姿!"不同的是,李白想象蜀道之难豪放中透着畅达,杜甫写脚下陇蜀道渺茫之失、无奈之感、功名无期、前途难料交织在一起。前途之中的另一诗作《剑门》:"珠玉走中原,岷峨气凄怆。三皇五帝前,鸡犬各相放。""吾将罪真宰,意欲铲叠嶂!恐此复偶然,临风默惆怅。"不仅对过途作注,而且表达了从个人到国家前途的深深忧虑。这首诗似乎比前面由陇入蜀的《白沙渡》《水会渡》,更为警醒于杜甫看陇蜀地通险要的不安和无助。所以杜甫陇蜀诗的体察幽微和真切感悟,是李白《蜀道难》所不可能有的。如《石龛》诗说:

熊罴咆我东,虎豹号我西。我后鬼长啸,我前狨又啼。天寒昏无日,山远道路迷。驱车石龛下,仲冬见虹霓。伐竹者谁子?悲歌上云梯。为官采美箭,五岁供梁齐。苦云直幹尽,无以充提携。奈何渔阳骑,飒飒惊蒸黎。

---

[1] (清)仇兆鳌《杜诗详注》卷九引《水会渡》周明辅评语,第711页。
[2] 仇注《飞仙阁》《铁堂峡》,《杜诗详注》卷八,第678页。

明王嗣奭《杜臆》评其感悟道："起来数语，全是写其道途危苦颠沛之怀，非赋石龛也。"清仇兆鳌《杜诗详注》引张𬘩注点出了这首陇蜀诗的情感另一面："上叹行路之艰，是伤己。""下叹征求之苦，是悯人。"悲天悯人情怀，正是杜甫陇蜀诗最能打动人心之处。清沈德潜《唐诗别裁》还注意到了此诗因情感独特而形成的手法创获："起势突兀，若移在中间，只铺排常语。句法本魏武《北上行》。"清翁方纲《杜诗话》则从这首陇蜀道诗继承《诗经》《楚辞》的艺术传统探讨："叠用四'我'字，本《诗》'有酒醑我'四句句法；叠用东、西、前、后，本《楚辞》'将升兮高山，上有兮猿猱，将入兮深谷，下有兮虺蛇，左见兮鸣鹃，右睹兮呼鸮'叠用上下左右也。"① 这种真切实录而辅之以相应的艺术表现，在盛唐诗人中很难再见到其他。

历代诸家沿着类似的思维肌理，对杜甫陇蜀道诗给予整体好评：陆时雍说："老杜《发秦州》诸诗……人到历练既深，事理物情入手，知向高奇者一无所用。"江盈科说："少陵秦州以后诗，突兀宏肆，迥异昔作。非有意换格，蜀中山水，自是挺特奇绝，独能象景传神，使人读之，山川历落，居然在眼。所谓春蚕结茧，随物肖形，乃为真诗人、真手笔也。"王履说："（少陵）自秦入蜀诗二十余篇，皆揽实事实景以入乎华藻之中，是故高出人表，而不失乎文章之所以然。"② 陈贻焮《杜甫评传》说："老杜入蜀诸什，不仅是当行出色的山水佳制，而且体现了山水诗表现艺术的新成就。"③ 廖仲安先生指出："李白《蜀道难》以驰骋想象、善用神话见奇；杜甫的陇蜀诗则以如实描述人所未经山川道路见奇。两人都在王、孟山水诗之外别开生面。"④ 可谓一语中的。

三 杜甫陇蜀道诗突出了时空转换的连续性

杜甫陇蜀道诗所写，并未按谢灵运、谢朓以来习见的山水诗手法想象和虚构，其用心在祁山道、故道一线当时当地的山川、风土、人情。仇注

---

① 国家清史编纂委员会"文献丛刊"：《清代诗文集汇编》影印本《存悔文集》卷二五，上海古籍出版社2010年版，第380页。
② （清）仇兆鳌：《杜诗详注》卷八，第677、685、704页。
③ 陈贻焮：《杜甫评传》，上海古籍出版社1982年版，第631页。
④ 廖仲安：《伟大诗人杜甫》，《首都师范大学学报》（社会科学版）1996年第3期。

释《发秦州》"栗亭"引《九域志》云:"栗亭在成州东五十里,去秦州一百九十五里。"① 这与今天"十天高速"一线的情况基本一致。杜甫行走陇蜀道,不仅路途艰辛,而且异象不绝。如《石龛》之"犹",仇注云:"《埤雅》:犹……生川峡深山中。"② 应该是陇蜀道以外少见动物。还有仲冬见虹霓的异象,《月令》上说:"冬之月,虹藏不见。仲冬见之纪异也。"实际上,杜甫所写陇蜀道上的异物异象,是路途时空转换连续性的一种显示。

谢灵运开创的山水诗一派,玄学思想鲜明,且程式化倾向一目了然:就是在大段景物描写后,虚拟性地附着一个蕴含玄理的尾巴。杜甫陇蜀道诗却不这样,如《水会渡》句:"霜浓木石滑,风急手足寒。入舟已千忧,陟巘仍万盘。"写出了诗人由外物引起人本身在当时处境下氛围变化和内心的感受变化,是被动的去适应或接受,而并不是升华什么道理乃至玄理。③ 时空转换,不仅是历史的,也是现实的。《木皮岭》一诗写木皮岭的高峻雄奇,是从多种感觉展开的,它从远近、高低各个维度和音响、色彩等不同方面,栩栩如生地展现木皮岭的雄伟奇特,读者如临其境、亲历其景,但又不失"始知五岳外,更有他山尊"的意蕴深长。《水会渡》为突出旅途的艰险,表现对动荡不安的时局的忧虑,从各个角度搜新抉奇,用酣畅淋漓的笔墨,着力铺陈大山的挺拔险峭和迂回难行、江水的波涛汹涌和阻断路途,摹写在陇蜀道上诗人的劳累困顿和贫病交加的情景,充分体现了杜甫历尽沧桑、病苦挣扎而又追求理想的执着。④ 实际上,从杜甫陇蜀道诗来看,思想和艺术的表达以及时空转换也有不同侧面的殊异。他的《万丈潭》诗,虽不属于陇蜀纪行组诗而单独开列,但在显示时空转换的连续性上成就突出,甚至可以堪称一绝。"跼步凌垠堮,侧身下烟霭。前临洪涛宽,却立苍石大。山危一径尽,崖绝两壁对。削成根虚无,倒影垂澹瀩。"用意的深、狠,时空转换幽隐怪奇,与《铁堂峡》《寒硖》等诗相近而又过之。

---

① (清)仇兆鳌:《杜诗详注》卷八,第673页。
② 同上书,第687页。
③ 陈岚:《杜诗体物艺术新探》,《北京大学学报》(哲学社会科学版)2004年第3期。
④ 蒲惠民:《论杜甫的秦州山水诗》,《苏州铁道师范学院学报》(社会科学版)2001年第2期。

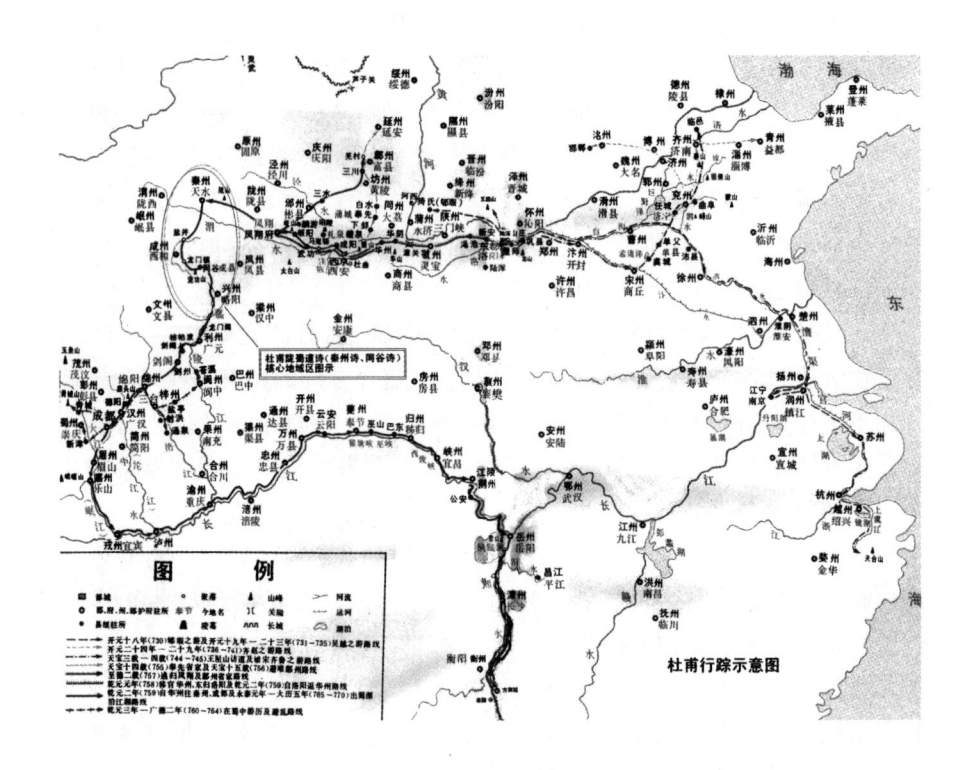

杜甫行踪图①

如果说《万丈潭》"造幽无人境，发兴自我辈。告归遗恨多，将老斯游最。闭藏修鳞蛰，出入巨石碍。何事暑天过，快意风雨会"这样的抒写，是在龙的境界里时空转换，那么，《凤凰台》诗，从僻远的陇蜀道牵延出"唐室中兴"的凤凰意象②，时空连续性得以虹贯天际般转换在诗眼和诗心里——为了这只凤凰的腾飞，诗人不惜自己的生命："我能剖心出，饮啄慰孤愁。心以当竹实，炯然无外求。血以当醴泉，岂徒比清流。所贵王者瑞，敢辞微命休？"诗人在自己构建的陇蜀时空之多层维度中期待着"凤凰"："坐看彩翮长，举意八极周。自天衔瑞图，飞下十二楼。图以奉至尊，凤以垂鸿猷。再光中兴业，一洗苍生忧。"这种在时空变幻

---

① 本图底图选自黄砺锋著《杜甫评传》（南京大学出版社 1993 年版），本文在选用时，笔者对陇蜀道诗一段有绘改和重新标识。

② 颜家安：《论杜甫山水诗》，《海南大学学报》（社会科学版）1997 年第 1 期。

中穿行的宏济苍生的殉道精神,浦起龙解颐道:"是诗想入非非,要只是凤凰台本地风光,亦只是老杜毕身血性。不惜此身颠沛,但期国运中兴,刳心沥血,兴会淋漓,为十二诗意外之结局也。"① 这种杜诗在陇蜀道上的时空连续转换,逡巡思想,也见老杜深沉于同谷诗,也即陇蜀诗的龙凤情结,比古代众多诗人的"帝王师"文人士子理想,更进一步。

程千帆先生评价杜甫陇蜀道诗的时空转换成就时说:"他以狮子搏兔之全力描绘陇蜀山川,而且并入身世之感、生事之艰,成为古代纪行诗中的空前绝后之作。"② 因为它们是以组诗的形式来记叙行役和描绘山水,所以杜甫陇蜀道诗有一个显著的特点:在时间和空间上具有很强的连续性。宋人正是因为这个特点,夸杜甫陇蜀道诗"杜陵诗卷是图经"。③ 杜甫陇蜀道诗的长处并非仅仅在于它们所叙述的行役过程,使得在客观上具有时间的连续性;也不仅仅在于它们清晰地勾勒了一条没有间断的行役路线,而在于它们采取了"化整为零"又"合零为整"的艺术手法,形象地展现了空间跨度极大的陇蜀山水和历时三月的行役过程。正如苏轼所云:"老杜自秦州赴成都,所历辄作一诗,数千里山川在人目中,古今诗人殆无可拟者。"(朱弁《风月堂诗话》卷上引)④ 如《泥功山》描摹道路之艰险,感情之起伏,时空交替转换堪称一绝。泥功山在同谷(今成县)西北,今存南北朝庙宇之盛的遗迹,碑碣有存,也不失后续建筑群落。在清雍正朝以前似乎没有什么异议,但自雍正二年(1724)浦起龙《读杜心解》成,浦氏以为泥功山即青泥岭。⑤ 他未做实地考察,仅凭诗意推断,儒生之失,尚可理解。但时至今日,追随他而依然不做实地调查、向空凿壁者不乏其人。莫砺锋先生认为:"泥功山为青泥岭,方位不合,恐非"⑥,基本代表了近现代以来研杜大家如游国恩、萧涤非、张忠纲的主体观点。但从诗的描写看,泥功山貌颇同青泥岭,山既高峻,路又

---

① (清)浦起龙《读杜心解》卷一《凤凰台》诗注,中华书局1961年版,第80页。
② 莫砺锋编:《程千帆选集》(下),辽宁古籍出版社1996年版,第1486页。
③ 刘克庄说:"若此二十篇(《秦州杂诗二十首》——笔者注),山川城郭之异,土地风气所宜,开卷一览,尽在是矣。网山《送蕲帅》云'杜陵诗卷是图经',信然。以入秦起,以去秦终,中皆言客秦景事。"见仇兆鳌《杜诗详注》卷七,第590页。
④ (宋)朱弁等:《皖人诗话八种》,黄山书社1995年版,第20页。
⑤ 见《读杜心解》卷一。
⑥ 莫砺锋:《杜甫评传》,南京大学出版社1993年版,第133页。

泥泞。杜甫一行清晨上山，黄昏仍未下山，虽然不怕道路遥远，但唯恐陷入泥淖之中。"白马为铁骊"几句，极其生动地写出泥泞深积、路滑难行的时空变化和现实情景：白马身上沾满了泥污，变成黑马。小孩本喜蹦跳，当时陷于泥泞中垂头丧气，无精打采，活像是老翁。时空隔区竟然使人产生年龄段的幻象，曾经善攀缘奔跑的猿和鹿也在泥淖上挣扎、死亡。时空转换的连续性，犹如陇蜀道上那蜿蜒不尽的遥途。

四　杜甫陇蜀道诗"情沉"、"韵新"达杜诗极致

杜甫陇蜀道诗的二十四首纪行诗"意新语工"，且"状难写之景，如在目前"，属山水诗之大手笔，思想艺术造诣是前无古人的。如此评价，代不乏人。我们可以《同谷七歌》为重点进行论述。

杜甫陇蜀道诗"同谷诗"的代表《乾元中寓居同谷县作歌七首》（简称《同谷七歌》），系一组七言古诗。现存1400多首杜甫的七古中，如《同谷七歌》者，颇为鲜见。《同谷七歌》是在继承前人成就的基础上，拓展了七古的题材内容，字字血泪，句句情沉。其感情之沉痛与艺术上的探索融合程度，在杜诗中亦属极致。我们可从宋、明、清不同时期学人的解读和评判中看出其诗学地位。

北宋"江西诗派"后，学人深入解析《同谷七歌》。两宋间王炎《双溪文集》云："杜工部同谷七歌，其辞高古难及，而音节悲壮，可拟也。用其体作七歌，观者不取其辞，取其意可也。"首开辞意拟写的观点，评价高开。南宋张戒《岁寒堂诗话》："子曰：不学诗，无以言。又曰：诗可以兴，可以观，可以群，可以怨，迩之事父，远之事君。《序》曰：先王以是经夫妇，成孝敬，厚人伦，美教化，移风俗。又曰：上可以风化下，下以风刺上，主文而谲谏，言之者无罪，闻之者足以戒。子美诗是已。若《乾元中寓居同谷七歌》，真所谓'主文而谲谏，可以群，可以怨；迩之事父，远之事君'者也。……三复玩味，则子美之情见矣。"[1]指出杜甫陇蜀道诗的《同谷七歌》具有劝谏之用，犹如孔子评价《诗》之群怨世用之功（《论语·阳货》），张戒所得，是反复体味而来，并非粗读妄言。朱熹有评云："杜陵此歌七章，豪宕奇崛。至其卒章，叹老嗟

---

[1] 华文轩：《古典文学研究资料汇编》（上卷），中华书局1964年版，第317页。

卑，志则亦陋矣。人可以不问道哉？"①虽然朱熹以道学（理学）家的眼光审视《同谷七歌》，提出陋志的疑问，但对诗作的"豪宕奇崛"风格还是颇为推崇的。宋鲁訔编次、蔡梦弼笺注《草堂诗笺》："少陵为诗至其深纯宏妙，千古不可追迹。其序事稳实，立意浑大，遇物写难状之景，纾情出不悦之意，借古的确，感时深远。《乾元中寓居同谷七歌》，人谓近骚，实乃皮相之拟耳。"②这可以看成是宋人以《同谷七歌》为例，给杜甫陇蜀道诗"情沉"、"韵新"达到极致的概括。

明代张纶言《林泉随笔》对朱子评《同谷七歌》有所驳诘："杜子美之《寓居同谷七歌》，注谓其风骚之极致，不在屈原下，予读之信然。然而朱子不取之以续骚者，其病在'长安卿相多少年，富贵应须致身早'之言，有几于不知命者欤？"③重点还是高评这首陇蜀道诗的骚体特征上。而这，基本上成为明人评价杜甫这首名作的主线。明申涵光《荆园小语》说："《同谷七歌》，顿挫淋漓，有一歌三叹之致。从《胡笳十八拍》，及《四愁诗》得来。是集中得意之作。"此论把杜甫在陇蜀道上的创新，首次探源到东汉蔡琰、张衡之作，但对其顿挫沉郁、一歌三叹的艺术表现，赞美有加。同时陆时雍在《唐诗镜》却称赏该诗用语的粗放："同谷七歌，稍近骚意，第出语粗放。其粗放处，正是自得也。"明张益《竹轩甲集》更是首次将李白《蜀道难》与杜甫陇蜀诗加以比较："李鹰《诗友记闻》，谓太白《远别离》《蜀道难》，与子美《寓居同谷七歌》，风骚极致不在屈、宋之下。愚谓一歌结句：悲风为我从天来；七歌云：仰视皇天白日速——其声慨然，其气浩然，殆又非宋玉、太白辈所能及者。"此论把杜甫陇蜀道诗的"情沉"、"韵新"提到了高于骚诗和太白《蜀道难》的程度，显然有别于一般论者。明胡应麟《诗薮》在申涵光论语的基础上，独抒己见："杜甫七歌，亦仿张衡四愁。然七歌奇崛雄深，四愁和平婉丽。汉唐短歌，各为绝唱，所谓异曲同工也。"他不避讳杜甫陇蜀诗对汉诗的模仿，但更赞叹其都有的，也是前面方家肯定的"奇崛雄深"，并认为是绝唱。王嗣奭《杜臆》对该作的"情沉"发出新见说："《七歌》创作，原不仿《离骚》，而哀实过之。读《离骚》未必堕泪，而读此不能终

---

① 《杜诗详注》卷八，第700页。
② 转引自陈香编著《杜甫评传》，台北：国家出版社1981年版，第154—155页。
③ 邢治平编：《杜诗论丛》，河南师范大学中文系资料室1980年（内刊本），第24页。

篇，则节短而声促也。"① 从阅读体验的角度，奉《同谷七歌》高于《离骚》，并非以偏概全。明代评家对杜甫陇蜀道诗的解颐，学术贡献是巨大的，尚待研究的空间很大。

清人论杜甫陇蜀道诗的代表《同谷七歌》，沿袭前说甚多，仇注值得注意。仇兆鳌《杜诗详注》："宋元词人，多仿同谷歌体，唯文丞相居先……少陵当天宝乱后，间关入蜀，流离琐尾而作七歌，其词凄以楚。文山当南宋讫箓，絷身赴燕，家国破亡而作六歌，其词哀以迫。少陵犹是英雄落魄之常，文山所处，则糜躯湛族而终无可济也，不更大可痛乎！"② 此说论及杜甫陇蜀道诗的"同谷体"仿写源流，自文天祥始，延及晚清民国至当代，影响深远。杜甫陇蜀诗《同谷七歌》在谋篇、用句、用韵等方面都有很多创造，七首诗之间，既独立成章又结构相同，形成了一个有内在联系的完整艺术体系，丰富了杜诗多样化的写作体裁。写作形式以七言句式为主，兼有不等句的骚体形式。又使用了重言叠字，进行反复的咏叹。清代的施补华称其为"自有七古以来之极盛"，为七古"正宗"（《岘佣说诗》）。其"长歌可以当哭"（肖涤非《杜甫诗选注》），"响彻云霄的悲歌"（冯至《杜甫传》），"千古少有的诗篇"（朱东润《杜甫叙论》），为当代杜诗论者巨擘所激赏。

就其他陇蜀道诗而言，杜甫毕竟是"巨笔屠龙手"③，他没有用同一模式来写这些诗。《凤凰台》的"深衷"是"再光中兴业，一洗苍生忧"，也就是希望国家、人民有美好的命运。浦起龙对此诗题旨的评解，也是联系杜甫在陇蜀道上的"情沉"说："是诗想入非非，要只是凤台本地风光，亦只是杜老平生血性。不惜此身颠沛，但期国运中兴。刳心沥血，兴会淋漓。"④ 凤台本地风光，就是给杜甫国运联想的陇蜀道一个有名的区点。杜诗写此，虽字字艰辛，却在奋力地推陈出新，不落俗套。总体看杜甫陇蜀道诗，其与前人的山水诗有完全不同的风貌：对于祁山道、青泥道、金牛道等的山川景物描写体察而明确，但也不乏鲜明个性之"情沉"和艺术创新之"韵新"。《万丈潭》摹写了陇蜀道中飞龙峡一个

---

① 本段所引，除注明者外，均自台湾陈香编著《杜甫评传》，第154—155页。
② （清）仇光鳌：《杜诗详注》卷八，第700—701页。
③ （宋）苏轼：《次韵张安道读杜诗》，《东坡集》（插图本）（增订版）卷二，江苏古籍出版社2013年版，第16页。
④ （清）浦起龙：《读杜心解》卷一。

与外界完全隔绝的封闭环境，连云朵和飞鸟都被锁其中，深藏潭底的龙当然不可幸免。清人蒋金式对这个艺术"韵新"禁不住盛赞说："字句章法——神奇，发秦州后诗，此首尤见搏虎全力。"① 杜甫在陇蜀道上的诗歌创作，"韵新"呕心沥血，几近惨淡经营，而至《万丈潭》沿用此法，成功地展现了雄奇、险怪、幽僻、阴森等兼而有之的特有艺术氛围，真正写出了万丈潭的个性。清人杨伦总评杜甫这一地域的陇蜀道诗说："大处极大，细处极细，远处极远，近处极近，奥处极奥，易处极易，兼之化之，而不足以知之。"② 就描写的深刻、具体和手法的多样性方面，杜甫的陇蜀道诗在"情沉"、"韵新"方面是鲜有能够企及的。

值得注意的是，明、清注家还特意把李白、杜甫的蜀道诗作进行过比较。王嗣奭云："盖李善用虚，而杜善用实。用虚者犹画鬼魅，而用实者工画犬马，此难易之辨也。"③ 浦起龙评说："太白《蜀道难》，亦未免虚摹多，实际少。"④ 如此看来，李杜二人诗咏蜀道，根本在"虚"、"实"之间。刘勰说："意翻空而易奇，言征实而难巧也。"⑤ 虚写可以忽略许多细节，可以仅勾勒其大体，不必显示其个性。而写实就必须刻画出某地真山实水的特点。显然，杜甫陇蜀道的纪实山水诗，就需要更细致的观察和更雄强的笔力，从而体现陇蜀道上时空辗转变换，山川千姿百态，做到无一雷同。这是杜甫陇蜀道诗"情沉"、"韵新"的根本所在。因此，杜甫陇蜀道诗"如自秦州入蜀诸诗，分明如画，乃其少作也"⑥，而且"如陪公杖屦而游四方"⑦ 在目前。这正是杜甫陇蜀道诗的独到、精深之处，此外无他。

---

① （清）杨伦《杜诗镜铨》卷七引，上海古籍出版社1980年版，第301页。
② （清）杨伦：《杜诗镜铨》卷七，第311页。
③ 《杜诗笺选旧序》，《杜臆》卷首页，吴文治主编《明诗话全编》，第6452页。
④ （清）浦起龙：《读杜心解》卷一，第86页。
⑤ 周振甫：《文心雕龙今译·神思》，中华书局1986年版，第248页。
⑥ （宋）黎靖德编：《朱子语类》卷一四〇，（清）陈梦雷编纂《古今图书集成》（第64册），中华书局1985年影印本，第77675页。
⑦ （宋）鲁訔：《编次杜工部诗序》，见（清）仇兆鳌《杜诗详注·附编》，第2247页。

"同谷体"论略

陇南师范高等专科学校文学与传媒学院　温虎林

【摘　要】"同谷体"即"同谷七歌"体，"同谷七歌"是杜甫诗歌中关注度最高的一组诗，因其体制的独特与强烈的抒情效果，备受后世诗人青睐，仿体作品不断涌现，"同谷体"成了文学史上抒发社会动荡与人生不幸的有效诗体。

【关键词】杜甫　同谷　同谷七歌　同谷体

文学史上除了"九体"、"七体"而外，影响巨大者，莫过于"同谷体"。"同谷体"即杜甫《同谷七歌》（或称《乾元中寓居同谷县作歌七首》）体，"同谷体"也是对杜甫《同谷七歌》体以及仿作的统称。"同谷体"的提出首见于明人丰坊，"余羁秣陵，乞休，累疏而格于新令。郁郁之怀，伏枕增剧。遂效杜子美同谷体，为秣陵七歌，时丙戌九月既望也"。[①] 丰坊之前宋人已经有大量仿《同谷七歌》体的诗歌，均依《同谷七歌》体而作，如：李新的《龙兴客旅效子美寓居同谷七歌》，王炎的《杜工部有同谷七歌，其辞高古难及，而音节悲壮可拟也，用其体作七歌，观者不取其辞取其意可也》，丘葵的《七歌效杜陵体》，等等，都明确诗体渊源是效仿杜甫《同谷七歌》体而来。明清两代更是仿作不断，从文学史意义上来看，不能不说杜甫"同谷体"影响深远。"同谷体"在文学史上的大量出现，不仅有后世诗人对杜甫敬仰的因素，而且有"同谷体"本身具有的结构特点与抒情特色所起的作用。

---

① 黄人：《中国文学史》，苏州大学出版社有限公司2015年版，第300页。

一　"同谷体"的体制渊源

　　《同谷七歌》以其体制的独特性在杜甫诗歌中别具一格，就其创作背景来看，杜甫在同谷县度过了生活上最为艰难的一段。正如诗中所写："岁拾橡栗"、"天寒日暮"、"手脚冻皴"、"男呻女吟"，由于如此艰难，故用特别的诗体来表达，以记在同谷不同寻常的困顿与无奈。杜甫陇蜀道纪行诸诗全是五言古体，只此一组诗用了七言体，特别创制之意甚明。宋元明清学者在追寻《同谷七歌》的体制渊源时，大都认为《同谷七歌》导源于《楚辞》《胡笳十八拍》《四愁诗》等。杨伦《杜诗镜铨》："朱子谓此歌七章，豪宕奇崛，兼取《九歌》《四愁》《十八拍》诸调变化而出之，遂成创体。"[①]《同谷七歌》与《楚辞》关系十分密切，首先属歌体，类《九歌》，其次又有楚辞体标志"兮"字的运用，再次表达抒情的强烈程度类似《离骚》，"我"的反复咏叹极似《离骚》，更与《离骚》相近的地方在于政治上遭受打击的相同遭遇与流落飘零的相似处境，屈原在沅湘放歌，杜甫在陇蜀道放歌，虽地域不同，时代不同，但所抒情感一致。正是从这个意义上，王嗣奭把《同谷七歌》和《离骚》相比："《七歌》创作，原不仿《离骚》，而哀实过之。读《离骚》未必堕泪，而读此不能终篇，则以节短而声促也。七首脉理相通，音节俱协，要摘选不得。"[②]黄益云："李廌《师友记闻》谓太白《远别离》《蜀道难》，与子美《寓居同谷七歌》，风骚极致，不在屈宋之下。愚谓一歌结句'悲风为我从天来'，七歌云'仰视皇天白日速'，其声慨然，其气浩然，殆又非宋玉、太白辈所及。"[③] 陆时雍曰："《同谷七歌》，稍近骚意，第出语粗放，其粗放处，正是自得也。"[④] 诸家均认为《同谷七歌》所抒发的情感意蕴达到了《离骚》的高度。

　　《同谷七歌》与张衡《四愁诗》体式相因，的确有相近之处，都是七言句式，都用"兮"字，都分别叙事，都用数字表达，抒发的情感也相

[①]　（清）杨伦：《杜诗镜铨》卷七，中华书局1962年版，第299页。
[②]　（明）王嗣奭：《杜臆》卷三，上海古籍出版社1983年版，第112页。
[③]　（清）仇兆鳌：《杜诗详注》卷八，中华书局1979年版，第700页。
[④]　同上。

类。胡应麟曰："杜《七歌》亦仿张衡《四愁》,然《七歌》奇崛雄深,《四愁》和平婉丽,汉唐短歌,各为绝唱,所谓异曲同工。"① 清人申涵光说:"《同谷七歌》,顿挫淋漓,有一唱三叹之致,从《胡笳十八拍》及《四愁诗》得来,是集中得意之作。"② 这些说法有一定的道理,但是更应该指出的是杜诗的独创性,尤其是奇崛顿挫的结构不但与顺着东南西北的方向铺陈的《四愁》诗大异其趣,而且比按着时间顺序叙事的《胡笳十八拍》更为变化莫测,体现了杜甫对诗歌结构的惨淡经营。今人黄奕珍撰文《以重覆辞格铨析杜甫〈乾元中寓居同谷县作歌七首〉的意义结构兼论其为创体之原因》③,认为《同谷七歌》的创体是受《诗经》《楚辞》《四愁诗》《七哀诗》诸体的影响而产生的。该文在对影响《同谷七歌》体式讨论中,创造性地列出了《七哀诗》,认为"七哀"之七与"七歌"之"七"意同,且主题类似。而实际上,《七歌》写了七事,而《七哀诗》只是诗题,是完整的一首诗或三首诗(曹植《七哀诗》一首,王粲《七哀诗》三首),两者结构上的关联度不是很大,反而是受《七发》写七事的影响更直接。另外与"七歌"之称相关联的还有北魏诗《化胡歌七首》《太上皇老君哀歌七首》④ 两组诗歌分别为七首,且两组诗歌分别以"我"、"吾"为叙述源起,杜甫在《同谷七歌》中亦在重点叙写"我",多达8处,影响较为明显。

综上讨论,杜甫《同谷七歌》中相同结构的体式是借鉴了《诗经》中重章叠句的影响,"兮"字句与抒发自我悲情的基调是受了《楚辞》的影响,《同谷七歌》叙写七事受《七发》影响较大,运用七言重章也有《胡笳十八拍》与《四愁诗》等的影响,《同谷七歌》中的"七"则是借鉴了《七哀诗》《七发》以及《化胡歌七首》《太上皇老君哀歌七首》等传统诗歌名称的影响。《同谷七歌》的离乱飘零主题显然受《离骚》《胡笳十八拍》影响较大,"伤时忧世"⑤ 主题又受《四愁诗》《七哀诗》影响较大。虽然《同谷七歌》渊源成分复杂,但它的确是杜甫的独创,千秋一体。因此,《同谷七歌》和杜甫的其他作品一样,是根植于文学传统

---

① (清)仇兆鳌:《杜诗详注》卷八,第700页。
② 同上。
③ 黄奕珍:《杜甫自秦入蜀诗歌析评》,台北:里仁书局2005年版,第129页。
④ 逯钦立:《先秦汉魏晋南北朝诗》,中华书局1983年版,第2248、2251页。
⑤ 朱东润:《中国历代文学作品选》,上海古籍出版社2002年版,第389页。

之中,广泛汲取传统文学精华孕育出的文学硕果。

二 "同谷体"的结构特点

"同谷体"的叙写内容基本遵循多角度平面化的一事一歌叙写模式,这种叙写模式切入点灵活,视野开阔,所歌事又用社会动乱背景下的个人漂泊离乱主题来统摄,达到形散而神聚。

《同谷七歌》一歌叙写杜甫到同谷后自己的生活状况,客居同谷,白头乱发,岁拾橡栗,天寒日暮,手脚冻皴,悲风伴我,窘迫至极。二歌叙写杜甫到同谷后寻找食物以及一家人所受的饥饿,雪盛衣短,黄独无苗,男呻女吟,我色惆怅。三歌叙写杜甫对远方弟弟的思念,生别辗转,胡尘暗天,鹙鹅鸂鶒,兄骨难收,无比凄凉。四歌叙写杜甫对远方十年未曾相见的妹妹的思念,良人早殁,诸孤痴愚,长淮浪高,蛟龙怒吼,加之乱箭满眼,旌旗猎猎,无可奈何。五歌叙写同谷的居住环境,四山多风,溪水急流,寒雨飒飒,枯树潮湿,黄蒿古城,白狐黄狐,中夜难眠,魂归故乡。六歌叙写同谷所见,龙在山湫,古木巃嵷,木叶黄落,蝮蛇东来,欲斩无力,所见令人心焦。七歌杜甫感慨人生贫困与艰辛,在同谷的儒生也只能伤怀抱,皇天白日,难以为生。

七歌虽叙写七事,但综合归纳,可概括为四层。一歌二歌为第一层,主要表达杜甫及其一家人在同谷的生活状况,无衣无食,挨冻受饿,物质生活等于掉进了"万丈潭"。三歌四歌为第二层,主要表达杜甫对远在他乡的弟妹们的思念,三歌四歌均交待了造成与弟妹分离的原因,即"胡尘暗天"与"南国旌旗",我则置身于远离亲人的绝境中,担心死了弟弟们也难以知晓。五歌六歌为第三层,主要描写了杜甫居住地周边的环境,自然环境恶劣到了极点,风大水急雨多树湿,古城黄蒿满地,成了狐狸的乐园,加之蝮蛇东来,让杜甫无可奈何,于是发出"我生何为在穷谷"的呐喊。七歌为第四层,以三类人作对照,男儿(杜甫)——长安卿相——山中儒生,长安卿相早早成了富贵身,享受着人间的荣华与富贵。山中儒生虽是旧相识,也和"我"一起同伤怀抱。"男儿"我曾经"致君尧舜上,再使风俗淳"的理想还回荡在耳边,而今沦落到如此难堪的境地,真是苍天在上,感慨万端。

因此,杜甫《同谷七歌》层次结构为:

| 一、二歌（衣与食） | 三、四歌（弟与妹） | 五、六歌（环境） | 七、歌（感慨） |

  关于《同谷七歌》的层次关系，其第五、六歌，后人多有疑虑。仇兆鳌《杜诗详注》："此歌忽然变调，写得山昏水恶，雨骤风狂，荒城昼冥，野狐群啸，顿觉空谷孤危，而万感交迫，招魂不来，魂惊欲散也。"① 杨伦《杜诗镜铨》："七歌章法本极整密，旧解每于第六首若赘疣然。"② 均对《同谷七歌》五六歌的写法有过疑虑。还是浦起龙全面分析了《同谷七歌》层次关系，认为《同谷七歌》："一歌，诸歌之总萃也。首句点清客字，白头、肉死，所谓通局宗旨，留在末章应之。其拾橡栗，则二歌之家计也。天寒、山谷，则五歌之流寓也。中原无书，则三歌、四歌之弟妹也。归不得，则六歌之值乱也。结独逗一哀字、悲字，则以后诸歌，不复言悲哀，而声声悲哀矣。故曰诸歌之总萃也。"③ 的确，第一首是全诗的总括，以后六首前后贯串，给人以很强的整体感。可是这组诗更值得注意的结构特点是变化神妙，不可端倪。王道俊《博议》曰："前后六章，皆自叙流离之感，不应此章独讥时事。此盖咏同谷万丈潭之龙也。龙蛰而蝮蛇来游，或自伤龙蛇之混，初无指切。"④ 认为如果第六首是用比兴体讥刺时事，就与其他六首不同，所以硬把它释成是咏当地实景。其实正如王嗣奭所云："山有龙湫，因之起兴，大抵以龙比君，而蝮蛇以比小人或乱贼，非实事也。盖此时蛇龙俱蛰矣。"⑤ 岁暮天寒，安能有蝮蛇在水上游！不管此处的"蝮蛇"是指李辅国等奸邪还是史思明等叛将，它毫无疑义是想象之词，比兴之体。结合五歌"魂招不来归故乡"，很容易让人联想到屈原《招魂》篇："蝮蛇蓁蓁，封狐千里些。"⑥ 抑或此"白狐"、"黄狐"、"蝮蛇"为诗歌语言，既不是实景描绘，也没有比兴之意，而是仅仅是借用《招魂》诗句达到环境烘托的目的。杜甫在总体上是"自叙流离之感"的，《同谷七歌》中插入"独讥时事"的第六首，正是有意要

---

① （清）仇兆鳌：《杜诗详注》卷八，第697页。
② （清）杨伦：《杜诗镜铨》卷七，第296页。
③ （清）浦起龙：《读杜心解》卷二，中华书局1961年版，第262页。
④ （清）仇兆鳌：《杜诗详注》卷八，第699页。
⑤ （明）王嗣奭：《杜臆》卷三，第113页。
⑥ 林家骊译著：《楚辞》，中华书局2010年版，第212页。

打破结构上单一形式,这是杜甫联章诗章法的一大特点。这种写法能让组诗的严整结构掺入错落有致、一多对比的因素,从而使全诗不致板滞而摇曳生姿。

三 "同谷体"的抒情特色

《同谷七歌》凸显以人物为主的抒情模式,张扬抒情主体,着力书写"有我之境"。《同谷七歌》的抒情主体是杜甫本人,直接写"我"的诗句达8处,分别是:"悲风为我从天来"(一歌),"我生托子以为命"、"邻里为我色惆怅"(二歌),"安得送我置汝旁"(三歌),"林猿为我啼清昼"(四歌),"我生何为在穷谷"(五歌),"我行怪此安敢出"、"溪壑为我回春姿"(六歌)。其他写我的诗句如:"有客有客字子美,白头乱发垂过耳。岁拾橡栗随狙公,天寒日暮山谷里。中原无书归不得,手脚冻皴皮肉死。"(一歌)"短衣数挽不掩胫。"(二歌)"汝归何处收兄骨。"(三歌)"魂招不来归故乡。"(五歌)"男儿生不成名身已老,三年饥走荒山道。""仰视皇天白日速。"(七歌)《同谷七歌》中的我,无衣无食、亲人分离,由于处境艰辛,更担心会客死他乡,魂魄不能回归故乡,杜甫面对皇天白日,只有感慨长歌。更值得关注的是一组"为我"的句子,"悲风为我从天来"(一歌),"邻里为我色惆怅"(二歌),"林猿为我啼清昼"(四歌),"溪壑为我回春姿"(六歌)。"为我"不仅是作为一个短语的重复,它们在每一首出现的位置也是一致的。"悲风"、"邻里"、"林猿"、"溪壑",他们以"我"为中心,分别从天而落、为"我"感到惆怅、为"我"在白日哀啼,更为"我"扭转了时序。"为我"说明我处于困境之中,受到周围人与物的关注,这样更增添了"我"的孤独与无助。

除杜甫外,《同谷七歌》出现的抒情人物有狙公、男呻女吟的家人、为我色惆怅的邻里、弟妹、妹夫与诸孤以及山中儒生等,其中可知姓名的是山中儒生李衔,杜甫在离开同谷十二年后的大历五年(770)写的《长沙送李十一衔》,"与子避地西康州,洞庭相逢十二秋",西康州即同谷,明确叙写了与李衔在同谷避乱,十二年后又在洞庭相逢。这些人中远方的亲人是杜甫挂念的对象,山中儒生与他一起感喟过去,邻里虽对杜家的景况寄以同情,但对改善他的处境并无帮助,狙公在山雪渐盛时也派不上用场。最感人的是杜甫寻遍黄独而空手返家时,看到的景象是"男呻女吟四壁静",此情此景,真是不堪卒读。

《同谷七歌》强化环境烘托的功能,含蓄而又传神地展现出诗人内心的惶恐与不安。杜甫通过对弟妹处境的描写,分别用"胡城暗天"与"南国旌旗"展现了"安史之乱"中的社会动荡局面,背景极为广阔,可视为《同谷七歌》蕴含的宏观背景环境,也体现了杜诗的"诗史"本色。杜甫身处的自然环境则是"四山多风溪水急,寒雨飒飒枯树湿。黄蒿古城云不开,白狐跳梁黄狐立。""木叶黄落龙正蛰,蝮蛇东来水上游。"冷风急水寒雨,黄蒿古城,白狐黄狐,简直不宜人居。其中相遇的动物有白天啼叫的林猿,荒城四处乱跳的白狐黄狐,前后飞翔的鸳鹅与鸶鹒,水上东来的蝮蛇,总体给人一种恐怖气氛。该诗写作的时令适逢隆冬,"天寒日暮山谷里"(一歌)明言天气的寒冷,"黄独无苗山雪盛"(二歌)苦于雪盛找不到吃的,"寒雨飒飒枯树湿"(五歌)因寒雨枯树不能用作柴料,杜甫此时此地"短衣数挽不掩胫"(二歌)与"手脚冻皴皮肉死"(一歌),既受寒冷的侵袭,又受饥饿的折磨。"纵观杜甫所使用的人物、动物、植物以及对地势、气候的描写,不难发现他密集地使用了晦暗、阴冷、荒凉、萧瑟等物象来营造无力、凄凉、备感威胁之氛围,使得读者更能体受他当时真正的心境。"① 不论是社会环境还是自然环境,都不尽如人意,同谷成了杜甫此行最为艰难的地方,面对此景此情,诗人只有悲歌哀吟。

四 历代"同谷体"诗歌述论

朝代	作者	诗题
北宋	李新	龙兴客旅效子美寓居同谷七歌
南宋	王炎	杜工部有同谷七歌,其辞高古难及,而音节悲壮可拟也,用其体作七歌,观者不取其辞取其意可也
南宋	文天祥	文丞相六歌
南宋	郑思肖	和文丞相六歌
南宋	汪元量	浮丘道人招魂歌

---

① 黄奕珍:《杜甫自秦入蜀诗歌析评》,第154页。

续表

朝代	作者	诗题
南宋	丘葵	七歌效杜陵体
明朝	李梦阳	弘治甲子，届我初度，追念往事，死生骨肉，怆然动怀，拟杜七歌，用抒愤抱云耳
明朝	丰坊	余羁秣陵，乞休，累疏而格于新令。郁郁之怀，伏枕增剧。遂效杜子美同谷体，为秣陵七歌，时丙戌九月既望也
明朝	虞淳熙	仿杜工部同谷七歌
明朝	陈子龙	岁晏仿子美同谷七歌
明朝	姜垓	庚寅五月，承闻桂林消息，仿同谷七歌兼怀同年友方大任平乐府七首
明朝	姜垓	戊子四月，归途寓居胶东，怆心骨肉死生间隔，聊作七歌以当涕泣云尔
明朝	周继圣	七哀用杜工部同谷七歌韵
清朝	宋琬	庚辰腊月，读子美同谷七歌效其体以咏哀
清朝	王夫之	仿杜少陵，文文山作七歌
清朝	余怀	效杜甫七歌在长洲县作
清朝	顾贞观	蒙阴山中七歌
清朝	任其昌	七歌效杜工部同谷七歌，即咏杜歌作尾声

自杜甫《同谷七歌》后，不断有人模仿，以致"同谷体"作品数量众多。纵观历代"同谷体"诗歌，主要产生在社会矛盾剧烈的朝代更迭之际，尤以南宋末年和明末清初作品居多，其主题多以离乱动荡为主。北宋末年李新《龙兴客旅效子美寓居同谷七歌》，南宋末年王炎《杜工部有同谷七歌，其辞高古难及，而音节悲壮可拟也，用其体作七歌，观者不取其辞取其意可也》、文天祥《文丞相六歌》、郑思肖《和文丞相六歌》、汪元量《浮丘道人招魂歌》、丘葵《七歌效杜陵体》，明朝李梦阳《弘治甲子，届我初度，追念往事，死生骨肉，怆然动怀，拟杜七歌，用抒愤抱云耳》、丰坊《余羁秣陵，乞休，累疏而格于新令。郁郁之怀，伏枕增剧。遂效杜子美同谷体，为秣陵七歌，时丙戌九月既望也》、虞淳熙《仿杜工部同谷七歌》、陈子龙《岁晏仿子美同谷七歌》、姜垓《庚寅五月，承闻桂林消息，仿同谷七歌兼怀同年友方大任平乐府七首》《戊子四月，归途寓居胶东，怆心骨肉死生间隔，聊作七歌以当涕泣云尔》、周继圣《七哀用杜工部同谷七歌韵》，清朝宋琬《庚辰腊月，读子美同谷七歌效其体以

咏哀》、王夫之《仿杜少陵、文文山作七歌》、余怀《效杜甫七歌在长洲县作》、顾贞观《蒙阴山中七歌》、任其昌《七歌效杜工部同谷七歌,即咏杜歌作尾声》,等等。由此看出,社会矛盾越剧烈,"同谷体"作品越多,"同谷体"的抒情性越强烈。从内容上可以看出,李新、王炎、汪元量、虞淳熙、丰坊、李梦阳的作品和《同谷七歌》一样主要历数家人与自己凄惨的遭遇,主题以"伤时忧世"为主。从文天祥开始,则主要书写国破家亡的时代悲剧,抒发情感的力度更胜《同谷七歌》中所表达的悲痛。梳理中国古代文学的抒情传统,"同谷体"抒发社会动荡主题之源来自《离骚》,《同谷七歌》"有我之境"的抒情模式明显是受到屈原《离骚》的影响,杜甫把流寓同谷看作屈原当年流寓沅湘,所以,"同谷体"是抒发国破家亡、个人流离失所的特殊诗体,历代诗人抒发着相同或相似的情感。文天祥、郑思肖、陈子龙与王夫之等人的诗篇"字字是遗民血泪,令人不忍卒读"。[1] 顾贞观、宋琬、任其昌又回到个人悲伤情感的主题上,凸显"我"的不幸遭遇,以写自己与家人艰困的处境为主。从这里我们可以发现,不同时期的"同谷体"诗歌,也有其变化与发展的轨迹,这些变化与其所处的社会与政治环境以及个人命运是密切相关的。而从形式上来看,"同谷体"诗歌虽仍以七首诗一组为主流,但像文天祥与郑思肖的作品便自动删减一首,但每歌增加了句数;汪元量《浮丘道人招魂歌》则随抒情需要增加了两歌,由"七歌"增至"九歌"。"同谷体"大部分作品沿用了《同谷七歌》倒数第二句"呜呼一歌兮"的形式,而有的或保留了"有客有客"、"有弟有弟"、"有妹有妹"句式,或故意打破《同谷七歌》各首一致的句数,而改以长短错落的方式取而代之。总之,"同谷体"在形式上显示出一定的灵活性。

由此可知,"同谷体"在诗歌史上绵延不绝,从另一个侧面足以说明"同谷体"创造了一种独特的抒情方式,是抒发深沉婉转哀伤情感的有效体裁。在某种意义上来说,也是不断地让"同谷体"获得新生并使这个传统与当时的社会环境紧密地结合了起来,杜诗"诗史"品质代代坚守,这样,使得"同谷体"形成具有鲜明特点的文学传统,成为文学史上一道亮丽的风景。

---

[1] 黄奕珍:《杜甫自秦入蜀诗歌析评》,第181页。

《同谷七歌》歌"悲辛"

陇南师范高等专科学校文学与传媒学院　窦旭峰

【摘　要】《同谷七歌》是杜甫寓居同谷的生活写照，从另一个侧面真实反映了安史之乱后老百姓生活的悲惨和辛酸。诗人在饥饿冷冻中绝望，在绝望中回味亲情，在生命不息中对国家充满希望，气盛之至。

【关键词】《同谷七歌》　缘起　悲辛　穷愁　气盛

安史之乱，盛唐大厦倾覆，有着"开元盛世"伟业的唐玄宗，"思倾国果倾国矣"①，马嵬坡连自己心爱的贵妃都只能"君王掩面救不得，回看血泪相和流"（白居易《长恨歌》），上演了一场人间生离死别的爱情悲剧。皇帝尚且如此，老百姓的生活又怎样呢？素有"诗史"之称的杜甫诗歌，尤其是《乾元中寓居同谷县作歌七首》（即《同谷七歌》），就是百姓生活的真实写照。

一　一岁四行役

天宝五载（746），杜甫客居长安，过着"残杯与冷炙，到处潜悲辛"（《奉赠韦左丞丈二十二韵》）的生活，经常饥卧在家，穿的衣服就像"百衲"衣，有时竟然到肉黄皮皱的地步。在郑虔家饮酒时，杜甫举杯发出了"但觉高歌有鬼神，焉知饿死填沟壑"（《醉时歌》）的悲鸣。杜甫长

---

① （清）蘅塘退士编，（清）陈婉俊补注：《唐诗三百首》卷三，中华书局1959年版，第13页。

安生活十年，证实了顾况给白居易说的"长安米贵，白居不易"。

天宝十四载（755）十一月，杜甫从长安半夜出发，赴奉先探视妻儿，"入门闻号咷，幼子饥已卒"（《自京赴奉先县咏怀五百字》），当头就是一棒。回奉先后安史之乱爆发，杜甫为躲避战乱，成为逃难大军的一员，避难羌村，其间被叛军掳至长安，后逃到凤翔，被肃宗授左拾遗，没多久因房琯事被肃宗放还。

乾元二年（759）初夏发生严重旱灾，飞鸟热死，鱼池干涸，庄稼绝收。入秋后关内外发生饥荒。七月，杜甫为了活命，从华州（今陕西省华县）司功参军任上弃官携家前往秦州（今甘肃省天水），投靠从侄杜佐。杜甫居秦州不满四个月，亲朋资助有限，经济日趋困难，常常"囊空恐羞涩，留得一钱看"（《空囊》），恰逢友人从同谷（今甘肃省成县）来信邀他前往。困境中的杜甫错将同谷视为"乐土"，十月离秦州，备受艰辛，"长恐道路死"，来到同谷。不料生活更加艰难，写下了"响彻云霄的悲歌"（冯至《杜甫传》）——《乾元中寓居同谷县作歌七首》。

二 一把辛酸泪

《乾元中寓居同谷县作歌七首》是杜甫满怀生的希望，受到死的威胁，艰难度日，无奈中发出的悲鸣——"呜呼一歌兮歌已哀"。

杜甫怀着"近闻西枝西，有谷杉黍稠，亭午颇和暖，石田又足收"（《寄赞上人》）的憧憬，到达同谷。但这里并不是诗人心中的"乐土"，曾写信邀他来同谷的同谷县宰也没了踪影。杜甫衣食无着，在"天寒日暮山谷里"，"岁拾橡栗随狙公"，"黄独无苗山雪盛"，"此时与子空归来，男呻女吟四壁静"，生存出现严重危机。赵翼曰"诗人之穷，莫穷于少陵。……在同谷亲拾橡栗，至劚黄精不获而归，对儿女长叹，其景况可想也"（《瓯北诗话》），所言正是。

这里需要说明的是，"橡栗"是"橡子"，《辞源》："栎树的果实，似栗而小"，"通名橡实，俗称橡子"。《新唐书·杜甫传》："客秦州，负薪采橡栗自给。"皮日休《皮子文薮·橡媪叹》："秋深橡子熟，散落榛芜岗。"《广雅疏证》："郑注周官掌染草云，蓝茜象斗之属，橡子可染又可仓。大戴礼曾子制言篇云，聚橡栗藜藿而仓之。吕氏春秋恃君篇，冬日则仓橡栗。高诱注云，橡，皁斗也，其状似栗。案今江淮之间通言橡栗，其实如小栗而微长，近蒂处有棣汇自裹。尔雅所谓栎其实梂也。田野人多磨粉仓之，凶年可以救饥。"[1]《辞源》把"橡栗"解释成"橡子"是对的，甘肃成县当地人也叫"橡子"，树名叫"青冈树"、"橡子树"。"橡子"无毒味苦涩，虽然可嚼成粉状，但口感如食木屑。当地人不吃，食后喝水发酵会体积增大而胀破胃，吃多了真的能把人撑死。以前农村有一条生活经验，绝对不能在青冈树林里放牛，以防牛吃了橡子把牛胃胀破。牛是有四个胃的反刍动物尚且受不了，人何以堪？所以杜甫捡橡子吃是饮鸩止渴，陷入了绝境。印证了"凶年可以救饥"。而且，成县县城周围不产板栗。也许有人会说一千多年时间，杜甫草堂周围的板栗树被砍光了。有一个常识，民间百姓一般不砍有经济价值的树种，甘肃省康县野外至今健壮的粗大的老板栗树就是明证。而且，板栗掉在地上还会发芽，长出新苗。我家二十年前栽的板栗树，现在进入盛果期，近五年，板栗树周围被移栽的小树苗已不下三十棵。

另外，"橡栗"《辞源》解释"似栗而小"。其实，陇南本地出产的"栗"分板栗和毛栗两种，板栗大而毛栗小，板栗有一平面而毛栗稍圆。橡子中部柱状通圆。橡子比板栗小比毛栗大，"其实如小栗而微长"（《广雅疏证》）。青冈树和板栗树相似，果实在未成熟时就有区别。如图所示：

图1　生长期的橡子　　　　图2　生长期的板栗

[1] 《尔雅　广雅　方言　释名》（清疏四种合刊），上海古籍出版社1989年版，第692页。

图3 成熟的橡子和板栗

"狙公",《辞源》:"养猿猴的老人。"杜甫是外地人,要捡拾橡子肯定不知道地方,得找当地人做向导。杜甫把"向导"习惯上称为"狙公"合情合理,但"狙公"的真实身份绝对不是"养猿猴的老人"。因为成县是一个封闭而且小农经济意识很浓的地方,十一届三中全会以后,改革开放的春风才吹醒了这片沉睡的土地,人们逐渐有了商品经济意识。一千多年前的同谷,加上战乱,当时百姓的生活困苦不堪,娱乐消费水平绝对没有发展到有人以养猴耍猴为生的地步(现在都没有),更何况本地没有野生猴群,别说是"养猿猴的老人"了。

"黄独",《辞源》:"植物名。《本草》名赭魁。别名土芋、土卵、土豆。蔓生,根如芋。或谓根唯一颗而色黄,故称黄独。"十一月,成县正值冬季,杜甫因"山雪盛"而无法捡拾橡栗(橡栗被雪覆盖),只好"长镵长镵白木柄,我生托子以为命"去挖黄独。然而,黄独也因"山雪盛"而找不到用来辨认的苗,要挖到黄独实非易事,只落得"此时与子空归来"。等待食物的家人开始还"男呻女吟",后来到了"四壁静"的寂静无声之中,多么可怕。

三 一副穷酸相

来到同谷,杜甫寻找"乐土"的希望彻底破灭,生活更加窘迫,此时的杜甫状如乞丐:"白头乱发垂过耳"、"短衣数挽不掩胫"、"手脚冻皴皮肉死",到了"长镵长镵白木柄,我生托子以为命"的地步,真的是惨不忍睹。

四 残酷的居住条件

杜甫寓居同谷后,衣食无着,居住条件极为恶劣:地处"天寒日暮山谷里"、"四山多风溪水急,寒雨飒飒枯树湿"、"黄蒿古城云不开"的"穷谷";所居之所"白狐跳梁黄狐立"。"乱世景象"[①],令人毛骨悚然。

杜甫是十月离开秦州赴同谷,十二月一日发同谷奔赴剑南,在同谷居住了一个月左右,时值天寒地冻的隆冬季节。"寒雨飒飒枯树湿"应该是十月末或十一月初,到十一月中下旬已经是"山雪盛"了,"短衣数挽不掩胫"的杜甫,就只能"手脚冻皴皮肉死"了,这是生活的真实写照。现在,成县所建杜公祠(当地人叫杜甫草堂)选址据说就是当年杜甫寓居同谷时居住的地方。其地前后两山高峻陡峭对峙,形成峡谷,一日之中只有正午才能晒到太阳,成县东河、南河交汇后从杜甫草堂前流过,是县城南面的唯一风口。冬天寒风凛冽,冰天雪地,奇冷,根本就不是人居的地方,"四山多风溪水急"是事实。一千多年后的今天,全球气候变暖,杜甫草堂上下向阳的地方才有两家人居住。所以,杜甫假如就住在现在杜甫草堂的地方,"短衣数挽不掩胫"的杜甫即使饿不死也一定会冻死。建杜公祠时因为没有足够的物证和文献资料佐证,所以,我对成县杜公祠的选址存疑。

五 人在囧途的绝望

饥寒交迫的杜甫,绝望情绪与日俱增。"中原无书归不得",路在何方?一路的艰辛,人间的悲凉,杜甫对下一个目的地的选择更加慎重,但前途渺茫。处在闭塞偏僻的同谷,"悲风为我从天来",此时此刻,一种恐惧袭上心头,杜甫似乎感到已走到了生命的尽头,这穷山僻壤有可能就是自己的葬身之地,不由自主地想到了远方的弟妹,"汝归何处收兄骨",

---

[①] (清)沈德潜编:《唐诗别裁集》卷六,上海古籍出版社1979年版,第213页。

怕弟弟以后找不到自己的尸骨,想魂归故里,何等凄惨,已经到了想料理后事的地步了。"《七歌》创作,原不仿《离骚》,而哀实过之,读《骚》未必堕泪,而读此不能终篇。"① 所言极是。

六 位卑未敢忘忧国

在死亡线上挣扎的杜甫,虽然死神相伴,只要生命不息,就"穷愁"不已。"寒雨飒飒枯树湿"说明杜甫到同谷最晚也在十一月上旬,十一月中旬就没有"寒雨"了。此时,"木叶黄落龙正蛰",竟然"蝮蛇东来水上游",岂非怪事?杜甫到同谷,濒临绝境,但"中原无书归不得",说明和外界并没有失去联系,一直心系中原,关怀国事,"我行怪此(蝮蛇)安敢出",想"拔剑欲斩"但无能为力,只能"且复休","庄以放旷,屈以穷愁……其后惟杜公,本小雅、屈子之志,集古今之大成,而全浑其迹"。② 真的是"穷愁"啊!然而,"起托寄木叶黄落,冬日愁惨之状,故望其'回春姿'。阳长阴消,所感者大"。③ 杜甫盼望"回春姿",对国家仍然充满希望。虽然是"龙正蛰"的寒冬,虽然"蝮蛇东来水上游",叛军一时逞凶,杜甫相信一定会"溪壑为我回春姿",这就是"六歌"之"思"(穷愁),也是"所感者大"的地方。"读少陵诗,如见其忧国伤时。"④

七 壮心不已的慨叹

杜甫出生于儒学世家,当然忘不了立功立言。杜甫进《三大礼赋》后,说"儒术诚难起,家声庶已存"(《奉留赠集贤院崔于二学士》)。而立功呢?上有勋业学术震耀千古的十三世祖杜预,曾祖杜依艺、祖父杜审言、父杜闲皆为官,48岁的诗人穷困潦倒,免不了发出了"男儿生不成名身已老"的慨叹,忍不住"但话宿昔伤怀抱",只能"仰视皇天白日

---

① (明)王嗣奭:《杜臆》卷三,上海古籍出版社1983年版,第112页。
② (清)方东树著,汪绍楹校点:《昭昧詹言》卷一,人民文学出版社1961年版,第5页。
③ 同上书,卷一二,第260页。
④ (清)沈德潜著,王宏林笺注:《说诗晬语笺注》,人民文学出版社2013年版,第429—430页。

速"。"一饭未尝忘君，其忠孝与夫子事父事君之旨有合，不可以寻常诗人例之。"[1] "顾其卒章，叹老嗟卑，则志亦陋矣。人可以不闻道哉。"[2]

《同谷七歌》第一首就发出了"悲风为我从天来"的哀叹，"悲风天来，若助旅人之愁矣"（仇兆鳌《杜诗详注》）；第二首就到了"命托长镵，一语惨绝"（仇兆鳌《杜诗详注》）的境地；第三首怀念弟弟的同时留下了"汝归何处收兄骨"的绝望，"骨肉深情，缠绵郁结"（吴瞻泰《杜诗提要》）；第四首思念妹妹时抒发有家难归的悲啼，"猿鸣清昼，不特天人感动，即物情亦若分忧矣"（仇兆鳌《杜诗详注》）；第五首诗人的思绪回到了现实，"中夜起坐万感集"，夜不能寐，表达魂归故里的宿愿；第六首写国事之思，书爱国情怀，这是绝望中的希望，"其所慨于身世者，大矣"（仇兆鳌《杜诗详注》）；第七首慨叹年岁已老，功业无成，"盖穷老流离之感深矣"（仇兆鳌《杜诗详注》）。总之，"杜陵此歌，豪宕奇崛，诗流少及之者"[3]。杜甫心路历程，"全浑其迹"，悲而不伤。"凄凉沉郁，令人不忍卒读"[4]。

---

[1]（清）沈德潜编：《唐诗别裁集》卷六，第201页。
[2]（宋）朱熹：《朱子文集大全类编》杂著卷一五《跋杜工部同谷七歌》，《四库全书存目丛书》，齐鲁书社1997年版，集部第18册，第633页。
[3] 同上。
[4]（清）方东树著，汪绍楹校点：《昭昧詹言》卷一二，第260页。

萧萧落叶，漏雨苍苔

——杜甫的生命悲慨与《同谷七歌》

陇南师范高等专科学校文学与传媒学院　陈江英

【摘　要】杜甫一生命运多舛，坎坷的经历和"穷年忧黎民"的博大胸襟使他一生忧国，终身忧民，英雄末路、壮志难酬、忧国忧民的生命悲慨充斥着他的一生，这些悲慨情感集中体现在他的诗作《同谷七歌》中。全诗字字血泪、句句悲催，蕴含震撼人心的悲慨，读来呜咽悱恻，如闻哀弦，催人泪下。

【关键词】悲慨　壮志难酬　英雄末路　震撼人心　催人泪下

"悲慨"一词最早出现在司空图《二十四诗品》之十九："大风卷水，林木为摧。适苦欲死，招憩不来。百岁如流，富贵冷灰。大道日丧，若为雄才。壮士拂剑，浩然弥哀。萧萧落叶，漏雨苍苔。"杨廷芝《诗品浅解》云："大风卷水，声不可闻；林木为摧，感且益慨。起首似有北风雨雪之意。"① 刘禹昌认为："'大风'二句，以狂风肆虐，卷起江湖，惊涛骇浪，震撼山林，拔木折干为喻，象征国家极其动乱，人民不得安宁。"② 郭绍虞先生说："百岁如流，一往不回，感人生之无常，不免引起悲慨。满堂富贵，转眼成空，热闹场中，结果乃若已冷之灰，感盛况之难再，又不免引起感慨。"③ "悲慨"的艺术风格，表现为慷慨激昂、悲壮抑郁而荡

---

① 郭绍虞：《诗品集解》，人民文学出版社2005年版，第35页。
② 刘禹昌：《司空图诗品义证及其他》，武汉大学出版社1993年版，第59页。
③ 郭绍虞：《诗品集解》，第35页。

气回肠的壮美,它有浓郁的抒情气氛和真挚、热烈的感人力量。许多有志之士身世经历坎坷,志向抱负难伸,因而慷慨悲歌,抒发积郁。

我们不难看出,"悲慨"一词大概有这么几层含义:一是社会黑暗造就局势的艰难;二是动荡不安的社会引发的个人壮志难酬、生活艰辛、英雄末路、人生无常的慨叹;三是抒发的一般有志之士壮志难酬、抱负难伸的郁闷之情;四是艺术风格表现为慷慨激昂、悲壮抑郁,具有浓郁的抒情性。正如殷满堂所说:"动荡的时代,黑暗的社会,是悲慨风格形成的土壤;从内容上来看,悲慨中有个人之私引起的感慨,即人生之嗟,包括因悲辛生活、壮志未酬、英雄失路、生命短促、人生无常等等而产生的感慨,还有因天下之公而引起的感慨,即悲天悯人之怀。"①

"沉郁顿挫"是杜甫诗歌的显著特征,而悲天悯人之怀是杜诗的主要内容。杜甫一生忧国,终生忧民,杜甫的诗篇处处充溢着"穷年忧黎民,叹息肠内热"的爱国情怀,字字蕴含着"致君尧舜上,再使风俗淳"的宏伟抱负。方东树《昭昧詹言》云:"诗中夹以世俗情态、困苦危险之情杜公最多……古今兴亡成败、盛衰感慨、悲凉抑郁、穷通哀乐杜公最多。"② 杜甫诗篇中有相当一部分内容抒写的是世俗情态、困苦危情和杜甫对兴亡成败、盛衰的感慨,风格多悲凉沉郁。安史之乱爆发,诗人亲身经历了战乱带来的痛楚,忧时伤乱,他的诗歌在忧国忧民这条主线上又增加了生活艰辛、英雄末路、人生无常的悲慨情怀。这些悲慨情怀在杜甫《同谷七歌》诗中得到了比较集中的体现。对于这组具有强烈悲慨抒情感染力的诗歌,肖涤非评价"长歌可以当哭"(《杜甫诗选注》),仇兆鳌引胡应麟称为"奇崛雄深的绝唱"(《杜诗详注》),冯至认为是"响彻云霄的悲歌"(《杜甫传》),朱东润慨叹为"千古少有的诗篇"(《杜甫叙论》)。

一 《同谷七歌》内容所蕴含的悲慨情怀

安史之乱既是唐由盛入衰的分水岭,也可以说是奠定杜甫"诗圣"

---

① 殷满堂:《悲慨:杜甫的生命感悟与杜诗诗美品格》,《长江大学学报》(社会科学版) 2013 年第 10 期。

② (清)方东树著,汪绍楹点校:《昭昧詹言》卷一一,人民文学出版社 2006 年版,第 236 页。

地位的起点。于逢春说:"'安史之乱'既是大唐王朝由盛而衰的转折点,也是杜甫奠定其诗圣历史地位的起跑线。"① 乾元二年(759),随着九节度官军在相州大败和关辅饥荒,杜甫对污浊的时政动荡的时局痛心疾首,放弃了华州司功参军的职务,携家人随百姓逃难抵达秦州。十月,缺衣少食的杜甫携家离开秦州,南赴同谷(今甘肃成县),滞留月余,想解决衣食之忧。不料到同谷后,生活状况不仅没有改善,反而完全陷入饥寒交迫的绝境之中。这月余是杜甫西南漂泊最为悲惨的日子,《同谷七歌》记载的就是这段最为艰苦的岁月。"大风卷水,林木为摧……壮士拂剑,浩然弥哀",《同谷七歌》全诗字字血泪、句句悲催,蕴含震撼人心的悲慨,读来呜咽悱恻,如闻哀弦,催人泪下。概括起来,《同谷七歌》内容所呈现的悲慨大致可以分为以下几个方面。

一是对悲苦艰辛生活的感慨。

> 有客有客字子美,白头乱发垂过耳。岁拾橡栗随狙公,天寒日暮山谷里。中原无书归不得,手脚冻皴皮肉死。呜呼一歌兮歌已哀,悲风为我从天来!

天寒日暮,大雪封山,客居同谷,诗人全家饥寒交迫,诗人蓬头垢面,在雪地上和狙公一起刨雪寻找橡栗。同样是雪中拾栗,唯一不同的是,狙公捡拾橡栗是为了喂养猴子,而诗人雪中取栗却是为了家人充饥!当年风华年少、壮志满怀的诗人怎么也不会想到自己会沦落到今天这般境地。"手脚冻皴皮肉死"数九寒天,西北的严寒冻僵了诗人的双脚、冻裂了诗人的双手,极目远望,天寒日暮,杜甫渴望回到中原,无奈安史之乱的烽火阻隔了诗人的音讯,战乱未息,"中原无书归不得"。仰天长叹,回答杜甫的只有北风肆意的哀鸣。诗人悲从中来,悠悠苍天,如何人哉!长歌当哭,情何以堪!仇兆鳌注云:"垂老之年,寒山寄迹,无食无衣,几于身不自保,所以感而发叹也。"② 如此艰难的生存和贫病的困扰,难怪诗人要呼天喊地的悲歌。董益曰:"……一歌结句'悲风为我从天来',七歌云:'仰视皇天白日速',其声慨然,其气浩然,殆又非宋玉、太白辈所

---

① 于逢春:《绵绵愁绪慨春秋——论杜甫愁题诗》,《杜甫研究学刊》2013年第4期。
② (清)仇兆鳌:《杜诗详注》卷八,中华书局1979年版,第693页。

及。"(《唐诗选脉会通评林》);"慷慨悲歌,足以裂山石而立海水,殆所谓自铸《离骚》者"(《唐宋诗醇》)。李沂评价云:"慷慨悲歌,淋漓呜咽,自子美创出,便似开辟以来,原有此调。"(《唐诗援》)

> 长镵长镵白木柄,我生托子以为命!黄独无苗山雪盛,短衣数挽不掩胫。此时与子空归来,男呻女吟四壁静。呜呼二歌兮歌始放,闾里为我色惆怅!

杜甫生活的悲苦还在延续,好不容易捡了橡栗充顿饥,接下来的日子又是全家忍饥挨饿,诗人不得不冒着凛冽的风雪,扛着锄头,在雪地上挖黄独(一种像红薯或芋头的东西),冬天苗叶枯死,根茎深埋土中,全家人的生命维系于此。诗人衣不蔽体,在厚厚的雪下找黄独,艰难可想而知。经常是拖着锄头空手而归。诗人又一无所获,携锄而归,归来但见"男呻女吟",妻儿已经饿得呻吟不止。家徒四壁,炊烟不起,其凄惨景象令邻里亦为之惆怅悲伤。清人仇兆鳌论《同谷七歌》第二首云:"命托长铲,一语惨绝。橡栗已空,又掘黄独,真是资生无计。雪满山,故无苗可寻;风吹衣,故挽以掩膝。男女呻吟,饥寒并迫也。""呻吟既息,四壁悄然,写得凄绝。"[①] 唐肃宗乾元二年,杜甫遭遇到了其一生流寓生活最为动荡的岁月。从《发秦州》(乾元二年自秦州赴同谷县纪行)中所云"无食问乐土,无衣思南州"、"栗亭名更佳,下有良田畴;充肠多薯蓣,崖蜜亦易求"、"密竹复冬笋,清池可方舟;虽伤旅寓远,庶遂平生游"看,杜甫对同谷之行充满了希望。并且,当他到达同谷县境时,内心很受邀他南行友人热情的鼓舞,《积草岭》(同谷界)言及"邑有佳主人,情如已会面;来书语绝妙,远客惊深眷"就清晰地显示了这一点。也是因为向往和"佳主人"的邀请,造成了诗人到达同谷遭遇的现实远远超出了设想和预期。不料这位佳主人却不知什么原因而始终没有谋面。杜甫异常失望,在生活上几乎濒于绝境。研究者对此多归罪于佳主人言而无信。明王嗣奭最早将佳主人猜度为同谷令:"前《积草岭》云'邑有佳主人',不知谓谁,岂同谷令耶?歌内甚有不足主人之意。"[②] 对于佳主人,我们现

[①] (清)仇兆鳌:《杜诗详注》卷八,第694、659页。
[②] (明)王嗣奭:《杜臆》卷三,上海古籍出版社1983年版,第113页。

在已经难以得知当时的真实情景,但有一点可以肯定,无田无产,无房无食,饥寒交迫,可以说这一行程加深了杜甫悲辛生活的苦难。诗人内心的悲慨之情不言而喻。也可以这么说,杜甫寓居同谷月余之久是诗人流离生涯中的大不幸。蒲向明说:"诗人不幸同谷幸,诗人没有因为同谷的物产和气候而改变处境,同谷却因为诗人的到来所留下的《同谷七歌》等作品而名扬于世,诗人人格、诗艺的至善至美于有我之境界动人心魄、感昭日月。"①

二是悲慨生命短促、人生无常引发对远方亲人的牵挂、思念。

> 有弟有弟在远方,三人各瘦何人强?生别展转不相见,胡尘暗天道路长。东飞鴐鹅后鹙鸧,安得送我置汝旁!呜呼三歌兮歌三发,汝归何处收兄骨?

杜甫有弟四人,颖、观、丰、占,此时只有占跟着杜甫寓居同谷,另有一妹在濠州钟离。杜甫兄弟姊妹战乱失散,天各一方。自己一家人流落在这穷山恶水之地,生死尚且不可预知,而远在他方的弟弟们是否一切安好?兄弟们是否还会活着相见?面对凄苦悲哀的现状和黑暗的未来,诗人愁肠百结,忧思涌动,发出"生别展转不相见,胡尘暗天道路长"的慨叹。得不到兄弟们的消息,诗人恨不得乘着鹙鸧飞到他们身边。可惜山高路长,万水阻隔,诗人长歌当哭:"呜呼三歌兮歌三发,汝归何处收兄骨。"三次放歌,痛彻心扉。"汝归何处收兄骨"语气凄婉,唱出诗人郁积胸中的无限悲愤。其气势、愤懑之情不在蔡琰五言《悲愤诗》"白骨不知谁"之下。"生别展转不相见"、"东飞鴐鹅后鹙鸧,安得送我置汝旁"又与蔡琰同诗"念别无会期"和"山谷眇兮路曼曼,眷东顾兮但悲叹"诗句所抒发的悲怆凄楚之情有异曲同工之妙。

"有妹有妹在钟离,良人早殁诸孤痴",弟弟们天各一方,远在安徽钟离的妹妹也已十余年不见,她独自守寡,一人带着几个年幼的孩子艰难度日,战火纷飞,也不知是生是死。杜甫此时此刻,对自己未来的绝望和生死不保的悲哀,促使他一一想到自己的亲人,此生恐怕再难相见的悲哀

---

① 蒲向明:《论杜甫〈同谷七歌〉有我之境的生成》,《宁夏师范学院学报》2009 年第 2 期。

缠绕在他心头。"长淮浪高蛟龙怒,十年不见来何时。扁舟欲往箭满眼,杳杳南国多旌旗。"纵使他扁舟欲往,无奈山高水长,烽烟四起,心有余而力不足。不由悲从中来,"呜呼四歌兮歌四奏,林猿为我啼清昼。"猿多夜啼,第四歌时,诗人悲恸至极之情感在林猿的哀啼声中更显悲愤凄切。情感悲愤苍凉,波澜起伏,达到了"万转千回,清空一气,纯是泪点,都无墨痕"①的境界。这一声又一声"嗷嗷"的猿啼,可以让听者落泪,古代歌谣里就有"巴东三峡巫峡长,猿啼三声泪沾裳",正好与诗人此刻泫然欲泣的悲痛心情相契合。

四山多风溪水急,寒雨飒飒枯树湿。黄蒿古城云不开,白狐跳梁黄狐立。我生何为在穷谷,中夜起坐万感集。呜呼五歌兮歌正长,魂招不来归故乡

由悲弟妹又回到自身,由淮南山东又回到同谷,回到眼前。身处同谷,孤城云塞,凄风惨雨,狐跳猿啼,令人魂飞魄散,阴森可怖。诗人每每中夜起坐,忧从中来,难以成眠。阮籍有云:"夜中不能寐,起坐弹鸣琴。薄帷鉴明月,清风吹我襟。孤鸿号外野,翔鸟鸣北林。徘徊将何见?忧思独伤心。"(《咏怀八十二首》其一)蔡琰《胡笳十八拍》云:"夜则悲吟坐。"五歌时,由痛极悲极而转为哀莫大于心死。这里诗人化阮籍、蔡琰诗入诗,借阮籍、蔡琰忧思成疾不能入睡来写自己因夜晚寒冷且腹饿难耐不能入眠的哀痛。不仅表现了诗人在黑暗现实中的内心悲痛,也反映了诗人看不见任何希望和生存出路的绝望。人生无常、英雄末路的悲慨,对亲人的思念之情在风高雪重的寒夜一齐涌向杜甫心头。仇兆鳌谓此歌:"写得山昏水恶,雨骤风狂,荒城昼冥,野狐群啸,顿觉空谷孤危,而万感交迫,招魂不来,魂惊欲散也。"②

三是胸怀国事、壮志难酬的悲愤和心系苍生的忧患意识。

南有龙兮在山湫,古木巃嵸枝相樛。木叶黄落龙正蛰,蝮蛇东来水上游。我行怪此安敢出,拔剑欲斩且复休。呜呼六歌兮歌思迟,溪

---

① 叶嘉莹:《杜甫秋兴八首集说》,河北教育出版社2002年版,第28页。
② (清)仇兆鳌:《杜诗详注》卷八,第697页。

壑为我回春姿。

男儿生不成名身已老,三年饥走荒山道。长安卿相多少年,富贵应须致身早。山中儒生旧相识,但话宿昔伤怀抱。呜呼七歌兮悄终曲,仰视皇天白日速。

"南有龙兮在山湫,古木巃嵷枝相樛。木叶黄落龙正蛰,蝮蛇东来水上游",诗人借龙湫起兴,引出神龙潜藏,无人问津的愤懑。"南有龙"指自己深藏水底不见天日。"龙正蛰"指"阳气潜藏"。在这里,杜甫用"南有龙"、"龙正蛰"暗喻自己生不逢时,怀才不遇,壮志难酬的遭遇,强烈抒发了胸中的积郁。神龙潜藏而蝮蛇肆虐,"蝮蛇"象征反叛的贼寇。杜甫遭遇坎坷,但疾恶如仇,面对叛贼,几欲"拔剑欲斩",无奈"权不在己",六歌只得放声悲歌,期盼着"溪壑为我回春姿"繁荣的李唐王朝再现场景,使激越的悲情得到了动人的传达。

第七歌"男儿生不成名身已老,三年饥走荒山道",化用《离骚》"老冉冉其将至兮,恐修名之不立"意,抒发了诗人对自我身世的悲慨。杜甫在继承前人的基础上又有所发展,他的诗篇中明显有《诗经》《离骚》《汉乐府》的影响,但杜甫不是死板教条地继承,而是在接受屈原等爱国诗人情怀影响的同时,熔铸成他独有的风格。因此,他在《同谷七歌》中抒发的忧愤与悲情与《离骚》相比,有过之而无不及。王嗣奭云:"《七歌》创作,原不仿《离骚》而哀实过之。读《骚》未必堕泪,而读此不能终篇,则节短而声促也。"[①]

出生于奉儒守官世家的杜甫素有匡世报国的抱负,却始终未得施展。从20岁参加科考力求入仕以来,几十年宦海浮沉,此时年近半百,功名未成,壮志难酬且流离颠簸,一家人贫病交加,几乎"饿死填沟壑",诗人感到悲愤填膺。"三年饥走荒山道",杜甫最终遭到贬斥,被饥饿驱迫,在颠沛流离的"荒山道"上尝尽了艰辛困苦的辛酸。六年后,杜甫在严武幕府,又一次发出这种叹穷嗟老的感慨:"男儿生无所成头皓白,牙齿欲落真可惜。"(《莫相疑行》)

"长安卿相多少年"追述了诗人当年在长安的见闻感受,长安城中达

---

① (明)王嗣奭:《杜臆》卷三,第112页。

官贵人们凭借父辈庇荫,随手取得官位(卿相)的,以少年为多。"富贵应须致身早"则抒发了愤懑之意,看似劝人想得富贵就要"致身早"(早早投身其中),实际上充满了对腐朽朝政的莫大讽刺和愤慨。同时从另一个角度反映了诗人对李唐王朝朝政的担忧。"呜呼七歌兮悄终曲,仰视皇天白日速"诗人默然收笔,终止了"七歌"悲愤激越的吟唱。暗示了时间飞逝,光阴催人老的悲慨。透过这一句,可以感受到诗人年近半百、理想未能实现的悲痛,以及迟暮之感的忧郁和壮志未酬的愤懑。

整首诗歌从头到尾未见一字"忧"、"愁"却无处不在写忧写愁,时时处处充满忧患意识,时而低沉,时而激越,时而哀怨,时而悲愤,纠织缠绕。①"中原无书归不得,手脚冻皴皮肉死"、"有弟有弟在远方,三人各瘦何人强"、"生别展转不相见,胡尘暗天道路长",从写自身之忧到兄弟姊妹之忧,到对自己功名未就以及唐王朝命运的担忧。"男儿生不成名身已老,三年饥走荒山道",心系苍生的忧患意识和壮志难酬的愤懑。"长安卿相多少年,富贵应须致身早"、"山中儒生旧相识,但话宿昔伤怀抱",诗人身处异常困窘的境地,感叹自己坎坷不幸的遭遇,抒发诗人忧国忧民"抱负"无法实现的忧愤与哀伤。可谓忧肠百结,无处不忧。曾毅说:"翻阅杜集,个人感受就是忧字太多,可说是'忧'气扑面而来。"② 对于杜甫诗歌呈现的忧患意识,吴明贤也有很好的阐释:"大而言之,是忧时忧世、忧国忧民;中而言之,是忧生忧死、忧人忧民;小而言之,是忧进忧退、忧家忧己。"③ 杜甫的忧患意识和壮志难酬的悲愤在他的诗作中多有反映,忧患国运艰难,"向来忧国泪,寂寞洒衣襟"、"国步犹艰难,不暇忧反侧";忧患战乱不已,"凉风动万里,群盗尚纵横";他忧及黎元,"穷年忧黎元,叹息肠内热"、"上感九庙焚,下悯万民疮";人在天涯,心系苍生,"飘飘何所似,天地一沙鸥"。自身的坎坷,家庭的困顿,朝政的得失,社会的离乱,无不"忧端齐终南,鸿洞不可掇"。这种忧患意识和愤懑之情流淌在杜诗的字里行间。在《茅屋为秋风所破歌》中杜甫忧的是"安得广厦千万间,大庇天下寒士俱欢颜";《同谷七

---

① (明)王嗣奭《杜臆》卷三,第112页。
② 曾毅、吕晓玲:《杜甫忧患意识与其诗歌沉郁顿挫风格的形成》,《贵州民族学院学报》2011年第6期。
③ 吴明贤:《试论杜甫诗歌的忧患意识》,《杜甫研究学刊》2001年第1期。

歌》中杜甫的忧患意识从"岁拾橡栗随狙公,手脚冻皴皮肉死"忧己到"男儿生不成名身已老,仰视皇天白日速"的忧国忧民的家国情怀,其忧患意识的含义更加广阔,胸襟更为博大。沈德潜说:"少陵身际乱离,负薪拾橡,而忠爱之意,倦倦不忘,得圣人之旨矣。"① 他这种前无古人后无来者的博大的忧患意识,令人仰之弥高。王安石曾评价说:"吾观少陵诗……吟哦当此时,不废朝廷忧。宁令吾庐独破受冻死,不忍四海赤子寒飕飗。"② 程千帆、莫砺锋认为杜甫忧国忧民的忧患意识和对国对民的责任感源自屈原:"杜甫乃是屈原精神的最好继承者。"③

二 《同谷七歌》艺术特色呈现的悲慨情怀

《同谷七歌》的内容蕴含着浓厚悲慨情怀的同时,其艺术特色也充满了悲慨情怀。

第一,"歌"这种诗歌体裁本身所蕴含的悲慨。

"歌"是古代诗歌的一种体裁,是初唐时期在汉魏六朝乐府诗的基础上建立起来的歌行体,系南朝宋鲍照所创。鲍照模拟和学习乐府,经过充分的消化吸收和熔铸创造,不仅得其风神气骨,自创格调,而且发展了七言诗,创造了以七言体为主的歌行体。它的特点是格式节奏上没有严格要求,也不讲究平仄,字数以五七言为主,句式灵活,可变韵。

《说文解字》注:"歌,咏也。"《虞书》曰:"歌永言。"明代文学家徐师曾对"歌"作了如下解释:"放情长言,杂而无方者曰歌……"④ 也就是说,"歌"这种诗歌题材本身就蕴含着放情长歌,歌以咏志的极大的抒情性。而抒情不外乎两种,高兴或者悲伤。岑参《白雪歌送武判官归京》"山回路转不见君,雪上空留马行处"抒发的是送别友人的离愁别意,杜甫《茅屋为秋风所破歌》中"安得广厦千万间,大庇天下寒士俱欢颜"的悲愤呼吁,表现了诗人忧民忧国,关心社会、关心天下百姓的

---

① (清)沈德潜:《唐诗别裁集》,河北人民出版社1997年版,第25页。
② (宋)王安石:《临川先生文集》卷九,引自华文轩编《古典文学研究资料汇编》(杜甫卷·上),中华书局2001年版,第80页。
③ 程千帆、莫砺锋、张宏生著:《被开拓的诗世界》,上海古籍出版社1990年版,第45页。
④ (明)徐师曾:《文体明辨序说》,人民文学出版社1998年版,第104页。

济世情怀。白居易《长恨歌》"天长地久有时尽,此恨绵绵无绝期"的"长恨",表达的是对爱情被政治伦理摧残的痛惜,是爱情的哀怨与呼喊。因此,我们可以说,古人抒情诗中,有相当一部分抒发的情感与悲伤有关。《同谷七歌》亦绝无例外。

第二,用较长的篇幅和灵活使用的长短句抒发悲伤愤激的情感。

"歌"这种诗歌体裁句子可长可短,打破了格律诗的限制,抒情更加自由灵活,情感汪洋恣肆。岑参的《白雪歌送武判官归京》共十八句,杜甫的《茅屋为秋风所破歌》有二十四句,白居易的《长恨歌》有一百二十句。《同谷七歌》有五十六句,长短句结合使用,"中原无书归不得,手脚冻皴皮肉死。呜呼一歌兮歌已哀,悲风为我从天来";"此时与子空归来,男呻女吟四壁静。呜呼二歌兮歌始放,邻里为我色惆怅"。七字句、八字句穿插使用,在"手脚冻皴皮肉死"的悲鸣中,忽而放声高歌"呜呼一歌兮歌已哀,悲风为我从天来",情感激越奔放,其悲愤哀怨之情宣泄得淋漓尽致。

第三,继承古乐府叙事诗的特点,使写人、记言记事、议论、抒情融为一体抒发强烈的悲愤情怀。

既有"白头乱发垂过耳。岁拾橡栗随狙公,天寒日暮山谷里"、"黄独无苗山雪盛,短衣数挽不掩胫。此时与子空归来,男呻女吟四壁静"的细节记叙,记叙了杜甫全家"食不果腹、衣不蔽体"的悲惨生活,也有"呜呼三歌兮歌三发,汝归何处收兄骨。呜呼五歌兮歌正长,魂招不来归故乡"的悲愤呐喊与"呜呼七歌兮悄终曲,仰视皇天白日速"的强烈抒情。生动传神地突出杜甫一家饥寒交迫、孤苦无依、几近绝地的境况。比如《茅屋为秋风所破歌》既有风卷茅屋的记叙,也有"归来倚杖"的叹息,更有"安得广厦千万间,……吾庐独破受冻死亦足"的强烈抒情与呼号。可以说,沿用古乐府叙事诗的特点,唱出了无数英雄"怀才不遇、英雄末路"的心声,这饱含辛酸的呐喊声让人心恸。

第四,重章叠句,反复咏叹手法宣泄极度的悲愤与绝望。

"有客有客字子美"、"有弟有弟在远方"、"有妹有妹在钟离"、"长镵长镵白木柄";首章"有客有客",次章"长镵长镵",三章"有弟有弟",四章"有妹有妹",重章叠句,反复咏叹,诗人的满腔愤懑、悲愤绝望的感情环环相扣,层层递进。紧接着诗人长歌当哭,"呜咽悲恻,如同哀弦":"呜呼一歌兮歌已哀"、"呜呼二歌兮歌始放"、"呜呼三歌兮歌三发"、"呜呼七歌兮悄终曲"。从一歌开始到七歌终结,《杜诗详注》引申涵光语曰:"《同谷七歌》,顿挫淋漓,有一唱三叹之致,从《胡笳十八拍》及《四愁诗》得来,是集中得意之作。"① 关于杜甫《同谷七歌》的写作手法,或继承屈《骚》、取自蔡琰《胡笳十八拍》或张衡《四愁诗》,在学界早已达成共识。"《同谷七歌》在形式上学习张衡《四愁诗》、蔡琰《胡笳十八拍》,采用了定格联章的写法,在内容上较多地汲取了鲍照《拟行路难》的艺术经验,然而又'神明变化,不袭形貌'(沈德潜《唐诗别裁》),自创一体,深为后人所赞许。"② 《同谷七歌》采用一唱三叹的手法,写离乱中的种种惨痛情状,慷慨悲愤,淋漓顿挫,叙事如在目前,感人至深。方东树《昭昧詹言》云:"凄凉沉郁,令人不忍卒读。"③ 《同谷七歌》其艺术手法蕴含的悲惋哀怨之情可见一斑。

第五,感叹词"兮"字入诗,舒缓的语气中蕴含极深沉的悲慨情感。

诗中多用"兮"字,帮助调节音节和节奏,还能起到某种结构助词的作用,非常灵活而且富于表现力。王延海说:"兮字具有调整诗歌节奏的作用,具有调整节奏与表情的作用。"④ 郭建勋《汉魏六朝骚体文学研究》认为:"'兮'字具有特别强烈的咏叹表情色彩,构成诗歌节奏的能力,并兼具多种虚词的法功能;同时,'兮'字句作为一种文化的存在,反映了荆楚民族的自由浪漫精神和屈原的悲怨愤激情绪。"⑤ 可以这么说,感叹词"兮"字在一定程度上代表着悲怨愤激的感情。作为屈原精神最好继承者的杜甫,其《同谷七歌》中的"兮"字也应该不无例外地继承了屈原所表达的悲愤激越的情感。

第六,化典入诗蕴含的悲慨情怀。《同谷七歌》化典入诗,表达渲染杜甫悲催痛心的情感。

五歌中"呜呼五歌兮歌正长,魂招不来归故乡",化用屈原《楚辞·招魂》"魂兮归来,君无上天些!魂兮归来,反故乡些!"表达了诗人在悲观绝望中对人生无常、英雄末路的悲慨和对亲人故乡的思念。"中夜起

---

① (清)仇兆鳌:《杜诗详注》卷八,第 700 页。
② 蒲向明:《论杜甫〈同谷七歌〉有我之境的生成》,《宁夏师范学院学报》2009 年第 2 期。
③ (清)方东树:《昭昧詹言》卷一二,第 260 页。
④ 王延海:《楚辞释论》,大连出版社 1994 年版,第 81 页。
⑤ 郭建勋:《汉魏六朝骚体文学研究》,湖南教育出版社 1997 年版,第 36 页。

坐万感集"源自阮籍《咏怀》诗"中夜不能寐,起坐弹鸣琴"。此二句系阮籍化用王粲《七哀诗》诗句:"独夜不能寐,摄衣起抚琴。"因为忧伤,到了半夜还不能入睡,就起来抚琴排忧。阮籍的《咏怀》诗往往以"忧思独伤心"为主要基调,具有强烈的抒情色彩,主要抒发诗人在险恶的政治环境下内心的无限孤独寂寞和痛苦忧愤。此处杜甫化用入诗,借阮籍暗喻自身处境,具有浓郁的悲慨情感。冷月清风、旷野孤鸿、深夜不眠的弹琴者,将无形的"忧思"化为直观的形象,犹如在人的眼前耳畔。读者可从诗中感受到诗人幽寂孤愤的心境。沈德潜云:"七歌,原本平子(张衡)《四愁》、明远(鲍照)《行路难》等篇,然能神明变化,不屑屑于摹仿,斯为大家。"[①] 无论是张衡的《四愁诗》、鲍照的《行路难》还是杜甫的《同谷七歌》,诗旨所蕴含的情感主要是悲苦、孤独和忧思。

纵观杜甫一生,大部分都在颠沛流离中度过。长安十年,杜甫献赋上书,干谒赠诗,希求荐引,但都落空。"卖药都市,寄食友朋"(《进三大礼赋表》),"朝扣富儿门,暮随肥马尘。残杯与冷炙,到处潜悲辛"(《奉赠韦左丞丈二十二韵》),杜甫的入仕之路铺满辛酸。长安十年的求仕生涯,杜甫尝尽了世态的炎凉、人情的冷暖。而安史之乱的社会动乱对原本生活悲苦的杜甫更是雪上加霜。尤其是寓居同谷的日子,"岁拾橡栗随狙公,手脚冻皴皮肉死"的凄惨境地,战乱中兄弟姊妹天各一方的担忧、思念,忧时伤乱、英雄末路、忧国忧民等愤懑哀怨的情感交织缠绕,构成了杜甫的生命悲慨。这些悲慨情怀集中体现在他的诗作《同谷七歌》中。无论是战乱期间人民困苦凄惨的生活、诗人自己历经沧桑岁月的悲辛,还是其独特的艺术手法,读来都呜咽悱恻,如闻哀弦,催人泪下。

---

① (清)沈德潜:《唐诗别裁集》,第97页。

《同谷七歌》的变体绝唱

——杂剧《寓同谷老杜兴歌》探析

陇南师范高等专科学校文学与传媒学院　唐海宏

【摘　要】曹锡黼年少登科，年仅二十九而殁，被周妙中誉为"戏曲界的李长吉"。他的杂剧《寓同谷老杜兴歌》是目前见到的第一个将《同谷七歌》的诗歌体式化用为曲文的戏曲作品，它在体制、内容、辞藻与风格上保持了与《同谷七歌》的高度契合，堪称《同谷七歌》的变体绝唱。由于资料的零散，学界对曹锡黼的关注很少，以至于对其生平记载多有讹误之处。本文从搜集到的资料来厘清他的生平，并对其杂剧《寓同谷老杜兴歌》做一探析。

【关键词】《同谷七歌》曹锡黼《寓同谷老杜兴歌》探析

文学史上除了"九体"、"七体"之外，影响巨大者，莫过于"同谷体"，"同谷体"即杜甫《同谷七歌》体或杜甫《乾元中寓居同谷县作歌七首》体。[①]《同谷七歌》是七首连章体的组诗，它的形式、内容、情感的抒发皆有独到之处，后代的仿拟之作众多。此体在朝代变异之际表现更为活跃，像文天祥、汪元量、郑思肖、陈子龙、王夫之、姜垓、宋琬、吴嘉纪、沈寿民、陈恭尹、任其昌等人都有仿拟之诗作。上述作家都是以诗歌体裁来仿拟《同谷七歌》的，但清人曹锡黼却在其杂剧《寓同谷老杜兴歌》（后人将此剧简称为《同谷歌》）首次将《同谷七歌》的诗歌体式

---

① "同谷体"的提出见温虎林《"同谷体"论略》一文，该文即将于《杜甫研究学刊》刊出。

化用到了戏曲唱词之中。这种将诗歌体裁化用为戏剧体裁的现象在中国文学史上是罕见的，在杜诗学研究之中也仅此一例，在某种意义上来说，这可谓是《同谷七歌》的变体绝唱（由诗歌体裁变为了戏剧体裁）。前人对此剧论述较少，但评价很高，像卢前在《明清戏曲史》中就认为："以少陵入曲，此为滥觞"①，肯定了该剧的开创之功。由于资料的缺乏，今人对杂剧《同谷歌》的系统研究还未出现，因此拙文拟对此剧做一简单考述。

一 《同谷歌》作者曹锡黼生平考辨

有关曹锡黼的生平记载都极为简略，笔者在查检各种资料后，发现大多数著述对他的生卒时间的记载相互抵牾，另外其婚姻、子嗣情况需要补述。

（一）曹锡黼生卒时间辨析

对曹锡黼生卒年记载较早的是周妙中，在其《清代戏曲史》中，周氏认为："曹锡黼字诞文，一作旦雯，号菽圃。上海人，贡生，官太常寺所牧，裁缺，改补员外郎。家中藏书甚多，锡黼手不释卷，学问该博，又勤于写作，著有《碧鲜斋集》《石仓世纂》《曹氏合族试艺》，以及戏曲集《无町词余》。可惜享年仅二十九岁，如果天假以年，成就将不可限量。《无町词余》有乾隆丙子（乾隆二十一年，1756）刊本，估什曹氏应生于雍正八年（1730）左右，卒于乾隆二十三年（1758）左右。"② 蔡毅编著的《中国古典戏曲序跋汇编》记载："曹锡黼（一七二九——一七五七）字诞文，一字旦雯，号菽圃。上海人。著有《碧鲜斋诗集》、《石仓世纂》、《曹氏合族试艺》、《四焉斋诗文全集》（或云给事中曹一士著，从子锡黼辑）等。有杂剧五种，总名《颐情阁五种》，又名《无町词余》，今尚传世。"③ 钱仲联主编的《中国文学大辞典》则认为："曹锡黼（1727~1755）清戏曲作家。字诞文，一作旦雯，号菽圃。江苏上海（今

---

① 卢前：《明清戏曲史》，上海书店出版社2013年版，第281页。
② 周妙中：《清代戏曲史》，中州古籍出版社1987年版，第272页。
③ 蔡毅：《中国古典戏曲序跋汇编》，齐鲁书社1989年版，第1006页。

上海市）人。诸生。与兄蓉圃，并有才名。得官太常寺所牧，年二十九卒于官……生平事迹见《乾隆上海县志》卷十、《嘉庆上海县志》卷一四。"①《中国戏曲志》记载为："曹锡黼（1726—1755）清戏曲作家。字诞文，号菽卿。上海县人。为宋代开国功臣曹彬后裔，明成化年间曹氏移居上海后，始终是阀阅世家。其堂兄锡宝亦有文名。锡黼曾供职于太常寺，后升任员外郎，旋即逝世。他还有《碧鲜斋诗钞》、《无町词余》等诗词著作传世。"②徐培均、范民声主编的《三百种古典名剧欣赏》则记述为："曹锡黼（1727—1755），字菽圃。江苏上海（今上海市）人。其兄容圃，曾官中书，兄弟俱有才名。锡黼早岁得中科第，乾隆间为太常寺丞。施闰序《桃花吟》谓其'生仅二十九年，而著作已富，诗古文及说部、杂识，卷帙盈尺，各有根柢存乎其间。至按律吕为南北曲，固才人能事之余，而士林亦深赏之'。诗文已佚，今存杂剧《桃花吟》、《四色石》（含《雀罗庭》、《曲水宴》、《滕王阁》、《同谷歌》四小戏），系由其弟锡辰、锡棠校刻，统称《颐情阁五种》或《无町词余》。"③

在上述五种记载中，对曹锡黼的生年就出现了四种不同的说法，分别为1730年、1729年、1727年或1726年，对曹氏的卒年则有三种观点，即认为他卒于1758年、1757年或1755年。到底哪种说法准确，学界对此一直在争论。其中邓长风在《曹锡黼的生卒年和明清上海曹氏世系》一文中据《石仓世纂》中曹氏父祖辈的相关诗文著述中，推断曹锡黼应生于雍正五年（1727）、卒于乾隆二十年（1755）。对这一观点，台湾学者陈芳在她的《乾隆时期北京剧坛研究》一书中给予了首肯。

近日笔者在国家图书馆翻阅查找资料时，在曹锡黼的后人——民国时期曹浩修撰的民国十四年（1925）上海曹氏崇孝堂的四卷铅印本《上海曹氏续修族谱》，其卷二的"世次录"中有曹锡黼生卒时间的确切记载，该族谱著录："菽圃公讳锡黼，字诞文，一字旦雯。淞滨公（按：淞滨公即曹培廉）长子，例贡生，授职行人司司副，就迁太常寺所牧加一级，裁缺，改补员外郎，卒于京邸。行谊载邑志《文苑传》，并附从兄锡宝所

---

① 钱仲联、傅璇琮、王运熙、章培恒、鲍克怡主编：《中国文学大辞典》，上海辞书出版社1997年版，第1178页。

② 中国戏曲志编辑委员会：《中国戏曲志·上海卷》，中国ISBN中心出版2000年版，第830页。

③ 徐培均、范民声主编：《三百种古典名剧欣赏》，上海辞书出版社2005年版，第783页。

撰《行略》。刻有《碧藓斋诗集》《桃花吟》《四色石》曲本等，载邑志《艺文志》。生于清雍正四年丙午十月十五日戌时，卒于清乾隆十九年甲戌七月三十日申时，享年二十有九。"①

从《上海曹氏续修族谱》中可以确定曹锡黼生于1726年，卒于1754年。

（二）曹锡黼婚姻、子嗣情况补述

在前面所引述的五种著述中都没有曹锡黼婚姻与子嗣的记载，学界对曹锡黼婚姻与子嗣问题的关注最早的是邓长风，他在《曹锡黼的生卒年和明清上海曹氏世系》一文中曾论述：

> 锡黼娶妻王芸，亦能文，《拂珠楼偶钞》，即是她校订并作跋的。乔龙《长啸轩轩集序》云："旦雯为余年伯观察王公快婿。观察与其尊人中翰公少同学友善，因缔姻盟。"
>
> 锡黼有三子：洪梁、洪颐、洪润，见《桃花吟》卷首。《县志》卷十四曹锡黼传附记洪梁云：
>> 子洪梁，字宁伯，号雉山，诸生，授例入北阙。工诗善饮，后以官职叙州佐，借补广西按察司经历，署知县通判，卒于任。有《宜雅堂集》。②

从邓氏的论述可知，曹锡黼妻子王芸乃是曾任福建按察使的王丕烈之女，曾校订了曹锡黼的堂姐曹锡珪的《拂珠楼偶钞》，并为之作跋。而曹锡黼有三子，分别是曹洪梁、曹洪颐、曹洪润，除此之外再无更多信息。

后来，徐侠在《清代松江府文学世家述考》中也提到了曹锡黼的子嗣，徐著记载："曹洪梁，曹垂璨从玄孙、曹锡黼次子、曹树珊父，字宁伯，号雉山，附监生，工诗，由四库馆议叙州佐，借补广西按察司经历，署天和知县，调桂林龙胜理苗通判，卒于任。著有《宜雅堂诗集》……从玄孙曹洪颐，曹洪梁兄、曹锡黼长子，号蓬甫，山东莱阳县县丞，署昌

---

① 曹浩：《上海曹氏续修族谱》（四卷），上海曹氏崇孝堂铅印本，民国十四年（1925）出版。

② 邓长风：《明清戏曲家考略》，上海古籍出版社1994年版，第273页。

乐、阳信、安邱、嘉祥等知县，除大盗赵英，所至有政声。从玄孙曹洪梁，曹锡黼次子、曹树珊父。"①徐著中提到了曹洪梁、曹洪颐，却未曾提到曹洪润。

邓长风和徐侠的论述是否准确呢？答案是否定的。其实民国十四年（1925）上海曹氏崇孝堂的四卷铅印本《上海曹氏续修族谱》中有准确的记载，其载曰："（曹锡黼）娶王氏，郡城雍正丁未（1727）进士历官河南按察使东麓公讳丕烈女，封孺人，例晋宜人。生于清雍正元年癸卯十月初一日亥时，卒于清嘉庆三年戊午十月初八日未时。享年七十有六。子三：洪颐、洪梁、洪挨。女适乾隆辛丑探花左春坊左庶子太仓汪学金杏江。"②

邓长风错误地认为曹锡黼第三子为曹洪润，但《上海曹氏续修族谱》却著录为曹洪挨，同时长子并不是曹洪梁，而是曹洪颐。徐侠只记述了长子曹洪颐、次子曹洪梁，却遗漏了三子曹洪挨，存在信息不全的错误。曹锡黼妻子王芸则生于1723年（生日为农历十月初一日），卒于1798年（忌日为十月初八日）。此外，曹锡黼夫妇育有一女，名曹洪宜，字琴和，嫁给了1781年辛丑科探花、太仓人汪学金（曾任左春坊左庶子），著有《惠香室诗草》。

曹锡黼的妻子王芸亦是一位才女，这在曹锡珪的《拂珠楼偶钞》中有所体现。《拂珠楼偶钞》吟诵到王芸的就有四首，分别为《怀弟妇王夫人》《走笔寄王夫人》《冬夜柬王夫人二首》。而王芸的唱和之作却未流传下来，但从她为《拂珠楼偶钞》题写的跋中，可看出她的文采。其跋曰：

　　谯国，故才薮也。七步八斗著于汉，三愁四怨称于唐。竞病诗、秋波集，传于南朝、北宋，盛矣，美矣！惟是求之巾帼中，只大家婿妹丰生号有才，外不数数见。若拂珠楼主人，其驾累代而上踵西京者与？主人，夫子姊也，而实为家君同年松亭先生淑配。芸幼时侍先夫人归宁石笋村，与拂珠楼密迩，夙耳主人名。自随宦于燕云岭海间，卒卒未得一觏。癸亥岁，家君为芸相攸谯国，始得亲领懿训。其后夫

---

① 徐侠：《清代松江府文学世家述考》（上册），生活·读书·新知三联书店2013年版，第404—410页。

② 曹浩：《上海曹氏续修族谱》（四卷）。

子出一册，示曰："此姊所著《拂珠楼诗》。"吟讽再四，但觉唾尽成珠，章皆为锦。于是裹以缃囊，藏之枕中。近夫子较锲先集，嘱缮写成帙，公之絮庭，芸其敢秘诸？独念主人之才斐美若是，而芸也鲁人也，岂能窥其堂奥乎？儿子洪颐寄抚主人，冀其异日读是编而有悟，庶几漳水洋洲之家声不坠，亦重有赖焉。①

跋文中，七步、八斗、三愁四怨、竞病诗、秋波集等典故的运用，可以看出王芸对曹植、谢灵运、曹邺（唐代诗人）、曹景宗（梁武帝的大将）、曹绛（北宋诗人）等人是很了解的，没有坚实的文化底蕴，是很难达到这种境界的。

二 杂剧《同谷歌》的特色

曹锡黼的戏曲总称为《颐情阁五种曲》，又名《无町词余》，乃是曹锡黼殁后，其弟曹锡辰、曹锡棠以及友人施润等为他校订付梓的。《颐情阁五种曲》包含杂剧《桃花吟》一种、《四色石》四种，而杂剧《同谷歌》为四折杂剧《四色石》中的最后一折。该剧现存有清乾隆丙子二十一年（1756）的颐情阁原刊本，剧行间有小字夹批，卷尾有题诗，北京图书馆、上海图书馆皆有藏。郑振铎《清人杂剧初集》本据原刻本影印。此剧取材于有关杜甫流寓陇右的逸事，写杜甫因上疏营救房琯而获罪，被迫辞官后西走秦州，后辗转寓居同谷（今甘肃成县），悲慨奋歌以寄予愁苦之情。

《寓同谷老杜兴歌》后人著录很少，现仅见郑振铎《清人杂剧初集》本，为引起研究者关注，据郑本抄录全剧如下：

（生上）（集杜）吾道竟何之，鹡鸰在一枝。宽心应是酒，排闷强裁诗。短褐风霜入，高楼鼓角悲。年年非故物，白首泪双垂。

下官杜甫，表字子美，襄阳人也。天宝召试，叨参军政；彭原谒主，晋秩拾遗。嗣以疏援房相株连，华州见放。俺想安贼父子跳梁，世方板荡。与其鞅掌荆榛，毋宁息肩蓬荜。因此西入秦州，寓居

---

① 胡晓明、彭国忠主编：《江南女性别集》（四编上册），黄山书社2014年版，第131页。

同谷。

咳！可怜兵戈天地，儿女饥寒；亲故迢遥，童仆星散。与言及此，好不叫人泪如鲠下也。（悲介）

【北四边静】（葫芦提）鹞栖林岫，寒云矗矗；宿鸟啾啾，似赘如疣。那得消愁帚，说甚么杯羹求旧，敢则是甲兵时候。

（净丑上）（集杜）天涯风俗自相亲，何用浮名绊此身。诗酒尚堪驱使在，不教鹅鸭恼比邻。吾每杜子美老爷的邻人便是。自从杜老爷来此，和邻人水乳儿一般相好。无奈终日劚药，俺两个人却未见来；又闻他能诗作赋，好义任侠。他的公公便做本朝的官了，果然有种出种。怎的当面错过，为此提个壶儿，挈个篮儿，胡乱与他栉风，也显得吾每野人献芹的一点情意。迤逦行来，此间已是。（问）有人么？（生上）门无客至唯风月，案有书存但老庄。是哪个？（见介）呀！原来是二叟，何为携酒到此？（净丑）吾每是老爷邻人，携此酒肴，聊为老爷洗尘。（生）萍水相逢，何敢当高邻厚爱，待老夫略尝其味。（饮酒介）（净）这几日风雪好大，风霜更多，老爷何以为御冬之计？（丑诨介）（生）不说犹可，说起时好难掉下，二叟满饮一觥，听老夫清歌者。

【耍孩儿】荒山有客还迤逗，笑乱发垂垂满头，终朝拾橡养狙猴。遇相知，则话旧绸缪。（二位看也）冻皴手脚无皮肉，山谷天寒日暮愁。一歌作兮歌俱愁。（内作风起，各位出介）（生泣介）听悲风从天来牖，问中原得再归不？

（生持长铲叹介）（净丑）这东西有何用处？（生）二位不知道哩。

【五煞】抚长铲，木柄白，劚黄精几度秋。俺孤生和您相厮守，山中雪盛空归又，男女呻吟四壁幽。二歌作兮歌驰骤，（背介）短衣数挽邻里增羞。

（净丑酌生介）家中尚有何人？一寒至此。（生）只为年岁饥荒，家下死者殆半。俺杜甫原有弟妹，如今不知何状。（泣介）

【四煞】思悠悠在远方，苦荦荦有弟留。三人一样都消瘦，鸳鹅飞去鹙鸰后。尘暗漫天道路修，三歌作兮歌三奏，（阿呀）俺兄弟汝归何处？兄骨谁收？

【三煞】钟离有妹居，诸孤痴可忧。十年来一见何能够，长淮浪

涌蛟龙吼，杳杳旌旗箭满眸。四歌作兮歌频就，林猿啼老未了扁舟。（恸介）（净丑亦下泪介）可怜！（生引净丑望介）

【二煞】四山风片多溪头，水急流。寒霖飒飒把枯株溜，狐狸狡狯城蒿茂。（唱狐狸蛇蝮字净丑诨舞介）万感中宵不自由。五歌作兮歌杂糅，（净丑）怕老爷家乡也则如此。（生）咳！倘故乡归去，胜穷谷夷犹。

【一煞】南有龙，在山湫。枝龙挺，古木樛。飘飘黄叶风霜久，吾行怪此安能寯。蛇蝮东来水上游。歌思迟兮歌成六，（各饮酒尽介）（生）（拔剑介）怎为我春回溪壑，酩子重拔剑还休。

老夫已醉，二叟请回，改日当躬谢也。（揖介）（生）四壁声唧唧，如助予叹息。（净丑）肴核既已尽，不知东方白。（诨下）

【煞尾】（生）不成名老矣，身数三年衣。食走煞伤怀，长安富贵难杂究。盼皇天没揣的白日忙忙则去的陡。

题同谷歌

一腔热血杜襄阳，矢口酸辛泪满裳。莫讶七歌歌太苦，耐人枨觸是殊乡。（完）[①]

台湾学者陈芳在评论《寓同谷老杜兴歌》时曾说："取材新颖，抒发牢愁，表现亦甚为出色。"[②] 那么《同谷歌》的特色表现在哪些方面呢？笔者以为主要有以下三点。

（一）形式上独具匠心、首创剪裁《同谷七歌》入曲

《同谷七歌》的历代仿拟之作极多，据不完全统计仅宋元明清四代就有多达75人的仿拟之诗作，但将《同谷七歌》的诗歌体式化用为戏曲唱词，曹锡黼却是首次。

从形式上看，杜甫《同谷七歌》中"有客有客字子美"、"有弟有弟在远方"、"有妹有妹在钟离"以及"呜呼一歌兮歌以哀"、"呜呼三歌兮

[①] 本剧抄录自郑振铎《清人杂剧初集》第38—41页，为郑氏1931年影印清乾隆丙子二十一年（1756）的颐情阁原刊本，原刊本半页九行，行十八字，四周单边，白口，单鱼文，版心镌"四色石颐情阁"六字。

[②] 陈芳：《乾隆时期北京剧坛研究》，文化艺术出版社2001年版，第259页。

歌三发"、"呜呼四歌兮歌四奏"等诗歌的句式。在杂剧《同谷歌》里，曹锡黼对《同谷七歌》做了高度的仿拟，像"荒山有客还迤逗"、"苦罘罘有弟留"、"钟离有妹居"与"一歌作兮歌僝愁"、"三歌作兮歌三奏"、"四歌作兮歌频就"等句型与杜甫原作是高度相似的。无怪乎在剧本的"荒山有客还迤逗"旁，佚名批注者的夹批曾评曰："竟似杜诗起笔"；而在"三歌作兮歌三奏"旁，夹批又评曰："读至此，忘其为杜诗者久之。"

　　杜甫《同谷七歌》的每歌是以八句为一组，到了曹锡黼笔下的曲文中有的减为了七句，有的却扩充至九句、十句为一组，这可看作是曹锡黼对《同谷七歌》的延伸发展。

　　从这种将《同谷七歌》剪裁写入曲文的形式，足见杂剧《同谷歌》的作者曹锡黼还是颇费了一番匠心的。孙楷第在叙说《四色石》曾说："《老杜兴歌》一名《同谷歌》，演杜甫寓同谷作诗事。其《滕王阁》檃栝王勃赋，《同谷歌》檃栝杜甫诗，虽不能如郑瑜《滕王阁》、尤侗《读离骚》之囊括原文，魄力沈雄，要亦稳惬可观。"①《中国曲学大辞典》则认为："剧中隐括杜诗，妥贴可赏。"②

　　此外，《同谷歌》的主角是杜甫，由生扮装。为了增强戏剧的欣赏性，突破单调体式所限，曹锡黼加入了两邻人，一为净扮，一为丑扮，净、丑二角的烘托陪衬，使剧中矛盾冲突更为自然合理，而两个陪衬角色也起到了穿针引线的作用。同时剧中通过杜甫的抒情独唱与独白，充分地表达了原诗中的主题。而剧作者曹锡黼还巧妙地利用了音响效果，如"内作风起"、"各位出介"、"生泣介"、"唱狐狸蛇蝮字净丑诨舞介"等都比较真切地渲染出了悲凉环境氛围，更易于将观众带入戏中的特定情景之中。

（二）内容上高度契合、沿袭《同谷七歌》辞藻

　　《同谷七歌》是杜甫在入蜀途中，颠沛流寓于同谷所作，咏叹自己、妻子、弟妹以及周遭的景物。曹锡黼剧作《同谷歌》所表现出的情感与杜甫颠沛流离、家破人亡的困顿情感是相通的，内容上两者是高度契合的，可以说剧作"盖亦檃栝原诗者也"。

---

① 孙楷第：《戏曲小说书录解题》，人民文学出版社1990年版，第358页。
② 齐森华、陈多、叶长海：《中国曲学大辞典》，浙江教育出版社1997年版，第468页。

从内容上看，杜甫《同谷七歌》虽叙写七事，但总括而言，可分为四层。一歌二歌为第一层，抒写流寓的悲辛与生计的无着落；三歌四歌为第二层，叙写杜甫对远在他乡的弟妹们的思念，表现"悲诸弟""悲寡妹"的情感；四歌五歌为第三层，叙写了居住地周边的环境，表现"悲流寓"的情感，作者虽身在他乡却魂归故乡；七歌为第四层抒"穷老作客"之意。曹锡黼《同谷歌》中，【耍孩儿】唱词："荒山有客还迤逗，笑乱发垂垂满头。终朝拾橡养狙猴，遇相知则话旧绸缪。冻皴手脚无皮肉，山谷天寒日暮愁。"可以说就是对杜甫《同谷七歌》中一歌的直接套用。而【五煞】中"抚长铲，木柄白，劚黄精几度秋。俺孤生和您相厮守，山中雪盛空归又，男女呻吟四壁幽。二歌作兮歌驰骤，短衣数挽邻里增羞。"与"长镵长镵白木柄，我生托子以为命。黄独无苗山雪盛，短衣数挽不掩胫。此时与子空归来，男呻女吟四壁静。鸣呼二歌兮歌始放，邻里为我色惆怅"亦是高度契合。其余像【四煞】【三煞】【二煞】【一煞】的唱词就是对《同谷七歌》中三歌、四歌、五歌、六歌的挪用。

在辞藻运用上，曹锡黼的剧作与杜甫《同谷七歌》的重复之词是很多的，如"乱发"、"冻皴手脚"、"长铲"、"木柄"、"雪盛"、"短衣"、"鸳鹅"、"鸾鸹"、"诸孤"、"蛟龙"、"旌旗"、"扁舟"、"林猿"、"穷谷"、"山湫"、"巃嵷"、"古木"、"黄叶"、"风霜"等多达二十个。

由于内容与辞藻的相似，可以将杂剧《同谷歌》看作是杜诗《同谷七歌》的曲化之作，《同谷歌》唱词"说甚么杯羹求旧，敢则是甲兵时候"旁，夹批便评曰："二句括尽杜诗全部。"

（三）风格上典雅沉雄，深得《同谷七歌》之精髓

施润在为《桃花吟》题序时曾说："《桃花吟》一折，与玉茗堂《四梦》同工，而《四色石》慷慨淋漓，各尽其致，则徐文长之《四声猿》可以颉颃。"[①] 施润认为《四色石》是效徐渭《四声猿》体例并叙写古文人逸事以寄托感慨之作。曹锡黼正是抓住了《同谷七歌》感时伤逝、沉郁顿挫的精髓，将杜甫的满腔牢骚与愁苦心声酣畅淋漓地倾泄了出来。如【耍孩儿】：

---

① 蔡毅：《中国古典戏曲序跋汇编》，齐鲁书社1989年版，第1008—1009页。

> 荒山有客还迤逗，笑乱发垂垂满头，终朝拾橡养狙猴。遇相知，则话旧绸缪。（二位看也）冻皴手脚无皮肉，山谷天寒日暮愁。一歌作兮歌儶愁。（内作风起，各位出介）（生泣介）听悲风从天来牖，问中原得再归不？

这恍似《同谷七歌》的再现。

杂剧《同谷歌》系一人主演的单折剧，戏剧矛盾冲突主要是通过曲文唱白来体现出来，因此曹锡黼在唱、白两个方面颇用功力。《同谷歌》的唱词或典雅，或沉雄，都深深烙上了《同谷七歌》凄美的诗意。像杜甫所唱的【四煞】：

> 思悠悠在远方，苦罙罙有弟留。三人一样都消瘦，鸳鹅飞去鹙鸰后。尘暗漫天道路修，三歌作兮歌三奏，（阿呀）俺兄弟汝归何处？兄骨谁收？

唱词酷似《同谷七歌》中的第三歌，全部化用六、七字句，给人庄重典雅之感。原刻本夹批云："读至此，忘其为杜诗者久之。"另外其【二煞】：

> 四山风片多溪头，水急流。寒霖飒飒把枯株溜，狐狸狡狯城蒿茂。（唱狐狸蛇蝮字净丑诨舞介）万感中宵不自由。五歌作兮歌杂糅，（净丑）怕老爷家乡也则如此。（生）咳！倘故乡归去，胜穷谷夷犹。

唱词则改用杂句，表现其所处环境的恶劣，写来绘声摹色，情景交融。原刻本夹批曾云："骤雨暴风奔赴笔底。"

杜甫的说白，也很能见出其文人口吻。如："下官杜甫，表字子美，襄阳人也。天宝召试，叨参军政；彭原谒主，晋秩拾遗。嗣以疏援房相株连，华州见放。俺想安贼父子跳梁，世方板荡。与其鞿掌荆榛，毋宁息肩蓬荜。因此西入秦州，寓居同谷。"句式整体、对仗而富有文采，文人形象跃然纸上。

郑振铎在《四色石跋》中曾说："《寓同谷》，写杜甫寓于同谷，感时歌吟事。此事亦无人谱过。杜甫一生，可谱之事甚多，然剧作家知道捉住者则绝少。许潮尝谱《午日吟》，然剧情甚为无谓，还不如锡黼此作之较为扼要可观也。"① 郑氏对此剧的评价虽然不太高，但"扼要可观"却堪称"肯綮之论"。

三 结语

综上所述，我们可以看出曹锡黼《同谷歌》不但在句式、章法、音韵等外在形式上仿拟《同谷七歌》，而且在沉郁顿挫、宛转凄凉的艺术风格上也与《同谷七歌》有高度契合之处。对此曾影靖曾说："作者描写老杜忧时的襟怀，济世的抱负，失路的苦闷，深得少陵野老神髓，栩栩如生。风格沉雄，文字刚劲豪辣，《四色石》中以此最为沉痛，亦最像猿啼之哀鸣。"② 曹锡黼虽人生境遇坦荡，但却能深刻地理解杜诗的精髓，对杜甫流寓同谷的遭际感同身受，借由杂剧《同谷歌》来抒写杜甫面临特殊境遇下的痛苦。正是有了这种感同身受的情感共鸣，曹锡黼从体制、内容、辞藻与风格上将《同谷七歌》化用入曲，从而在情节内容短小灵便、音乐结构不拘一格的单折剧体制之中融入了深刻的题材，对戏剧抒情感怀的功能与《同谷七歌》凄美的意境进行了完美的结合。从某种意义上来说，杂剧《同谷歌》是"一折成剧，简短精悍，如齐梁之小乐府，如唐诗之绝句，出岫无心，回甘有味，别开戏曲之一途"③ 的单折短剧的代表之作。而曹锡黼也堪称是能够跨越时空去理解杜甫诗中人生痛处的第一位戏曲家。

---

① 蔡毅：《中国古典戏曲序跋汇编》，第1010页。
② 曾影靖著，黄兆汉校订：《清人杂剧论略》，台北：台湾学生书局1995年版，第423页。
③ 卢前：《明清戏曲史》，第228页。

从陇右诗看杜甫的创作心态

陇南师范高等专科学校文学与传媒学院　杨兴龙

【摘　要】 杜甫流寓陇右期间，远离政治文化中心，其创作心态发生了很大变化。他迫于生计，已对政治心灰意冷。诗中流露出较为浓厚的隐逸思想和反战情绪，更多地反映民生疾苦，关注亲情友情。

【关键词】 杜甫　陇右诗　心态

唐肃宗乾元二年（759）秋天，杜甫弃华州司功参军之职，携眷西行，流寓陇右，年底抵蜀，"一岁四行役"（《发同谷县》）①。这一年，尤其是寓居秦州（今天水市）、同谷（今成县）的四个多月，是杜甫人生最为艰难的时期，也是其创作最为旺盛的时期，留下了117首诗歌（实际数目不止这些），不仅数量上超过了其困守长安十年所留下来的诗歌总和（约110首），而且质量也高，与关中地区所写诗歌共同铸就了杜甫"沉郁顿挫"诗风，把杜甫诗歌创作推向了高峰。在陇右期间，杜甫迫于生计，已对政治心灰意冷，诗中流露出较为浓厚的隐逸思想，更多地反映民生疾苦，关注亲情友情。

一　疏离政治、隐逸适性

杜甫出身于一个"奉儒守官"家族，他的十三世祖为晋代名将兼名儒杜预，他的祖父杜审言是武后朝中才高名大的才子，这样的家世使杜甫

---

①　（清）仇兆鳌：《杜诗详注》，中华书局2015年版。下文杜甫作品均出自此本，仅注篇名，不再出注。

引以为自豪,成为其毕生追求功业的动力之一。杜甫早年勤奋好学,"读书破万卷",壮游使其心胸开阔、自负自信。他曾与李白一样,以大才自许,具有高远的志向:"会当凌绝顶,一览众山小。"(《望岳》)"何当击凡鸟,毛血洒平芜。"(《画鹰》)"侧脑看青霄,宁为众禽没。长翮如刀剑,人寰可超越。"(《画鹘行》)欲"致君尧舜上,再使风俗淳"(《自京赴奉先县咏怀五百字》)。开元二十三年(735)进士考试落榜,少年气盛的杜甫继续他"裘马轻狂"的漫游生活。天宝六载(747)他来唐都长安真心求取功名,可是奸相李林甫耍权弄奸,不但一人不取,还以"野无遗贤"上奏,杜甫对此事十分愤恨。为了"立登要路津",他抛弃了"独耻事干谒"的人格自尊,汲汲于权势之门,忍辱献赋干谒,困守长安达十年之久。"朝扣富儿门,暮随肥马尘。残杯与冷炙,到处潜悲辛。"(《奉赠韦左丞丈二十二韵》),为糊口"卖药都市,寄食友朋"(《进三大礼赋表》),吃尽了苦头。至德二载(757)四月,杜甫冒死逃离安史叛军占据的长安,奔至凤翔,"麻鞋见天子,衣袖见两肘。朝廷愍生还,亲故伤老丑。涕泪授拾遗,流离主恩厚"(《述怀》)。肃宗见其忠心,以示垂怜之意,授职左拾遗。在此之前,杜甫虽然被授过几任小官,但距其政治理想甚远,杜甫不是太乐意,但对授予左拾遗一职感激涕零。左拾遗,尽管品位较低,但能随侍皇上左右,接近政治权力核心,使杜甫有了"致君尧舜上"的机会,使其"再使风俗淳"的理想和现实更为接近。

天宝六载受骗落第,是杜甫仕途上的一次重大挫折,但他仍对朝廷寄予厚望,而营救房琯被贬华州后,才彻底浇灭了他的一腔报国热情,对当政者彻底失望,"唐尧真自圣,野老复何知"(《秦州杂诗二十首》其二十)。自作多情,愤怒、无奈之情溢于言表,长安十余年的努力并没能让杜甫如愿以偿。乾元二年(759),他离开华州,西行入秦,结束了充满艰辛和屈辱的政治生涯,开始了晚年漂泊西南的悲惨生活。

乾元二年是杜甫人生的转折点,也是其心态的转折点。此前他忙于游历交友、应诏赴试、投诗献赋、干谒求官,醉心于功名利禄,其诗多抒写政治理想和人生抱负,表现其快意人生,诗中始终充溢着积极昂扬向上的激情,但度陇入秦以后,这种情况大为改变,诗中除了牢骚之外,还不时流露出隐逸思想。

秦州地处西北边陲,自古胡汉杂居,地理环境的不同导致物产、气候、文化景观与关辅地区差异较大。杜甫陇右诗中的塞云、塞日、暮云、塞垣、关塞、关河、鼓角、骆驼、胡笳、胡马、羌笛、羌女、胡儿、蕃剑、孤戍、塞柳、寒菊、寒月、陇草、塞田、胡雁等都是西北特有的景观，反映出西北边地的苦寒、荒凉。杜甫到了秦州，进入了一个陌生的地理文化环境，新的环境与国家、个人的前途命运交织在一起，对其心理触动极大。理想在心里跌落千丈，一时难以面对现实，心结难解，"东柯遂疏懒，休镊鬓毛斑"（《秦州杂诗二十首》其十五）。因其心灰意冷，人未老心先老了，"我衰更懒拙，生事不自谋"（《发秦州》）。"平生懒拙意，偶值栖遁迹。"（《发同谷县》）越老越懒，遁迹时尤懒。盛赞道士张彪，"静者心多妙，先生艺绝伦"，叹息自己"疏懒为名误，驱驰丧我真"（《寄张十二山人彪三十韵》）。进而静心面对现状，适己任性。"杜甫已不再一个浮于社会表层的轻浮狂诞之人，而是一个将感情和命运融入时代的充满了现实感和责任感的人。"[①] 诗人情绪低沉，心情郁闷，诗中不时流露出有志难酬、报国无门的悲怆，高扬慷慨的政治理想已不复存在。对于一贯坚守儒家思想观念的杜甫来说，这无疑是最沉重的打击。

中国的士大夫在仕途上失意后或厌倦了官场的时候，往往回归到古代的隐士，从他们身上寻找新的人生价值。[②] 杜甫在仕途上不得志后，想到了许多隐士，有许由、巢父、商山四皓、庞德公、嵇康、诸葛亮、陶渊明、谢灵运、李白、王维、孟浩然、贺知章、阮昉等。在乾元二年立秋次日所作的《立秋后题》中就已经表露出了弃官归隐的意向，"平生独往愿，惆怅年半百。罢官亦由人，何事拘形役"。诗人下决心摆脱内外困扰，高蹈避世，以维持其平生独往之愿，不再看人脸色、仰人鼻息做人行事。客居秦州后这种意向越来越突出，"陈留风俗衰，人物世不数。塞上得阮生，迥继先父祖。贫知静者性，自益毛发古。车马入邻家，蓬蒿翳环堵。清诗近道要，识子用心苦。寻我草径微，褰裳踏寒雨。更议居远村，避喧甘猛虎。足明箕颍客，荣贵如粪土"（《贻阮隐居》）。由阮昉追述其祖上阮籍之风，又溯及箕山、颍水的许由、巢父，杜甫欲继承他们的遗风，视荣贵如粪土，放弃政治理想追求。在《遣兴五首》中咏叹了嵇康、诸葛亮、庞德公、陶渊明、贺知章、孟浩然，表达了对"达生"贤者的仰慕。"嵇康不得死，孔明有知音。"（《遣兴五首》其一）对嵇康未遇贤

[①] 霍松林、傅绍良：《盛唐文学的文化透视》，陕西师范大学出版社2000年版，第244页。
[②] 袁行霈：《中国文学史》（第二卷），高等教育出版社1999年版，第70页。

主深表同情，对孔明表示羡慕。"昔者庞德公，未曾入州府。襄阳耆旧间，处士节独苦。岂无济时策，终竟畏罗罟。林茂鸟有归，水深鱼知聚。举家隐鹿门，刘表焉得取。"（《遣兴五首》其二）诗人借庞公高隐来说明自己并非无济世良策，只是未遇明主，如一味执着，则会朝不保夕。"陶潜避俗翁，未必能达道。观其著诗集，颇亦恨枯槁。达生岂是足，默识盖不早。有子贤与愚，何其挂怀抱。"（《遣兴五首》其三）虽然都在隐居，与陶渊明相比较，杜甫略显旷达、超脱。"贺公雅吴语，在位常清狂。上疏乞骸骨，黄冠归故乡。爽气不可致，斯人今则亡。山阴一茅宇，江海日清凉。"（《遣兴五首》其四）贺知章在位时虽清狂纵诞，风流大半生，但死后依然凄凉，杜甫以此来安慰自己。"吾怜孟浩然，裋褐即长夜。赋诗何必多，往往凌鲍谢。清江空旧鱼，春雨余甘蔗。每望东南云，令人几悲吒。"（《遣兴五首》其五）"高、岑、王、孟，并驰声天宝间。孟独布衣终身，早年谢世，乃处士之最可悲者。清江以下，望襄阳而感叹。空、余二字，见物在人亡。《杜臆》：浩然之穷，公亦似之，怜孟正以自怜也。"[1]杜甫在孟浩然身上倾注了更多的情感，既同情孟浩然的不幸遭遇，又从他身上看到了自己的未来。在陇右期间，杜甫吟出了许多远离政治中心，追求平淡生活的诗句。"茅屋买兼土，斯焉心所求。……柴荆具茶茗，径路通林丘。与子成二老，来往亦风流。"（《寄赞上人》）"传道东柯谷，深藏数十家。对门藤盖瓦，映竹水穿沙。瘦地翻宜粟，阳坡可种瓜。船人近相报，但恐失桃花。"（《秦州杂诗二十首》其十三）"采药吾将老，儿童未遣闻。"（《秦州杂诗二十首》其十六）"三春湿黄精，一食生毛羽"（《太平寺泉眼》）。甚至想修筑茅屋养老送终，"何当一茅屋，送老白云边"（《秦州杂诗二十首》其十四）。希望自己生活于远离战乱纷争、衣食充足、睦邻友好的桃花源中，"如行武陵暮，欲问桃源宿"（《赤谷西崦人家》）。

二 避乱谋生，寄情山水

《新唐书》载："出为华州司功参军。关辅饥，辄弃官去。客秦州，

---

[1] （清）仇兆鳌：《杜诗详注》卷七，第683页。

负薪采橡栗自给。流落剑南。"① 《旧唐书》载："出甫为华州司功参军。时关畿乱离，谷食踊贵，甫寓居成州同谷县，自负薪采梠，儿女饿殍者数人。"② 按照两《唐书》的记载，由于关中饥荒和战乱，杜甫无法生活，离开华州去秦州投奔亲友。至于关中饥荒，后人大都持否定态度。学者们一般认为杜甫弃官入秦的原因是战乱和对朝廷的失望。杜甫在《秦州杂诗二十首》其一中告知了我们弃官客秦的原因："满目悲生事，因人作远游"，"满目悲生事"主要指邺城之战溃败后叛军再度占领洛阳、危及华州的社会现实。正如封野先生所言："邺城一战，朝廷倾全国军力而败北，足以证明中央政府和元戎们在武力解决叛乱问题上有决胜的愿望而没有决胜的能力，它同时预示着双方的军事对抗和战乱局面或许将会在相当长的时期里持续下去。"③ 杜甫在战前对在兵力上占绝对优势的官军信心十足，战败后他对唐王朝有了新的认识：战乱短时间内不可能结束，中兴的希望遥遥无期。"人"是指他的侄子杜佐和赞上人。"因人作远游"只是说明了"远游"的目的地，真正的原因就是"满目悲生事"。杜甫西行秦州是为了躲避战乱，为了全生，走上了一条不归之路，永远离开了疮痍满目的关辅地区，永远离开了险恶如旋涡的政治中心。

秦州远离安史叛乱地区，社会相对安定，杜甫跋山涉水来到这里，见到了老朋友赞公，对他的方外生活很羡慕。他们异地相逢，同病相怜，既高兴又伤感。"放逐宁违性，虚空不离禅。相逢成夜宿，陇月向人圆。"（《宿赞公房》）他曾在西枝村寻置草堂，欲定居此地，养老送终，但找了一天未得佳地，"卜居意未展，杖策䢦且暮"（《西枝村寻置草堂地夜宿赞公土室二首》其一）。后又写诗给赞上人，意欲与赞公居近："一昨陪锡杖，卜邻南山幽。年侵腰脚衰，未便阴崖秋。重冈北面起，竟日阳光留。茅屋买兼土，斯焉心所求。近闻西枝西，有谷杉桼稠。亭午颇和暖，石田又足收。当期塞雨干，宿昔齿疾瘳。徘徊虎穴上，面势龙泓头。柴荆具茶茗，径路通林丘。与子成二老，来往亦风流。"（《寄赞上人》）其实秦州也非"乐土"，不是他所想象的桃花源，由"西征问烽火，心折此淹留"

---

① （宋）欧阳修、宋祁：《新唐书》卷二〇一，中华书局1975年版，第5737页。
② （后晋）刘昫：《旧唐书》卷一九〇，中华书局1975年版，第5054页。
③ 封野：《论杜甫社会心态在安史之乱时期的演变》，《云南社会科学》2001年第6期，第86—90页。

（《秦州杂诗二十首》其一）可知，此地并不安宁，吐蕃对秦州虎视眈眈，时有犯境扰民之心。

在秦州的两个多月，杜甫虽然远离了战乱，但一家人的生计问题又经常困扰着他，使他心烦意乱。刚到秦州时，有侄儿杜佐等人接济，自己也卖药，生活还勉强过得去，但时间长了便渐渐陷入困境，《空囊》云："翠柏苦犹食，明霞高可餐。世人共卤莽，吾道属艰难。不爨井晨冻，无衣床夜寒。囊空恐羞涩，留得一钱看。"面对残酷的现实，诗人已经没有选择的余地。这时，幸有同谷"佳主人"书信相邀，便又满怀希望前往同谷。"我衰更懒拙，生事不自谋。无食问乐土，无衣思南州。"（《发秦州》）"卜居尚百里，休驾投诸彦。邑有佳主人，情如已会面。来书语绝妙，远客惊深眷。"（《积草岭》）杜甫一路艰辛到同谷后，却未曾与"佳主人"谋面，不觉已受骗上当，情形远不如秦州。他在《同谷七歌》中描述了当时的艰难处境，其一说："有客有客字子美，白头乱发垂过耳。岁拾橡栗随狙公，天寒日暮山谷里。中原无书归不得，手脚冻皲皮肉死。"其二又言："长镵长镵白木柄，我生托子以为命。黄独无苗山雪盛，短衣数挽不掩胫。此时与子空归来，男呻女吟四壁静。"橡栗已空，黄独无苗，寒风凛冽，男女呻吟，饥寒交迫，邻人悯矣。从中我们看到了杜甫垂老之年，寒山寄迹，无食无衣，生活已陷入绝境，只好长歌当哭。

陇右多山，地形复杂，风景优美，杜甫寓居期间，游览过南郭寺、隗嚣宫、驿亭、东楼、麦积山、太平寺等名胜，还走访过赤谷西崦人家，使他疲惫的心灵得到了暂时的慰藉。"今日明人眼，临池好驿亭。丛篁低地碧，高柳半天青。稠叠多幽事，喧呼阅使星。老夫如有此，不异在郊坰。"（《秦州杂诗二十首》其九）"落日邀双鸟，晴天卷片云。"（《秦州杂诗二十首》其十六）"檐雨乱淋幔，山云低度墙。鸬鹚窥浅井，蚯蚓上深堂。"（《秦州杂诗二十首》其十七）"溪回日气暖，径转山田熟。鸟雀依茅茨，藩篱带松菊。"（《赤谷西崦人家》）"麝香眠石竹，鹦鹉啄金桃。"（《山寺》）杜甫不畏艰辛，涉水登崖，以求赏心悦目。这些诗歌咏了当地山川风物，也反映出诗人对恬淡闲适生活的向往。

杜甫还写了《发秦州》《赤谷》《铁堂峡》《井盐》《寒峡》《法镜寺》《青阳峡》《龙门镇》《石龛》《积草岭》《泥功山》《凤凰台》《发同谷县》《木皮岭》《白沙渡》《水会渡》（水会渡：地名，今徽县境内嘉陵江上的渡口。一说为永宁河与田家河交汇处，一说为虞关下渡口，无确指。)十六首山水纪行诗,这些诗如实地记录了杜甫的行踪,正如宋人林亦之所言:"杜陵诗卷是图经。"①(《送蕲帅》)也描写了旅途中的自然风光,清人黄山说:"看杜诗如看一处大山水。"② 有些描写了山川形势的艰险幽深,阴森恐怖。如"塞外苦厌山,南行道弥恶。冈峦相经亘,云水气参错。林迥硖角来,天窄壁面削。溪西五里石,奋怒向我落。"(《青阳峡》)"熊罴咆我东,虎豹号我西。我后鬼长啸,我前狨又啼。"(《石龛》)有些描写了路途之艰难,如《泥功山》"朝行青泥上,暮在青泥中。泥泞非一时,版筑劳人功。不畏道途永,乃将汩没同。白马为铁骊,小儿成老翁。哀猿透却坠,死鹿力所穷。寄语北来人,后来莫匆匆。"杜甫把他在陇右的复杂的情感都注入这些写景诗中,诗中所描述的自然环境也并非全是自然环境本身,一些诗不同程度地寄托着诗人愤懑、悲慨和无奈之情,体现着诗人的人生体验和感悟。

三 心系苍生,胸怀国事

"安史之乱迅速把盛唐士人素有的功业之心,忠君之情激发为炽烈的爱国热忱和爱国行动。"③ 进士无门的抑郁和苦闷,同时也增加了对于国家、时局的关注,对国家未来的担忧,对百姓悲惨生活的深切同情。

安史之乱爆发后,杜甫为生活所迫,开始更深入社会,更接近人民,更了解底层,其思想感情发生了根本的变化,诗风也发生了重大转变,由歌颂理想转向抒写现实,关注时局,反映民生疾苦,抒发忧国忧民的情怀。安禄山刚反时,杜甫在《自京赴奉先县咏怀五百字》中自述平生大志:"杜陵有布衣,老大意转拙。许身一何愚,窃比稷与契。居然成濩落,白首甘契阔。盖棺事则已,此志常觊豁。穷年忧黎元,叹息肠内热。取笑同学翁,浩歌弥激烈。非无江海志,潇洒送日月。生逢尧舜君,不忍便永诀。当今廊庙具,构厦岂云缺。葵藿倾太阳,物性固莫夺。"其志在得君济民,自许稷契,下救黎元,上辅尧舜。④ 但他的大志一生未能实

---

① (宋)刘克庄:《后村诗话·新集》,中华书局1983年版,第176页。
② (清)黄山:《杜诗说》,黄山书社1994年版,第3页。
③ 吕蔚:《安史之乱与盛唐诗人》,中华书局2010年版,第100页。
④ (清)仇兆鳌:《杜诗详注》卷四,第324—325页。

现，后半生始终心系苍生、胸怀国事。随后又写了《北征》《羌村》《三吏》《三别》，关切国家命运、人民苦难。

到达陇右后，写了许多缘事而发、充满忧国忧民之情的诗篇，一百多首陇右诗便是人民苦难的缩影。《秦州杂诗》中有许多控诉战争的诗篇，其三说秦地居民少降戎多、形势危险，其四咏鼓角，其五咏战马，其六写防河戍卒，其八感慨时事，其十一伤寇乱，其十八忧吐蕃，其十九思良将，其二十慨世不见用。诗人虽远离关辅地区，但始终关注时局，希望尽快结束战乱，战争不息，苍生永无宁日。诗人心中存有大我，没有小我。我们看《佳人》一诗：

> 绝代有佳人，幽居在空谷。自云良家子，零落依草木。关中昔丧乱，兄弟遭杀戮。官高何足论，不得收骨肉。世情恶衰歇，万事随转烛。夫婿轻薄儿，新人美如玉。合昏尚知时，鸳鸯不独宿。但见新人笑，那闻旧人哭。在山泉水清，出山泉水浊。侍婢卖珠回，牵萝补茅屋。摘花不插发，采柏动盈掬。天寒翠袖薄，日暮倚修竹。

佳人遭乱，零落失依。兄弟既丧，家运衰落，夫婿喜新厌旧，自己终被遗弃。避乱幽谷，面容憔悴，采柏遏饥，日暮依竹，寂寞无聊，与侍婢相依为命，深感世态炎凉，悲伤不已。杜甫也感同身受，有切身体会。又如《捣衣》："亦知戍不返，秋至拭清砧。已近苦寒月，况经长别心。宁辞捣衣倦，一寄塞垣深。用尽闺中力，君听空外音。""鹤注：'是时安史未息，又备吐蕃。'"① 秦州地处唐王朝西北边陲，与吐蕃接壤，杜甫看到当地妇女捣衣，问明原因后，代戍妇言情。战事不息，夫妻无法团聚。再看《石龛》：

> 熊罴咆我东，虎豹号我西。我后鬼长啸，我前狨又啼。天寒昏无日，山远道路迷。驱车石龛下，仲冬见虹霓。伐竹者谁子，悲歌上云梯。为官采美箭，五岁供梁齐。苦云直幹尽，无以应提携。奈何渔阳骑，飒飒惊蒸黎。

---

① （清）仇兆鳌：《杜诗详注》卷七，第734页。

在如此恐怖危险的环境，农人在仲冬时期冒着生命危险，攀援云梯，为官府砍伐箭杆。他们的艰辛、无奈又能向谁诉说呢？有些诗则体现了杜甫的非战爱民思想。如《遣兴三首》其一："下马古战场，四顾但茫然。风悲浮云去，黄叶坠我前。朽骨穴蝼蚁，又为蔓草缠。故老行叹息：'今人尚开边！'汉虏互胜负，封疆不常全。安得廉颇将，三军同晏眠。"批判玄宗开边黩武给人民带来的苦难，希望有良将靖边，人民安居乐业。又如其二："高秋登塞山，南望马邑州。降虏东击胡，壮健尽不留。穹庐莽牢落，上有行云愁。老弱哭道路，愿闻甲兵休。邺中事反覆，死人积如丘。诸将已茅土，载驱谁与谋。"唐肃宗为平安史叛乱，调发回鹘军队征讨，导致了"老弱哭道路"、"死人积如丘"的悲苦惨状，而且由于对部分边关将帅恩宠过度，局面失控，对诸将已无法驱遣了。

《同谷七歌》描绘了杜甫颠沛流离的生涯，抒发其老病穷愁的感喟。第七首："男儿生不成名身已老，三年饥走荒山道。长安卿相多少年，富贵应须致身早。山中儒生旧相识，但话宿昔伤怀抱。""男儿生不成名身已老"浓缩《离骚》"老冉冉其将至兮，恐修名之不立"之意，抒发了身世感慨。诗人多年的经验认为"富贵应须致身早"，因为"长安卿相多少年"，否则只能徒伤怀抱而已。杜甫素有匡世报国之抱负，却始终未得施展。如今年近半百，名未成，身已老，而且转徙流离，几乎"饿死填沟壑"，怎不叫他悲愤填膺！六年后杜甫在严武幕府，曾再次发出这种叹穷嗟老的感慨："男儿生无所成头皓白，牙齿欲落真可惜。"（《莫相疑行》）其意是相仿的。

杜甫虽然浓沉抑下僚，饱经战乱，颠沛流离，但其深受儒家文化熏染，无论何时何地，他都有一颗炽热的爱国心和怜悯同情心，始终心系苍生，胸怀国事，他的脉搏是和国家命运一起跳动的。[1] 他的陇右诗中不仅怀念亲戚朋友，而且关注生民疾苦。孟子云："老吾老，以及人之老；幼吾幼，以及人之幼。"[2] 杜甫的确做到了这一点。最能体现杜甫关怀天下苍生的是在同谷创作的《凤凰台》：

---

[1] 吕慧娟、刘波、卢波：《中国历代著名文学家评传》（第二卷），山东教育出版社1983年版，第251页。

[2] 杨伯峻：《孟子译注》，中华书局2010年版，第15页。

亭亭凤凰台，北对西康州。西伯今寂寞，凤声亦悠悠。山峻路绝踪，石林气高浮。安得万丈梯，为君上上头。恐有无母雏，饥寒日啾啾。我能剖心血，饮啄慰孤愁。心以当竹实，炯然无外求。血以当醴泉，岂徒比清流。所重王者瑞，敢辞微命休。坐看彩翮长，举意八极周。自天衔瑞图，飞下十二楼。图以奉至尊，凤以垂鸿猷。再光中兴业，一洗苍生忧。深衷正为此，群盗何淹留。

凤凰是祥瑞的象征，只有在太平盛世的时候才会出现。凤凰又是儒家所倡导的仁政美德的象征，唯有施行仁政、内蕴美德的君主才得到凤凰的垂青，所以凤凰这一形象寄托着"杜甫许身稷契，以天下为己任的使命感，民胞物与忠正爱人的仁者之怀，以及追求理想、百折不回的献身精神"[①]袁行霈先生也说："凤凰仁爱善良，正是诗人自身的写照。"[②] 浦起龙认为杜甫"不惜此身颠沛，但期国运中兴"[③]，甚确，诗人的忧国忧民之心在《凤凰台》中达到了顶峰。这是他"穷年忧黎元，叹息肠内热"情怀的继续，是与《茅屋为秋风所破歌》中"安得广厦千万间，大庇天下寒士俱欢颜，风雨不动安如山！呜呼！何时眼前突兀见此屋，吾庐独破受冻死亦足！"的思想一脉相承的。"少陵有句皆忧国"[④]，"一饭未尝忘君"[⑤]，杜甫确实是这样的，只可惜西伯寂寞，只能悲士不遇，空有抱负而已。

杜甫的心态变化不是突变，而是渐变。天宝六载（747年）受骗落第后，杜甫切身感受到朝政的腐败与黑暗，他的目光开始向下，留意生民的疾苦。长安十年期间，他写了许多感怆身世、不满黑暗朝政与顾念生民的名作。如《奉赠韦左丞丈二十二韵》《兵车行》《前出塞》《丽人行》《自京赴奉先县咏怀五百字》等，已逐步形成了一种以写生民疾苦为其主要内容的、写实人生的创作倾向。[⑥] 这种创作倾向，在安史之乱以后，有了进一步的发展，由以歌颂理想为主转向抒写现实，抒发忧国忧民的情怀。

---

① 王飞：《天狗与凤凰》，《杜甫研究学刊》1998年第3期。
② 袁行霈：《中国文学史纲》（第二册），北京大学出版社1986年版，第181页。
③ （清）浦起龙：《读杜心解》，中华书局1977年版，第80页。
④ （宋）周紫芝：《乱后并得陶杜二集》，傅璇琮等《全宋诗》，北京大学出版社1998年版，第17166页。
⑤ （宋）苏轼：《王定国诗集叙》，《苏轼文集》，中华书局1986年版，第318。
⑥ 罗宗强：《隋唐五代文学思想史》，中华书局2003年版，第74—75页。

如《悲青坂》《悲陈陶》《羌村》《三吏》《三别》等。被贬华州以后，杜甫的政治激情逐渐冷却，目光投向动乱的社会现实，更多地关注民生疾苦。特别是流寓陇右期间，诗人迫于生计，已疏离政治，诗中大多抒写路途艰险、生活的艰辛，关注亲情友情，而且不时流露出反战情绪，他希望尽快结束战乱，对战乱中受苦的人民给予更多的同情。

杜甫陇右诗创作及相关研究述略

《杜甫研究学刊》编辑部　彭燕

【摘　要】杜甫自乾元二年（759）辞官西征后，诗风和内容较之放荡齐赵的快意浪漫和困居长安的辛酸屈辱，均为之大变。冯至说杜甫这一年的创作，包括陇右的部分诗篇，达到了最高成就。本文就杜甫陇右诗创作和当前陇右诗研究现状略作梳理和探讨。

【关键词】杜甫　陇右时期　诗歌创作　研究现状

1997年，原中国杜甫研究会会长霍松林先生在《天水诗圣碑林序》中说："治中华诗歌者，无不注目唐诗；攻唐诗者，无不倾心杜甫；而读杜诗者，又无不向往秦州也。"[①] 杜甫以秦州山川激扬文字，创作了《秦州杂诗二十首》《乾元中寓居同谷县作歌七首》等千古名篇。"少陵诗里识秦州"[②]，秦州则因杜诗而名显。冯至先生说："在杜甫的一生，七五九年是他最艰苦的一年，可是他这一年的创作，尤其是'三吏''三别'，以及陇右的一部分诗，却达到最高的成就。"[③] 杜甫自乾元二年（759年）辞官西征后，无论是诗风，还是内容，较之"放荡齐赵间，裘马颇清狂"（《壮游》）的快意浪漫，及困居长安"朝扣富儿门，暮随肥马尘"（《奉赠韦左丞丈二十二韵》）的辛酸屈辱，均为之大变。故江盈科云："少陵夔州（秦州）以后诗，突兀宏肆，迥异昔作。"（《雪涛诗评》)[④]

---

① 霍松林：《天水诗圣碑林序》（刻碑于北流泉），1997年。
② 莫砺锋：《少陵诗里识秦州》，《中华读书报》2016年9月30日。
③ 冯至：《杜甫传》，百花文艺出版社2015年，第123—134页。
④ 莫砺锋先生在《杜甫评传》第二章第四节注释条下按语，云："秦州"原作"夔州"，误，因下文明言"蜀中山水"，此据《杜诗详注》卷八所引校改。

一 杜甫在陇右

（一）杜甫在陇右的生活

乾元二年立秋后，杜甫辞去华州司功参军，携全家一路向西。八月到秦州，停留三月后离开秦州前往同谷。十一月到同谷。杜甫在同谷度过了他一生中最为艰难的一个月后，于十二月初离开同谷前往成都。十二月底，杜甫全家抵达成都。冯至说，759年是杜甫一生中最艰苦的一年。这固然是指杜甫在这一年为生计所迫，而奔波不停，正如杜甫自己所感叹"奈何迫物累，一岁四行役"（《发同谷县》），四行役是指：洛阳到华州，华州到秦州，秦州到同谷，同谷到成都。可知杜甫在这一年，几乎就没有安顿过，一直奔波在路上。而陇右生活，特别是在同谷的一个月，尤其艰难。读老杜《同谷七歌》者，无不落泪。杜甫寓居秦州，没有达官显贵的资助，布衣侄儿杜佐也不能在经济给他太多的接济。所以，杜甫在秦州自己开始采药、卖药以贴补家用，"晒药能无妇，应门幸有儿"（《秦州杂事二十首》其二十），这是杜甫寓居秦州时的日常生活写照。杜甫自嘲"我衰更懒拙，生事不自谋"（《发秦州》），以致"不爨井晨冻，无衣床夜寒"，但还要"囊空恐羞涩，留得一钱看"（《空囊》），看似轻松幽默的笔调，读起来却特别心酸。而就在此时，同谷那边"邑有佳主人，情如已会面。来书语绝妙，远客惊深眷。食蕨不愿余，茅茨眼中见"（《积草岭》）。满怀期待的杜甫离开秦州向同谷出发，但他哪曾想到更为艰苦的生活在前面等着他。

杜甫决定离开秦州，除了有生活困窘的原因外，形势不太平也是他离开的原因之一。"万里流沙道，西征过此门。但添新战骨，不返旧征魂"（《东楼》），西征将士还未返回，新征调的将士们又前往沙场，此次西去，估计也是凶多吉少。目睹这些，使得杜甫心情十分沉重。"将军别换马，夜出拥雕戈"（《日暮》）、"警急烽常报，传闻檄屡飞"（《秦州杂诗二十首》其十八）都说明秦州时刻处于备战状态。"州图领同谷，驿道出流沙。降虏兼千帐，居人有万家。马骄朱汗落，胡舞白题斜"（《秦州杂诗二十首》其三），写降虏多，且剽悍。朱鹤龄论《寓目》时有"此诗当与'州图领同谷'一首参看。关塞无阻，羌胡杂居，乃世变之深可虑者，公故感而叹之。未几，秦陇果为吐蕃所陷。"① 看得出，杜甫对于时局的把握和判断无疑是十分正确的，且有先见之明。

基于上述种种原因，杜甫决定离开秦州，前往同谷。令杜甫始料不及的是，同谷"佳主人"亦未能施得援手。大雪封山，杜甫还要进山拾橡栗，挖黄独，手脚皲裂也不能顾及。万般无奈之下，一个月后，杜甫决定离开同谷前往成都。

（二）杜甫在陇右的诗歌创作

杜甫一生作诗很多，具体有多少首已不可考。流传至今的诗歌作品有1450余首，其中陇右诗近120首，包括90多首秦州诗和20多首同谷诗。杜甫寓居陇右，前后五个月，创作诗歌可谓一日一诗。杜甫陇右诗以《秦州杂诗二十首》《乾元中寓居同谷县作歌七首》和《发秦州》《发同谷县》两组纪行诗最为知名。这个时期杜甫的组诗创作之丰，也是罕见的。在近120首的诗歌中，组诗就达9组69首。② 杜甫乾元二年西入秦州，在这之前流传下来的诗歌仅200多首，寓居蜀中八年流传至今的有900多首③，湖湘两年则有100多首。而在陇右短短的五个月时间里，竟留下近120首诗歌，如此密集地进行诗歌创作，在杜甫的创作生涯中，是空前绝后的。

1. 《秦州杂诗二十首》和《乾元中寓居同谷县作歌七首》

《秦州杂诗二十首》和《乾元中寓居同谷县作歌七首》两组诗是杜甫客居秦州、同谷期间的生活实录。

《秦州杂诗二十首》被推为"五言长城"、"千古绝调"（《杜诗言志》。作为杜甫组诗中的长篇，内容丰富，包罗万千。有异域风情与自然景观，有感物伤怀与时局担忧，有对"何当一茅屋，送老白云边"（其十四）的向往，所见、所闻、所历、所感，无所不包。所谓杂诗，取材广泛，不限一事、一时、一地、一物、一人，有感而发，写来自由，得心应手。《秦州杂诗二十首》（其一）开头便是"满目悲生事，因人作远游"，

---

① （清）仇兆鳌：《杜诗详注》卷七，中华书局1979年版，第603页。

② 李济阻：《杜甫陇蜀纪行组诗注析（序二）》（高天佑编著），甘肃人民出版社2002年版。

③ 杜甫蜀中诗，我们这里沿用旧说，以蜀代指巴蜀，即包括杜甫在四川和重庆两地所作的全部诗歌。

杜甫一来就交代了自己为何西行，因谁远游。"悲生事"，既有如林继中先生说的："去两京而客秦州，是杜甫离开朝廷政治中心的决定性一步，从此不再回头。"① 这是对政治的失望。杜甫为疏救玄宗旧臣房琯而触怒肃宗，被贬出京城远离政治中心。此时杜甫心里明白，再回京城已无可能，故产生了西行归隐的念头，"传道东柯谷，深藏数十家。对门藤盖瓦，映竹水穿沙。瘦地翻宜粟，阳坡可种瓜。船人近相报，但恐失桃花。"（《秦州杂诗二十首》其十三）即是这种思想的流露。同时也有出于生计考虑的原因，据新旧《唐书》可知，其时关辅饥荒，谷米价贵，杜甫不得已而弃官西行。杜甫之所以选择到秦州，是因为从侄杜佐在这里。学界对杜甫来秦州"因何人"有过种种讨论，有的学者以为是赞公和尚，或是李白，或是李广，更有奇论者以为是"同谷佳人"，等等。② 关于杜甫是借道赴蜀，还是本计划长住秦州的问题，学界也是一直争论不休。本地学者更愿意认为杜甫原本是打算长住秦州安度晚年的，其主要依据是《西枝村寻置草堂地夜宿赞公土室二首》。当然，大部分学者并不持这样的观点，如朱东润、傅璇琮等先生均认为杜甫度陇向蜀，其目的地是在天府成都。③ 清人仇兆鳌在《秦州杂诗二十首》（其二十）注"藏书闻禹穴"时也说："知公适秦之初，已有入蜀之意。"④

《乾元中寓居同谷县作歌七首》是杜甫陇右诗中唯一一组七言组诗，浦起龙称其是"亦是乐府遗音，兼取《九歌》《四愁》《十八拍》诸调，而变化出之"⑤，具有骚体意味。《同谷七歌》将杜甫寓居同谷期间濒临绝境惨况推向极致，故有王嗣奭说：读《离骚》可不必落泪，读此歌却不能终篇。中国文学史上落魄文人很多，但落魄到杜甫这般地步的恐再无二人。天寒地冻，日暮黄昏中，一个形容枯槁、蓬头垢面、白发过耳的愁苦老人，冷得浑身哆嗦在山间寻拾栗子，手脚已经冻坏。"呜呼一歌兮歌已哀，悲风为我从天来。"简直就是杜甫的仰天悲鸣，天地动情，无不流

---

① 林继中：《陇右诗是杜诗枢纽》，《古典文学知识》2010年第2期。
② 王元中：《杜甫西征客秦原因研究论述——兼论杜甫陇右诗研究存在的问题并及应有的价值取向》，《杜甫与陇右地域文化文集》，天水新华印刷厂2014年，第83页。
③ 朱东润：《杜诗叙论》，人民文学出版社2000年版；傅璇琮：《唐代科举与文学》，陕西人民出版社2007年版。
④ （清）仇兆鳌：《杜诗详注》卷七，第589页。
⑤ （清）浦起龙：《读杜心解》卷二，中华书局1961年版，第265页。

泪。"杜陵此歌，豪宕奇崛，诗流少及之者。顾其卒章，叹老嗟卑，则志亦陋矣。人可以不闻道哉。"（朱熹《跋杜工部同谷七歌》）朱熹前一句说得极是，后一句就不合人情，不近情理了。这当然和朱熹的理学家身份和文艺观有关，这里就不赘述了。①

2. 两组纪行诗

两组纪行诗分别是《发秦州》12首，《发同谷县》12首。第一组是在离开秦州去同谷的途中所作，第二组是离开同谷去成都的途中所作。第一组诗有《发秦州》《赤谷》《铁堂峡》《盐井》《寒峡》《法镜寺》《青阳峡》《龙门镇》《石龛》《积草岭》《泥功山》《凤凰台》，除了第一首诗是杜甫交代自己离开秦州的原因外，其余诸诗均以途中地名为诗题。这种以地名为诗题的安排，显然是作者有意为之。第二组诗有《发同谷县》《木皮岭》《白沙渡》《水会渡》《飞仙阁》《五盘》《龙门阁》《石柜阁》《桔柏渡》《剑门》《鹿头山》《成都府》。过了水会渡，创作组诗中后面八首诗时，杜甫已经离开了甘肃境内。故此八首一般不列入陇右诗范围来讨论内，但在讨论杜甫陇蜀诗纪行诗，不能置它们不论。它们作为记行组诗是一个部分，不可或缺。这两组记行诗，可谓一幅由秦入蜀的详细交通图，人们据其诗题，即可重走杜甫当年入蜀路线。有如苏轼云："老杜自秦州越成都，所历辄作一诗，数千里山川在人心目中，古今诗人殆无可拟者。"（朱弁《风月堂诗话》）蜀道难，难于登天。古往今来许多文人骚客曾惊叹过它的雄奇险峻与气象万千，李白在《蜀道难》中所描绘的蜀道之险，完全超出了我们的想象，留给我们是惊为天外的奇山异水。而读杜甫的蜀道诗，则是长风绝壁、连山叠嶂、窄天危石、万丈深潭，如同画卷般一一展现于我们面前，想象落到实处。宋人林亦之说"杜陵诗卷是图经"②，确为的论。

3. 诗中人物

杜甫在秦州，不仅物质生活困窘，其精神世界也非常孤独。秦州除了杜佐偶尔能给他一些生活上的支援外，没有更多的人可以依靠。虽有秋日

---

① 参彭燕《褒贬抵牾：朱熹何以如是论杜甫》，《西南民族大学学报》（哲社版）2011年第8期。

② （宋）林亦之：《网山集》，《景印文渊阁四库全书》，台北：台湾商务印书馆1986年版，第866页。

阮隐居送"薤"菜三十束,但这解决不了杜甫生计的问题。可以与杜甫进行交流和对话的,除了赞公和尚以外,几乎再无他人。正是因为如此,杜甫在诗歌里频频怀念回忆曾经的好友和远在他方的亲人。杜甫陇右诗中的人物大致有以下几类:家人、友人和前贤。[①]

家人。杜甫共五兄弟。作为兄长,有四个弟弟,分别是:杜颖、杜观、杜丰、杜占。还有一个远嫁钟离(安徽凤阳)的孀妹。杜甫在28岁时,父亲杜闲去世。对于诸弟来说,杜甫实际既是父,又是兄,对他们照顾很多。杜占是最小的弟弟,杜甫长期带在身边照顾。秦州诗中的《月夜忆舍弟》中的"露从今夜白,月是故乡明"成为千古名句,紧接着,杜甫就说"有弟皆分散,无家问死生。寄书长不达,况乃未休兵"。《同谷七歌》其三:"有弟有弟在远方,三人各瘦何人强。生别展转不相见,胡尘暗天道路长。东飞鴐鹅后鹜鸰,安得送我置汝旁。呜呼三歌兮歌三发,汝归何处收兄骨。"其四:"有妹有妹在钟离,良人早殁诸孤痴。长淮浪高蛟龙怒,十年不见来何时。扁舟欲往箭满眼,杳杳南国多旌旗。呜呼四歌兮歌四奏,林猿为我啼清昼。"诗中,杜甫对弟妹的牵挂与思念读来令人感动。悲莫悲兮生别离,杜甫与三个弟弟生别辗转不相见,现在秦州形势紧张,胡尘暗天道路遥远,多么希望自己可以有机会与弟弟们相会见面啊。远嫁凤阳的妹妹,十年未曾相见,夫死人亡,一个人的日子该有多么艰难啊。想到这些,杜甫就感到一阵阵心痛与难受。他幻想自己要是能乘着小船去看看妹妹该多好啊!杜甫在陇右的日子分外思亲。长兄如父,杜甫如老父般地牵挂着远方的弟弟和妹妹,一个人在孤冷的月色中,听着远处传来戍鼓声,思念着天涯一方的弟弟和妹妹。杜甫在成都、在夔州、在荆南均有怀念诸弟的诗歌。在成都时,弟弟杜颖还来草堂看望过他。杜甫去荆南因为未能见到杜观,忍不住"高歌泪数行"(《元日示宗武》)。

友人。杜甫在秦州写下了《梦李白二首》《天末怀李白》《寄李十二白二十韵》等诗。至德二载(757),李白因永王李璘谋反事件牵连下狱,乾元元年(758)流放夜郎,二年行至白帝城被赦,还。杜甫在秦州,与外界信息不通,对李白的生死分外担忧,十分牵挂李白的情况。故有

[①] 对葛景春先生《杜甫在陇右的思亲怀友诗》(《杜甫研究学刊》2015年第1期)文有参考,并致谢。

"故人入我梦,明我常相忆"(《梦李白二首》其一)、"三夜频梦君,情亲见君意"(《梦李白二首》其二),若非思念至极,杜甫怎会如此频繁地梦见李白。更有意思的是,杜甫认为李白也知道自己对他的思念,所以才会来到他的梦里与之相见。《寄李十二白二十韵》则是杜甫以诗作传,将李白波澜起伏的人生用诗歌的形式写出,并替李白进行申辩,认为李白是蒙冤被放,为其抱不平。李杜二人之友谊,多有论之。甚至有人认为杜甫因"人"做远游,就是指的李白。此不赘述。除了李白,陇右诗中还出现了高适、岑参、严武、贾至、吴郁等人。陇右诗中怀严武和高适,有学者认为这个时候其实杜甫就已经有去蜀的想法了,寄诗蜀中友人实际上已经在做去蜀的准备了。此话不无道理。至于杜甫是否去过两当看望过好友吴郁,学界也是争执不断。河南省社科院葛景春研究员的观点是杜甫不可能去两当,无论是从时间还是精力上,都不存在这种可能。

前贤。杜甫寓居陇右实在是太寂寞了,既然没有能够对话交流的诗友,与古人对话也不失为一种排遣孤独愁苦的一个好办法。于是,我们在杜甫陇右诗中看到有庞德公、诸葛亮、陶渊明、贺知章等。稍微留心一下可以发现,这些都是历史上有名的隐士,虽然有诸葛亮和刘备之间的君臣际会,而登上政治舞台,但之前也曾隐居不出。这些隐者形象的密集出现,说明了杜甫确实打算远离政治,寻得一方乐土,做一个真正与世无争安贫乐道的隐士。当然,这对杜甫来说是很难的,甚至在某个时候,他可能还后悔过。做隐士,过隐居生活,远离政治,这对于古代"学而优则仕"的知识分子来说是相当不容易的。更何况对怀抱"致君尧舜上,再使风俗淳"的杜甫,就更不容易了。

二 杜甫陇右诗研究

(一)研究现状概况

据笔者统计,民国至今,刊发杜甫陇右诗研究论文300余篇,专著25部[含台湾学者黄奕珍著《杜甫自秦入蜀诗歌评析》(2005)],学位论文3篇。民国至改革开放前近70年的时间,发表论文仅20余篇。而改革开放后三十多年,研究成果猛增,仅发表单篇论文就达300多篇。专著成果包括注释类、书画类,以及本地学者们的论文集等。学位论文有3篇,分别是:河北大学2006年硕士学位论文《杜甫陇右诗研究》(种竟梅，韩成武指导）、云南大学 2011 年硕士学位论文《杜甫陇右诗的"诗史"意义》（施品凤，段炳昌指导）、漳州师范学院 2011 年硕士学位论文《杜甫陇右诗论述》（张珍珍，林继中指导）。杜甫陇右诗研究内容则主要集中在《秦州杂诗二十首》《乾元中寓居同谷县》和《发秦州》《发同谷县》两组纪行诗以及杜甫与陇右地域文化等几个方面。

　　天水杜甫研究学会成立于 2006 年 8 月 20 日。以此为标志，杜甫陇右诗研究进入了一个前所未有的繁荣时期。杜甫陇右诗研究大多数成果都是在这之后出现的。天水杜甫研究会的成立，对杜甫研究，对学界，对天水来说，都是极好之事。天水杜甫研究会一成立，研究会就组织本地专家学者重走杜甫在陇右当年的行走路线，拍《杜甫在陇右》专题纪录片，为杜甫遗迹、遗存和标志性纪念物进行抢救保护，并多次召开杜甫研究学术研讨会，等等。成果丰硕，效果卓著，影响很大。2014 年 10 月，天水杜甫研究会第八届学术年会与四川省杜甫学会第十七届年会联合召开了"杜甫与地域文化全国学术研讨会"，社会反响不错。研讨会收到外地学者与会论文 92 篇，其中近 20 篇论文专门讨论杜甫陇右诗歌。甘肃电视台、兰州电视台、四川电视台以及凤凰网、中新网、人民网等各大媒体和网站纷纷进行了报道宣传。杜甫陇右诗歌研究的主体，总的来说，以本地学者为多，尤其以天水和陇南两地学者为最多，热情很高，令人感动。

　　较早研究杜甫陇右诗的学者主要有朱东润、冯至、霍松林、陈贻焮等诸位先生。后来的则有林家英、胡大浚、张忠纲、赵逵夫、林继中、张广成、李济阻、王德全、聂大受、李宇林等教授。现在有一大批活跃在学界的年轻学者开始从事杜甫陇右诗的研究。这些学者主要以天水师范学院和陇南师范高等专科学校两所高等院校的青年教师为主，他们思维活跃，视野开阔，方法新颖，结合杜甫的生平，将杜甫陇右诗歌置于全部杜诗中来考察陇右诗在杜诗学史上的意义和影响，成果丰硕，效果不错。老一辈学者中，冯至的《杜甫传》、陈贻焮的《杜甫评传》、朱东润的《杜甫叙论》都辟有专章专节来介绍和研究杜甫陇右诗，以及杜甫在陇右时期的生活。霍松林先生作为中国杜甫研究会首任会长，甘肃天水籍的身份本身就是对杜甫陇右诗的一种极好的宣传，自可代言在陇右时期的杜甫形象。林家英先生虽不是甘肃人，但是对杜甫陇右诗研究却做出巨大的贡献。她先后四次下陇南，撰写《杜甫在秦州》《杜甫在陇南》，并由兰州大学电视教学中心进行拍摄，并在全国播出。其《浅议杜甫〈凤凰台〉》刊发在

《光明日报》（1985年12月17日），对杜甫陇右诗的研究起到了极大的推动和促进作用。李济阻、王德全、刘秉臣等先生编著的《杜甫陇右诗注析》（甘肃人民出版社1985年版）一书是第一部关于杜甫陇右诗研究的专著成果，在杜甫陇右诗研究史上具有极其重要的意义。可以这样说，陇右年轻的杜甫研究学者们几乎没有不受其影响的。聂大受先生是当前陇右地区杜甫研究的代表学者，成果丰富，为陇右地区的杜甫研究工作做了大量的工作，尤其是在天水杜甫研究会成立后，成为天水地区杜甫研究工作的主要推动者。杜甫陇右诗研究薪火相传，后继有人，天水的王元中、刘雁翔、安建军、安志宏、高世华、薛世昌、孟永林等，以及陇南的高天佑、蒲向明、温虎林等，这些年轻的学者均在各种期刊上发表过高质量的杜甫陇右诗研究的相关成果，或将自己多年的研究心得形成专著并公开出版嘉惠学林。

另外，有一大批甘肃籍杜甫研究专家在关注杜甫陇右诗研究的同时，也对杜甫及其诗歌进行全面的观照和综合研究。如西北大学的郝润华教授、渭南师范学院武国权副教授、华南师范大学的张巍教授等，他们作为中青年杜甫研究学者的代表，对杜甫陇右诗研究的推进之功亦是不可否认的。

（二）问题与思考

前不久读到天水师范学院王元中教授的文章《杜甫西征客秦原由研究论述——兼论杜甫陇右诗研究存在的问题并及应有的价值取向》，文章以冷静的态度对杜甫陇右诗研究中的问题进行了客观的评介，较为难得。

王元中教授在文章开头第一段说："这些问题的出现，有文献资料不足和研究者主体学识素养不高的原因，其所造成的结果，不仅研究的话题因此而人为地复杂化，而且还使本来严肃的学术问题常常浅俗化、搞笑化，背离诗人或诗歌研究应有的本体立场。""论者的用心不可谓不苦。但用心是用心，学术是学术，当一个论者将历史的对象分离于其具体的历史语境而单单依据现实的需求做纯粹的当下阐释的时候，我们可以赞赏其想象，其用心，但同时也不能不因为阐释和对象之间存有的巨大历史隔膜而深感遗憾。"[①] 文章本着实事求是的态度，对当前杜甫陇右诗研究中存

---

① 王元中：《杜甫西征客秦原由研究论述——兼论杜甫陇右诗研究存在的问题并及应有的价值取向》，《杜甫与陇右地域文化文集》，天水杜甫研究会编，第83页。

在的一些问题，提出了善意的批评和建议。其实，这些问题不仅仅存在于杜甫陇右诗研究中，许多地方文化研究中都存在着这样的情况。这种情况的出现，恐怕不单单是"文献资料不足的原因"，"用心"和"动机"可能才是最主要的原因，研究者的主观大于客观，情感因素导致了对某些实事视而不见，或选择性地忽略。杜甫与地域文化研究中，或多或少地都存在着这样的情况。

杜甫与地域文化研究方兴未艾，尤其是与田野调查等相结合后，研究的空间也越来越宽广了。在地域文化研究中，一般人对乡邦文化热情较高，在研究过程中容易出现以个人情感替代学术原则，对于学术素养较高的学者而言，这种情况则较少发生。在杜甫与地域文化研究中，这种情况是存在的。编辑部每年都会收到类似这样的稿件，文章立论令人忍俊不禁，不能不说，作者的"用心"是可爱的。但作为学术研究，却是不严肃的。杜甫陇右诗研究存在的问题，在当今地方文化研究中，它不是个案，是一个普遍的现象。我们希望，在今后的地方文化研究中，这种现象能有所减少，或不再发生。为避免这种现象的发生，我们以为：一是从事地方文化的研究者要尽可能地提高自己的学术意识；二是文章要凭材料说话，有一分材料说一分话，不要随意生发，甚至是发挥天马行空的想象；三是在研究局部和个案的同时，对全局与整体要有一个前期的把握和了解；四是在研究中我们要尽可能地避免情感先行，功利当头，做到实事求是。

下 编

其他相关杜甫研究

杜甫精神清廉文化内涵论

西南民族大学文学与新闻传播学院　徐希平

【摘　要】作为世界文化名人和中国优秀传统文化集中代表的诗圣杜甫，其丰富精神文化也包含着深刻的清正廉洁思想内涵，本文从其性格和思想渊源，对儒家仁政俭德大声疾呼和身体力行严于自律，倡导清白廉政和强调纲纪严明，重拳反腐，除恶务尽等几个方面予以浅析，从一个侧面揭示其当代价值。

【关键词】杜甫　清正廉洁　儒家仁政

中国优秀传统文化中，清白文化源远流长，不仅涌现出如西门豹、狄仁杰、包拯、赵抃、况钟、海瑞、于谦等著名的清官，无数有良知的文人士大夫正直知识分子心中，更是广泛播撒着清廉文化的种子。他们舍生取义、为民请命，无愧于真正的中国的脊梁，对后世产生深刻的影响。

巴蜀文化中同样不乏清廉文化的典范，如同李白青莲居士之号来自巴蜀故乡清廉之水的孕育，"清水出芙蓉，天然去雕饰"并不仅仅限于其诗歌风格，也是其"安能摧眉折腰事权贵，使我不得开心颜"眼里容不得邪恶的清白个性的写照。倡导"出淤泥而不染"的宋代著名理学家周敦颐，也曾讲学于巴山蜀水中，多处留下"莲池书院"等遗迹传承至今。而唐代流寓巴蜀的伟大诗人杜甫作品中的清廉文化思想内涵同样值得认真梳理和总结。

作为世界文化名人和中国优秀传统文化集中代表的诗圣杜甫，其人格精神与思想内涵也愈来愈受到人们特别的重视，20世纪最后20年中，有关杜甫其人其诗的研讨一直是古典文学研究领域内的重点，各种论著层出不穷，有关论文年均百篇以上，不仅数量众多，为历代诗人研究之冠，而且在研究的广度和深度方面不断拓展，从生平经历、政治态度、思想渊源、精神特质、诗歌艺术、后世影响等进行全方位的深入细致的探讨，力求获得更客观、公正和精确的认识。在此基础上，源远流长、博大精深的"杜诗学"也益趋明晰、系统，逐渐成为一门影响深远、体系严整的研究学科。

杜甫精神博大精深，还有一个十分突出的特点需要特别指出，这就是充沛激昂的凛然正气，无私无畏，爱憎分明，为百姓大众的利益，敢于抵制各类邪气歪风，批评现实社会弊政，谴责贪官污吏豪奢侈靡、荒淫腐败的丑恶现象，为倡导清正廉洁、造福于民的为官之道而奔走呼号，为弘扬正气、纯洁世风人情而倾尽全力。表现出正直知识分子维护公理与正义的良知、勇气与斗争精神。这是中国清白文化之优良传统，也为当代社会所急需，在此特对其基本精神内涵略加探析。

一　杜甫清廉思想渊源

杜甫巴蜀诗作博大精深人文情怀与炉火纯青艺术风貌之一斑。其所涉猎题材内容十分广泛，抒写情感真挚而深刻，尖锐的现实社会矛盾斗争与民生疾苦，厚重的巴蜀历史文化与天府风土人情、思古之幽情、历史之记录，从君国大事到朋友手足，从民族关系到夫妇人伦、山鸟山花、自然生态，儒道互补，天人合一，关爱与忧患，可谓无所不及。维护人间公平正义，反腐倡廉和谐发展，如宋人张戒《岁寒堂诗话》所言："子美诗读之，使人凛然兴起，肃然生敬，《诗序》所谓'经夫妇，成孝敬，厚人伦，美教化，移风俗'者也。"① 直接将杜甫诗歌与儒家传统紧密相连。

儒家传统和忧国忧民的执着深情，使其确立大济苍生的远大理想和积极进取的人生态度，也势必与各种损害国家民族利益、违背人民意愿的行为格格不入，与之针锋相对、坚决斗争。《旧唐书·杜甫传》称其"性褊躁，无器度"②，《新唐书·杜甫传》谓其"性褊躁傲诞"，"旷放不自

---

① （宋）张戒《岁寒堂诗话》卷上，载（清）丁福保编《历代诗话续编》上册，中华书局1983年版，第465页。

② 《旧唐书·文苑传下·杜甫》，《二十五史》第五册，上海古籍出版社1986年版，第607页。

检",“数尝寇乱,挺节无所污"。① 论者亦曰:"太白旷而肆,少陵旷而简。"② 这些评语不仅反映出杜甫直率狂放的性格,同时也透露出其疾恶如仇、敢于揭露各种社会弊端的无畏和力量。

杜甫谨奉孟子"民为贵,社稷次之,君为轻"(《孟子·尽心下》)的民本思想,以及"君子之事君也,务引其君以当道,志于仁而已"(《孟子·告子下》)的主张,积极宣扬儒家"仁政"。按照孔子"仁者爱人"的解释,君臣官吏都应爱民如子,更准确地说,则要求以广大百姓的根本利益为重,时刻关心考虑民生疾苦,以此作为衡量百官政绩优劣的标准。官员只有尽心尽力为民办事的义务,没有欺压百姓、作威作福、谋取私利及耗费民脂民膏的权力。对于前者,杜甫热情赞美,对于后者,则是深恶痛绝,毫不留情地予以揭露和批判。

无论是短暂的为官生涯,还是漫长的漂泊流寓,杜甫大胆议论时政者难以数计,对统治者提出种种建议和意见,用今天的话即所谓参政议政,已具有强烈的参与时政的观念,殊为可贵。杜甫是颇有勇于参政议政的意识的,且亦有相当的能力和识见。所涉及的领域也十分广泛,诸如"息甲兵"、"用轻刑"、"行俭德"、"减征赋",等等,其中有的是针对具体事件和现象有感而发,有的则为其一贯观点的阐发。无不是从百姓和国家利益的角度加以考虑。

二 大声疾呼,仁政俭德

在其各类意见中,杜甫特别加以强调并且谈得最多的是主张官吏的节俭和赋税的"薄敛",之所以如此,是因为这与广大民众的利益最为密切相关,而且这二者之间本身又是相辅相成,有着直接的渊源和因果关系,官吏是否有节俭美德,往往影响着赋税之轻重。为官贪婪,则祸患无穷,百姓遭殃,国家利益受损,杜甫对此极为关注,对贪官污吏大加挞伐、严厉斥责。

杜甫有许多反映百姓疾苦的名篇,其中既有自然因素所致,更多则是人为原因,杜诗也就常常加以反映。一方面正面呼吁:"君臣节俭足,朝

---

① 《新唐书·文艺传·杜甫》,上海古籍出版社1986年,第612页。
② (清)仇兆鳌《杜诗详注·凡例》,上海古籍出版社1985年版,第25页。

野欢呼同"(《往在》),"不过行俭德,盗贼本王臣"(《有感》);另一方面更直斥统治者横征暴敛以供穷奢极欲之需,贪得无厌,导致民不聊生,怨声载道,甚至逼迫百姓铤而走险。天宝十四载(755),诗人所作《自京赴奉先县咏怀五百字》对所实际了解的统治者贡赋来源予以揭露,指出:"彤庭所分帛,本自寒女出。鞭挞其夫家,聚敛贡城阙。"晚年,历经战乱,漂泊到夔州见到百姓的境遇更加凄惨。如《白帝》所写:"戎马不如归马逸,千家今有百家存。哀哀寡妇诛求尽,恸哭秋原何处村?"《驱竖子摘苍耳》:"乱世诛求急,黎民糠籺窄。饱食复何心?荒哉膏粱客。富家厨肉臭,战地骸骨白。寄语恶少年,黄金且休掷。"

从民贵君轻的思想和博爱生灵的人文精神出发,杜甫希望执政者真心爱民,加强自我修养,廉洁自律。他恳切地告诫友人:"众僚宜洁白,万役但平均"(《送陵州路使君之任》)。又托人转告封疆大吏:"子干东诸侯,劝勉防纵恣。邦以民为本,鱼饥费香饵。请哀疮痍深,告诉皇华使。……恻隐诛求情,固应贤愚异。烈士恶苟得,俊杰思自致。"(《送顾八分文学适洪吉州》)表现出真切的希望和要求。君子爱财,取之有道,不能靠巧取豪夺,贪赃枉法,此即孔子所谓"不义而富且贵,于我如浮云"(《论语·述而》)之意。

三 身体力行,倡导清廉

杜甫不仅仅只是将洁身自好停留于口上,劝诫别人,同时还真正身体力行,付诸实践。虽然他一生穷愁潦倒,贫困不堪,常需举债度日,乞求亲友施舍维持生计,但在他短暂的为官生涯中,也不是没有聚敛钱财、收受贿物之机。据现有资料可知,诗人是担当得起公而忘私,两袖清风之赞语的。最典型的如其在成都期间,广德二年(764),故人严武再次入主成都尹,兼剑南节度使,邀请其为节度参谋,检校工部员外郎,由于与严武世家通好的原因,在幕府中就有了一些过去未有的经历,更有下面这首《太子张舍人遗织成褥段》所反映的主题:

客从西北来,遗我翠织成。开缄风涛涌,中有掉尾鲸。逶迤罗水族,琐细不足名。客云充君褥,承君终宴荣。空堂魑魅走,高枕形神清。领客珍重意,顾我非公卿。留之惧不祥,施之混柴荆。服饰定尊卑，大哉万古程。今我一贱老，裋褐更无营。煌煌珠宫物，寝处祸所婴。叹息当路子，干戈尚纵横。掌握有权柄，衣马自肥轻。李鼎死岐阳，实以骄贵盈。来瑱赐自尽，气豪直阻兵。皆闻黄金多，坐见悔吝生。奈何田舍翁，受此厚贶情。锦鲸卷还客，始觉心和平。振我粗席尘，愧客茹藜羹。

面对来历不明、居心叵测的昂贵礼品，诗人想到的是那些受贿徇私的权贵贪官最终身败名裂的可耻下场："叹息当路子，干戈尚纵横。掌握有权柄，衣马自肥轻。李鼎死岐阳，实以骄贵盈；来瑱赐自尽，气豪直阻兵。皆闻黄金多，坐见悔吝生。"因此，诗人毅然决然地予以辞还："锦鳞卷还客，始觉心和平。"尤为可贵的是，其拒贿之义举，乃寓有以李鼎、来瑱之败而讽谏友人严武之良苦用心，劝人向善，兰友之言也。

诗人对于自身道德要求甚严，具有良好的自省自律精神，其自我要求出自本心，态度认真，十分严格，不愿苟且。他在安史乱军包围中冒着生命危险奔赴行在也正出于这种勇于担当的精神。《新唐书》本传称其为"数尝寇乱，挺节无所污"，便是历史对其高风亮节所做出的最高评价。随之而来的是刚刚得拜右拾遗，却又上疏极力营救房琯，同样是出于大义而不顾个人安危。虽因此失去肃宗信任亦无怨无悔。在出为华州司功参军，因生活窘困而辞官逃难赴陇右期间，杜甫特地去凤州两当县看望当地一位故人吴郁，写下一首感人至深的诗作，充分体现其严于自律的精神品德。《两当县吴十侍御江上宅》：

寒城朝烟澹，山谷落叶赤。阴风千里来，吹汝江上宅。鹍鸡号枉渚，日色傍阡陌。借问持斧翁，几年长沙客。哀哀失木狖，矫矫避弓翮。亦知故乡乐，未敢思宛昔。昔在凤翔都，共通金闺籍。天子犹蒙尘，东郊暗长戟。兵家忌间谍，此辈常接迹。台中领举劾，君必慎剖析。不忍杀无辜，所以分白黑。上官权许与，失意见迁斥。仲尼甘旅人，向子识损益。朝廷非不知，闭口休叹息。余时忝诤臣，丹陛实咫尺。相看受狼狈，至死难塞责。行迈心多违，出门无与适。于公负明义，惆怅头更白。

诗人在此回顾了在凤翔时期的一段往事，军情紧急，不断有敌方间谍出没，作为侍御的吴郁负责审理。为了不冤杀无辜百姓，吴郁谨慎剖析，但却因此而遭受贬谪。其上级和朝廷都知道其蒙冤，但却无人为之昭雪。接下来杜甫便陷入了深深的自责，"余时忝诤臣，丹陛实咫尺。相看受狼狈，至死难塞责。行迈心多违，出门无与适。于公负明义，惆怅头更白。"担任右拾遗的杜甫，虽然离皇帝很近，却眼看着吴郁被贬而无能为力，没有尽到谏诤的责任，杜甫为此感到万分羞愧，认为这有负大义，是自己永远无法弥补的失职，因为内心抱愧将增加更多的白发。其实杜甫未能尽力是事出有因，正如仇兆鳌所评："此悔当时不能疏救也。公方营救房琯，惴惴不安，故侍御之斥，力不能为尔，与他人缄默取容者不同。但身为谏官，而坐视其贬，终有负于明义，所以痛自刻责尔。"①但无论如何，杜甫却不能自我原谅，吴郁是无辜的，更重要的是他的蒙冤是为了老百姓不蒙冤，这是多么可贵。历代注家也都反复指出这一点，如赵次公注曰："详味诗意，吴之谪迁，为辩论良民，以此取忤朝贵耳。"②仇评曰："此记其（吴郁）在朝直节。当凤翔用兵，时间谍事起，良民受诬，吴居言路，故力为理冤也。"③这也是杜甫尤其难以释怀的更深层次的原因。虽然没有人责怪，甚至此次过访，吴郁因贬往长沙，此地只是一座空宅，但杜甫睹物思人，深刻自责，何其真诚。故刘辰翁评价道："子美心事如此，故宜以出言而传不朽，非徒言也。"④浦起龙亦云："明白认咎，毫无掩饰，可以想其心地。"⑤可见正出于其忠厚正直、君子慎独和勇于担当的秉性使然。

　　正因为要求自己如此严格，杜甫才敢于对做官的友人谆谆告诫，早在此前所作的《奉送严公入朝十韵》诗中就曾显示其作为净友和畏友的可贵品质，诗云：

　　　　鼎湖瞻望远，象阙宪章新。四海犹多难，中原忆旧臣。与时安反侧，自昔有经纶。感激张天步，从容静塞尘。南图回羽翮，北极捧星辰。漏鼓还思昼，宫莺罢啭春。空留玉帐术，愁杀锦城人。阁道通丹

---

① （清）仇兆鳌：《杜诗详注》卷八，第671页。
② 同上书，第670页。
③ 同上。
④ （清）杨伦：《杜诗镜铨》卷六，台北：广文书局1979年版，第316页。
⑤ （清）浦起龙：《读杜心解》卷一，中华书局2000年版，第72页。

地，江潭隐白蘋。此生那老蜀，不死会归秦。公若登台辅，临危莫爱身。

好一个"公若登台辅，临危莫爱身"。这是对挚友的期待，也是诗人自己的激励，发自肺腑，掷地有声。

四　纲纪严明，除恶务尽

当然，杜甫也清醒地懂得官员管理仅仅依靠教育和提倡个人修养是不能完全奏效的，也知道社会环境和土壤对于人品廉洁的重要作用和影响。在秦州所作《佳人》诗中，诗人如此写道：

绝代有佳人，幽居在空谷。自云良家子，零落依草木。关中昔丧乱，兄弟遭杀戮。官高何足论，不得收骨肉。世情恶衰歇，万事随转烛。夫婿轻薄儿，新人美如玉。合昏尚知时，鸳鸯不独宿。但见新人笑，那闻旧人哭。在山泉水清，出山泉水浊。侍婢卖珠回，牵萝补茅屋。摘花不插发，采柏动盈掬。天寒翠袖薄，日暮倚修竹。

全诗铺写一位战乱中沦落不幸惨遭抛弃女子的遭遇，实则表达作者虽处贫贱，矢志不渝，宛若清泉，独善自守的高风亮节与精神情怀。所谓香草美人以喻君子的传统，诗人操守之自况也。而"世情恶衰歇，万事随"，"在山泉水清，出山泉水浊"更比喻世风环境的影响。因此，杜甫寄希望于朝廷严明纲纪，减轻百姓负担。"谁能叩君门，下令减征赋"(《宿花石戍》)，"伏惟明主裁之，敕天下征收赦文，减少军用外，诸色杂赋名目，伏愿省之又省之"(《为阆州王使君进论巴蜀安危表》)。同时，更强调对贪官污吏加大打击的力度，予以严惩。在题为《送韦讽上阆州录事参军》的诗中，诗人鼓励这位担任维护"纲纪"重任的好友勇于秉公办事，严格执法，惩治腐败，不辱使命。

韦生富春秋，洞察有清识。操持纲纪地，喜见朱丝直。当令豪夺吏，自此无颜色。必若救疮痍，先应去蟊贼。

何谓"蟊贼",此诗于前已交代说明:"庶官务割剥,不暇忧反侧。诛求何多门,贤者贵为德。"即指那些为了一己之私欲,不顾人民死活,也不管国家法令,巧立名目,尽力"割剥""诛求"的各级贪官污吏。"必若救疮痍,先应去蟊贼",正所谓庆父不除,鲁难未已,对于那些中饱私囊巧取豪夺之徒绝不能心慈手软,不把他们清除干净,国家的灾难就会不断,人民也得不到真正的安宁。道理是如此简单,态度又是何其鲜明。千载之下,读着这掷地有声的诗句,令人怀想杜公之胆识。在中华民族与全人类一道满怀信心走向21世纪的今天,杜甫精神的价值依然存在。展望未来,任重道远,一切有良知的人们,都可以从杜甫精神中得到有益的启迪,其所代表的中华文化清白精神也永远不会过时,永远有其价值和意义。

清末日本人游记中的成都杜甫草堂[①]

四川师范大学文学院

四川师范大学巴蜀文化研究中心　房锐

【摘　要】 竹添进一郎《栈云峡雨日记》、山川早水《巴蜀》、中野孤山《横跨中国大陆——游蜀杂俎》为日本人撰写的中国游记。在游记中，作者以相当的篇幅，对成都杜甫草堂加以介绍，《巴蜀》《横跨中国大陆——游蜀杂俎》中收录的数幅照片及速写，留下了当时草堂真实的影像。这些文字及图片均具有较高的史料价值与认识价值。

【关键词】 清末　日本人游记　成都杜甫草堂

清朝末年，日本人撰写的中国游记陆续问世。在这些游记中，竹添进一郎《栈云峡雨日记》、山川早水《巴蜀》、中野孤山《横跨中国大陆——游蜀杂俎》以纪实的形式，对巴蜀的地理形势、名胜古迹、物产民俗、风土人情、经济贸易、民生状态等进行了比较详细的记载，内容十分丰富。为配合相关的记载，山川早水、中野孤山在游记中还配有不少珍贵的图片。这些文字及图片成为研究清末巴蜀历史文化的重要文献，具有珍贵的史料价值。

竹添进一郎为日本著名汉学家、政治家，其《栈云峡雨日记》作于1876年，是日本明治时期最有代表性的汉文体中国游记之一，影响较大。山川早水于1905年至1906年任四川高等学堂教习，中野孤山原为日本广

[①] 本文为"清末民初日本人巴蜀游记研究"（部省共建人文社会科学重点研究基地项目）阶段性成果。

岛的一名中学教师,1906—1909年任成都补习学堂、优级师范学堂教习,两人具有较高的汉学水平,且对中国文化怀有浓厚的兴趣。

在成都期间,竹添进一郎、山川早水、中野孤山慕名参观杜甫草堂,并在游记中留下了相关的记录。据竹添进一郎《栈云峡雨日记》记载,他在游览武侯祠时,"导者曰:'浣花草堂去此不远,盍往观焉?'"①他为此游览浣花草堂,并在游记中加以记载。《栈云峡雨诗草》录其《草堂寺》一诗,诗云:"大耳经营壁垒荒,三郎遗迹亦茫茫。水光竹影城西路,来访诗人旧草堂。"②山川早水在《巴蜀·城外史迹》之"草堂寺"、"少陵草堂"中,亦对杜甫草堂进行了比较详细的介绍。《巴蜀·城外史迹》所录四十首与成都相关的诗作中,雍陶《经杜甫旧宅》、喻汝砺《杜甫宅》、陈南宾《游草堂》、马备《过子美草堂》等诗均与杜甫草堂有关。据此可知,在山川早水心目中,杜甫草堂无疑是成都最负盛名,也最具代表性的名胜古迹之一。中野孤山在《横跨中国大陆——游蜀杂俎》之"草堂寺"中,亦提及杜甫草堂。而"问询诗圣今何在,遥指白云之尽头"③两句,是他游草堂时的感受,他对诗圣杜甫的崇敬之情由此可见一斑。这些记载及与此相关的图片为我们提供了丰富的信息。

一 关于草堂寺的历史及草堂寺与杜甫草堂的关系等方面的介绍

成都杜甫草堂是保存最完好、最具知名度和代表性的诗圣杜甫纪念地,也是成都最著名的名胜古迹之一,其主体部分由草堂旧址、草堂寺及梅园三部分构成。其中,草堂旧址、草堂寺所在区域为历代游览胜地,梅园为私人园林,20世纪50年代划归草堂管理。

在历史上,杜甫草堂与所邻寺庙的关系十分密切,草堂重建与维护的重任也多由僧众来承担。宋京《草堂》云:"野僧作屋号草堂,不见柴扉

---

① [日]竹添进一郎著,张明杰整理:《栈云峡雨日记》,中华书局2007年版,第59页。
② 同上书,第104页。
③ [日]中野孤山:《横跨中国大陆——游蜀杂俎》,郭举昆译,中华书局2007年版,第154页。

旧时处。"① 董新策《草堂》云："橘刺藤梢小径斜，少陵茅屋属僧家。"②不少文人认为，与杜甫草堂毗邻相通的寺庙为草堂寺，草堂在草堂寺范围内。陈聂恒《边州闻见录》卷三称草堂寺"工部草堂也，祠在寺西"。③傅崇矩《成都通览·成都之古迹》称草堂寺原名杜公祠，为杜甫故宅④。今杜甫草堂工部祠外柴门西侧陈列有咸丰四年（1854）完颜崇实撰书《七律诗碑》，碑文中有"游草堂寺，谒杜公祠"等语。工部祠内西侧陈列有光绪十年（1884）所立《捐置杜祠祭基金立案碑》，碑文中有"向有草堂寺杜公祠"之语。

竹添进一郎、山川早水、中野孤山等人在游记中均提到草堂寺。竹添进一郎《栈云峡雨日记》记载："草堂寺自梁时已著名。工部流离秦陇，卜地于西枝村，将置草堂，为诗纪之，未果。乾元己亥（759年）冬，入蜀依严武，其居适与寺邻，遂名为草堂。今祠所在即遗址也。"⑤ 竹添进一郎称杜甫拟于秦州（今甘肃天水市）西枝村置草堂未果一事，与杜甫寓居秦州期间的实际情况相符。乾元二年（759）七月，杜甫"弃官西去，度陇，客秦州"⑥，曾计划在西枝村置草堂，其《西枝村寻置草堂地夜宿赞公土室二首》《寄赞上人》⑦等诗载此事。但这一计划并未实现。杜甫至成都后，始建浣花草堂。

竹添进一郎认为，草堂寺自梁代已负盛名，该寺与杜甫草堂之得名有着渊源关系，即杜甫的住所因临近草堂寺而得名，工部祠所在位置即杜甫故居遗址。此说似受到杨慎的影响。《文选》卷四三录孔稚珪《北山移文》，李善为"钟山之英，草堂之灵"作注云："梁简文帝《草堂传》曰：'汝南周颙，昔经在蜀，以蜀草堂寺林壑可怀，乃于钟岭雷次宗学馆立寺，因名草堂，亦号山茨。'"⑧ 杨慎《全蜀艺文志》卷二三《吊草堂

---

① （宋）袁说友等编，赵晓兰整理：《成都文类》卷八，中华书局2011年版，第159页。
② （清）衷以埙等纂修：《成都县志》卷四《艺文》，《中国西南文献丛书》，兰州大学出版社2003年版，第12册，第420页。
③ （清）陈聂恒：《边州闻见录》卷三，谢本书主编《清代云南稿本史料》，上海辞书出版社2011年版，第125页。
④ （清）傅崇矩编：《成都通览》，巴蜀书社1987年版，第20页。
⑤ ［日］竹添进一郎著，张明杰整理：《栈云峡雨日记》，第59页。
⑥ （清）仇兆鳌：《杜工部年谱》，仇兆鳌《杜诗详注》，中华书局1979年版，第16页。
⑦ （清）仇兆鳌：《杜诗详注》卷七，第594—598页。
⑧ （南朝梁）萧统编，（唐）李善注：《文选》卷四三，中华书局1977年版，第612页。

禅师》跋在征引此条后称："盖蜀人谓草屋曰茨，成都之郊，地名亦有蚕茨，今讹为蚕丝矣。唐李太白客游，有怀故乡，以草堂名其诗集，见于尤氏、郑樵书目，可证也。杜子美客蜀，亦居草堂。今人徒知杜之草堂，而不知太白之草堂；又止知唐之草堂名天下，而不知实始于梁矣。"①

《南齐书》卷四一、《南史》卷三四之《周颙传》记载，南朝宋时，周颙曾随益州刺史萧惠开入蜀，"为厉锋将军，带肥乡、成都二县令"。②据此，周颙所见之"蜀草堂寺"在其入蜀前就已经存在，而非"始于梁"。赵熙《草堂寺记》认为草堂寺创建于晋代③，其《草堂夜雨》云："一老唐诗史，高林晋草堂。习游吟事减，经乱佛寮荒。水碓鸣遥夜，山钟起曙香。周颙能好事，曾不到兴亡。"④"蜀草堂寺"创建的确切年代已不可考，杨慎"止知唐之草堂名天下，而不知实始于梁矣"的说法尚有可议之处。又，杜甫寓居梓州、夔州期间，亦建有草堂。可以认为，杜甫将其居处称为"草堂"，似与周颙提及的草堂寺没有关系。

关于草堂寺的历史，山川早水的看法与竹添进一郎有所不同。《巴蜀·城外史迹》之"草堂寺"云："此寺，古时叫桃花寺或者梵安寺。虽然不知始建于何年代，但是唐之大历时，崔宁镇守蜀地时，因其妾任氏是浣花人，故重修之，见旧志，可以想象到唐代或者唐代以前的建筑。之后到宋代，成都的官员吕大防也有重修之举。明末毁于兵火。今天的一切乃康熙四年（1665年）重修。"⑤此说似受到《四川通志》等的影响。《（雍正）四川通志》卷二八下《寺观》"梵安寺"注云："在县西南十里，前代为尼居，名桃花寺。隋文帝时，易以僧。大历中，崔宁镇蜀，以冀国夫人任氏本浣花女，遂重修之，绘任氏真于其中。会昌中，欲焚寺，夜闻女子啼泣之声，乃止。已而祷雨有验，明改今名。俗呼草堂寺。康熙

---

① （明）杨慎编，刘琳、王晓波点校：《全蜀艺文志》卷二三，线装书局2003年版，第619页。

② 《南齐书》卷四一《周颙传》，中华书局1972年版，第495页；（唐）李延寿：《南史》卷三四《周颙传》，中华书局2000年版，第594页。

③ 赵熙：《香宋文录》卷一，王仲镛主编《赵熙集》，第1202—1203页。

④ 赵熙：《香宋诗集》卷三，王仲镛主编《赵熙集》，第307页。

⑤ ［日］山川早水：《巴蜀旧影——一百年前一个日本人眼中的巴蜀风情》，李密、李春德、李杰译，四川人民出版社2005年版，第143页。

四年，巡抚张德地重修。"①《大清一统志》卷二九三《成都府二》"梵安寺"注与此多同。

梵安寺俗称草堂寺②，故山川早水、中野孤山等人在游记中均称之为草堂寺。值得一提的是，山川早水对竹添进一郎《栈云峡雨日记》《栈云峡雨诗草》中的内容十分熟悉③，但他在介绍草堂寺时，却采用与竹添进一郎不同的说法，这是值得注意的。实际上，关于草堂寺的历史及草堂寺与杜甫草堂的关系，一直到现在，仍存在较大的争议④，竹添进一郎、山川早水的说法正是这一争议在游记中的反映。

关于草堂寺所处方位及其规模等，竹添进一郎等人在游记中也有所介绍。《栈云峡雨日记》记载："乃出庙门，西北行五里，得浣花桥，萧然一小矼耳。过桥数十步，入草堂寺。殿阁巍奂，像设庄严。"⑤《横跨中国大陆——游蜀杂俎》之"草堂寺"云："此乃一巨刹，寺内甚宽。"⑥《巴

---

① （清）黄廷桂等监修：《（雍正）四川通志》卷二八下《寺观》，《景印文渊阁四库全书》第560册，台湾商务印书馆1986年版，第554页。明人何宇度《益部谈资》卷中云："武侯、工部二祠之中有寺，一名草堂，一名中寺，前代为尼居，名桃花寺。隋文帝时，始易以僧。大历中，崔宁镇蜀，以冀国夫人任氏本浣花女，遂重修之，绘任氏真于其中。会昌中，欲毁寺，夜闻女子啼泣之声，中止。已而祷雨有验，本朝赐名梵安寺。"（《景印文渊阁四库全书》第592册，第748页）《四川通志》的说法当受到《益部谈资》的影响。宋人葛琳《和浣花亭》云："傍紫浣花溪，中开布金地。杜宅岿遗址，任祠载经祀。"注云："按《蜀记》：'梵安寺乃杜甫旧宅，在浣花，去城十里。大历中，节度使崔宁妻任氏亦居之。后舍为寺，人为立庙于其中。'"（袁说友等编，赵晓兰整理《成都文类》卷七，第124页）据此，早在明代之前，梵安寺就已经存在，"本朝赐名梵安寺"、"明改今名"等说法未必属实。

② 20世纪50年代初，草堂寺划归杜甫草堂管理机构进行统一管理前，寺门所悬匾额仍为"古梵安寺"。

③ 山川早水《巴蜀·入蜀》云："正如井井氏所咏的诗：'人生勿为读书子，到处不堪感泪多。'只有现在才有所领悟。"《巴蜀·成都府领史迹》在介绍新都弥牟镇八阵图遗址时称："《栈云峡雨日记》有载，现尚存形似城门的四周以及土堆七十一处，即同张奉书修筑时一样。竹添氏是否亲临遗堆实地计算过，我不能不怀疑。"（山川早水：《巴蜀旧影——百年前一个日本人眼中的巴蜀风情》，第38、158页）

④ 参见王仲镛《略说成都杜甫草堂三事》[《四川师院学报》（社会科学版）1982年第3期]，濮禾章《草堂寺和浣花祠》（《四川文物》1988年第4期），周维扬、丁浩《杜甫草堂史话》（四川文艺出版社1997年版），周维扬《从草堂唐碑出土略谈古今草堂寺之争》（《杜甫研究学刊》2002年第1期），丁浩《杜甫草堂唐代遗存的信息与价值》（《杜甫研究学刊》2002年第1期）等论著。

⑤ [日]竹添进一郎著，张明杰整理：《栈云峡雨日记》，第59页。

⑥ [日]中野孤山：《横跨中国大陆——游蜀杂俎》，郭举昆译，第153页。

蜀·城外史迹》之"草堂寺"中，收录有《从浣花溪眺望草堂寺》一图①（见附录）。文中记载：

  渡过送仙桥，顺着田坎走六清里，面前可望苍郁的柏林，就是已近草堂寺了。锦江由左而来，顺着树林旁流向右方。其围绕草堂寺那一段称之为浣花溪，又名百花潭。《老学庵笔记》曰："四月十九日，成都谓之浣花遨头。"《蜀梼杌》中曰："乾德五年四月十九日，王衍出游浣花溪，龙舟采舫十里绵亘。"以前见成都人此日在溪上举行舟游，如今此风俗已经消亡，满岸芦荻，过去的情景荡然无存了。

  渡过溪上一石桥即罗汉桥，沿林荫路走一百米，至草堂寺。重门巨殿，庭地宽豁，是一所大寺院。……如果是名副其实的名刹，往时必藏有珍什宝器。今天所能看到的，只有正殿内所挂着的几幅黄山谷书拓。

  进门到中庭，右侧有长廊，其檐上挂一块鱼板，长六尺有余。康熙时代以后制作，其雕刻极为一般。②

山川早水征引的内容出自陆游《老学庵笔记》卷八、张唐英《蜀梼杌》卷上。《老学庵笔记》卷八云："四月十九日，成都谓之浣花遨头，宴于杜子美草堂沧浪亭。倾城皆出，锦绣夹道。自开岁宴游，至是而止，故最盛于他时。"③《蜀梼杌》卷上载，前蜀乾德五年（923）四月，王衍"游浣花溪，龙舟彩舫，十里绵亘。自百花潭至万里桥，游人士女，珠翠夹岸"。④五代两宋时期，浣花溪为成都游乐胜地，杜甫草堂为浣花之游的重要组成部分。元明清时期，此风消歇。山川早水称："如今此风俗已经消亡，满岸芦荻，过去的情景荡然无存了。"然而，由于河道变迁，山川

---

  ① ［日］山川早水：《巴蜀》，东京：成文馆1909年版，第188页附页。在《巴蜀旧影——一百年前一个日本人眼中的巴蜀风情》中，此图与标题《域外史迹》同放至第123页。

  ② ［日］山川早水：《巴蜀旧影——一百年前一个日本人眼中的巴蜀风情》，李密、李春德、李杰译，第142—143页。

  ③ （宋）陆游撰，高克勤校点：《老学庵笔记》卷八，《宋元笔记小说大观》，上海古籍出版社2001年版，第3529页。

  ④ （宋）张唐英撰，冉旭校点：《蜀梼杌》卷上，傅璇琮、徐海荣、徐吉军主编《五代史书汇编》，杭州出版社2004年版，第6081页。

早水所见之景，已非旧貌。

山川早水提到的数幅黄庭坚书拓，笔者尚未在草堂陈列室发现，俟考。山川早水提及并绘制的鱼板（见附录）是报知时刻或集会时敲打的器具，是中日寺院常用的法器法物。1957年，草堂寺除少数留守僧人外，其余僧人被集中安置于成都昭觉寺。"文化大革命"期间，草堂寺内的佛像均遭到毁灭性的破坏，包括鱼板在内的法器亦荡然无存。①

二 关于杜甫草堂工部祠的相关介绍

工部祠为祭祀诗圣杜甫的祠堂，为草堂的主体建筑之一，亦称杜公祠、少陵祠、三贤堂。《巴蜀·城外史迹》之"少陵草堂"记载：草堂寺"正殿之旁，有砖铺小路通往右侧。小路的尽头，有一门，门上题'杜公祠'。里面有一院落就是少陵草堂"。②《栈云峡雨日记》称：杜甫像"崇三尺许，衣冠而坐。其左边刻像石面袝祀者为陆放翁"。③《横跨中国大陆——游蜀杂俎》之"草堂寺"云："堂内安放着杜公、陆公、黄公等三位诗圣的塑像，此处悬挂的匾额上写有以下文字：'骚坛鼎立诗中，三杰诗卷长留。'""蜀人仰慕三诗圣，制作塑像供奉于堂中，并以游苑亭榭环绕。盖因诗圣乃后辈之榜样。"④《巴蜀·城外史迹》之"少陵草堂"中收录有《少陵草堂》碑及《少陵祠正殿》照片（见附录），前者当为祠内陈列的《少陵草堂图》拓本照片。

《少陵草堂图》立于乾隆五十八年（1793），此碑系建筑图碑，"绘制者以清乾隆五十八年时草堂的建筑和园林为蓝本，按一定的绘制比例，描绘了当时建筑的营造式样，及建筑和园林的位置分布，是杜甫草堂现存最

---

① 1958年，成都市歌舞剧团入住草堂寺。汪寒洁《草堂寺——剧团生活杂忆》（之一）称："寺里留守的几个老和尚，因为不撞钟了，就改行做起了生意，在斋堂里开馆子卖豆花饭。吃饭时间一到，吊在房檐的大木鱼梆梆梆一阵敲，营业开始。"（《都江堰百年散文选（1911—2011）》，电子科技大学出版社2012年版，光盘附赠刊物，第154页）据此，直到"文革"前夕，草堂寺的鱼板仍在发挥作用。
② ［日］山川早水：《巴蜀旧影——一百年前一个日本人眼中的巴蜀风情》，李密、李春德、李杰译，第143页。
③ ［日］竹添进一郎著，张明杰整理：《栈云峡雨日记》，第59页。
④ ［日］中野孤山：《横跨中国大陆——游蜀杂俎》，郭举昆译，第153—154页。

早、最完整的建筑分布图碑"。① 山川早水注意到此碑，并把此碑拓本照片收入游记中。文中记载：

> 正殿是少陵祠，门楣题"骚坛鼎峙"四字，内祀三像，杜子美像身居中央，其右为陆务观，左为黄鲁直。三像皆高三尺余。陆氏属嘉庆十七年（1812）所配祀。大概黄氏也与之同时。像前各立一方神位牌，题曰："唐检校尚书工部员外郎赐绯鱼袋杜公神位，宋秘书监宝章阁待制渭南陆公神位，宋涪州别驾监鄂州税签书宁国军判官知舒州吏部员外郎黄公神位。"②

山川早水称："陆氏属嘉庆十七年（1812年）所配祀。大概黄氏也与之同时。"前句所言属实，后句乃推测之语，有误。嘉庆十七年（1812），四川总督常明、布政使方积、知府曹六兴等重修杜甫草堂，以陆游陪祀于工部祠中。杨芳灿《修杜少陵草堂以陆放翁配飨记》载其事，其文被刻石立碑，并嵌于工部祠前廊东侧。工部祠内西侧陈列有陆文杰撰、杨子灵摹刻《放翁先生遗像碑》，诗云：

> 一龛配享少陵祠，遗像镌成供奉宜。此日瓣香新俎豆，当年团扇旧风姿。醉酣霜叶千钟酒，笑咏梅花万首诗。好为草堂添故事，称觞人拜岁寒时。

题识云：

> 此二十一代祖务观公遗像也，江苏王君之佐刻《笠屐图》，供"思陆龛"中。文杰补官震泽丞时，曾以拓本见贻。藏之行箧，日久失去。今晤赵君桂生于成都，亦有是拓。前谒少陵祠，见公配享在侧，少陵有塑刻诸像，而公独无，意殊歉然。喜得此本，属杨君子灵重摹镌石，于公生辰供奉草堂，并志一律，较之"思陆龛"，似更亲

---

① 李霞锋：《成都杜甫草堂古代碑刻初考》，《杜甫研究学刊》2013 年第 4 期。
② ［日］山川早水：《巴蜀旧影——百年前一个日本人眼中的巴蜀风情》，李密、李春德、李杰译，第 144 页。

切耳。

　　道光壬寅冬日裔孙文杰谨识。①

据陆文杰题识，陆游石刻像"供奉草堂"的确切时间为道光二十二年（1842）陆游诞辰纪念日。②工部祠外柴门西侧陈列有咸丰四年（1854）完颜崇实撰书《七律诗碑》，诗中有"严武当年何足倚，千秋宜与放翁亲"两句。又，光绪年间，张百熙作《谒少陵先生草堂兼展陆放翁遗相》《再过草堂吊杜陆两先生感赋一首》等诗，前诗云："配食剑南老，始闻嘉庆朝。"注云："嘉庆中，蜀人始议以放翁配享工部。"③光绪二年（1876），竹添进一郎参观工部祠，见到的即是以陆游配飨杜甫的祭祀格局，其"像崇三尺许，衣冠而坐。其左边刻像石面衬祀者为陆放翁"等句，便是对这一祭祀格局的反映。

继嘉庆十七年陆游配祀杜甫之后，光绪十年（1884），黄庭坚也得以配祀杜甫。工部祠内陈列有光绪十年所立《捐置杜祠祭基金立案碑》，碑文云："卑府更有请者，杜公祠内旁列陆先生务观神龛，既非附祀，又非门人，屈之旁座，于义未协。拟将放翁神龛移之正面之西，再添黄先生鲁直神龛于正面之东。查黄先生曾为涪州别驾，蜀士慕从讲学，《宋史》称其诗得法杜甫，则照陆先生之例，与杜公鼎足而三，尤属德邻不孤，合并声明。"四川总督丁宝桢应成都府之请，以黄庭坚配祀杜甫，黄庭坚像遂置于杜甫像东，陆游像移至杜甫像西。此外，工部祠内陈列的《黄山谷先生小像碑》《浣花草堂附祀黄涪翁陆放翁记》也有相关的记载。两碑均立于光绪十年。可见，山川早水关于黄庭坚配祀杜甫时间的推测是不正确的。

据竹添进一郎的记载，工部祠内供奉的是杜甫的塑像与陆游的石像。而据山川早水、中野孤山的记载，工部祠三龛内供奉的是杜甫、黄庭坚、陆游三人的塑像，而非石像。可见，山川早水、中野孤山见到的祭祀格局

---

① 参见李霞锋《成都杜甫草堂古代碑刻续考》（《杜甫研究学刊》2014年第3期）、房锐《清人与成都杜甫草堂——以王培荀〈听雨楼随笔〉所录轶事及诗作为重点》（《中华文化论坛》2012年第6期）。

② 陆游生于宣和七年（1125）十月十七日，卒于嘉定二年（1210）十二月二十九日。

③（清）张百熙撰，谭承耕、李龙如校点：《张百熙集》，岳麓书社2008年版，第366—367页。

已与竹添进一郎有所不同。三座塑像皆高三尺多，均为坐像。其中，杜甫塑像塑于嘉庆十七年（1812），像高150厘米，座高55厘米，为民间传统的彩绘泥像。① 一祠三龛的格局保存至今，但山川早水提到的三方神位牌早已无存。

山川早水称少陵祠门楣所题为"骚坛鼎峙"四字，其游记中所录祠堂正殿照片上②，此四字尚可辨识。中野孤山称："此处悬挂的匾额上写有以下文字：'骚坛鼎立诗中，三杰诗卷长留。'"此联与门楣所题"骚坛鼎峙"四字，内容是吻合的。工部祠内陈列的《捐置杜祠祭基金立案碑》中，即有"与杜公鼎足而三"等字眼。又，柴门西侧陈列有崔瑛撰书《浣花草堂怀古并约同人赏梅诗碑》，此碑刻于光绪二十七年（1901），诗中有"声名一代跻供奉，祖豆千秋媲武乡"、"伴食骚坛皆俊杰，比邻簦室也英雄"等句。"伴食骚坛皆俊杰"句注云："今以黄山谷、陆放翁两先生配享，赖耘之方伯颜之曰'诗中三杰'。"③ 今工部祠杜甫神龛两侧悬挂有钱保塘所撰对联："荒江结屋公千古，异代升堂宋两贤。"此联乃清末钱保塘任大足县令时所撰。这些文字与游记中的相关记载及所录照片可互相参证。

需要补充的是，昔日祠堂门楣所题"骚坛鼎峙"四字，已被叶圣陶所书"工部祠"三字所取代。据《少陵祠正殿》照片，祠堂左侧有题为

---

① 黄裳《浣花草堂》写道："厅内一排三龛，当中塑着'唐右拾遗检校工部员外郎'杜甫的像。虽然是一般化的塑像，却也还清疏，没有怎样的仙气，不能不说是难得的了。旁边两座龛里是陆放翁和黄山谷两位宋代诗人的塑像。好像是怕他独居寂寞，所以才陪了一起在这里排排坐的。""厅里也还有几块石刻画像碑，是南熏殿本的杜拾遗像。黄、陆也都有石刻像，都比泥塑高明得多。"（《黄裳文集》锦帆卷，上海书店出版社1998年版，第557页）洪惠镇《巴蜀考察忆旧踪》（六）称："工部祠内中心一龛，供一彩塑杜甫像，应为清代作品，过于丰腴，不类杜甫。两旁龛左为陆游，右为黄山谷塑像，系清代配享工部祠而塑，亦都丰肥，脸相几乎相似。此外壁上尚有石刻、木刻之线描肖像。"（http://blog.sina.com.cn/s/blog_a718ee1c0101b7i4.html）丁浩《草堂杜像赏评》认为："塑造者不详，可能是民间艺人，由于塑像人对杜甫知之甚少，故此塑像呈端坐微笑貌，无法突出老杜的诗人性格，亦少时代感，缺乏感染力，当然也谈不上有多少艺术性。但由于是清代最后一次大规模重修草堂时所塑，与草堂现存古建筑群具有不可分割的完整性，同被列入全国重点文物保护单位的保护范围，因而仍然具有较高文物价值。"（《杜甫研究学刊》1994年第2期）

② ［日］山川早水：《巴蜀旧影——一百年前一个日本人眼中的巴蜀风情》，李密、李春德、李杰译，第144页。

③ 李霞锋：《成都杜甫草堂古代碑刻续考》，《杜甫研究学刊》2014年第3期。

"千秋诗史"四字的匾额,今亦不存。

《巴蜀·城外史迹》之"少陵草堂"称少陵祠"廊间有一方禹碑,模仿岣嵝碑建造"。书中收录有禹碑拓本照片(见附录),照片页后录有如下文字:

> 承帝曰咨(原注:"咨,一作嗟。"),翼辅佐(原注:"佐,一作择。")卿。洲渚与登,鸟兽之门。参身洪流,而明尔兴。久旅忘家,宿岳麓庭。智营形析,心罔弗辰。往求平定,华岳泰衡。宗疏事衰,劳余神禋。郁塞昏徙,南渎衍亨。衣制食备,万国其宁。窜舞永奔。(原注:升庵释文)
>
> 杨升庵《禹碑歌序》云:碑在衡山绝顶。韩文公诗所谓字青石赤科斗鸾凤者,述道士口语耳,若见之矣。发挥称赞,岂在石鼓下哉!考宋立《集古录》、赵明诚《金石录》、郑渔仲《金石略》,古制胪列,独不见所谓禹碑者,则自昔好古者流,得见是刻亦罕矣。碧泉张季文得墨本于楚,特以贶余,作《禹碑歌》以纪之。
>
> 季明德云:碑本在岣嵝山尖,宋嘉定壬申,何子一始得之罗葛之中。当时曹转运疑其狂也。及摹刻于岳麓书院之后,争欲得摹本以观。鹏按:今之摹刻禹碑者孔多矣,篆法烦简,不同释文,亦别究之,皆臆度也。与其以它人臆之,宁以升庵臆之。(原注:《石索》)①

禹碑,亦称禹王碑、大禹功德碑等,因最早立于衡山岣嵝峰,故又称岣嵝碑。相传碑文乃夏禹治水时所刻,原迹已无存。杨升庵,名慎,字用修,号升庵,新都(今成都市)人。明嘉靖十一年(1532),杨慎据禹碑拓本,破译此碑。《石索》乃《金石索》之下部,《金石索》为清代著名金石学著作,由冯云鹏、冯云鹓所辑,分为《金索》《石索》,各六卷,有道光初年邃古斋刻本,光绪、民国时有石印本。

山川早水在《巴蜀·成都旅居记》之"蜀中的古碑"中称:"我在蜀碑方面没有做专门的搜集,所得只不过是《王稚子阙铭》、《丞相祠碑记》、《龙山公墓志》、《杜公祠之禹碑》等。《龙山公墓志》在夔府城中,

---

① [日]山川早水:《巴蜀》,东京:成文馆1909年版,第191页、第190页附页。

《蜀舆地碑记目》及《石索》等，还没有过记载。"① 据此可知，山川早水收藏有杜公祠所立禹碑的拓本，还曾查阅过《石索》。

据笔者查核，山川早水所录杨慎《禹碑》释文、《禹碑歌序》及季明德语，均出自《石索》。需要指出的是，《石索》之"而明发尔兴"句，《巴蜀》漏一"发"字；《石索》"考宋六一《集古录》"之"六一"二字，《巴蜀》误作"立"；《石索》"特以贶予"之"予"字，《巴蜀》作"余"；《石索》"与其从它人臆之"之"从"字，《巴蜀》作"以"；《石索》之"故录旧释如左"句，《巴蜀》未录。②

《巴蜀·城外史迹》之"汉昭烈庙、丞相祠堂"称："蜀中巨碑共有三座，即绵竹之岳飞书某碑，以及禹碑和此碑（笔者注：指'三绝碑'）。其中此碑最大。"《巴蜀·成都旅居地》之"蜀中的古碑"中也提到杜公祠之禹碑。③ 由此可知，早在山川早水入蜀前，工部祠廊间所立禹碑已为人瞩目。

今工部祠一带已不见禹碑踪影。2014年4月16日，笔者带领四川师范大学文学院中国古典文献学、中国古代文学专业2013级研究生赴杜甫草堂博物馆考察，在《杜甫研究学刊》编辑李霞锋老师的指引下，在万卷楼背后僻静之处，找到扑倒在地的禹碑。拂去碑上的落叶，方一睹禹碑的"真容"。④ 把此碑题识与《巴蜀》所录禹碑照片中的题识对读，可辨识如下文字：

> 古帝禹书此碑于南岳碧云峰峭壁间，以抑洪流。后世拓者甚众。凡泛江湖，偶遇大风，凶险万状，□（笔者注：疑为"以"字）此碑文悬挂舟中，立刻风静浪息，化险为夷。其神力大，其明德远矣。宋朱晦翁、张南轩寻访此碑于南岳，刘禹锡留有禹碑诗，见王昶《金石萃编》，亦见湛若水《甘泉文集》。睢阳王琅然重刻。

---

① ［日］山川早水：《巴蜀旧影——一百年前一个日本人眼中的巴蜀风情》，李密、李春德、李杰译，第98页。
② （清）冯云鹏、冯云鹓辑：《金石索》，书目文献出版社1996年版，第919、922页。
③ ［日］山川早水：《巴蜀旧影——一百年前一个日本人眼中的巴蜀风情》，李密、李春德、李杰译，第128、98页。
④ 李霞锋老师称：刚发现此碑，困惑不已，今日你持书而来，方知是禹碑。辨识碑上的小字，感叹此碑之遭际，笔者内心难以平静。

按，王昶《金石萃编》卷二《岣嵝碑》引《升庵集》："刘禹锡寄吕衡州诗云：'传闻祝融峰，上有神禹铭，古石琅玕姿，秘文龙虎形。'……宋朱晦翁、张南轩游南岳，寻访不获。"① 湛若水《甘泉文集》卷二一《书甘泉山书院翻刻神禹碑后》："刘禹锡寄吕衡州诗亦曰：'当闻祝融峰，上有神禹铭。古石琅玕姿，秘文螭虎形。'"② 王琅然，河南商丘人，廪生，光绪年间，曾任四川井研县、邻水县知县。由于王琅然生活的时代与山川早水相近，其所立之禹碑显然不应视作古碑。尽管如此，山川早水关于杜公祠禹碑的记载及其所录禹碑拓本照片仍然具有珍贵的价值。可以认为，杜公祠所立禹碑之举，从侧面反映了中国古代，尤其是明清时期禹碑热的事实。③

《巴蜀·城外史迹》之"少陵草堂"还提及草堂八景诗碑。文云："少陵祠后面有原明代成化十七年（1481年）所立的草堂八景诗碑，字已毁坏无法辨认。《华阳县志》载其诗曰：'兰若招提古梵安，草堂相近枕江干。百花潭净浮烟雨，万竹房开历岁寒。戚苑石桥应博济，祇林泉井未尝乱。森森绿柳森森柏，道侧庄前总耐看。'作者不详。"④ 按，《华阳县志》当作《成都县志》。《（同治）重修成都县志》卷二《舆地志·金石》"草堂八景碑"条云："草堂八景以成化十七年立。遗碑诗云：'兰若招提古梵安，草堂相近枕江干。百花潭净浮烟雨，万竹房开历岁寒。戚苑石桥应博济，祇林泉井未尝干。阴阴绿柳森森柏，道侧庄前总耐看。'此碑在少陵祠后百余步，字已磨灭。"⑤ 阿英《〈浣花草堂八景题略〉跋》云："成化十七年（一四八一）遗碑诗，称草堂寺旧传八景，曰'梵安兰若'，曰'工部草堂'，曰'百花潭水'，曰'万竹山房'，曰'石桥通济'，曰

---

① （清）王昶：《金石萃编》卷二，中国东方文化研究会历史文化分会编《历代碑志丛书》第四册，江苏古籍出版社1998年版，第55页。

② （明）湛若水：《甘泉文集》卷二一，《四库全书存目丛书》第829册，齐鲁书社1997年版，第95页。

③ 关于王琅然选择在工部祠立禹碑的缘由，笔者拟另文论述，此不赘述。

④ ［日］山川早水：《巴蜀旧影——百年前一个日本人眼中的巴蜀风情》，李密、李春德、李杰译，第144、146页。

⑤ （清）李玉宣等修：《（同治）重修成都县志》，《中国地方志集成·四川府县志辑》第2册，巴蜀书社1992年版，第83页。

'泉井源深',曰'官庄柳荫',曰'古道柏森'。非以草堂为主也。"① 今遍寻草堂,此诗碑已无迹可寻。

中野孤山在《横跨中国大陆——游蜀杂俎》之"草堂寺"中认为:"蜀人甚爱诗文,楣上、玄关都以诗文饰之。诗文是美的思想之表达,故蜀人喜爱之。"② 工部祠一带,每一重建筑上均留下了知名人士撰写的匾联、题咏,中野孤山虽未必能领会这些匾联、题咏所蕴含的文化韵味,但他的相关记载仍然是有价值的。他当年见过的工部祠匾额今已不复存在,而"楣上"、"玄关"上的那些"诗文",也多消失于天壤之间。

三　关于成都杜甫草堂环境的描述及成都人"人日游草堂"习俗的介绍

杜甫草堂环境优雅,亭榭较多,设施较为齐全,为成都著名的游览胜地。竹添进一郎等人在游记中描述了杜甫草堂清幽的环境,对草堂内栽种的植物品种也有所介绍。《栈云峡雨日记》记载:"自殿西逶迤而左,慈竹夹路,翠彻眉宇。愈进愈邃,清流屈曲,修廊相属,而杜工部祠在焉……祠西引渠成池,有鳖数十,浮出水面,见人无畏避之状。"③ 此处提及的"慈竹",为川西坝子常见的竹子品种,因多为笼生,故称笼竹、笼葱竹。杜甫《堂成》诗云:"背郭堂成荫白茅,缘江路熟俯青郊。桤林碍日吟风叶,笼竹和烟滴露梢。"④ 又,工部祠右侧不远,是"少陵草堂"碑亭,"亭后是一个小小的荷池,从大廨旁流经水槛柴门东注的水,都汇聚在这里。沿池修竹扶疏,和池中的红荷相映,晨曦暮霭之中,翠竹含烟,荷香阵阵沁入心脾"。⑤ 竹添进一郎所见,即为此荷塘。

《横跨中国大陆——游蜀杂俎》之"草堂寺"称:此处"一年四季楠柏森森,修竹苍翠"。"蜀人甚爱柏树,植柏树以造森林。他们喜欢柏树

---

① 阿英:《阿英全集》第八卷,安徽教育出版社2003年版,第690页。原载《人民日报》1962年4月17日。
② [日]中野孤山:《横跨中国大陆——游蜀杂俎》,郭举昆译,第154页。
③ [日]竹添进一郎著,张明杰整理:《栈云峡雨日记》,第59页。
④ (清)仇兆鳌:《杜诗详注》卷九,第735页。
⑤ 成都杜甫草堂管理处:《成都杜甫草堂》,《文物》1959年第8期。

森森的那种感觉。蜀人又特别喜欢楠树,将其种于神社佛阁境内。因为楠树也是一年到头繁郁葱茏的。蜀人还非常爱竹,将其种在庭园游苑内。人们喜爱竹子是因为它四时繁茂,不畏霜雪,高风亮节。"① 楠树、柏树、竹子等为草堂的主要植物品种,中野孤山特意提及这些植物,并分析蜀人偏爱它们的原因。

应该指出,中野孤山对草堂植物种类的观察是细致的,但他的说法却是肤浅的。后世文人在重修杜甫草堂时,多根据杜甫的喜好及杜诗的相关描述,力图重现杜甫旧居及其周边环境的风貌。如杨廷和《重修杜工部草堂记》云:"引水为流,横绝其后,桥其上以通往来。""又其东偏为池,引桥下之水注其中,菱莲交加,鱼鸟上下相乐也。名花时果,杂植垣内,盆池楚楚,离列其间;其外则树以桤、柳,像子美之旧也。"② 中野孤山等人所看到的草堂植物,以楠、竹为主,并配有柏、松、桤、柳、榕等品种,此乃明清时人刻意为之。由于中野孤山对杜甫及其诗作缺乏深入的了解,故其相关说法是不尽符合实际情况的。

值得一提的是,距中野孤山游览杜甫草堂半个世纪以后,草堂仍种植有大片楠木及其他竹木。《成都杜甫草堂》一文记载,"塘后不远,是一片楠木林,一直伸延到东边的草堂寺后墙。其中最大的一棵,据说至少有四百年左右,要四五个人才能环抱起来"。③ 汪寒洁《草堂寺——剧团生活杂忆》(之一)称:"寺庙红墙内有个很大的楠木林,桶粗的楠木足有上千棵,树高株密,绿荫遮天蔽日,俨然一座'黑森林'。"④ 到20世纪80年代初,成片的古木及高大的竹丛仍为草堂一道重要的景观。洪惠镇《巴蜀考察忆旧踪》(六)称:"草堂多大竹丛,高可数十米。又多古木,到处都可见到极美之树与竹丛,郁郁葱葱,均赖历代保护。"⑤

《巴蜀·城外史迹》之"少陵草堂"记载:"祠三面以树丛竹篁围绕,

---

① [日]中野孤山:《横跨中国大陆——游蜀杂俎》,郭举昆译,第153页。
② (明)杨慎编,刘琳、王晓波点校:《全蜀艺文志》卷三九,第1205页。
③ 成都杜甫草堂管理处:《成都杜甫草堂》,《文物》1959年第8期。
④ 汪寒洁:《草堂寺——剧团生活杂忆》(之一),《都江堰百年散文选(1911—2011)》,第155页。
⑤ 洪惠镇《巴蜀考察忆旧踪》(六),http://blog.sina.com.cn/s/blog_a718ee1c0101b7i4.html。

厢庑曲折，砌庭回槛，皆具有高雅风格。中央之庭中植有木犀、木莲等名树。其下排列有花卉兰竹，其亭榭取名叫看云亭也好，叫余清轩也好，叫慰忠祠也好，叫招魂亭也好，叫听籁阁也好，叫俯青山房也好，总之都是供游人休息之用。客一到祠就有人沏茶，茶碗上全刻有'杜公祠'三个字。"① 值得一提的是，工部祠内陈列的《少陵草堂图》为草堂每座建筑标上了名称，如少陵祠、慰忠祠、看云亭、仃晖亭、浥香亭、混迹亭、抱流亭、乾坤一草亭、含翠轩、听籁阁、俯青山房、锦江春色楼等。② 山川早水提及的看云亭、余清轩、慰忠祠、招魂亭、听籁阁、俯青山房等与《少陵草堂图》多有相同。

山川早水称少陵祠的亭榭，"都是供游人休息之用"。《横跨中国大陆——游蜀杂俎·消闲去处》之"草堂寺"称："寺院四周有几处游苑亭榭，都是为游客修建的。"③ 书中收录有照片《草堂寺深处的亭榭》（见附录）。从山川早水"客一到祠就有人沏茶，茶碗上全刻有杜公祠三个字"等句，可知工部祠在游人及草堂寺僧众心目中的地位，草堂寺方热情周到的服务及其经营上的灵活性亦由此可见一斑。书中收录的杜公祠茶碗的速写（见附录）则让读者对茶碗的形状有了一个比较直观的了解。

清末，杜甫草堂是成都市民休闲娱乐的重要场所，每逢新春佳节，成都人热衷于游览草堂。吴德纯《锦城新年竹枝词十四首》其五云："繁华闻说浣花溪，结队游人散马蹄。晓起呼郎同伴去，榴裙避路翠娥低。"④ 山川早水、中野孤山在游记中特意提及成都人于"人日"参拜草堂的习俗。《巴蜀·城外史迹》之"少陵草堂"称："少陵草堂，平常寂静，少有人访。但每年正月初七，当所谓人日时，二里长（日本里数）的田间小路上参拜者络绎不绝，草堂突然呈现出一派热闹景象。"⑤《横跨中国大陆——游蜀杂俎》称：

---

① ［日］山川早水：《巴蜀旧影——一百年前一个日本人眼中的巴蜀风情》，李密、李春德、李杰译，第144页。
② 李霞锋：《成都杜甫草堂古代碑刻初考》，《杜甫研究学刊》2013年第4期。
③ ［日］中野孤山：《横跨中国大陆——游蜀杂俎》，郭举昆译，第153页。
④ 王利器、王慎之、王子今辑：《历代竹枝词》，陕西人民出版社2003年版，第3081页。
⑤ ［日］山川早水：《巴蜀旧影——一百年前一个日本人眼中的巴蜀风情》，李密、李春德、李杰译，第146页。

到正月十五为止，蜀人有拜佛烧香的习惯。南门外的武侯祠、草堂寺挤满男女老幼（只有正月的这十五天，男女可以在同一个地方玩耍）。良家妇女平时不能外出，只有在这个时候，她们才可以身着盛装，或乘轿而行，或蹒跚而去。草堂寺在人日那天，游访的人络绎不绝，有"锦里春风公占却，草堂人日我归来"等诗句（"公"指的是草堂寺祭祀的诗圣杜甫）。[1]

"锦水春风公占却，草堂人日我归来"两句，乃咸丰四年（1854）四川学政何绍基题写的著名楹联。此联据高适、杜甫人日酬唱之事写成，内涵较为丰富。此联一经问世，便引起了蜀中士人的强烈共鸣，并由此形成了成都人"人日游草堂"这一独特的习俗。[2] 山川早水、中野孤山均注意到这一习俗。《巴蜀·成都旅居记》称："我也见到在物质上表现出的蜀人的风雅。就近的成都而论，青羊宫开办的花市、草堂人日的参拜、四月八日锦江的放生会、祠庙园池的布置、盆景的赠答等等，要发现他们的雅趣这些都非看不可。"[3] 据此可知，在山川早水眼中，"草堂人日的参拜"等活动，乃蜀人"风雅"、"雅趣"的表现，值得关注。

傅崇矩《成都通览·成都之有期游览所》称："有期游览所者，一年中有一定之时期，届时则游人众多，平时则游人无几也。"书中提及正月初七游草堂寺一事。《成都之筵宴所》"城外筵宴"称：草堂"修竹千万，梅花亦多，夏日最宜纳凉，地亦宽阔。杜公祠、浣花溪题联甚伙。每年正月初七日，游人纷至"。《成都之民情风俗》称"初七日，游工部草堂"。[4] 工部祠门外柴门东侧陈列有黄锡焘撰书《五律二首诗碑》，其一云："浣花溪水碧，春到草堂深。欢宴逢人日，题诗自古今。千秋存故宅，

---

[1] ［日］中野孤山：《横跨中国大陆——游蜀杂俎》，郭举昆译，第106页。
[2] "人日游草堂"习俗乃蜀中悠久的民俗活动与文人雅集传统及崇杜之风日炽的产物，这一延续至今的习俗已成为中国文化史上一道独特的景观。参见房锐《清人与成都杜甫草堂——以王培荀〈听雨楼随笔〉所录轶事及诗作为重点》，《中华文化论坛》2012年第6期。
[3] ［日］山川早水：《巴蜀旧影——一百年前一个日本人眼中的巴蜀风情》，李密、李春德、李杰译，第93页。
[4] （清）傅崇矩：《成都通览》，第74、75、203页。

三代有遗音。太息思严武，空怀好士心。"此诗作于光绪四年（1878）人日。工部祠门外前廊西侧陈列有李翔云撰书《题丙戌人日游工部草堂诗碑》，诗中有"先生筑室锦江曲，濯锦江头春水绿。我来人日草堂开，野梅万树纷如玉"等句。此诗作于光绪十二年（1886）人日。工部祠门外前廊东侧陈列有何绍基之孙何维棣撰书《丁酉人日谒杜公祠敬赋诗碑》，诗云："一代官私史，三唐风雅师。平生忧乐志，携酒拜公祠。文字京华梦，江山幕府诗。吞声侪野老，学语笑婴儿。黄陆同千载，严高彼一时。森森万行竹，长为护轩簃。"此诗作于光绪二十三年（1897）人日。又，张之洞《人日游草堂寺》云："人日残梅作雪飘，出城携酒碧溪遥。无端杜老同心事，四海风尘万里桥。"① 这些传统文献与碑刻文献均值得注意。

值得一提的是，山川早水、中野孤山以外来者的视角，注意到成都人"人日游草堂"的习俗，并在游记中对成都人游览草堂的盛况进行较为形象的描述，这些文字提供了中国传统文献与碑刻文献之外的史料，使我们对这一独特的习俗有了更加直观而又具体的认识。

应该指出，竹添进一郎、山川早水、中野孤山游览杜甫草堂之时，工部祠、祠前堂宇及左右亭榭池台，仍保持着嘉庆重修时的旧制。但清朝覆亡后，草堂发生了巨大的变化。周维扬、丁浩《杜甫草堂史话》记载：

> 入民国后，因军阀割据，战乱频仍，草堂迭经颓坏，但在民国十八年（1929）和二十三年（1934），仍有地方人士筹款，对诗史堂和工部祠进行了重建，使草堂仍能以较完整的面貌供人参观游览。及至后来，草堂成为军队驻地，禁绝游人观览，祠宇门窗，均被拆毁，上穿下漏，风雨不蔽，甚至杜甫塑像都不得不由草堂寺僧人用斗笠覆盖，以免遭日晒雨淋之苦。祠内所悬楹联匾对，亦尽作薪火之用，保存下来的，不过一二（今草堂匾联，惟何绍基"锦水春风公占却，草堂人日我归来"及吴棠集杜句"吏情更觉沧洲远，诗卷长留天地

---

① （清）张之洞著，庞坚校点：《张之洞诗文集》卷一，上海古籍出版社2008年版，第3页。

间"二联为原存，其余均为后人补书）。①

1919年，赵熙作《草堂》诗，诗云："花木销残贼帅临，杜公祠屋与年深。古来不少虫沙劫，烟际犹闻护展禽。"② 又，曾延年《工部草堂被兵拆毁，寺僧以束草覆遗像，权避风雨。其他亭榭水木不可寻旧迹矣》云："破屋秋风昔所哀，草堂今只见蒿莱。洗兵梦觉人何处，遗像尘封迹已灰。野祭谁沽花市酒，回车愁过鼓琴台。舍紫春水寻无路，不许群鸥浴一杯。"③ 陈衍《过工部草堂戏作》云："浣花溪接百花潭，草堂寺中有诗龛。诗龛之前何所有？纵横健儿卧僵蚕。"④ 这些诗句，堪称民国时期杜甫草堂凋敝与颓败的形象记录。

自20世纪50年代以来，草堂又经历了翻天覆地的变化。这些变化，有值得称道的地方，也留下了永久的遗憾，此不赘述。

综上，竹添进一郎、山川早水、中野孤山游记中的相关记载，展现了清末成都杜甫草堂的基本风貌及与草堂相关的民俗，他们的相关评述反映了当时日本文人对杜甫的接受及其对杜甫草堂的认识与评价。虽然游记中的一些说法不够准确，且时有疏漏之处，但仍然具有较高的史料价值与认识价值。山川早水、中野孤山在游记中收录的相关图片，留下了当时草堂真实的影像，为后世研究草堂的历史变迁、文物沿革、园林景观等提供了前所未有的形象资料，这是特别值得珍视的。⑤

---

① 参见周维扬、丁浩《杜甫草堂诗话》，四川文艺出版社1997年版，第19页。
② 赵熙：《香宋诗集》卷五，王仲镛主编《赵熙集》，第542页。
③ 《近代巴蜀诗钞》，巴蜀书社2005年版，第960页。
④ 冯广宏、肖炬主编：《成都诗览》，华夏出版社2008年版，第177页。
⑤ 令人遗憾的是，《巴蜀旧影——一百年前一个日本人眼中的巴蜀风情》出版时，书名及内容已与原著有所不同。该书审定者蓝勇先生在序言中称："我对其中一些涉及历史文化、地理风物的问题作了一些校正，对一些价值不大的诗文、碑刻作了删节。"（山川早水：《巴蜀旧影——一百年前一个日本人眼中的巴蜀风情》，李密、李春德、李杰译，第18页）山川早水在游记中特意收录的诗文、图片及其转载的相关内容等，在《巴蜀旧影》中被大量删削，而这些被删削的内容，或许正是相关研究者眼中独一无二的文献资料。

附录

从浣花溪眺望草堂寺（《巴蜀旧影》，第 123 页；
《巴蜀》，第 188 页附页）

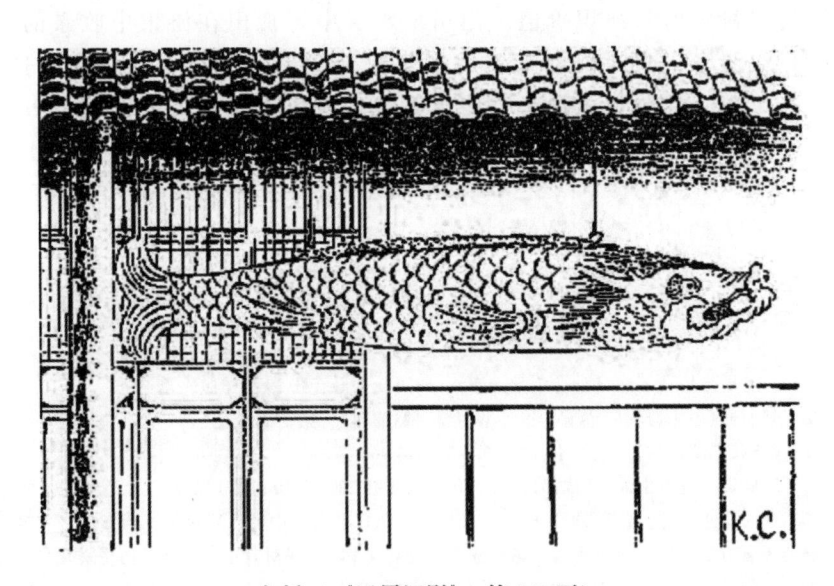

鱼板（《巴蜀旧影》，第 142 页）

少陵草堂（《巴蜀》，第190页附页）

少陵祠正殿（《巴蜀旧影》，第144页）

杜公祠所建的禹碑（《巴蜀旧影》，第145页）

在杜甫草堂万卷楼背后发现的禹碑（摄于2014年4月16日）

清末日本人游记中的成都杜甫草堂　　155

草堂寺深处的亭榭（《横跨中国大陆——游蜀杂俎》，第154页）

杜公祠茶碗（《巴蜀》，第202页）

论杜诗影响宋诗的几个方面

中央财经大学文化与传媒学院　左汉林

【摘　要】 杜诗对宋诗的影响，表现在以下几个方面：宋人在诗学观念上推崇杜诗，他们继承杜甫"诗史"精神，写出了关心国事民生的诗歌。宋代诗人在诗歌风格上学习杜诗，也注重学习杜诗的诗歌技巧。他们模拟杜诗，使用杜诗典故，集杜为诗并集杜入乐。宋人在诗歌创作中经常模拟杜诗题目，有时又以杜诗为韵。

【关键词】 宋代　宋诗　崇杜　学杜　诗史

宋代诗人普遍崇杜、学杜，宋代还出现了"千家注杜"的局面。杜诗是宋代诗人最终选定的诗学典范，在内容和风格等多方面对宋诗产生了巨大影响，对宋诗整体风格的形成也起到了很大作用。讨论杜诗对宋诗的影响，对认清宋诗风格的形成过程及宋诗的特质有重要意义。本文认为，杜诗影响宋诗表现在以下几个成面。

一　宋人在诗学观念上对杜甫和杜诗的推崇

宋人普遍推崇杜甫和杜诗，他们推崇杜甫的人格，并在诗歌创作实践中逐步把杜诗作为诗学典范。

在北宋前期，王禹偁对杜诗极为喜爱。林逋的诗不学杜甫，但杜甫是林逋比较推重的诗人。在北宋中期，梅尧臣明确认识到杜甫在诗歌史上的地位，王安石推崇杜甫也极喜杜诗，对杜甫的遭遇也多有感慨。苏轼认为杜甫有崇高的人格，并特别对杜甫的"一饭不忘君"表示钦佩，苏轼在《王定国诗集叙》中说："若夫发于性止于忠孝者，其诗岂可同日而语哉。

古今诗人众矣，而杜子美为首，岂非以其流落饥寒，终身不用，而一饭未尝忘君也欤？"① 又云："杜子美在困穷之中，一饮一食，未尝忘君，诗人以来，一人而已。"② 苏轼对杜甫的诗歌也非常推重。苏辙不仅对杜甫有较高评价，对杜甫的遭遇也表示同情。苏辙《和张安道读杜集》云："杜叟诗篇在，唐人气力豪。近时无沈宋，前辈蔑刘曹。"③ 此诗表达了对杜甫的崇敬之情，对杜甫的诗歌造诣表示推崇。在北宋后期，黄庭坚、陈师道对杜甫和杜诗非常推崇，既注重其思想意义，更推崇其艺术技巧，江西诗派以杜甫作为自己诗学的典范。我们从黄庭坚《老杜浣花溪图引》就可以看出他对杜甫的钦敬之意。黄庭坚有诗云："老杜文章擅一家，国风纯正不欹斜。帝阍悠邈开关键，虎穴深沉探爪牙。千古是非存史笔，百年忠义寄江花。潜知有意升堂室，独抱遗编校舛差。"④ 含有对杜甫的无限钦敬之意。黄庭坚敬佩地说："文章韩杜无遗恨"⑤，"拾遗句中有眼"⑥。这个时期的张耒也在诗学观念上尊杜。

南宋诗人也推崇杜甫和杜诗，如杜甫在陆游心目中占有重要地位，陆游《宋都曹屡寄诗且督和答作此示之》云："天未丧斯文，杜老乃独出。陵迟至元白，固已可愤疾。及观晚唐作，令人欲焚笔。"⑦ 可见陆游心中最伟大的诗人就是杜甫，是杜甫独出才使斯文未丧。这个时期，对杜诗认识更为深刻的诗人是陈与义。陈与义诗云："久谓事当尔，岂意身及之。避虏连三年，行半天四维。我非洛豪士，不畏穷谷饥。但恨平生意，轻了少陵诗。"⑧ 按此诗作于建炎二年（1128）正月，当时陈与义自邓州往房州，遇虏，奔入南山。诗写避地奔逃之艰辛万种和离合悲欢，感情充沛，

---

① 《苏轼文集》卷一〇，中华书局1986年版，第318页。
② （宋）苏轼：《与王定国四十一首》（之八），《苏轼文集》卷五二，第1517页。
③ （宋）苏辙：《栾城集》卷三，中华书局1990年版，第54页。
④ （宋）黄庭坚：《次韵伯氏寄赠盖郎中喜学老杜诗》，《山谷诗外集补》卷四，《黄庭坚诗集注》，中华书局2003年版，第1706页。
⑤ （宋）黄庭坚：《病起荆江亭即事十首》（其七），《山谷诗集注》卷一四，《黄庭坚诗集注》，第519页。
⑥ （宋）黄庭坚：《赠高子勉四首》（其四），《山谷诗集注》卷一六，《黄庭坚诗集注》，第574页。
⑦ 《剑南诗稿校注》卷七九，上海古籍出版社2005年版，第784页。
⑧ （宋）陈与义：《正月十二日自房州城遇虏至奔入南山十五日抵回谷张家》，《陈与义集校笺》卷一七，上海古籍出版社1990年版，第492页。

出语沉痛，正如钱锺书所说："他的《正月十二日自房州城遇虏至》又说'但恨平生意，轻了少陵诗'，表示他经历了兵荒马乱才明白以前对杜甫还领会不深。他的诗进了一步，有了雄阔慷慨的风格。"① 这说明天崩地解的现实，使南宋诗人对杜诗有了新的理解。

由此可知，杜甫在宋代具有崇高地位，无论从人格上讲还是从诗歌艺术上讲，杜甫在宋人心目中都是最伟大的诗人。

二 继承杜甫"诗史"精神，关心国事，反映民生的诗歌

王禹偁对百姓有深切的关心和同情，他的一些诗歌对历史事件的反映十分细微和真实。梅尧臣的诗歌表现了对社会不公的揭露和对国事的关注，苏舜钦的诗歌与杜甫一样关心国事，同情百姓，和当时的诗人相比，他的这类诗歌感情真挚，发乎性情，最接近杜甫的诗歌，可称"诗史"。如端拱元年（988）岁暮在任职右正言直史馆时，王禹偁有《对雪》一诗，由自己的舒适生活联想到边民和边兵的艰辛寒苦，对他们寄予了深切的关心和同情。王禹偁《感流亡》写淳化元年（990）京兆一带的大旱给当地人民带来的巨大灾难，表达了对人民的同情。欧阳修、王安石也都创作了一些关心百姓和国事的诗歌，如王安石的《河北民》一诗，颇能反映社会现实。《田家》和《陶者》是梅尧臣集中的名作，反映了劳动者的辛劳和艰难。又梅尧臣《田家语》写了因为战争而造成的田园荒芜和劳动者的苦难。梅尧臣又有《汝坟贫女》，序云："时再点弓手，老幼俱集。大雨甚寒，道死者百余人……僵尸相继。"② 又《逢牧》痛牧马之伤稼，《岸贫》《村豪》《小村》等揭露贫富不均。苏轼继承了杜甫以诗歌写时事的诗史精神，其诗歌真实地反映了当时的社会现实，但他的此类诗歌往往为王安石的"新法"而发，即通过对社会现实的描写，表现诗人对新法的不满。黄庭坚、陈师道对民生疾苦不太关心，反映民瘼的诗歌较少，他们的诗歌有脱离现实的倾向，而张耒诗中表现关怀民生的诗篇则较多。

陆游诗歌数量极多，其诗反映的社会现实非常丰富，他的诗歌在一定

---

① 钱锺书：《宋诗选注》，人民文学出版社1958年版，第132页。
② 同上书，第18页。

程度上也可以称作是那个时代的诗史。陆游《幽居》云："翳翳桑麻巷，幽幽水竹居。纫缝一獠婢，樵汲两蛮奴。雨挟清砧急，篱悬野蔓枯。邻村有鬻子，吾敢叹空无。"① 此诗隆兴元年（1163）秋作于山阴，写出了"邻村有鬻子"的社会现状。陆游《浡饥之余复苦久雨感叹有作》云"道傍襁负去何之？积雨仍愁麦不支"②，写出了淳熙九年（1182）正月山阴久雨伤稼的现实。又《秋获歌》"数年斯民厄凶荒，转徙沟壑殣相望。县吏亭长如饿狼，妇女怖死儿童僵"③，这也是现实的真实写照。范成大的《四时田园杂兴》六十首及其使金途中写的一组纪行诗也有诗史意义。文天祥后期诗歌以诗存史，记录了那个刀光剑影的时代及诗人自己的心路历程，汪元量以诗记宋亡历史，他们的诗歌都有诗史之称。所以，宋代诗人在一定程度上继承了杜甫的诗史精神。

三 宋代诗人在诗歌风格上学习杜诗

宋代诗人颇有能学老杜风格者，如苏舜钦的一些诗歌很接近杜诗，方回就认为苏子美壮丽顿挫，有老杜遗味。苏舜钦在苏州的作品明丽圆熟，也颇似杜甫的成都诗。欧阳修的诗总体上写得比较秀逸，但有的诗句也比较刚健，风格似杜。王安石晚年所作小诗明丽可喜，与杜甫的成都诗有暗合之处。苏轼是宋代诗人中写诗最好的一个，他的诗精细收敛，清秀细密，总体较为清逸，但也有老健疏放如杜诗者，他的出蜀纪行诗学习了杜甫的纪行诗。苏辙诗中亦偶有老健疏放似杜诗者，如《九月阴雨不止病中把酒示诸子三首》。黄庭坚五言诗略有杜意，他还有一些诗句与杜诗风格相似，如《登快阁》"落木千山天远大，澄江一道月分明"一联④，阔大高华，与杜诗风格略似。陈师道有一些诗歌在整体风格上学杜，其《送张衡山》云："昔别青衿子，今为白发翁。此行何日见，多难向来同。官事酣歌里，湖山秀句中。风尘莫回首，留眼送归鸿。"⑤ 按杜甫《九日登梓州城》："伊昔黄花酒，如今白发翁。追欢筋力异，望远岁时同。弟

---

① 《剑南诗稿校注》卷一，第70页。
② 《剑南诗稿校注》卷一四，第1122页。
③ 《剑南诗稿校注》卷三七，第2420页。
④ 《山谷外集诗注》卷一一，《黄庭坚诗集注》，第1144页。
⑤ 《后山逸诗笺》卷上，《后山诗注补笺》，中华书局1995年版，第505页。

妹悲歌里，朝廷醉眼中。兵戈与关塞，此日意无穷。"陈师道诗模仿杜甫此诗，不仅句式相似，连韵脚都基本相同。其《寄外舅郭大夫》《丞相温公挽词三首》都多有杜意，其五言古体亦多有学杜者。陈师道还有一些七言律诗与杜诗最似，如《九日寄秦观》，写得自然老健而又疏放不羁。黄庭坚、陈师道律诗都学习杜甫，但陈师道律诗尤精于黄庭坚。

陈与义在宋代诗人之中是学杜最有成就的诗人，他比较全面地继承了杜诗的风格，国家的动荡与时局的变化，以及他自己不断漂泊的经历，使他对杜诗有了更真切的体会。其五言诗沉郁顿挫，深阔沉着，直逼杜甫。特别是他兵兴之后的诗篇，更是深得杜诗神韵。他的七言律诗继承了杜甫七律雄浑阔大的风格，宋人学杜很少有人能学杜甫之阔大，而陈与义能之。陈与义《醉中》诗云："醉中今古兴衰事，诗里江湖摇落时。两手尚堪杯酒用，寸心唯是鬓毛知。稽山拥郭东西去，禹穴生云朝暮奇。万里南征无赋笔，茫茫远望不胜悲。"[1] 此与杜甫《曲江二首》略似。陈与义《书怀示友十首》与杜甫《遣兴》组诗有异曲同工之妙，这组诗既写时事，又及古人，使用五言古体，寄兴深远，寄志抒愤。十首诗中化用杜诗之处较多，其中的"似闻有老眼，能作荐鹗书"，"不肯兄事钱，但欲仆命骚"，"试问门前客，终岁几覆车"等[2]，皆有杜诗风味。另外，陈与义的《咏青溪石壁》，直接模仿杜甫的《万丈潭》。[3] 陈与义五言诗得杜甫沉郁顿挫之长，七言律有杜诗雄浑阔大之美，宋人学杜，陈与义当为第一。陆游也有的诗句颇近杜诗沉郁顿挫的风格，他的一些五言诗有杜甫沉郁顿挫之妙，七言诗也有豪壮似杜者。林景熙有极少的五言律诗与杜诗略处。

宋代出现了在风格上接近杜甫的诗人，这是这个时期学杜的最大创获。

四　宋代诗人注重学习杜诗的诗歌技巧

宋代诗人广泛学习杜诗的技巧，如陈与义作诗就颇能学习和运用杜诗

---

[1]　《陈与义集校笺》卷二八，第789页。
[2]　（宋）陈与义：《书怀示友十首》，《陈与义集校笺》卷三，第65页。
[3]　《陈与义集校笺》卷一八，第529页。

章法，其《对酒》诗云："新诗满眼不能裁，鸟度云移落酒杯。官里簿书无日了，楼头风雨见秋来。是非衮衮书生老，岁月匆匆燕子回。笑抚江南竹根枕，一樽呼起鼻中雷。"① 此诗中四句对仗，一句言事，一句写景，章法富于变化，即是从杜诗章法而来。

在句法方面，杜甫常在一联之中，上下句分别使用一个人名，以人名及其所包含的典故表达情感和思想，这种方法陈与义也频繁使用，这显然是他学习杜甫的结果。如陈与义诗云"宋玉有文悲落木，陶潜无酒对黄花"②，"不怪参军谈瞎马，但妨中散送飞鸿"③，"练飞空咏徐凝水，带断疑分汉帝河"④，"愁边潘令鬓先白，梦里老莱衣更斑"⑤，"垂露成帏仲长统，明月为烛张志和"⑥，"避地梁鸿不偕老，弄鸟莱子若为心"，等⑦，此类均是。又"士衡去国三间屋，子美登台七字诗"⑧，"子美"句用杜甫《登高》典。除此之外还有"虚传袁盎脱，不见华元归"⑨，"袁宏咏史罢，孙登清啸余"⑩，"平生第温峤，未必下张巡"⑪，"玄晏不堪长抱病，子真那复更为官"⑫，"王粲登楼还感慨，纪瞻赴召欲逡巡"⑬，"遂闻王蠋死，不见华元归"⑭ 等。

杜甫诗中喜用"当句对"。如"戎马不如归马逸，千家今有百家存"，"南京久客耕南亩，北望伤神坐北窗"，"自来自去梁上燕，相亲相近水中鸥"，"此日此时人共得，一谈一笑俗相看"，"即从巴峡穿巫峡，便下襄阳向洛阳"，"桃花细逐杨花落，黄鸟时兼白鸟飞"等。杜甫首次把"当

---

① 《陈与义集校笺》卷一二，第347页。
② （宋）陈与义：《次韵周教授秋怀》，《陈与义集校笺》卷一，第32页。
③ （宋）陈与义：《目疾》，《陈与义集校笺》卷四，第111页。
④ （宋）陈与义：《次韵家弟碧线泉》，《陈与义集校笺》卷七，第165页。
⑤ （宋）陈与义：《再用景纯韵咏怀二首》（其一），《陈与义集校笺》卷七，第173页。
⑥ （宋）陈与义：《述怀呈十七家叔》，《陈与义集校笺》卷九，227页。
⑦ （宋）陈与义：《陈叔义学士母阮氏挽词二首》（其一），《陈与义集校笺》卷九，第240页。
⑧ （宋）陈与义：《寓居刘仓廨中晚步过郑仓台上》，《陈与义集校笺》卷一四，第393页。
⑨ （宋）陈与义：《闻王道济陷虏》，《陈与义集校笺》卷一九，第531页。
⑩ （宋）陈与义：《寥落》，《陈与义集校笺》卷二二，第616页。
⑪ （宋）陈与义：《再别》，《陈与义集校笺》卷二三，第646页。
⑫ （宋）陈与义：《次韵邢九思》，《陈与义集校笺》卷二六，第741页。
⑬ （宋）陈与义：《赠漳州守綦叔后》，《陈与义集校笺》卷二八，第774页。
⑭ （宋）陈与义：《刘大资挽词二首》（其一），《陈与义集校笺》卷二九，第811页。

句对"的对仗形式引入七律作品。① 黄庭坚就大量使用杜甫喜用的"当句对",如"野水自添田水满,晴鸠却唤雨鸠归"。② 又:"作云作雨手翻覆,得马失马心清凉……一丘一壑可曳尾,三沐三薰取刳肠。"③ 一首之中两用当句对。又"骑驴觅驴但可笑,非马喻马亦成痴"④,"春风春雨花经眼,江北江南水拍天"⑤,"梦鹿分真鹿,无鸡应木鸡"⑥,"美人美人隔湘水,其雨其雨怨朝阳"⑦。又"迷时今日如前日,悟后今年似去年"⑧,"小德有为因有累,至神无用故无功"⑨。陈师道诗中"当句对"亦偶尔用之,如"欲入帝城须帝力,且寻诗社著诗勋"⑩,"短短长长柳,三三五五星"⑪,都是"当句对"。张耒也有当句对,如"船来船去知多少,桥北桥南常别离"⑫,"路穷流水远更远,目断夕阳西复西"⑬,"莫谓无情即无语,春风传意水传愁"⑭。陈与义也在自己的诗歌中广泛使用"当句对",如"诗情不与岁情阑,春气犹兼水气寒"⑮,"未暇藏身北山北,且须觅地西枝西"⑯(按"西枝西"用杜甫在西枝村觅地暂居事),又"虽

---

① 韩成武:《杜甫在中国诗歌史上的十个创新之举》,《济南大学学报》2006年第2期。
② (宋)黄庭坚:《自巴陵略平江临湘入通城无日不雨至黄龙奉谒清禅师继而晚晴邂逅禅客戴道纯欲语作长句呈道纯》,《山谷诗集注》卷一六,《黄庭坚诗集注》,第586页。
③ (宋)黄庭坚:《梦中和觞字韵》,《山谷诗集注》卷一八,《黄庭坚诗集注》,第622页。
④ (宋)黄庭坚:《寄黄龙清老三首》(其三),《山谷诗集注》卷二〇,《黄庭坚诗集注》,第708页。
⑤ (宋)黄庭坚:《次元明韵寄子由》,《山谷外集诗注》卷九,《黄庭坚诗集注》,第1073页。
⑥ (宋)黄庭坚:《次韵吉老十小诗》(其六),《山谷外集诗注》卷一三,《黄庭坚诗集注》,第1221页。
⑦ (宋)黄庭坚:《古风次韵答初和甫二首》(其二),《山谷外集诗注》卷一四,《黄庭坚诗集注》,第1272页。
⑧ (宋)黄庭坚:《杂诗》,《山谷别集诗注》卷下,《黄庭坚诗集注》,第1486页。
⑨ (宋)黄庭坚:《和吕秘丞》,《山谷诗外集补》卷四,《黄庭坚诗集注》,第1708页。
⑩ (宋)陈师道:《寄亳州何郎中二首》(之一),《后山诗注补笺》卷八,第303页。
⑪ (宋)陈师道:《夜句三首》(之三),《后山诗注补笺》卷九,第322页。
⑫ (宋)张耒:《北桥送客》,《张耒集》卷二一,中华书局1990年版,第369页。
⑬ (宋)张耒:《登楚望北楼》,《张耒集》卷二三,第413页。
⑭ (宋)张耒:《偶题二首》,《张耒集》卷二九,第508页。
⑮ (宋)陈与义:《即席重赋且约再游二首》(其二),《陈与义集校笺》卷五,第126页。
⑯ (宋)陈与义:《述怀呈十七家叔》,《陈与义集校笺》卷九,第227页。

然山上山，政尔吏非吏"①，"但修天爵膺人爵，始信书堂有玉堂"②。此外，梅尧臣、苏舜钦、欧阳修、王安石、苏辙、杨万里、范成大都使用了杜诗的这种句法。

杜甫还常用一种"时空并驭"的句法，使用得也非常成功，如"万里悲秋常作客，百年多病独登台"，"洛城一别四千里，胡骑长驱五六年"，"乾坤万里眼，时序百年心"，"吴楚东南坼，乾坤日夜浮"，"锦江春色来天地，玉垒浮云变古今"等皆是。韩成武先生说："杜甫'时空并驭'的手法，还常用于表达漂泊岁月中的时局感受。每每在一联语中，兼出时、空两种意念。而且经常使用'百年'、'万里'、'日月'、'乾坤'等词语，极力扩展时、空的程度，造成悲壮深沉的诗境。"③ 宋代诗人也经常使用杜甫"时空并驭"的手法，如陈师道"海外三年谪，天南万里行"④，"早作千年调，中怀万斛愁"⑤，"万里可堪长作客，一年将尽未还家"⑥。张耒"山川老去三年泪，关塞秋来万里愁"⑦，"千里尘埃常旅泊，五年忧患困侵凌"⑧，"身老易伤千里目，眼惊还见一年花"⑨，"旅饭二年无此味，故园千里几时还"⑩。陈与义也经常使用这种手法，如"万里功名路，三生翰墨身"⑪，"百年今日胜，万里此生浮"⑫，"十年白社空看镜，万里青天一岸巾"⑬，"四年孤臣泪，万里游子色"⑭，"万里回

---

① （宋）陈与义：《同叔易于观我斋分韵得自字》，《陈与义集校笺》卷九，第131页。
② （宋）陈与义：《次周漕示族人韵》，《陈与义集校笺》卷二六，第732页。
③ 韩成武：《杜诗艺潭》，河北教育出版社2002年版，第45页。
④ （宋）陈师道：《怀远》，《后山诗注补笺》卷九，第343页。
⑤ （宋）陈师道：《元符三年七月蒙恩复除棣学喜而成诗》，《后山诗注补笺》卷一〇，第375页。
⑥ （宋）陈师道：《和富中容朝散值雨感怀》，《后山逸诗笺》卷下，《后山诗注补笺》，第546页。
⑦ （宋）张耒：《遣兴次韵和晁应之四首》（其四），《张耒集》卷二二，第394页。
⑧ （宋）张耒：《宿泗州戒坛院》，《张耒集》卷二三，第410页。
⑨ （宋）张耒：《同袁思正诸公登楚州东园楼》，《张耒集》卷二三，第412页。
⑩ （宋）张耒：《春日》，《张耒集》卷二十五，中华书局1990年版，第439页。
⑪ （宋）陈与义：《翁高邮挽诗》，《陈与义集校笺》卷一一，第304页。
⑫ （宋）陈与义：《纵步至董氏园亭三首》（其一），《陈与义集校笺》卷一五，第429页。
⑬ （宋）陈与义：《景纯再示佳什殆无遗巧勉成二章一以报佳贶一以自贻》（其二），《陈与义集外集校笺》，《陈与义集校笺》，第931页。
⑭ （宋）陈与义：《己酉九月自巴丘过湖南别粹翁》，《陈与义集校笺》卷二二，第633页。

头看北斗，三更不寐听鸣榔"①，"十年去国九行旅，万里逢公一欠伸"②，"百年痴黠不相补，万事悲欢岂可期"③，"冥冥万里风，淅淅三更雨"④，"一代名超古，千年泪染衣"⑤。

此外，陆游诗歌中的对仗冠冕两宋，这是杜甫以来精心锤炼语言的传统所产生的影响。他也有一些句式明显从杜诗变化而来。

五 宋代诗人多模拟杜诗

宋人作诗经常模拟杜诗，如王禹偁的长篇五言排律《谪居感事》长达一百六十韵，《酬种放征君》长达一百韵，其结构和语言风格都模仿杜甫的《北征》《自京赴奉先县咏怀五百字》等篇章。苏舜钦的《升阳殿故址》《览含元殿基因想昔时朝会之盛且感其兴废之故》《兴庆池》《游南内九龙宫》《宿太平宫》《望秦陵》《过下马陵》等一组诗歌，感前朝之兴废，可与杜甫《哀江头》对读。苏舜钦《大风》也是学习杜甫《茅屋为秋风所破歌》的结果。苏轼《广陵会三同舍各以其字为韵仍邀同赋》三首，同杜甫《八哀诗》相类，《秋兴三首》是对杜甫《秋兴八首》的模拟，《荆州十首》是对杜甫《秦州杂诗》的模拟。陈师道的《晁无咎张文潜见过》从杜甫《范二员外邈、吴十侍御郁特枉驾阙展待，聊寄此》变化而来，《送张衡山》模仿杜甫《九日登梓州城》，《十五夜月》模仿杜甫《倦夜》和《月》，《寄无斁》则模仿杜甫《路逢襄阳杨少府入城，戏呈杨员外绾》。秦观诗歌不学杜，但他的《秋兴九首其七拟杜子美》显然是模拟杜甫的，但此篇学杜而终不太似。张耒也有刻意学杜、仿杜之作，如他的《冬后三日郊赦到同郡官拜敕回有感》即模仿杜甫《小至》。

陈与义善用长篇古体写自己在战乱中的漂泊生活⑥，这是他学习杜甫的《北征》等诗篇的结果。他的七言古体《冬狩行》学习杜甫《雷雨

---

① （宋）陈与义：《江行野宿寄大光》，《陈与义集校笺》卷二四，第653页。
② （宋）陈与义：《赠漳州守綦叔后》，《陈与义集校笺》卷二八，第774页。
③ （宋）陈与义：《白黄岩县舟行入台州》，《陈与义集校笺》卷二八，第780页。
④ （宋）陈与义：《喜雨》，《陈与义集校笺》卷二八，第788页。
⑤ （宋）陈与义：《刘大资挽词二首》（其一），《陈与义集校笺》卷二九，第811页。
⑥ （宋）陈与义：《正月十二日自房州城遇金房至奔入南山十五日抵回谷张家》，《陈与义集校笺》卷一七，第492页。

行》,《醉中》与杜甫《曲江二首》略似,《书怀示友十首》与杜甫《遣兴》组诗有异曲同工之妙,《咏青溪石壁》则直接模仿杜甫的《万丈潭》。陆游也有一些具体篇章在风格和内容上刻意模仿和学习杜诗中的具体诗篇,如《甲子晴》似杜甫《赠卫八处士》,《远游二十韵》全仿杜甫《壮游》,《三山杜门作歌》与杜甫《同谷七歌》非常相似。汪元量《浮丘道人招魂歌》九首,全效杜甫《同谷七歌》。模仿杜诗,是宋人学杜的另一个方面。

六　宋人作诗喜欢使用杜诗典故或化用杜诗

在北宋前期,王禹偁的一些诗句直接从杜诗变化而来,林逋有时也偶尔化用杜甫诗句。北宋中期,梅尧臣会在不经意中化用杜甫诗句入诗,欧阳修的一些诗句直接出自杜诗,王安石诗中化用了许多杜诗。苏轼对杜甫的诗歌非常熟悉和喜爱,他的诗亦多化用杜诗成句变化入诗,杜诗对苏辙诗歌的影响也主要表现在苏辙使用和化用杜诗方面。北宋后期,黄庭坚和陈师道都在自己的诗歌中大量使用杜诗和杜甫的典故。秦观虽不学杜,但也化用了一些杜诗。张耒诗歌用典不多,没有江西诗派掉书袋的毛病,但他同样化用了杜甫诗句。南宋的陈与义也在自己的诗歌中大量使用杜甫和杜诗的典故。

在宋代诗人中,使用杜甫典故最多的是陆游,他除直接使用杜诗语典外,还在一诗之中多处使用杜诗典故,如陆游《病中久废游览怅然有感》"裘马清狂遍两川,十年身是地行仙。归来仿旧半为鬼,已矣此生休问天"[1],此四句之中三用杜诗。陆游《醉中作》"爱酒官长骂,近花丞相嗔",两句两用杜诗。又《夙兴弄笔偶书》"杜老惯听儿索饭,郑公何啻客无毡。春风不解嫌贫病,尚拟花前醉放颠"[2],此四句之中三用杜诗。陆游《木瓜铺短歌》有"余年有几百忧集","细思宁是儒冠误"等多处使用杜诗。[3] 陆游"青钱三百幸可办,且判烂醉酤郫筒"[4],此上句用杜

---

[1] 《剑南诗稿校注》卷一七,第1330页。
[2] 《剑南诗稿校注》卷二六,第1845页。
[3] 《剑南诗稿校注》卷三,第245页。
[4] (宋)陆游:《春感》,《剑南诗稿校注》卷六,第537页。

甫《逼仄行赠毕曜》之"速宜相就饮一斗，恰有三百青铜钱"，下句用杜甫《杜位宅守岁》之"谁能更拘束，烂醉是生涯"，以及《将赴成都草堂途中有作先寄严郑公五首》（其一）之"鱼知丙穴由来美，酒忆郫筒不用酤"，两句之中三用杜诗。又陆游《躬耕》云："无复短衣随李广，但思微雨过苏端。"上句用杜甫《曲江三章章五句》之"短衣匹马随李广"，下句用杜诗《雨过苏端》，一联之中两用杜诗。

陆游还重复使用杜诗典故。杜甫云"门泊东吴万里船"，陆游则云"门泊吴船亦已谋"[1]，"休问东吴万里船"[2]。杜甫云"杜曲幸有桑麻田"，陆游则云"杜曲桑麻梦想归"[3]，"杜曲桑麻犹郁郁"[4]，"杜陵归老有桑麻"[5]。杜甫云"巡檐索共梅花笑，冷蕊疏枝半不禁"，陆游则云"也思试索梅花笑，冻蕊疏疏欲不禁"[6]，"如今莫索梅花笑，古驿灯前各自愁"[7]，"正喜巡檐梅花笑，已悲临水送将归"[8]。杜甫云"赖有苏司业，时时乞酒钱"，陆游则云"也知世少苏司业"[9]，"酒钱觅处无司业"[10]，"从来未识苏司业"[11]，"司业与钱还复酤"[12]。杜甫云"咸阳客舍一事无，相与博塞为欢娱。冯陵大叫呼五白，袒跣不肯成枭卢"，陆游则云"酒酣博塞为欢娱，信手枭卢喝成采"[13]，"咸阳呼五白，何遽不能卢"[14]。杜甫云"许身一何愚，窃比稷与契"，陆游则云"杜老何妨希稷契"[15]，"士初

---

[1] （宋）陆游：《予行蜀汉间道出潭毒关下每憩罗汉院山光轩今复过之怅然有感》，《剑南诗稿校注》卷三，第265页。

[2] （宋）陆游：《江渎池醉归马上作》，《剑南诗稿校注》卷五，第433页。

[3] （宋）陆游：《晦日西窗怀故山》，《剑南诗稿校注》卷四，第321页。

[4] （宋）陆游：《鲁墟》，《剑南诗稿校注》卷五五，第3247页。

[5] （宋）陆游：《病中杂咏》，《剑南诗稿校注》卷八五，第4536页。

[6] （宋）陆游：《东屯呈同游诸公》，《剑南诗稿校注》卷二，第207页。

[7] （宋）陆游：《梅花绝句》，《剑南诗稿校注》卷一〇，第847页。

[8] （宋）陆游：《别梅》，《剑南诗稿校注》卷一七，第1307页。

[9] （宋）陆游：《独饮醉卧比觉已夜半矣戏作此诗》，《剑南诗稿校注》卷七，第608页。

[10] （宋）陆游：《累日无酒亦不肉食戏作此诗》，《剑南诗稿校注》卷一四，第1141页。

[11] （宋）陆游：《秋晚湖上》，《剑南诗稿校注》卷四八，第2899页。

[12] （宋）陆游：《初寒对酒》，《剑南诗稿校注》卷五一，第3066页。

[13] （宋）陆游：《楼上醉书》，《剑南诗稿校注》卷八，第629页。

[14] （宋）陆游：《纵笔》，《剑南诗稿校注》卷一九，第1514页。

[15] （宋）陆游：《城东马上作》，《剑南诗稿校注》卷八，第635页。

许身稷契"①。杜甫云"勋业频看镜",陆游则云"衰颜安用频看镜"②,"功名莫看镜"③,"看镜叹勋业"④,"看镜功名空自许,上楼怀抱若为宽"⑤。杜甫云"囊中恐羞涩",陆游则云"未敢羞空囊"⑥,"那复计囊空"⑦。

此外,杨万里和范成大的江西余习较少,但也使用了杜诗的典故。此外,林景熙、汪元量也都化用了一些杜诗。

七 宋人还集杜为诗及集杜入乐

集句诗的出现较早⑧,而集杜诗是集句诗的一种,宋人的集杜诗取得一定的成就。如王安石在他的集句诗中大量使用杜诗。黄庭坚的集句诗,也多使用杜诗。杨万里《类试所戏集杜句跋杜诗呈监试谢昌国察院》是完整的集杜诗。

文天祥的集杜诗数量最多,成就也最高。文天祥说:"予所集杜诗,自予颠沛以来,事变人事,概见于此矣,是非有意于为诗者也。后之良史尚庶几有考焉。"这说明文天祥有以诗存史的观念,而这二百首集杜诗也的确有诗史的意味。莫砺锋指出,"文天祥的这些集杜诗是历代集句诗中最为成功的作品"。莫砺锋把文天祥的《集句诗》二百首按照题材内容分为七大类,认为这七类之中有六类皆有佳作,尤其以咏宋末史事及有关人物和诗人自己抗元入狱经历的集句诗,成就最为突出。但其中有些诗歌"有支离破碎之病,读来不免有勉强拼凑成篇之感"。⑨《集杜诗》中的一些作品,如《祥兴第三十四》等篇⑩,情思顺畅,浑然天成,使人感到这就是文天祥的创作,"忘其为子美诗也",说明集杜诗中有些诗歌达到了

---

① (宋)陆游:《读书》,《剑南诗稿校注》卷一四,第1142页。
② (宋)陆游:《题庵壁》,《剑南诗稿校注》卷八,第655页。
③ (宋)陆游:《遣兴》,《剑南诗稿校注》卷九,第704页。
④ (宋)陆游:《秋郊有怀》,《剑南诗稿校注》卷一九,第1463页。
⑤ (宋)陆游:《晚登望云》,《剑南诗稿校注》卷四,第320页。
⑥ (宋)陆游:《东郊饮村酒大醉后作》,《剑南诗稿校注》卷八,第695页。
⑦ (宋)陆游:《屏迹》,《剑南诗稿校注》卷五八,第3368页。
⑧ 参见张明华《集句诗的发展及其特点》,《南京师范大学文学院学报》2006年第4期。
⑨ 莫砺锋:《简论文天祥的〈集杜诗〉》,《杜甫研究学刊》1992年第3期。
⑩ 《文山先生全集》卷一六《集杜诗》,中国书店1985年版,第404页。

很高的艺术境界。文天祥还曾经集杜诗为《胡笳曲》，开创了集杜诗入乐的先河。

八　宋人作诗常模拟杜诗题目或以杜诗为韵

宋人作诗经常模拟杜诗题目，王禹偁的一些诗歌题目就直接来源于杜诗，如杜甫有《八哀诗》，王禹偁则有《五哀诗》。苏轼有模拟杜诗的同名之作《倦夜》，风格极为相近。陈与义的《北征》是杜甫《北征》的同题之作，他的《十七日夜咏月》则是效法杜甫的《一百五日夜对月》。陈与义还有与杜甫的同题之作《月夜》。

宋人作诗还以杜诗为韵，如黄庭坚作诗就曾以杜诗为韵。杨万里的《梦亡友黄世永梦中犹喜谈佛既觉感念不已因和梦李白韵以记焉二首》是以杜甫《梦李白二首》为韵，其《临贺别驾李子西同年寄五字诗以杜句君随丞相后为韵和以谢焉五首》，以杜甫诗句"君随丞相后"为韵。所以，作诗以杜诗为韵也是杜诗影响宋诗的一个方面。

综上，杜诗对宋诗产生了很大影响，表现在宋人在诗学观念上推崇杜甫和杜诗，他们继承杜甫"诗史"精神，写出了关心国事，反映民生的诗歌。宋代诗人在诗歌风格上学习杜诗，也注重学习杜诗的诗歌技巧。他们模拟杜诗，使用杜诗典故，集杜为诗并集杜入乐。宋人作诗还经常模拟杜诗题目或以杜诗为韵。

天宝六载(747):杜甫诗歌嬗变的关节点

中国人民大学国学院　谷曙光　俞　凡

【摘　要】历来谈论杜甫诗风诗旨,最多的便是沉郁顿挫、忧国忧民,然而考察其早年诗作,并非向来如此。在杜甫一生的诗歌创作中,诗风是不断嬗变的,变是常态。杜诗之所以形成沉郁顿挫的主导风格,具有深刻复杂的多重原因,诗人的遭际、境遇和所处的时代等,都起到了重要而微妙的作用。譬如杜甫在长安的十年,特别是天宝六载(747)参加李林甫主导的制举的经历,既是他人生的一大转关,在诗人的创作历程中也显得十分紧要。以天宝六载为分界点,考察杜甫十年间的作品,可知其诗歌在情事、诗艺、风格等方面都呈现出不易察觉的微妙变化,而诸多变化对于诗人锻炼、塑造深沉婉折的诗风,干系重大。天宝六载,既是杜甫的人生转折,杜诗亦从这里转折。本文还对李林甫与杜甫的关系提出了新的观点。

【关键词】杜诗　嬗变　天宝六载　关节点

一　为何聚焦天宝六载

诗风的嬗变,是一个复杂而微妙的过程,尤其对于大家、名家,笔墨难以备述。有渐变,有突变;有水到渠成之变,有截断众流之变。如果根据杜甫诗风的嬗变,画一幅"K线图"进行技术分析的话,就会发现,杜诗虽在不断变化,但是其中肯定有几个特殊区域或形态,显示出与众不同的意义。也许是"反转形态",也许是"缺口",总之可称为"关节点"。① 这种类似关节点的年份，在诗人一生的诗歌创作中，意义尤其独特，有助于考察诗人创作的重要变化，把握诗风嬗变的内在契机。

在杜甫的一生中，重要关口很多，本文特别提出天宝六载（747），是基于对杜诗的文本细读。品鉴杜甫早期和天宝六载之后一段时期的作品，会感觉到一定的差别，似乎隐隐划了一道界限。何以形成这种诗风的差异、分界？各种证据、线索都指向天宝六载这一年份，此年的与众不同，在于杜甫参加了制举并落选。关于天宝六载的制举，后文将会详述，姑先引一段傅璇琮的断语："在唐代科举史上，天宝六载是仅有下制征召而无制举科目之名的一次，也是制举考试无一人录取的仅有的一次。这是天宝年间政治腐败的表现，也是社会矛盾复杂尖锐化的表现。"② 由此可知，此年的制举诡异特殊，堪称科举史上匪夷所思的奇闻。其经历带给诗人的，是一种冷水浇背、刻骨铭心的挫败感、幻灭感。杜甫的人生从此掉头向下。人生转关意味着诗人的创作必然会随之发生变异。因此，天宝六载的制举经历在研究诗人生平时应予重点关注，在考察诗人创作时更须细细探究。

笔者浏览了当代诸种版本的杜甫传记，特意关注天宝六载一段的叙述，发现洪业、陈贻焮、莫砺锋的分析论述最为到位，也最为中肯。

莫砺锋对天宝六载之于杜甫的人生下了这样的判断："杜甫的人生第一次遇到这样的大挫折（指天宝六载参加制举——引者注），然而，这只是开始。杜甫从此结束了他的浪漫生涯，开始了悲惨的人生之旅。"③

陈贻焮从精神状态入手，分析得更加详尽："这次应诏就选失败（指天宝六载参加制举——引者注），对他精神上的打击是极其沉重的。他从南到北，四处漫游，'快意八九年，西归到咸阳'（《壮游》），满以为一举成名，青云直上，猛不防当头遭此一棒，给打得晕头转向，许久也缓不过来。从此，他那'快意'的'壮游'永远结束了，把美好的回忆深藏心底，留给晚年聊慰寂寥；眼下却须强打精神，硬着头皮，忍受冷嘲热讽，面对惨淡的人生，奔走于长安富家权贵之门，为将来的出路，为当前

---

① 此处借用股市术语，以启发思路，未必允当，读者鉴之。
② 傅璇琮：《唐代科举与文学》，陕西人民出版社2003年版，第154页。
③ 莫砺锋等：《杜甫传》，天津人民出版社2001年版，第56页。

的生计而乞求帮助。"①

洪业的叙述既有史实，又特别强调了杜甫情感上的巨大变化。他说："或许在746年，杜甫还未曾意识到李林甫造下了多少罪孽。然而，当747年到来，他不仅见到朋友们被流放、被逼自裁，或杖击而死，自己也亲身体味到这个骗子酿造的苦酒。（指天宝六载参加制举——引者注）……像杜甫这样一个本性忠诚、感情真挚的人，面临这样的时代，他只能在希望和失望、快乐和沮丧、意欲出仕与担心迫害、感激友谊与愤慨背叛的种种极端变化的情感起伏之间感到震惊。"②

上述诸家的论析，都说明天宝六载在杜甫一生中的重要位置。人生转关，带来情绪和情感的激烈波动，甚至有可能引发气质和性格的某些变异。杜甫的诗歌在这些变故的交相刺激、综合作用下，如何继续，走向何方，有必要结合其作品，细细分析天宝六载制举事件与诗人创作之间的微妙关系。

二 天宝六载之前的快意人生

杜甫二十岁到三十四岁的生活主要是在齐赵和吴越的漫游之中度过的。这其间，他作了很多诗篇，但流传下来的并不多。从现存诗歌可见，青年时期的杜甫，虽然心怀壮志，但是毕竟涉世未深，相较于他后期的诗作，这时更多的是怀古抒志、宴饮感怀、游历酬友之作，如天宝早期的《夜宴左氏庄》③描摹宴饮之乐：

> 林风纤月落，衣露净琴张。暗水流花径，春星带草堂。检书烧烛短，看剑引杯长。诗罢闻吴咏，扁舟意不忘。

意气风发的青年诗人应邀参加的这次夜宴，实非普通的酒宴，而是一次文人雅集。他用简洁省净的笔墨描绘出春星历历、映带草堂的夜宴氛围。诗

---

① 陈贻焮：《杜甫评传》，北京大学出版社2011年版，第95页。
② 洪业：《杜甫：中国最伟大的诗人》，曾祥波译，上海古籍出版社2011年版，第52—54页。
③ 本文的杜诗系年，一般依据萧涤非主编《杜甫全集校注》（人民文学出版社2014年版）。征引杜诗，亦据此书。下文不再说明。

中抚琴看剑，检书赋诗，皆为文人雅事。沉潜玩味，诗人当时的心情是平和的，态度是奋进的，赋诗看剑，暗喻文武双修，甚至能隐隐感受到一种少年书生积极为未来的科举、仕途做准备的昂扬姿态。

天宝五载，杜甫结束"快意八九年"的齐赵、吴越的漫游生活，"西归到咸阳"，希望通过参加科举考试进而做官。十年漫游给他带来的不仅是阅历的增多，与彼时已名满天下的李白的交游，也对杜甫产生了不小的影响。以至于在最初的分别之后，他常常作诗怀念李白。从现存诗作来看，自天宝四载秋到第二年春，他一共写了三首诗怀念李白，其后当他送别孔巢父归隐之时也向李白问好：

> 罢琴惆怅月照席，几岁寄我空中书？南寻禹穴见李白，道甫问信今何如？（《送孔巢父谢病归游江东兼呈李白》）

这说明杜甫青年时对于如孔巢父、李白这样的隐逸自在生活是有所向往的。然而，杜甫出生于一个传统的奉儒守官的家庭，祖辈父辈世代为官，自小的耳濡目染，使得杜甫把做官看作是实现人生理想和价值的唯一途径，做官亦是"不坠家声"的一种宗族责任。

刚到长安的杜甫，意气风发，也满怀希冀。长安的生活，一切都显得那么新奇、那么诱人。峨冠博带的权贵，奔竞干谒的读书人，繁华的市肆，奢侈的筵席，处处令杜甫眩目不已，亦羡慕非常。他急切地想要融入这个城市，期待着早日施展"致君尧舜"的宏图。诗人参加了一些上层贵族的聚会，憧憬着未来。从此时的诗作看，杜甫一点也无天宝六载之后的苦寒、寄人篱下的感觉。如当年除夕夜杜甫所作的《今夕行》，虽是独宿客栈，然全篇都洋溢着欢乐、粗犷的浪漫气息：

> 今夕何夕岁云徂，更长烛明不可孤。咸阳客舍一事无，相与博塞为欢娱。冯陵大叫呼五白，袒跣不肯成枭卢。英雄有时亦如此，邂逅岂即非良图。君莫笑刘毅从来布衣愿，家无儋石输百万。

"博塞"是当时流行的一种赌博游戏。除夕之夜，杜甫在咸阳的客舍之中与旅人博塞守岁，大家兴致极高，袒臂跣足，玩得忘乎所以。杜甫虽投入，却因手气不济，终未能赢，遂搬古人事以喻己志，暗示未来不可限量。清人仇兆鳌云:"此诗见少年豪放之意。除夕博戏,呼白而不成枭,因作自解之词。末引刘毅输钱,以见英雄得失,不系乎此也。"① 照理说,杜甫其时他乡作客,又是一年将尽,但诗人竟用了刘毅的典故,显示志向豪迈,磊落自喜,不惭古人。足见杜甫当时是如何踌躇满志,如何自信!又如《饮中八仙歌》,写盛唐社会名流中的八个酒徒,如同盛唐的招贴画,幽默戏谑而又不失温情浪漫。

现实虽不尽如人意,却总还让人感到希望。此时的杜甫对官场、对现实、对未来,实际上怀着一种相对美好的想象与向往。

其实,杜甫在到长安之前,也不是没有经历挫折坎坷。开元二十三年(735),他自吴越返洛阳,赴京兆贡举,但落第了。② 不过,对于一个二十出头的少年书生而言,第一次科举应试的失败,实在算不了什么。诗人虽懊恼,却不灰心。他年少气盛,仍信心十足,随后就去放荡齐赵,过一种轻裘快马的潇洒日子去了。

三 天宝六载的折戟沉沙

天宝六载这一年份,对于一般人,也许普通;但是对于当年参加制举的文人而言,却尤其特殊。这一年的制举大概让他们终其一生都无法平复内心的愤懑和不平。正是天宝六载的应举事件,使得杜甫抛开了此前对于长安的种种美好幻想,真正看清了酷烈的现实和高层政治的阴暗。

其时唐帝国承平日久,玄宗的太平天子坐了30余年,各种问题已然滋生,官场日益窳败。尤其是奸相李林甫当道,他权倾一时,口蜜腹剑,嫉贤妒能。据《新唐书》:(天宝六载)"时帝诏天下士有一艺者得诣阙就选,林甫恐士对诏或斥己,即建言:'士皆草茅,未知禁忌,徒以狂言乱圣听,请悉委尚书省长官试问。'使御史中丞监总,而无一中程者。林甫因贺上,以为野无留才"。③《资治通鉴》亦有相同记载。帝王亲开制举,对于天下读书人来说,无疑是一个再好不过的机会。前文言之,杜甫曾于

---

① (清)仇兆鳌:《杜诗详注》卷一,中华书局2015年版,第51页。
② 关于杜甫第一次应举,有开元二十三年和二十四年两说,姑且采用赞同者较多的开元二十三年。
③ 《新唐书·李林甫传》,中华书局1975年版,第6346页。

开元二十三年在洛阳参加进士考试，但那属于"初试新声"，落第并不奇怪，而且他的奋进之心亦未受多少影响。之后不久，诗人怀揣着希望，继续漫游。① 天宝五载，杜甫来到长安，寻求新的机会。这次确乎不同，他是被州府荐举来京城应制举的。既有真才实学，又得天子亲试，这足以令诗人产生无穷的想象空间。

制举与进士、明经等科举常科不同，其考试科目与时间都不固定，制举的最大特点是"天子自诏"②，具体说，"制举是以天子的名义，征召各地知名之士，由州府荐举前来京都应试，虽然阅文试官仍由朝廷委派，但名义上则是天子亲试"。③ 天子亲试的名义，无疑对天下读书人更具吸引力。参加制举特科的礼遇，远较进士、明经隆重。制举还有一个特别的好处，即登第后可直接授官，不像进士及第还须再过吏部考试一关，才能"释褐"。综合比较，"大约制举的名望高出于其他科目，在唐代，就有进士及第后又再应制举试的，有明经及第后应制举试的，有现任职官应制举试的，而相反的情况却没有，并无制举登第再去应进士、明经试的"。④ 可知制举在唐代读书人心目中的重要位置。杜甫能参加这次制举，说明他已然具有了一定的知名度，他怎能不信心满满、跃跃欲试呢！

傅璇琮精辟地指出："制举科比起专讲文辞藻丽的进士科、背诵帖括的明经科，更富有政治内容，更与现实斗争有关，因而也更可能为某些当权者所忌。在这方面，一个典型的例子，就是天宝六载（747）李林甫玩弄的一次阴谋。"⑤ 按，天宝五、六载间，朝廷政局诡谲多变，几股势力交错激荡，李林甫虽贵为首相，但也始终在权力漩涡中苦斗，为了固身保位，他用尽心机。因此，应把此次制举放到当时的历史背景下考察。⑥

把玄宗朝的所有罪恶都归于李林甫、杨国忠，肯定不够客观。但是，天宝六载以"野无遗贤"封锁进贤之路，确是李林甫狠毒的诡计。陈贻

---

① 从开元二十三年到天宝六载之间，杜甫有无参加科举，尚难判断。
② 《新唐书·选举志》，第1159页。
③ 傅璇琮：《唐代科举与文学》，第140页。
④ 同上书，第144—145页。
⑤ 同上书，第152页。
⑥ 天宝初年，皇权、相权（尚有不同派别）、太子等几股势力，斗争险恶，丁俊《李林甫研究》分析："太子经二狱而不倒，这让李林甫陷入了深深的恐惧当中，于是，朝不保夕的心理使得他自固愈切，开始与安禄山交通，也开始封锁进贤之路。"凤凰出版社2014年版，第429页。

焮分析其时的残酷形势："要知道，这次考试正是处于李林甫以莫须有的罪名，大量制造冤案，刚刚杖杀李邕、裴敦复，又奏分遣御史往贬所赐皇甫惟明、韦坚兄弟等死，并逼死李适之、王琚等不久，朝野震惊的时候。"[1] 政治气氛压抑得令士林窒息，政治生态亦被严重破坏。因此，天宝六载"野无留才"的结果对于杜甫来说，就不仅仅是一次科举的失败了。此事件的实质是权臣专政，蒙蔽圣听，实际让选拔人才变成了一个骗局、一大丑闻。普天下的读书人被羞辱、被迫害、被恐吓，杜甫也折翅伤翼，坎壈不振。换句话说，此事件硬生生阻断了杜甫的仕进之路。

李林甫弄权蔽主，伎俩阴险，当时的参选者是否了解内幕呢？与杜甫同时参加考试的元结[2]后来写了一篇文章《喻友》，详载此事，并用寓言笔法，表达了自己的立场。文云：

> 天宝丁亥中，诏征天下士人有一艺者，皆得诣京师就选。相国晋公林甫以草野之士猥多，恐泄漏当时之机，议于朝廷曰："举人多卑贱愚聩，不识礼度，恐有俚言，污浊圣听。"于是奏待制者悉令尚书长官考试，御史中丞监之。试如常吏（如吏部试诗赋论策）。已而布衣之士无有第者，遂表贺人主，以为野无遗贤。元子时在举中，将东归，乡人有苦贫贱者，欲留长安依托时权。徘徊相谋，因谕之曰："昔世已来，共尚丘园洁白之士。盖为其能外独自全，不和不就，饥寒切之，不为劳苦，自守穷贱，甘心不辞。忽天子有命聘之，玄纁束帛以先意，荐论拥彗以导道，欲有所问，如咨师傅。听其言，则可为规戒。考其行，则可为师范。用其材，则可约经济。与之权位，乃社稷之臣。君能忘此，而欲随逐驽骀，入栈枥中，食下厮粪秣，为人后骑，负皁隶，受鞭策邪！"人生不方正忠信以显荣，则介洁静和以终老，乡人于是与元子偕归。於戏！贵不专权，罔惑上下，贱能守分，不苟求取，始为君子，因喻乡人，得及林甫，言意可存，编为喻友。[3]

---

[1] 陈贻焮：《杜甫评传》，第91页。
[2] 洪业认为孔巢父也是这次特科的失败者，参见《杜甫：中国最伟大的诗人》第三章。
[3] （唐）元结：《元次山集》卷四，中华书局1960年版，第52—53页。

这是现存最早的关于此事的记载。后之《新唐书》《资治通鉴》很可能取材于此。此文很重要，对于研究这次事件，乃至洞察参加选拔的士子的观点、心态，都是珍贵的史料。而且，还可以此文为管道，探察同为应举者的杜甫、元结的不同人生态度。从文章看，元结已清醒认识到李林甫的阴鸷酷烈，他对此事绝不妥协，宁可退隐为"丘园洁白之士"，也不同流合污，甚至规劝友人一同离开长安这个是非之地。这足以说明参选者了解其中的黑幕。当然，元结并非彻底放弃仕宦，他只是不愿居留长安，蝇营狗苟，沆瀣一气，失去读书人的尊严。元结也有幼稚的一面，他异想天开地设计，先姑且还乡，自守贫贱，静待他日天子征召。后来天子当然不会征召元结，他还是在天宝十二载（753）主动赴考、进士及第的。而杜甫经过艰难抉择，选择了继续待在长安，依托时权，寻求机会。这不是说元结比杜甫要高尚多少，个人选择实无可厚非；而是看出杜甫的仕进之心好像更急迫，他有着浓得化不开的做官情结。杜甫比元结大七八岁，功业意识显然更强烈，况且此时已是"青春背我堂堂去"（薛能《春日使府寓怀二首》其一）的年纪，思及"丈夫四方志，安可辞固穷"（《前出塞》其九），更有一种时不我待的焦虑。

笔者认为此时的杜甫抑郁难耐，很可能抒写了诸多的诗篇，但保存下来的却极少。考察杜甫应制举后精神状态、情感心理最重要的作品是《赠比部萧郎中十兄》和《奉寄河南韦尹丈人》。

从杜甫参选之后的诗作《赠比部萧郎中十兄》（天宝六载）可以体会他彼时的恶劣心境：

> 有美生人杰，由来积德门。汉朝丞相系，梁日帝王孙。蕴藉为郎久，魁梧秉哲尊。词华倾后辈，风雅蔼孤骞。宅相荣姻戚，儿童惠讨论。见知真自幼，谋拙愧诸昆。漂荡云天阔，沉埋日月奔。致君时已晚，怀古意空存。中散山阳锻，愚公野谷村。宁纡长者辙，归老任乾坤。

萧郎中其人，除了原注明言为"甫从姑之子外"，并无更多信息。诗中前十句都是称赞萧郎中，说他生于积善之家，自小聪慧，成年后做官亦能称职。杜甫幼时即受其惠，但比起这位兄长来，诗人就显得惭愧、"谋拙"

了。何谓"谋拙"？赵次公以为"言谋拙者，飘荡于外而不能仕进以致君也"。① 后八句则是感叹自己怀才不遇。"漂荡云天阔"四句，尤可注意。浦起龙以为即"窃比稷与契"、"居然成濩落"之意。② 诗人在外漂泊已久，岁月蹉跎，空怀致君尧舜之志，却心比天高，命途多舛。这恐怕就是在隐晦地表达参选落第后的牢骚了。"中散山阳锻"二句，上句用嵇康典，而"愚公谷"出自刘向《说苑》，代指隐居之地。仇注云此"承谋拙意，自叹不遇"③，只能学嵇康打铁、愚公隐居了。味末二句之义，则是萧郎中有访慰之意，而杜甫甚灰心，表示从此归隐，不敢烦兄长之枉驾。制举的失败，显然带给杜甫意想不到的重创，有高才却进取无门，苦闷、彷徨甚至想要退隐之心都在滋长。话虽如此，杜甫到底还是留在长安了，因为做官始终是他的第一人生目标，没有结果，无法释怀。在这一点上，他与元结确有不同。

杜甫应制举之后的不满和愤懑，在与韦济的诗作之中表现得更加明显。清人卢元昌认为寄韦赠韦诸作，皆肇因于应诏失败。④ 韦家与杜家在武后朝就有往来，为通家之好，韦济对杜甫既关心又看中。天宝七载韦济为河南尹，杜甫随后作《奉寄河南韦尹丈人》云：

> 有客传河尹，逢人问孔融。青囊仍隐逸，章甫尚西东。鼎食为门户，词场继国风。尊荣瞻地绝，疏放忆途穷。浊酒寻陶令，丹砂访葛洪。江湖漂短褐，霜雪满飞蓬。牢落乾坤大，周流道术空。谬惭知蓟子，真怯笑扬雄。盘错神明惧，讴歌德义丰。尸乡余土室，难说祝鸡翁。

原诗题后有注云"甫故庐在偃师，承韦公频有访问，故有下句"，可知杜甫在落第之后非常失意，一度在偃师附近居停，因韦济的询问，遂作诗说明自己的穷途疏放情状，亦表达感激之意。杜甫满腹牢骚，表示愿仿效陶渊明寄情于酒，又欲学葛洪求仙问药，大约只有这样才能稍稍忘却眼前的

---

① （宋）赵次公注，林继中辑校：《杜诗赵次公先后解辑校》（修订本）甲帙卷之一，上海古籍出版社2012年版，第19页。
② （清）浦起龙：《读杜心解》卷五，中华书局1961年版，第688页。
③ （清）仇兆鳌注：《杜诗详注》卷一，第58页。
④ 参看（清）卢元昌《杜诗阐》卷一。

痛苦。王嗣奭看出了此诗的门道："杜凡奉赠诗，前半颂所赠，末后自陈；而此独参错转折，承顶呼应，脉理极细。"① 诗人满腹郁结，难受极矣！乾坤之大，似不容我。虽挟美才，却无用武之地。诗人自叹一事无成，不合时宜，幸好还有韦济屈尊见访，稍得慰藉。此诗用典繁多，借以喻己之处境心情，足见杜甫心中的抑郁难受。比起稍前的《赠比部萧郎中十兄》，此诗的忧郁程度更深，更难以排遣。可以说整首都在发牢骚，实系杜集中前此未有之作。

天宝九载，韦济迁尚书左丞，杜甫又作《赠韦左丞丈济》，其中冀韦济汲引之句云：

> 有客虽安命，衰容岂壮夫。家人忧几杖，甲子混泥途。不谓矜余力，还来谒大巫。岁寒仍顾遇，日暮且踟蹰。老骥思千里，饥鹰待一呼。君能微感激，亦足慰榛芜。

杜甫又一次慨叹岁月流逝，渐渐老去，非复青春容颜，甚至家人都想要为自己准备拐杖了。对此，陈贻焮剖析："杜甫对典故很熟习，又有很高的驾驭文字的能力，而且明知这是在对有地位的长辈说话，那么这不可能是用词不当的语言上的疏忽，或者只是倚老卖老的随便说说，而是他心灵上的真实感觉，他感到自己确乎是衰老了。"② 杜甫此时只不过30余岁，这样的壮年却觉得已经老去，心情尤其恶劣，更难排遣。后面虽有老骥、饥鹰诸句振起，但"老骥，况己之衰。饥鹰，况己之穷"③，衰飒之意明显。这几年杜甫过得多么艰辛，多么不遂意，可以想见。其中坎坷虽多，而源头仍是天宝六载参加制举之事。

天宝六载的落第带来的影响很快体现在各个方面。大约也是在这个时候，他的父亲杜闲在奉天县令任上去世，家道中落，经济也日益拮据。为了维持生活，他不得不低声下气，充作贵族子弟的"宾客"。④ 这些经历，也使他更能看清繁华长安背后的丑陋情状。一边是贵族子弟的骄奢淫逸，

---

① （明）王嗣奭：《杜臆》卷一，上海古籍出版社1983年版，第10页。
② 陈贻焮：《杜甫评传》，第95页。
③ （清）仇兆鳌：《杜诗详注》卷一，第64页。
④ 冯至：《杜甫传》，人民文学出版社2014年版，第40页。

一边是穷苦百姓的哀哀挣扎。作于天宝十一载的《奉赠韦左丞丈二十二韵》，其中有对落第之后数年生活的高度概括和描述。"纨绔不饿死，儒冠多误身"，开篇即激烈地表达自己的牢骚与无奈之感。中间又云："朝扣富儿门，暮随肥马尘。残杯与冷炙，到处潜悲辛"，把自己在长安的狼狈和悲苦，奔竞和钻营，赤裸裸地写出来，甚至失去做人的尊严！"主上顷见征，欻然欲求伸。青冥却垂翅，蹭蹬无纵鳞"四句，又一次申说天宝六载之事。满怀希望，却如大鹏垂翼，鲸鱼困游。此事对他的打击太大了，影响太深了。以至于一说再说，不惮辞费，刻骨铭心。

杜甫是带着对未来无限的期望来到长安的，然而现实的遭遇却令他心灰意冷，制举的骗局，既是一大丑闻，又形成诗人心中难以平复的伤痛。这件事对杜甫的打击，怎么形容都不为过，甚至可以说彻底消磨了他在前十年积累的快意，让他认识到官场的险恶，不得不奔走于权贵之门，为生计向他人低头，为前途向高位者俯首。天宝六载，可以肯定地说，是杜甫人生的一个巨大转折点，也必然会对他的诗歌创作、诗歌风格，产生重要而微妙的影响。

四　李林甫与杜甫关系新论

天宝十载，杜甫觑定时机，向玄宗进献苦心经营的"三大礼赋"，终于得到皇帝赞赏，待诏于集贤院，命宰相试文章。当时的杜甫又一次欢欣鼓舞，后来的《莫相疑行》回忆："忆献三赋蓬莱宫，自怪一日声辉赫。集贤学士如堵墙，观我落笔中书堂。往时文采动人主……"那份春风得意，多年后仍可清晰感受。其实，此时的杜甫，在长安已"艰苦奋斗"了五六年，心血用尽，憔悴已极。如果再无转机，真要怀疑他是否能坚持下去了。《进雕赋表》有助于理解诗人其时的困顿心态：

> 臣幸赖先臣绪业，自七岁所缀诗笔，向四十载矣，约千有余篇。今贾马之徒，得排金门上玉堂者甚众矣。惟臣衣不盖体，尝寄食于人，奔走不暇，只恐转死沟壑，安敢望仕进乎？伏惟天子哀怜之，明主倘使执先祖之故事，拔泥涂之久辱，则臣之述作，虽不足以鼓吹六经，先鸣数子，至于沉郁顿挫，随时敏捷，而扬雄、枚皋之流，庶可跂及也。有臣如此，陛下其舍诸？伏惟明主哀怜之，无令役役，便至

于衰老也。

这一点愚忠,看得人心酸,也确让人主怜悯。然而,还是由于李林甫从中作梗,杜甫终未得授官。迫于李林甫的权势,杜甫的苦闷和愤恨只能埋藏于心,不敢形诸笔墨。直到天宝十一载李林甫去世,第二年李因谋反罪(系杨国忠构陷诬告)被剖棺,彻底倒台,诗人才敢于直接说出心中的不忿和苦闷:

> 献纳纡皇眷,中间谒紫宸。且随诸彦集,方觊薄才伸。破胆遭前政,阴谋独秉钧。微生沾忌刻,万事益酸辛。交合丹青地,恩倾雨露辰。有儒愁饿死,早晚报平津。(《奉赠鲜于京兆二十韵》)(天宝十二载)

其中"前政"、"秉钧"都指李林甫。仇注云:"破胆以下,恨李林甫之忌才,只'阴谋''忌刻'四字,极尽奸邪情状。"① 即使时过境迁,提到权奸李林甫,杜甫心中仍充满愤恨,不能释怀,足见制举及献赋后参选给他带来的心理阴影之大、恐惧之深。此后不久的《奉留赠集贤院崔于二学士》,亦有"青冥犹契阔,陵厉不飞翻"之深长喟叹。

李林甫简直就是杜甫命运中的"煞星",诗人一再遭其困厄。如果说天宝六载制举是奸相欺侮普天下读书人,那么献赋后的单独考试,似乎就是李林甫刻意刁难杜甫了。众多的杜甫传记、杜诗注本都特别强调李林甫对杜甫的打击、迫害。然则历史的真相究竟如何?李林甫有必要处心积虑地对一个布衣施以霸凌欺侮吗?笔者大胆认为,李林甫对于杜甫,恐怕既无成见,也无意见,李林甫更没有刻意地针对杜甫。李林甫的所作所为,实与其时的官场生态密切相关。汪篯的名文《唐玄宗时期吏治与文学之争》对解释此问题颇有助益。按,汪文论及玄宗朝官员隐然分为两大阵营:吏治与文学。吏治一派,多胥吏出身,重视实际处理事务的能力;而文学一派多进士出身,翰墨文章出众。两派间有对立情绪,甚至相互打

---

① (清)仇兆鳌:《杜诗详注》卷二,第124页。

击、此消彼长。① 此亦概而言之。政治阵营是客观存在的，但可能又不是泾渭般分明。文学派首领张说、张九龄当政时，曾大量推引词学之士、文章名手。李林甫乃门荫出身，确有政治才干，自然属于吏治一派。李林甫既不能文词，又阴鸷诡诈，他一贯排斥文士才子，对文学派天然怀有一种戒心、厌弃。试想，对于如杜甫这样的纯粹文词之士，他岂能看上眼？纵然天纵奇才，文章绝妙，李林甫也不过视之如饾饤小儒、弃之如敝履，更不用说大力拔擢了。然则李林甫如何"开销"杜甫？诗人此次献赋，文采耸动人主，"天子废食召"，皇帝亲自下令单独考试，这足以说明玄宗爱才惜才。如果李林甫硬说杜甫无真才实学，肯定说不过去，玄宗面子也不好看。称赞、肯定杜甫才华，没有问题，但如果直接授予杜甫官职，李林甫自己又心有不甘。或许经过权衡，李林甫选择了一个折中的办法，把杜甫"送隶有司，参列选序"，聊以打发。如此处置，既对玄宗有了交待，搪塞过去，也没有过分违背自己的意志，可谓两全其美。这对杜甫，虽说不是圆满结局，但也不能说是坏结果，多年的苦苦追求总算有了阶段性进展。

　　反过来说，杜甫之于李林甫，地位相差如云泥之别。以诗人在长安的干谒对象、经历论，他未必不想高攀李林甫。值得注意的是，李林甫的女婿杜位，是诗人的远房堂弟。杜集中，杜甫写赠杜位的作品有多首，他们始终保持较好的关系。从这条线而言，杜甫也算跟当朝宰相扯上了点关系。他是否请托杜位，在李林甫面前说了好话，不得而知。但《杜位宅守岁》恰恰作于天宝十载之初，正是他进奉"三大礼赋"的关键时刻，此时他与杜位走得近，似乎也能说明一点问题。

　　李林甫贵为宰相，其时调和鼎鼐，万事纷扰；而杜甫一介寒士，在李眼中根本微不足道。但时移世易，李林甫身后恶名远播，而当年的杜甫后却成为中国最伟大的诗人之一。后世读者既崇杜甫，不自觉从老杜的视角看待此事，对李林甫厌恶万端，不惜放大李的罪恶。在当时权贵眼中随意处置、不值一提的小事，只因后世的考量者推崇杜甫，遂失去了"了解之同情"，成为奸相的又一大罪恶。其实历史的真相何尝如此！事还是那件事，却此一时、彼一时也。个人命运，实难自主，更多系于家国时代。

---

① 参看汪篯《唐玄宗时期吏治与文学之争》，《隋唐史论稿》，中国社会科学出版社1981年版。

而杜甫确实命途多舛，偏偏在李林甫长期当政的时代求出头、谋进阶。造化弄人，宿命如此，尚何言哉！

五　人生转关与诗风嬗变

陈贻焮说："以应诏退下一事为分界，此前此后杜甫简直判若两人。"①天宝六载应制举的失败，确实使杜甫的境遇、心态发生了重大变化。《秋述》一文是体味诗人制举落第后几年间心态心境的重要文章，文章开头说："秋，杜子卧病长安旅次，多雨生鱼，青苔及榻。常时车马之客，旧雨来，今雨不来。"更沉痛的叹息是："我，弃物也，四十无位。"读之令人鼻酸。杜甫感觉被国家、被君主抛弃了，这种强烈的被遗弃感会改变一个人的心态情志，生出诸如忧伤、消沉、沮丧等负面情绪。诗人悲愤交加，在痛苦的体验和领悟中，抚摸身上的伤疤，重新思考人生，这也为他的诗歌创作打开了另一扇门。以天宝六载为中心，在前后十年左右的时间中，杜甫诗歌抒写的情事、艺术和风格亦呈现出不同的特色和面貌。

（一）从浪漫的裘马轻狂到深沉的内心独白

从诗歌题材内容看，天宝初至六载，杜甫留存的诗作主要是登览、宴饮、赠友之作。天宝六载之后，虽然仍有登览、宴饮之作，但是内容和情感与之前已有所不同。旅食长安期间，诗人还创作了相当多的投赠诗和忧国虑民之作，这更是值得特别注意的。

1. 登览宴饮之作。漫游时期杜甫游览众多名山大川，广泛交游，创作了一定量的登览宴饮之作。开元时，杜甫始游齐赵，当时的诗人，自恃才高，涉世尚浅，态度积极乐观。如开元二十九年（741）之前的《登兖州城楼》，张谦宜认为："此等诗在在集中不可多得。其胸中尚无隐忧，身处俱是乐境，故天趣足而气象佳，向后则不能如此已。"②诚哉斯言！快意的人生才能有快意的诗歌。其实天宝初的作品，仍有如此特点。如天宝四载的《陪李北海宴历下亭》"云山已发兴，玉佩仍当歌。修竹不受暑，交流空涌波"诸句，含蕴真趣，襟期潇洒，可谓惬意。又如《暂如

---

① 陈贻焮：《杜甫评传》，第97页。
② （清）张谦宜：《絸斋诗谈》，载《清诗话续编》，上海古籍出版社1983年版，第832页。

临邑,至崿山湖亭,奉怀李员外,率尔成兴》中的"野亭逼湖水,歇马高林间。鼍吼风奔浪,鱼跳日映山",写湖亭之景,率尔成兴,构思奇妙。有时,诗人也借诗抒志,如《同李太守登历下古城员外新亭》既描绘新亭胜景,又以"不阻蓬莱兴,得兼《梁甫吟》"表达用世之志,并不以贫贱为意。

　　天宝六载之后,杜甫的活动范围主要在长安附近,其诗开始频繁流露出有志难酬的抑郁和苦闷,同时增加了对于国家、时局的关切。《行次昭陵》《重经昭陵》两首,系诗人行经昭陵所作。《行次昭陵》前半说太宗功业,赞颂得体,后半感慨时事,又沉郁悲凉。回望太宗"指麾安率土,荡涤抚洪炉"的文治武功,多么显赫!而今却危机四伏、难以为继。其诗以"寂寥开国日,流恨满山隅"结笔,笔力高古,感慨深沉。

　　作于天宝十载的《乐游园歌》亦值得重视。杜甫参加了一次春日游筵,按说美景、美食、美酒,换了旁人,当乐不可支,而此诗前半部分写游宴确是繁侈富华的,然而诗的重心却在后半部分,"却忆年年人醉时,只今未醉已先悲。数茎白发那抛得?百罚深杯亦不辞。圣朝亦知贱士丑,一物自荷皇天慈。此身饮罢无归处,独立苍茫自咏诗",自叙年华虚度、功业不就的彷徨,抚今追昔,一唱三叹。何以游宴难以消愁解闷?先看清人叶燮之评:

> 即如杜甫集中《乐游园》七古一篇:时甫年才三十余,当开宝盛时;使今人为此,必铺陈扬颂,藻丽雕缋,无所不极;身在少年场中,功名事业,来日未苦短也,何有乎身世之感?乃甫此诗,前半即景事无多排场,忽转"年年人醉"一段,悲白发,荷皇天,而终之以"独立苍茫",此其胸襟之所寄托何如也![1]

此评乍看有理,实则仍是隔靴搔痒。其实,关键在"圣朝"二句。杜甫天宝六载遭一重创,之后困守长安,苦心钻营,凭借献"三大礼赋",得以待制集贤院,似有转机,但实际仅得"参列选序"资格,并未实授官职。前途、理想、抱负,仍在虚无缥缈之中,因之忧郁深广,产生一种类似"我爱国,国却不爱我"、"我忠君,君却不要我"的被遗弃感。故

---

[1] (清)叶燮:《原诗》,人民文学出版社1998年版,第17页。

"圣朝"二句，实激愤语。倒是卢元昌之解说鞭辟入里："当此春和，一草一木，皆荷皇天之慈，忻忻然有以自乐，独我贱士，见丑圣朝，今幸三赋，得叨宸赏，乃待命集贤，又复逾年，夫岂皇天悯覆、终遗贱士乎？"①可谓探骊得珠之论。作于同一年的《杜位宅守岁》后半云："四十明朝过，飞腾暮景斜。谁能更拘束，烂醉是生涯。"年届不惑，而功业无成，将不再以功名拘束，惟纵饮以寻乐。这其实仍是反话，"若自放而实自悲也"。②

《同诸公登慈恩寺塔》（天宝十一载），乃纪游之作，同行之人高适、岑参、储光羲皆有诗，三人诗只是单纯地写景游览，杜诗则忧愁万端，政治预见性极强，"自非旷士怀，登兹翻百忧。……回首叫虞舜，苍梧云正愁。惜哉瑶池饮，日晏昆仑丘。黄鹄去不息，哀鸣何所投。君看随阳雁，各有稻粱谋"，表现出对于唐帝国的忧虑、时局的焦灼、前途的迷惘，目光极敏锐，极具政治器识。

2. 投赠干谒之作。天宝六载之前，杜甫的投赠诗主要是写给友人，多表现为一种平等的、情感上的交往。天宝三载至五载，杜甫写了大量的诗赠与李白：三载《赠李白》；四载《与李十二白同寻范十隐居》《赠李白》《冬日有怀李白》；五载《春日忆李白》《送孔巢父谢病归游江东兼呈李白》等。这些作品，感情真挚，吐属珠玉，如"李侯有佳句，往往似阴铿。余亦东蒙客，怜君如弟兄。醉眠秋共被，携手日同行"，"寂寞书斋里，终朝独尔思"，"何时一樽酒，重与细论文"，诉说了与李白的友情以及对李白的思念。

天宝六载之后，杜甫的这类诗主要用于投赠干谒，对象多为居高位者，表达自己仕进无门的苦闷和抑郁，更重要的是希望对方能够提携自己。如《赠比部萧郎中十兄》《奉寄河南韦尹丈人》《赠翰林张四学士》（九载）《赠韦左丞丈济》《病后过王倚饮赠歌》（十载）、《投简咸华两县诸子》（十载）、《奉赠韦左丞丈二十二韵》《奉赠鲜于京兆二十韵》等。其中诗句如"头白眼暗坐有胝，肉黄皮皱命如线"，"长安苦寒谁独悲，杜陵野老骨欲折"，"君不见空墙日色晚，此老无声泪垂血"，"此生任春

---

① （清）卢元昌：《杜诗阐》，《续修四库全书》第1308册，上海古籍出版社2002年影印本，第343页。

② 萧涤非主编《杜甫全集校注》卷一引，第269页。

草，垂老独漂萍"，凄惨如哀鸿泣血，无助如漂泊秋蓬，刻画出诗人因怀才不遇、坎坷备尝，在生活和心灵上遭受的双重苦闷和悲愁。杜甫在诗中屡屡表示，希望能够得到高位者的眷顾，他甚至一度请托鲜于京兆向杨国忠求助（《奉赠鲜于京兆二十韵》），当时杜甫在长安已经七八年，杨国忠其人，他不可能不了解，但仍如此作为，可见其时已窘迫到了极点，他的忍耐也差不多到了极限。怀着困兽犹斗之志，诗人无所顾忌，费尽心机。我们对杜甫此时的作为亦不能过于苛责，如仇兆鳌所说："少陵之投诗京兆，邻于饿死，昌黎之上书宰相，迫于饥寒，当时不得已而姑为权宜之计，后世宜谅其苦心，不可以宋儒出处深责唐人也。"① 是为平情之论。

3. 忧国虑民之作。天宝初，唐朝延续着开元时期的繁荣，杜甫尚且年轻，少经世事，又不曾受饥寒之苦，因而其诗几乎没有忧民生之作。为数不多的困惑，也是诸如"往还时屡改，川陆日悠哉。相阅征途上，生涯尽几回"（《龙门》）之类，顾宸评释："相阅征途，谓阅视征行之人，往来无尽，而吾之生也有涯，不知尽吾之生，得几回而相阅始尽也，此中有劳生之感。"② 不过是淡淡的哀愁罢了。或是《与李十二白同寻范十隐居》（天宝四载）中隐隐流露的由于隐居而产生的，对生命何归的怅惘之感，"向来吟《橘颂》，谁欲讨莼羹？不愿论簪笏，悠悠沧海情"诸句，精微冲淡，潇洒出尘。

然而，天宝六载之后，杜诗开始大量出现忧虑国计民生的作品。他将自己的遭遇与百姓、士兵的疾苦融合在一起，推己及人，其作品既表达了对于国家未来的担忧，对百姓、士兵悲苦生活的深切同情，又反映了自身生活的艰辛不易。《兵车行》（天宝十载）、《前出塞九首》（天宝十载）、《白丝行》（天宝十一二载间）等作品都是如此。《兵车行》前段描写送别的场景，后段通过征夫之口展现兵役之苦，揭示了穷兵黩武给百姓带来的巨大痛苦和灾难。《前出塞九首》记叙一个普通士兵出征的各个阶段，借征夫之行，写征人之怨，对统治者"君已富土境，开边一何多"的穷兵黩武进行批判。《白丝行》则是"为伤才士汲引之难，弃捐之易而作"③，核心在"君不见才士汲引难，恐惧弃捐忍羁旅"。杜甫沉重深广的

---

① （清）仇兆鳌：《杜诗详注》卷二，第125页。
② 萧涤非主编：《杜甫全集校注》卷一，第75页。
③ 同上书，第319页。

忧患意识，正是从这一时期萌发的，并随着时间和阅历的增长，一步步聚拢、凝结、深化，在创作中逐渐凸显出来。这显然与长安困守时期的荆棘与苦难，特别是天宝六载的挫折，密不可分。

（二）从凌云健笔到惨淡经营

杜甫诗歌的艺术手法和风格，天宝六载后，也发生了缓缓的变化。今人每言老杜是现实主义诗人，实则他并不是一开始就趋向现实，趋向社会的。在天宝六载前的创作中，杜甫很多时候与其他盛唐诗人一样，诗歌的浪漫气息，随处可见，昂扬的、积极的、欢快的调子亦不难找寻。但在天宝六载之后，杜甫的作品变成了"蓝调音乐"，忧伤、忧郁，诗风渐渐转向现实、深沉、婉折，沉郁顿挫的风格初现端倪。

首先，在写法上，天宝六载之前的诗歌受题材的影响，以传统的描写、抒情为主，如《夜宴左氏庄》描写宴会之景，《陪李北海宴历下亭》描绘历下风光，《同李太守登历下古城员外新亭》描摹新亭景致。然而天宝六载之后，其诗中记叙和议论的运用逐渐增多。一是杜甫经常采用叙事的方式，通过个别人物的命运反映重大的历史事件和现实。刘熙载称赞："杜陵五七古叙事，节次波澜，离合断续，从《史记》得来，而苍莽雄直之气，亦逼近之。"① 二是在杜甫创作的诸多反映自己心态境遇的投赠干谒诗中，诗人注重自我情感的宣泄。旅食长安期间的作品，杜甫动辄牢骚满腹，他要倾吐块垒，他要大发议论，他要直截了当地抒发自己在应制之后的困窘和苦闷，如《奉赠韦左丞丈二十二韵》，从头到尾都是不合时宜，与其说是投赠，不如说是内心独白，心灵变奏曲。

其次，在语言上，天宝六载之前多优美精练之作，"清词丽句必为邻"（《戏为六绝句》之五）者颇不乏例，如"会当凌绝顶，一览众山小"（《望岳》），"阴壑生虚籁，月林散清影"（《游龙门奉先寺》），"清新庾开府，俊逸鲍参军"（《春日忆李白》）。语言绮丽精美者亦有，孤立地看"春酒杯浓琥珀薄，冰浆椀碧马脑寒"（《郑驸马宅宴洞中》），或许误以为乃宫体诗。但天宝六载之后，诗人更多的是自铸伟辞，语必惊人。杜甫甚至开始用一些狠重、激烈的语词，令作品展现出瘦硬奇峭的面貌。狠重或有助于宣泄愤恨，而激烈则能增强诗之张力。这不能不说是激切悲

---

① （清）刘熙载：《诗概》，《清诗话续编》，第 2426 页。

愤心态、情感在诗歌语言方面的投射。如"酷见冻馁不足耻,多病沉年苦无健"(《病后过王倚饮赠歌》),"饥卧动即向一旬,弊衣何啻联百结"(《投简咸华两县诸子》)。特别是《奉赠鲜于京兆二十韵》中的"破胆遭前政,阴谋独秉钧。微生沾忌刻,万事益酸辛"几句,激切狠重,诗的刺激性增强,张力扩充,是为语言上的奇效。众所周知,杜诗的遣词造句,极得后人赞许。天宝六载后,诗人确实更讲求炼字炼句,而诗句的精微烹炼,会令诗意更精警显豁。可以说,困守长安时期的杜诗语言进入了一个更为用意经营的境地。

再次,在风格上,天宝六载之前的诗歌与诗人的精神风貌一样,总体显得昂扬、奋进,如《今夕行》中高唱的一样,"英雄有时亦如此,邂逅岂即非良图"。无论是宴饮诗,还是思念友人的诗作,基调大多是明朗轻快的,少见后期的"沉郁顿挫"之感。在描写宴会之景时,杜甫说"蕴真惬所欲"(《陪李北海宴历下亭》),这样直接而不受拘束的欢快在天宝六载之后已渐少见。应制举之后,诗歌风格从雄阔、昂扬慢慢地转为深沉、平实,并向着沉郁顿挫的风貌渐次发展。且不论如《兵车行》等直接叙述民生疾苦的诗歌,即使是写游筵的《乐游园歌》,也在前半段铺陈颂扬之后,忽转而悲白发,"此身饮罢无归处,独立苍茫自咏诗",无限低回,郁勃深沉。杜诗中的感慨愈来愈多,自叹今非昔比、讽刺权贵、慨叹人情淡薄,种种感慨,一一形诸笔墨。如《贫交行》(十一载)"见交道之薄,而伤今思古"[①],以管鲍之交讽刺其时人情冷暖。凡诗鲜不抒情,而杜诗之抒情,厚重有力,力透纸背。这种艺术效果,实非一蹴而就,乃是情志不舒,长期郁结之生活、心理状况渐次造就。

六 诗风变化的关键契机

由上可见,天宝六载前后,杜甫的诗歌在抒写情事、艺术呈现、艺术风格上都缓缓发生了微妙的变化。把这些变化汇聚起来看,如此集中并且朝着类似的方向发展,一定有着内在的变化契机。究其原因,天宝六载的挫折应是关键因素,它带来的影响不可小觑,实为杜甫诗风变化的嚆矢。下面再以之为关节点,申论这一问题。

---

① (清)仇兆鳌:《杜诗详注》卷二,第116页。

制举失败是杜甫一生的转关。这一场"野无留才"的制举在杜诗风貌风格变化中扮演了重要的角色，是一个关键的契机。在唐代，科举对于绝大多数读书人来说都是十分重要的，而非正常原因的科举失败带来的打击显然更令人难以接受。正是这次经历，使得杜甫第一次比较清晰地认清了号称盛世的唐帝国的政治腐败，权臣欺君罔上，士林噤若寒蝉。折翅饮恨的杜甫不得不谋划今后的出路。虽然家道败落，生活陷于困顿，杜甫仍不忍放弃家族世代为官的传统、济世佐君的理想，他始终对做官怀有一种异乎常人的强烈渴望。他虽厌恶权贵，却又不得不谋求权贵的汲引提携。痛苦激发了诗人的创造力，情绪的起伏波动令诗中的叙事、议论明显增多，他喋喋不休地叙说自己的境况，毫不掩饰自己的不平之鸣，如杜鹃啼血般地哀鸣，愁肠百结，动人心弦，诗风遂转向深沉、郁勃。

　　制举带来诗人生活境况的变化：从放荡齐赵到旅食京华。天宝六载之前的杜甫，在吴越和齐赵漫游，留存下来的诗作主要是游历名山大川、结交名士、宴会赋诗。杜甫凭借卓颖的才华，足以应付这种生活并轻松取得旁人的称赞，获得自身的满足感。这一阶段的杜甫是相对惬意的，反映在作品中，诗歌风格就显得明快。而长安是当时唐王朝的政治、经济、文化中心，权贵云集，等级分化也十分显著，杜甫作为一个家道中落的小官之子，也许应制举前别人会因他的才华而赞叹，但是在制举失败后，无身份、无赀财，在长安举步维艰，生活的失意、窘迫直接反映在诗人的作品中，造成诗歌情事、风格的急遽变化。

　　制举加深诗人对社会的深刻洞察：体味世态炎凉、人情冷暖。漫游期间，诗人由于涉世未深，对于整个社会的认知还不十分深刻。长安时期，诗人既能近距离观察权贵、官场的真实情况，参透华筵背后的丑恶，又能直接接触到下层的普通民众，体会他们的苦难。通过对上与下、贵与贱、富与贫的透彻洞察，诗人对于社会有了去皮见骨般的立体、深邃认知。唐帝国的繁荣表象之下，隐藏的是各种危机，皇帝日益昏聩、耽于享乐，各级官僚阴狠狡诈、上下交征利，而普通百姓却承受着最深切的苦难。由于地位较低，在与上层交游时，杜甫难免不受白眼、奚落，这也让他更加看清官场的势利和人情的浇薄。亲历阶级差异、贫富贵贱，两相对比，出于对国家的深切关心、君主的无限忠悃，诗人创作了诸多"长太息以掩涕，哀民生之多艰"的作品，杜诗的批判色彩和讽刺意味也日渐增强。

　　研究杜诗的嬗变，应基于其生活、境遇、心态的变化。陈贻焮云：

"应诏一事,实是转关;此前此后,他判若两人。"① 诗人不幸诗家幸。苦难是一种馈赠,反过来说,杜诗亦是苦难的结晶。成就杜甫一代诗圣的因素多元,这其中,诗人先天的禀赋、后天的努力必不可少,而苦难的经历,更是重要契机。傅璇琮认为:"杜甫旅食京华十年,正是从这些现实矛盾的日益深化、社会危机的愈加严重中逐渐提高认识,并锤炼其诗笔的。从这个意义说,李林甫导演的这一次天宝六载制举试的阴谋,对诗人杜甫来说倒也未始不是一件好事。"② 此论很艺术,亦甚辩证。无论是天宝六载前或后,杜甫都是想要仕进济世的,但是当他亲身经历不平、陷于困厄后,更能推己及人、感同身受,他尝试着去贴近社会最底层民众的生活。他甚至对于所谓的盛世也产生了怀疑,敏锐地嗅到了隐藏在盛世华筵外表下的危机。

苦难令诗人深沉,崎岖助成诗人的慷慨悲歌。通过以上论述可知,在天宝六载前后,杜甫诗歌确实经历了一个转变的过程,无论是情事、艺术还是风格,都前后有别。这些转变基于生活境遇的改变、阅历的增加,也源于诗人心态的变化。诸多因素交织在一起,综合发酵,产生合力,推动杜诗朝着沉郁顿挫的风格基调缓缓发展。诗歌亦是一剂"疗伤贴",杜甫践行的是"痛苦诗学"、"苦难诗学",日久天长,日渐凝聚,杜诗逐渐形成"沉郁顿挫"的主导风格。而天宝六载的制举,当是杜诗嬗变中的一个关节点,须格外引起重视。

笔者此文,无意过度强调天宝六载之于杜甫的重要性。导致杜甫诗风转变的因素复杂多元。扩而言之,杜诗嬗变更与社会大变迁密不可分。伟大的时代呼唤伟大的歌者。杜甫所处的开元天宝年间,是中国历史上波澜壮阔、大起大落的时代,也是历史的风陵渡口。杜甫身处期间,经历欢乐、兴奋、骄傲,亦有迷茫、孤独、悲怆……每个时代都有它的守夜人,亦有它的敲钟者。杜甫就是他那个时代的守夜人、敲钟者,他的作品或可喻为那个时代的暗夜的明灯、清晨的钟声。从他天宝六载前后的吟唱,我们分明感受到了些许的不同,这些许的变异却有着见微知著的重要意义。天宝六载——杜甫的人生转折,杜诗亦从这里转折。

---

① 陈贻焮:《杜甫评传》,第112页。
② 傅璇琮:《唐代科举与文学》,第154页。

两唐书《杜甫传》辨证

中国人民大学文学院　曾祥波

【摘　要】两《唐书》杜甫本传，因其为正史传记，故多为后世诸家所采信。本文拟以两《唐书》杜甫本传中的"原创性文本"为切入点，结合历代学者的相关考论，排比辨证其得失。

【关键词】两唐书　《杜甫传》　辨证

杜甫生平出处及其诗文编年的各种问题，相关的发明讨论不胜纷纭。两《唐书》杜甫本传，因其为正史传记，故多为后世诸家所采信。本文拟以两《唐书》杜甫本传中的"原创性文本"（即就现存文献而言首见于两《唐书》的史实记载）为切入点，结合历代学者的相关考论，排比辨证其得失。要明确两唐书《杜甫传》的原创性贡献，必须先厘清它在"杜甫传谱"谱系中的时间坐标，才能确定其中哪些内容是由它首次提出的。所谓"杜甫传谱"，指樊晃《杜工部小集序》、元稹《（杜甫）墓系铭并序》、两《唐书》杜甫本传、王洙《杜工部集记》等杜甫传记文献与现存五种宋人"杜甫年谱"（吕大防《杜工部年谱》、蔡兴宗《重编杜工部年谱》、赵子栎《杜工部草堂诗年谱》、鲁訔《杜工部诗年谱》、黄鹤《杜工部年谱辨疑》）。① 按照各传谱撰写时间先后，顺序如下：

---

① 另外，今所知宋人撰"杜甫年谱"尚有洪兴祖、吴若、计有功、鲍彪、梁权道、吴仁杰诸谱（见吴洪泽《宋代年谱考论》第二章第二节《宋人所撰前朝人年谱》，四川大学2006年博士学位论文），皆佚，故不论。又，两宋之际计有功编《唐诗纪事》卷一八录有《杜甫年谱》，此谱系直接钞撮吕大防谱而成者。吕谱之误，计书皆同（如吕谱称"明年，关辅饥乱，弃官之秦州，乃适同谷，乃入蜀，有《遣兴》三百首"，"百"为衍文，计书照录不校），并非独立撰成之著述，故不单独列为一种。

（1）中唐大历五年至七年（770—772），樊晃《杜工部小集序》。（2）中唐元和八年（813），元稹《唐故工部员外郎杜君墓系铭并序》。（3）后晋天福五年（940）至开运二年（945），署名刘昫《旧唐书·杜甫传》。（4）北宋宝元二年（1039），王洙《杜工部集记》。（5）北宋嘉祐五年（1060），欧阳修、宋祁《新唐书·杜甫传》。（6）北宋元丰七年（1084），吕大防《杜工部年谱》。（7）北宋后期，蔡兴宗《重编杜工部年谱》。（8）北宋末南宋初，赵子栎《杜工部年谱》。（9）南宋绍兴二十三年（1153），鲁訔《杜工部年谱》。（10）南宋，梁权道《杜工部年谱》。（11）南宋嘉定九年（1216），黄鹤《年谱辨疑》。

以下即以这一文本"年代学"为基础展开论述。

一

首先看《旧唐书》卷一九○下《杜甫传》载：

> 杜甫，字子美，本襄阳人，后徙河南巩县。曾祖依艺，位终巩令。祖审言，位终膳部员外郎，自有传。父闲，终奉天令。甫天宝初应进士不第。天宝末，献三大礼赋。玄宗奇之，召试文章，授京兆府兵曹参军。十五载，禄山陷京师，肃宗征兵灵武。甫自京师宵遁赴河西，谒肃宗于彭原郡，拜右拾遗。房琯布衣时与甫善，时琯为宰相，请自帅师讨贼，帝许之。其年十月，琯兵败于陈涛斜。明年春，琯罢相。甫上疏言琯有才，不宜罢免。肃宗怒，贬琯为刺史，出甫为华州司功参军。时关畿乱离，谷食踊贵，甫寓居成州同谷县，自负薪采梠，儿女饿殍者数人。久之，召补京兆府功曹。上元二年冬，黄门侍郎、郑国公严武镇成都，奏为节度参谋、检校尚书工部员外郎，赐绯鱼袋。武与甫世旧，待遇甚隆。甫性褊躁，无器度，恃恩放恣。尝凭醉登武之床，瞪视武曰："严挺之乃有此儿！"武虽急暴，不以为忤。甫于成都浣花里种竹植树，结庐枕江，纵酒啸咏，与田畯野老相狎荡，无拘检。严武过之，有时不冠，其傲诞如此。永泰元年夏，武卒，甫无所依。及郭英乂代武镇成都，英乂武人粗暴，无能刺谒，乃

游东蜀依高适。既至而适卒。是岁,崔宁杀英乂,杨子琳攻西川,蜀中大乱。甫以其家避乱荆、楚,扁舟下峡,未维舟而江陵乱,乃溯沿湘流,游衡山,寓居耒阳。甫尝游岳庙,为暴水所阻,旬日不得食。耒阳聂令知之,自棹舟迎甫而还。永泰二年,啖牛肉白酒,一夕而卒于耒阳,时年五十九。子宗武,流落湖、湘而卒。元和中,宗武子嗣业,自耒阳迁甫之柩,归葬于偃师县西北首阳山之前。①

在上面所述的文本"年代学"序列中,《旧唐书·杜甫传》排列在第三位,鉴于樊晃《杜工部小集序》提供的史实记载不明显,这里重点考察《旧唐书·杜甫传》超出于元稹《墓系铭并序》之外的信息。计有六点。

第一,应试年岁:"天宝初应进士不第。"

第二,献赋所得官:"献赋授京兆府兵曹参军。"

第三,出为华州司功参军时间:"琯罢相,甫上疏言琯不宜罢免,肃宗出甫为华州司功参军。"

第四,杜甫与严武之关系:"武与甫世旧,待遇甚隆。甫性褊躁,无器度,恃恩放恣。尝凭醉登武之床,瞪视武曰:'严挺之乃有此儿!'武虽急暴,不以为忤。甫于成都浣花里种竹植树,结庐枕江,纵酒啸咏,与田畯野老相狎荡,无拘检。严武过之,有时不冠,其傲诞如此。"

第五,杜甫出蜀乃因严武去世:"永泰元年夏,武卒,甫无所依。及郭英乂代武镇成都,英乂武人粗暴,无能刺谒,乃游东蜀依高适。既至而适卒。是岁,崔宁杀英乂,杨子琳攻西川,蜀中大乱。甫以其家避乱荆、楚,扁舟下峡。"

第六,湖南游历与去世:"江陵乱,乃溯沿湘流,游衡山,寓居耒阳。甫尝游岳庙,为暴水所阻,旬日不得食。耒阳聂令知之,自棹舟迎甫而还。永泰二年,啖牛肉白酒,一夕而卒于耒阳,时年五十九。"

对照以上六条,分析如下。

(1)杜甫应进士试,传统说法认为在开元二十三年(735),洪业认为在开元二十四年(736),开元共二十九年,两说皆属开元末,而非"天宝初"。

(2)杜甫献赋两次,第二次献赋后得官,初授河西尉,后改右卫率

---

① 《旧唐书》卷一九〇,中华书局1975年版,第5054—5055页。

府兵曹参军。《旧唐书》新说不确，元稹《墓系铭并序》旧说无大误。

（3）杜甫因谏诤房琯事得罪，诏三司推问，后给假省亲鄜州。还京后依旧任职左拾遗。《旧唐书》之说将杜甫外放华州司功参军事提前，误。

（4）杜甫与严武之龃龉。

此说唐人笔记转相记载，依成书时间先后列之如下：唐李肇《唐国史补》卷上"母喜严武死"条："严武少以强俊知名，蜀中坐衙，杜甫祖跣登其几案。武爱其才，终不害。"① 唐范摅《云溪友议》卷上"严黄门"条："杜甫拾遗乘醉而言曰：'不谓严挺之有此儿也。'武恚目久之，曰：'杜审言孙子，拟捋虎须？'合座皆笑，以弥缝之。武曰：'与公等饮酒谋欢，何至于祖考矣！'……武母恐害贤良，遂以小舟送甫下峡。"② 五代王定保《唐摭言》卷十二"酒失"条："杜工部在蜀，醉后登严武之床，厉声问武曰：'公是严挺之子否？'武色变。甫复曰：'仆乃杜审言儿。'于是少解。"③《旧唐书》当沿袭诸书而来，后《新唐书》亦沿之。又按，学界对杜甫与严武酒后冲突事件的真伪有讨论，见丁启阵《杜甫、严武"睚眦"考辨》④，傅璇琮、吴在庆《杜甫与严武关系考辨》⑤，丁启阵《杜甫、严武"睚眦"再考辨——与傅璇琮、吴在庆先生商榷》⑥。其事之有无尚可再议，然傅、吴文不引两唐书，而是径直排比唐五代笔记记载，也体现了清晰的文本"年代学"思路。洪业指出，对此事真实性的质疑，已经见于《容斋随笔》卷六、《困学纪闻》卷十四等宋人著述。⑦ 洪业本人也倾向于质疑此事的真实性（说详下文）。

（5）关于杜甫出蜀是否因严武去世？

《旧唐书·杜甫传》首倡"杜甫出蜀乃因严武去世"之说，其后王洙《集记》从之："永泰元年夏，武卒，郭英乂代武。崔旰杀英乂，杨子琳、

---

① （唐）李肇：《唐国史补》卷上，上海古籍出版社1957年版，第22页。

② （唐）范摅撰，阳羡生校点：《云溪友议》，《历代笔记小说大观》，上海古籍出版社2012年版，第89页。

③ （五代）王定保撰，阳羡生校点：《唐摭言》，《历代笔记小说大观》，上海古籍出版社2012年版，第93页。

④ 《文学遗产》2002年第6期。

⑤ 《文史哲》2004年第1期。

⑥ 《文史哲》2004年第4期。

⑦ 洪业：《杜甫：中国最伟大的诗人》，曾祥波译，上海古籍出版社2011年版，第188页。

柏正节举兵攻旰，蜀中大乱。甫逃至梓州。乱定，归成都，无所依。"①《新唐书·杜甫传》亦沿其说："武卒，崔旰等乱，甫往来梓、夔间。大历中，出瞿唐，下江陵。"②蔡兴宗《年谱》大体从之而改易小节："永泰元年乙巳。夏以严公卒，遂发成都。秋末，留寓夔州云安县。按唐史：四月，严武卒。冬，蜀中大乱。而《集记》谓先生避地梓州，乱定归成都，无所依，乃泛江游嘉、戎。又编梓州秋冬数诗于再至成都诗后，非也。旧（吕大防）《谱》尤误。"③鲁訔《年谱》从之："永泰元年夏四月庚寅，严公薨。公有《哭归榇》。"④

按，最早之元稹《墓系铭并序》称："剑南节度严武状为工部员外参谋军事。旋又弃去，扁舟下荆、楚间。"⑤寻绎其义，似为杜甫在严武未卒前主动弃官，而非因严武去世、无所依靠而离蜀。今人陈尚君《杜甫为郎离蜀考》即持此说。⑥对此问题洪业有专门讨论：

> 765年5月23日，节度使严武在成都去世。当七月荔枝成熟的时节，我们发现杜甫在戎州参加宴会，席间上了荔枝（《宴戎州杨使君东楼》）。他和他的家人结束了在成都的第二次居留，沿着大江顺流而下，前往东方。我们的诗人究竟是在严武去世之前还是之后离开的成都，这仍然是一个未曾解决的问题。如果赞同前者，那么需要考虑到，顺流而下253英里不需要长达一个月又若干天的时间。从另一方面看，杜甫可能病了，因此前往戎州的旅程在半路上暂时中断。如果赞同后者，就会引起争论，因为杜甫没有任何悼念严武之死的作品，这可能表明我们的诗人是在节度使去世、甚至患病之前离开成都的。当然，换个角度，这些诗篇也许在流传过程中散佚了。⑦

---

① （宋）王洙：《杜工部集记》，《杜工部集》卷首，中华再造善本（影上海图书馆藏宋刻本），北京图书馆出版社2004年版。

② 《新唐书》卷二〇一，中华书局1975年版，第5738页。

③ （宋）蔡兴宗：《年谱》，《分门集注杜工部诗》，四部丛刊（影南海潘氏藏宋刻本），台北：台湾商务印书馆1979年版，第19页。

④ （宋）鲁訔：《年谱》，《分门集注杜工部诗》，第26页。

⑤ （唐）元稹：《唐检校工部员外部杜君墓系铭并序》，《杜诗详注》附录，中华书局1979年版，第2236页。

⑥ 陈尚君：《杜甫为郎离蜀考》，《复旦学报》1984年第1期。

⑦ 洪业：《杜甫：中国最伟大的诗人》，曾祥波译，第196页。

不管从哪个方面说，《旧唐书》径直以为"武卒甫无所依"显得过于鲁莽。洪业还顺带指出《旧唐书》的疏漏，这与（4）涉及的杜甫、严武关系问题相关：

> 新、旧《唐书》都记载说杜甫在严武去世之后还在成都待了一段时间，但两书在此问题上都有严重错误。《旧唐书》载，"武卒，甫无所依。及郭英乂代武镇成都，英乂武人粗暴，无能刺谒，乃游东蜀依高适。既至而适卒"。这段记载的错误很明显，第一，高适去世于765年2月17日，比严武早三个多月；第二，杜甫在凤翔时就很郭英乂很熟，还为他写过一首激励的长诗（《奉送郭中丞兼太仆卿充陇右节度使三十韵》）。《新唐书》载，"武卒，崔旰等乱，甫往来梓、夔间"。这一记载同样有明显错误，因为第一，杜甫到达云安几个月之后崔旰才叛乱；第二，杜甫在766年晚春到达夔州之后，就再也没有回到过梓州。另外，关于杜甫在严武去世之前就离开成都的传说也是不能接受的。《成都县志》（1813年，六卷本）引用《云溪友议》说严武的母亲把杜甫从严武的死刑中解救出来，让他乘舟东下三峡。这个故事不可信，因为第一，杜甫在诗中始终都表达了对严武的钦佩和深情，没有任何关于友谊破裂的证据；第二，《成都县志》中据说从《云溪友议》引用的部分实际上是《云溪友议》和《新唐书》相关记载的杂糅——两段不真实的记载并不能构成一个真实的记载。重修的《成都县志》（1873年）就正确地删除了这段记载。但不幸的是，艾思柯（Ayscough）相信这段记载的真实性，并且把它翻译出来。如今，它甚至还被非常不错的科里尔百科全书（Collier's Encyclopedia）的"杜甫"辞条所引用。[①]

（6）杜甫死于耒阳洪水后牛肉白酒之过食？

此说之误不待言。其说出自注家对杜甫《聂耒阳以仆阻水，书致酒肉，疗饥荒江。诗得代怀，兴尽本韵，至县呈聂令。陆路去方田驿四十里，舟行一日，时属江涨，泊于方田》诗的误读。洪业指出："现存最早

[①] 洪业：《杜甫：中国最伟大的诗人》，曾祥波译，第196页注①。

记载此事的是唐人郑处诲的《明皇杂录》。"① 后来宋人笔记因之,如仁宗朝宋敏求(1019—1079)《春明退朝录》卷上:"杜甫终于耒阳,槀葬之。至元和中,其孙始改葬于巩县。元微之为志。而郑刑部文宝谪官衡州,有经耒阳杜子美墓诗。岂但为志而不克迁,或已迁而故冢尚存耶。"② 按,宋敏求曾参与《新唐书》之修纂,而《新唐书》亦沿袭杜甫死于耒阳阻水旧说,有以故也。按,宋人已经指出此说未妥。笔记如赵令畤(1064—1134)《侯鲭录》卷六:"杜子美坟在耒阳,有碑其上。唐史言:'至耒阳,以牛肉白酒,一夕醉饱而卒。'然元微之作子美《墓志》曰:'扁舟下荆楚,竟以寓卒,旅殡岳阳。至其子嗣业始葬偃师首阳山。'当以《墓志》为正,盖子美自言晋当阳杜元凯之后,故世葬偃师首阳山。又子美父闲常为巩县令,故子美为巩县人。偃师首阳山在官路,其下古冢累累,而杜元凯墓犹载《图经》可考,其旁元凯子孙附葬者数十,但不知孰为子美墓耳。"③ 诗如北宋诗僧德洪《次韵谒子美祠堂》:"死犹遭谤讪,谓坐酒肉馋。荒祠丛筱间,下瞰湘流浚。"④ 北宋末年诗人李彭《次山谷答范信中韵》:"少陵未筑耒阳坟,尚喜宗文有环堵。"⑤ 鲁訔《年谱》指出:"《传》云:'令尝馈牛炙白酒,大醉,一夕卒。'王彦辅辨之为详。以诗考之,公在耒阳畏瘴疠,是夏贼当已平,乃沿湘而下,故《回棹》之什曰:'衡岳江湖大,蒸池疫疠偏(罗含《湘中记》:"蒸水注所。")。'又,'顺浪翻堪倚,回帆又省牵。'《登舟将适汉阳》曰:'春宅弃汝去,秋帆催客归。'又《暮秋将归秦留别湖南幕府亲友》,则秋已还潭。暮秋北首,其卒当在衡、岳之间,秋冬之交。元微之《志》云:'子美之孙嗣业,启子美之柩,襄祔事于偃师。途次于荆,拜余为志,辞不能绝。'其略云扁舟下荆楚,竟以寓卒,旅殡岳阳。吕汲公《年谱》云:'大历五年辛亥,是年夏还襄、汉,卒于岳阳。'以诗考之,大略可见。《传》言卒于耒阳,非也。汲公云'是夏',亦非也。"⑥

总之,《旧唐书·杜甫传》出于元稹《墓系铭并序》之外的信息,基

---

① 洪业:《杜甫:中国最伟大的诗人》,曾祥波译,第247页注②。
② 《全宋笔记》第1编第6册,大象出版社2008年版,第267页。
③ 《全宋笔记》第2编第6册,第249页。
④ 《全宋诗》,北京大学出版社1998年版,第15190页。
⑤ 《全宋诗》,第15907页。
⑥ (宋)鲁訔:《年谱》,《分门集注杜工部诗》,第28—29页。

本上都有讹误。这些讹误，或者出于《旧唐书》编纂者对杜诗的误读，或者沿袭了笔记的不实传闻，都应该厘清。宋代以降学者已经对此做了大量工作，《旧唐书》中人物传记得到如此关注与辨证力度的，《杜甫传》应该是首屈一指。

二

在杜甫传谱的文本"年代学"序列中，王洙《杜工部集记》处于两唐书之间，因此必须对这一文本加以分析，才能保证文本传承线索的完整清晰。王洙《杜工部集记》曰：

> 杜甫，字子美，襄阳人，徙河南巩县。曾祖依艺，巩令。祖审言，膳部员外郎。父闲，奉天令。甫少不羁。天宝十三年，献三赋，召试文章，授河南［按，当为"西"之讹］尉，辞不行，改右卫率府胄曹。天宝末，以家避乱鄜州，独转陷贼中。至德二载，窜归凤翔，谒肃宗，授左拾遗，诏许至鄜迎家。明年收京，扈从还长安。房琯罢相，甫上疏论琯有才，不宜废免。肃宗怒，贬琯邠州刺史，出甫为华州司功。属关辅饥乱，弃官之秦州，又居成州同谷，自负薪采梠，餔糒不给。遂入蜀，卜居成都浣花里，复适东川。久之，召补京兆府功曹，以道阻不赴，欲如荆楚。上元二年，闻严武镇成都，自阆州挈家往依焉。武归朝廷，甫浮游左蜀诸郡，往来非一。武再镇两川，秦［按，当为"奏"之讹］为节度参谋、检校工部员外郎、赐绯。永泰元年夏，武卒，郭英乂代武。崔旰杀英乂，杨子琳、柏正节举兵攻旰，蜀中大乱。甫逃至梓州。乱定，归成都，无所依，乃泛江游嘉、戎，次云安，移居夔州。大历三年春，下峡，至荆南，又次公安，入湖南，溯沿湘流，游衡山，寓居耒阳。尝至岳庙，阻暴水，旬日不得食。耒阳聂令知之，自具舟迎还。五年夏，一夕醉饱，卒，年五十九。
>
> 观甫诗与唐实录，犹概见事迹，比《新书》列传，彼为踳驳。【传云：召试，授京兆府兵曹，而集有《官定后戏赠》诗，注云：初授河西尉，辞，改右卫率府胄曹。传云：遁赴河西，谒肃宗于彭原。而集有《喜达行在》诗，注云：自京窜至凤翔。传云：严武

卒,乃游东蜀,依高适,既至而适卒。据适自东川入朝,拜右散骑常侍,乃卒。又集有《忠州闻高常侍亡》诗。传云:扁舟下峡,未维舟而江陵乱,乃游襄、衡。而集有居江陵及公安诗至多。传云:甫永泰二年卒。而集有《大历五年正月追酬高蜀州》诗及别题大历年者数篇。】

甫集初六十卷,今秘府旧藏、通人家所有,称大小集者,皆亡逸之余,人自编摭,非当时第叙矣。搜裒中外书,凡九十九卷。【古本一卷,蜀本二十卷,集略十五卷,樊晃序小集六卷,孙光宪序二十卷,郑文宝序少陵集二十卷,别题小集二卷,孙仅一卷,杂编三卷。】除其重复,定取千四百有五篇,凡古诗三百九十有九,近体千有六,起太平时,终湖南所作,视居行之次,若岁时为先后,分十八卷;又别录赋笔杂著二十九篇为二卷,合二十卷。意兹未可谓尽,他日有得,尚副益诸。宝元二年十月,王原叔记。①

王洙所作《杜工部集记》,是现存对《旧唐书·杜甫传》较早、较为系统的纠谬。王洙的纠谬,往往以杜诗所示杜甫行实为依据,故较得其实。其所纠正,尽数为稍后才出的《新唐书·杜甫传》所采纳。需要指出,王洙《集记》所谓"观甫诗与唐实录,犹概见事迹,比《新书》列传,彼为踳驳",其中之"《新书》",或为"《旧书》"之讹②;又或者王洙所言"新书"即刘昫《旧唐书》也,因刘昫《唐书》较之"唐实录"、国史之类,为"新"书。其后(嘉祐五年,1060)欧阳修等《新唐书》既出,刘昫《唐书》方成"旧唐书",然其时已在王洙《集记》撰成(宝元二年,1039)之后矣。

排比王洙《集记》纠正《旧唐书》之谬而为《新唐书》所采纳者如下。

(1)《旧唐书》称"召试文章,授京兆府兵曹参军",王洙考异指出"集有《官定后戏赠》诗,注云:初授河西尉,辞,改右卫率府胄曹",

---

① (宋)王洙:《杜工部集记》,《杜工部集》卷首。按:"自负薪采梠,餔糒不给"句,《杜工部集记》中为"自□□采梠,□□不给",今据《分门》补,按改为据。
② 陈文华:《杜甫传记唐宋资料考辨》,台北:文史哲出版社1986年版,第85页。

《新唐书》定为"擢河西尉,不拜,改右卫率府胄曹参军"。①

(2)《旧唐书》称"甫自京师宵遁赴河西,谒肃宗于彭原郡,拜右拾遗",王洙考异指出"集有《喜达行在》诗,注云:自京窜至凤翔",《新唐书》定为"至德二年,亡走凤翔上谒,拜右拾遗"。

(3)《旧唐书》称"武卒,甫无所依。及郭英乂代武镇成都,英乂武人粗暴,无能刺谒,乃游东蜀依高适。既至而适卒",王洙考异指出"据适自东川入朝,拜右散骑常侍,乃卒。又集有《忠州闻高常侍亡》诗",《新唐书》定为"武卒,崔旰等乱,甫往来梓、夔间",删去"游东蜀依高适"之说。

(4)《旧唐书》称"甫以其家避乱荆、楚,扁舟下峡,未维舟而江陵乱,乃溯沿湘流,游衡山",王洙考异指出"集有居江陵及公安诗至多",《新唐书》定为"大历中,出瞿唐,下江陵,溯沅、湘以登衡山",按"下江陵"与"未维舟"相比,则停留之意显然。

(5)《旧唐书》称"永泰二年,啖牛肉白酒,一夕而卒于耒阳,时年五十九",王洙考异指出"集有《大历五年正月追酬高蜀州》诗及别题大历年者数篇",《新唐书》定为"大历中,出瞿唐,下江陵,溯沅、湘以登衡山,因客耒阳。游岳祠,大水遽至,涉旬不得食,县令具舟迎之,乃得还。令尝馈牛炙白酒,大醉,一昔卒,年五十九"。

三

最后来看《新唐书》卷二〇一《杜甫传》载:

> 甫,字子美,少贫不自振,客吴越、齐赵间。李邕奇其材,先往见之。举进士不中第,困长安。天宝十三载,玄宗朝献太清宫,飨庙及郊,甫奏赋三篇。帝奇之,使待制集贤院,命宰相试文章,擢河西尉,不拜,改右卫率府胄曹参军。数上赋颂,因高自称道,且言:"先臣恕、预以来,承儒守官十一世,迨审言,以文章显中宗时。臣

---

① 按,陈文华《杜甫传记唐宋资料考辨》(第84—85页)认为"胄曹"为"兵曹"之误,应以杜甫《官定后戏赠》自注"时免河西尉,为右卫率府兵曹"为准,并指出兵曹所掌为武官簿书,胄曹所掌为器械,亦作区分。可备一说。

赖绪业，自七岁属辞，且四十年，然衣不盖体，常寄食于人，窃恐转死沟壑，伏惟天子哀怜之。若令执先臣故事，拔泥涂之久辱，则臣之述作虽不足鼓吹《六经》，至沉郁顿挫，随时敏给，扬雄、枚皋可企及也。有臣如此，陛下其忍弃之？"会禄山乱，天子入蜀，甫避走三川。肃宗立，自鄜州羸服欲奔行在，为贼所得。至德二年，亡走凤翔上谒，拜右拾遗。与房琯为布衣交，琯时败陈涛斜，又以客董廷兰，罢宰相。甫上疏言："罪细，不宜免大臣。"帝怒，诏三司杂问。宰相张镐曰："甫若抵罪，绝言者路。"帝乃解。甫谢，且称："琯宰相子，少自树立为醇儒，有大臣体，时论许琯才堪公辅，陛下果委而相之。观其深念主忧，义形于色，然性失于简。酷嗜鼓琴，廷兰托琯门下，贫疾昏老，依倚为非，琯爱惜人情，一至玷污。臣叹其功名未就，志气挫衄，觊陛下弃细录大，所以冒死称述，涉近讦激，违忤圣心。陛下赦臣百死，再赐骸骨，天下之幸，非臣独蒙。"然帝自是不甚省录。时所在寇夺，甫家寓鄜，弥年艰窭，孺弱至饿死，因许甫自往省视。从还京师，出为华州司功参军。关辅饥，辄弃官去，客秦州，负薪采橡栗自给。流落剑南，结庐成都西郭。召补京兆功曹参军，不至。会严武节度剑南东、西川，往依焉。武再帅剑南，表为参谋，检校工部员外郎。武以世旧，待甫甚善，亲入其家。甫见之，或时不巾，而性褊躁傲诞，尝醉登武床，瞪视曰："严挺之乃有此儿！"武亦暴猛，外若不为忤，中衔之。一日欲杀甫及梓州刺史章彝，集吏于门。武将出，冠钩于帘三，左右白其母，奔救得止，独杀彝。武卒，崔旰等乱，甫往来梓、夔间。大历中，出瞿唐，下江陵，溯沅、湘以登衡山，因客耒阳。游岳祠，大水遽至，涉旬不得食，县令具舟迎之，乃得还。令尝馈牛炙白酒，大醉，一昔卒，年五十九。甫旷放不自检，好论天下大事，高而不切。少与李白齐名，时号"李杜"。尝从白及高适过汴州，酒酣登吹台，慷慨怀古，人莫测也。数尝寇乱，挺节无所污，为歌诗，伤时桡弱，情不忘君，人怜其忠云。赞曰：唐兴，诗人承陈、隋风流，浮靡相矜。至宋之问、沈佺期等，研揣声音，浮切不差，而号"律诗"，竞相袭沿。逮开元间，稍裁以雅正，然恃华者质反，好丽者壮违，人得一概，皆自名所长。至甫，浑涵汪茫，千汇万状，兼古今而有之，它人不足，甫乃厌馀，残膏剩馥，沾丐后人多矣。故元稹谓："诗人以来，未有如子美者。"甫又善陈时事，律切精深，至千言不少衰，世号"诗史"。昌黎韩愈于文章慎许可，至歌诗，独推曰："李、杜文章在，光焰万丈长。"诚可信云。

按，《新唐书》杜甫本传虽未叙述杜甫家族渊源，然《新唐书·宰相世系表》为吕夏卿据《元和姓纂》为史料来源编纂，其叙述杜氏世系之部分，可为补阙，亦可以视为《新唐书》撰写体例的互见之法。

关于《新唐书·杜甫传》讹误，宋代杜诗注家间有辨正者。如《新唐书·杜甫传》称："客吴越、齐赵间。李邕奇其材，先往见之。"赵次公《杜诗赵次公先后解》注《奉赠韦左丞丈二十二韵》诗"李邕求识面"句指出："新书误矣！盖惑于后篇有《陪李北海宴历下亭》而言之耳。殊不知公在洛阳时，李邕先与相见；其后邕为北海太守，遇公于齐州，又相见；至青州，又相见。何以明之？《陪李北海宴历下亭》，则相见于齐州，盖历下亭在齐州也。《八哀诗》于《李邕篇》云：'伊昔临淄亭，酒酣托末契。'则相见于青州。盖临淄亭在青州也。又云：'重叙东都别，朝阴改轩砌。'则追言洛阳相见事，盖洛阳则东都也。岂不先识面于洛阳，而在齐地再相见乎？则《新唐书》之误，以再见为始识面矣。"① 又如，两《唐书》皆未载杜甫至蜀中时间，胡宗愈《成都新刻草堂先生诗碑序》称："唐史前后抵牾，先生至成都之年月不可考。"② 赵次公注《成都府》指出："公自注云：'乾元二年十二月一日陇右赴剑南纪行。'而今诗云'季冬树木苍'，则至成都乃是月也。元祐中，胡资政守蜀，作

---

① （唐）杜甫著，（宋）赵次公注，林继中辑校：《杜诗赵次公先后解辑校》，上海古籍出版社2012年版，第56页。又，《述怀》诗赵次公注："此篇叙事甚明。去年潼关破，天宝十五载六月为贼将崔乾祐所破也。先是，公于五月挈家避地鄜州，有《高斋》诗及《三川观涨》、《塞芦子》诗。即自鄜州挺身附朝廷，而逢潼关之败，遂陷贼中。既而是月肃宗即位灵武，治兵凤翔。公于至德二载夏四月自贼中亡出凤翔，所谓'今夏脱身走'是也。以'草木长'推之，则为四月。盖陶潜诗云'孟夏草木长'是也。公既至凤翔上谒，则拜右拾遗焉。新书谓甫以天宝十五载七月中避寇寄家三川，肃宗立，自鄜羸服欲奔行在，为贼所得。非也。"按，《新唐书·杜甫传》载："会禄山乱，天子入蜀，甫避走三川。肃宗立，自鄜州羸服欲奔行在，为贼所得。至德二年，亡走凤翔上谒，拜右拾遗。"全未言"七月"，《旧唐书·杜甫传》亦无此内容，未明赵次公所指从来？第190—191页。

② （宋）胡宗愈：《成都新刻草堂先生诗碑序》，《杜诗详注》附录，中华书局1979年版，第2242页。

《草堂诗文碑引》：'先生至成都月日不可考。'盖不详此也。"①

闻一多《少陵先生年谱会笺》是现代学术杜甫研究中第一部创获极多的著述，往往径取杜诗及宋人以降之注家解说为杜甫行实之证，而不以《新唐书·杜甫传》为可靠实录，故未视其为悬瓠敌手，其纠谬仅一处："《新唐书》本传：'甫客秦州，负薪采橡栗自给'，以同谷为秦州，误也。"②

洪业《杜甫：中国最伟大的诗人》以史学家考辨杜甫行实，最重正史记载，故其所作《新唐书·杜甫传》辨正最多，《我怎样写杜甫》一文胪列颇夥：

> 王洙在记里，也简述杜甫的事迹一番，且举集中若干点以驳《旧唐书》中的《杜甫传》之误。到了一零六零年，《新唐书》编成了。其《杜甫传》也曾利用王洙之文。因为此篇新传势力甚大，其所捣之鬼也影响甚广，现在先简缩钞录于下：
>
> 杜审言……襄阳人。生子闲。闲生甫。甫，字子美，少贫不自振，客吴越、齐赵间。……举进士，不第；困长安。天宝十三载，……奏赋三篇。帝奇之，使待制集贤院；命宰相试文章。擢河西尉，不拜；改右卫率府胄曹参军。数上赋颂，因高自称道。……会禄山乱，天子入蜀；甫避走三川。肃宗立；自鄜州羸服欲奔行在，为贼所得。至德二年，亡走凤翔上谒，拜右拾遗。……房琯……罢宰相。甫上疏言：罪细，不宜免大臣。帝怒，诏三司杂问。宰相张镐曰："甫若抵罪，绝言者路"；帝乃解。……甫家寓鄜州，弥年艰窭，孺弱至饿死，因许甫自往省视。从还京师，出为华州司功参军。关辅饥，辄弃官去。客秦州；负薪采橡栗自给。流落剑南，结庐成都西郭。召补京兆功曹参军，不至。会严武节度剑南东西川，往依焉。武再帅剑南，表为参谋，检校工部员外郎。……武卒，崔旰等乱；甫往来梓、夔间。大历中出瞿唐，下江陵，溯沅湘，以登衡山；因客未

---

① （唐）杜甫著，（宋）赵次公注，林继中辑校：《杜诗赵次公先后解辑校》，第387页。
② 闻一多：《唐诗杂论·少陵先生年谱会笺》，中华书局2009年版，第70页。

阳。……大醉一夕卒，年五十九。甫旷放不自检；好论天下大事，高而不切。……数尝寇乱，挺节无所污。为歌诗，伤时桡弱，情不忘君，人怜其忠云。

这里已具杜甫一生事迹的轮廓。但其中谬误甚多，而所生的误子误孙，布满天下，不计其数。说杜甫是襄阳人；不对。当从杜甫所自言：京兆万年人。说他少贫，不自振；不对。他生在仕宦之家；他父亲做官，每年收入如和平常农民人家比较，要在十几倍以上；不可说他穷。杜甫"往者十四五，出游翰墨场。……脱略小时辈，结交皆老苍。"不可说他不自振，没出息。说他客吴越齐赵；不对。这是两次的长途旅行。吴越在未仕进士之先；齐赵在既试落第之后。说他不第，困长安；不对。实际是"放荡齐赵间，裘马颇清狂。……快意八九年，西归到咸阳。"说天宝十三载奏赋；不对。应云十载（即公元七五一年）。说他得官后数上赋颂；不对。那是既试集贤之后，未得官之前几年的事。说至德二年；不对。当云至德二载（即公元七五七年）。说拜右拾遗；不对。当云左拾遗。说他家眷寓鄜，孺弱饿死；不对。那是天宝十四载（七五五）寄家奉先时的事。说他在华州时以关辅饥，弃官去；不对。当时关辅并无饥馑。杜甫去官乃因行拂乱其所为；他既不肯随波逐流，更不肯尸位素餐。说他客秦州，负薪，采橡栗自给；不对。他居成州同谷县时，曾拾橡栗；并无负薪之事。把杜甫之召补京兆功曹放在严武节度剑南东西川之前；不对。其次序正相反。代宗初立，严武被召入朝，也许因他举荐，所以高升杜甫二级，召补京兆功曹。说严武为东西川节度使，杜甫往依他；不对。严武是从东川移衙门到成都来，他和杜甫以早有的交情，过从甚欢。此时杜还未依严，依严，是在杜为参谋期间。说崔旰等乱，甫往来梓夔间；不对。崔旰之乱未起，杜甫已离开成都，已在云安数月。他的客梓乃在严武被召入朝，徐知道造反之时。他的客夔乃在客云安之后。他并不曾往来梓夔之间。说他登衡山；不对。集中有望岳，无登衡诗。说他醉死耒阳；不对。他离开耒阳数月后，大约是靠近潭岳之间，他病死在船上。说他好论天下大事，高而不切；不对。他论事常有先见之明；他设策以实用为要；他参谋有收效之功。①

通过前面两部分的论述也可以看出，《新唐书·杜甫传》主要沿袭了《旧唐书·杜甫传》与王洙《杜工部集记》的记载，在此之外的"原创性"文本极少。经过洪业考证后，《新唐书·杜甫传》的谬误基本廓清了。

---

① 洪业：《我怎样写杜甫》，《杜甫：中国最伟大的诗人》附录三，第352—354页。

奚禄诒批点杜诗考辨*

湖南师范大学文学院　曾绍皇

【内容提要】奚禄诒是清初重要的杜诗专家，其贡献主要在于杜诗评点，但因其评点未付之梨枣，流传不广。复旦图书馆藏善本、题"奚禄诒批点《杜诗详注》"一书是了解奚禄诒杜诗研究的重要史料文献。通过对奚禄诒生平、交游及其杜诗批本情况的具体考辨，可知复旦图书馆藏"奚禄诒批点《杜诗详注》"非奚禄诒亲手批本，而系他人过录本。复旦图书馆藏他人过录奚禄诒杜诗评点本较黄叔璥过录奚禄诒杜诗评点本，评语数量更多，内容更丰富。奚禄诒杜诗评点善于从地域文学的视角来观照杜诗的批评原则、以"得力"与否作为诗歌用字优劣的批评标准以及顺应时代文学思潮的批评特质，在清代杜诗批评史上别具一格，具有重要的杜诗学和文学批评史价值。

【关键词】奚禄诒　杜诗评点　《杜诗详注》"得力"

奚禄诒是清初文学家、书法家，尤以楚辞研究著称于世，撰有《楚辞详解》，批校过朱冀的《楚辞辩》，系清初楚辞研究的重要学者之一。实际上，奚禄诒亦为清初重要的杜诗专家，其主要贡献在于对杜诗的评点。但因其评点未付之梨枣，流传不广，虽屡见于书目著录或他人过录转抄①，但学界对此仍知之甚少。笔者近年因辑录杜诗未刊评点资料汇编，查阅了不少稀见杜诗批评文献。复旦图书馆珍藏善本、题"奚禄诒批点

---

* 本文系国家社科基金一般项目"明清杜诗手批本研究"（16BZW081）阶段性成果。

① 近人邓邦述《群碧楼善本书录》卷六著录有黄叔璥过录奚禄诒批点《杜诗通》钞本，今人叶嘉莹《杜甫秋兴八首集说》中据此辑存奚禄诒评语多则。而复旦图书馆藏奚禄诒批点《杜诗详注》之评语与黄叔璥收录奚禄诒评语有较大差异。

《杜诗详注》"一书就是了解奚禄诒杜诗研究的重要史料文献,其中保存了大量杜诗批评资料,颇具杜诗学和文学批评史价值。奚禄诒善于从地域文学的视角来观照杜诗的批评原则、以"得力"与否作为诗歌用字优劣的批评标准以及顺应时代文学思潮的批评特质,在清代杜诗批评史上别具一格,具有较为典型的意义。

一　奚禄诒及其杜诗评点考述

奚禄诒,字苏岭,号克生(一说字克生),湖北黄冈人。顺治十六年(1659)进士。清俞昌烈主修《黄冈县志》有传,称其官常州府同知,为官清廉。博学多识,"为文力摹西汉",除撰著有《知津堂集》外,还和同邑高登云"同修郡志"。① 奚禄诒在楚地小有名气,与清初杜濬、王一翥、陈维崧等均有交往,尤其是与清初诗人杜濬为亲戚关系,两人交往尤为密切。杜濬(1611—1687),字于皇,号茶村,湖北黄冈人。以文才、奇节著称东南,诗文自辟畦町,睥睨一世,"当今诗古文推于皇第一"。奚禄诒"与杜于皇为中表,诗歌酬唱,谊若弟昆,诗境亦复相近"。② 杜濬曾为奚禄诒论著撰写过序言,廖元度《楚诗纪》称奚禄诒的"前后诗稿,杜茶村序行之"。③

在为奚禄诒撰写的《奚苏岭诗序》中,杜濬简略回顾了奚禄诒的家世情况,并详细交代了杜濬与奚禄诒志同道合的诗学趋向:

>吾邑出郭里许,过濂溪书院,得异境焉。望之蔚然,阴森杳蔼。即之华表,屹立有松枥数百株,皆偃盖合抱,中峙大丘,左右列翁仲石马丰碑,穹窿高二丈余,深刻谕祭文一道,是为嘉靖中以丁未进士守延平州殉倭难赠光禄卿奚公默斋之藏,今吾友苏岭则公之曾孙也。冢旁有草堂三楹,苏岭自幼时侍其尊大人读书其中。其地又与外王父陈公之庐相接近。余与苏岭皆陈公外孙,每值岁时节序、外王父母暨诸舅氏生辰,往修拜贺之礼,两人尝先后至。相见握手欢抃,燕集既

---

① (清)俞昌烈主修:《黄冈县志》卷之八《人物志·文苑》,清道光二十八年刻本。
② (清)丁宿章:《湖北诗征传略》,清光绪七年孝感丁氏泾北草堂刻本。
③ (清)廖元度:《楚诗纪》卷三"国朝",清乾隆十八年际恒堂刻本。

罢,必重过苏岭书屋,酌茗论文,徘徊于忠臣之墓下,良久而后去。方是时,先慈暨诸姨母共四人,表兄弟不下十许人,而余与苏岭独于其中岸然自异,厚相期许,慷慨相谓:"吾与若既同所自出,又同志同学,异时通显建树,将无所不同。"乃中更世变,余流落金陵,苏岭修业里社,一别不知年。及此相见,笑啼狎至,莫辩为悲为喜。以俗情论之,余两人于是乎为不同矣。不知必于是而益见其所以同,非世俗所知也。诗曰:"同心之言,其臭如兰。"何尝曰"同迹"哉?姑崖略明之。夫苏岭少而沈敏,余少而轻率,然而好学同也;三十年来,苏岭以才大不能藏,余以器小不能行,然而兼善、独善其学,各有所本同也;今读苏岭之诗,多清新跌宕之音,余诗多志微噍杀之响,然而贵真不贵赝同也。夫诗至于真,难矣,然吾里自一二狂士以空疏游戏为真,而诗道遂亡。真岂如是之谓耶?夫真者,必归于正。故曰"正风"、"正雅",又曰"变而不失其正"。诗至今日,不能不变,道在,不失其正而已。苏岭独知之,属余言其端。余惟序真诗不可以作饰语,而真莫真于畴昔之日,外王父家之所讲摩,及忠臣墓下之所期许,盖未尝一日忘诸怀,而于是焉发之,以为是真诗之所由来,而且以见苏岭与余所以同之故,其指深渺矣哉。①

据此知奚禄诒为明嘉靖中殉难于抗倭战争中的赠光禄卿奚默斋之曾孙,与杜濬则同为"陈公外孙",两人经常在岁时节序宴集相见,酌茗论文,交往频仍。序中既剖析了杜濬与奚禄诒二人因人生阅历差异导致诗歌风格的差异,更强调两人"贵真不贵赝"、"变而不失其正"的共同诗学取向,并认为"必于是而益见其所以同"。这种相同也导致了二人诗歌意境的相近。杨钟羲就指出:"奚苏岭同知与杜于皇为中表⋯⋯诗境与茶村相近。"②

除了为其诗稿撰写序言,杜濬与奚禄诒亦多有书信来往、诗词唱和。在杜濬《变雅堂遗集》中就有杜濬写给奚禄诒的书信《与奚苏岭表弟》一通,书信内容主要探讨奚禄诒为明代著名谏臣杨继盛撰写《椒山集序》

---

① (清)杜濬:《变雅堂文集》,《四库禁毁书丛刊》集部第72册,北京出版社1997年版,第373—374页。

② (清)杨钟羲:《雪桥诗话续集》卷二,民国求恕斋丛书本。

的修改问题。在信中,杜濬对奚禄诒贬抑明世宗嘉靖帝有所不满,希望奚禄诒"少加点易元稿",并称"苏岭学问中人,故仆敢以此告之。若彼滔滔,何足语此,率臆妄言,必如此方是真正弟兄朋友",将奚禄诒视为真正的知己。而据书信末所附杜濬"自记"可知,奚禄诒在接到复札后,"立改元作"①,完全接受了杜濬的意见,可见二人关系非同寻常。而在杜濬《访奚苏岭表弟于澄江官舍》一诗中,杜濬更是开篇直言"与君同自出,童稚便交深"②,坦言与奚禄诒自幼相交,感情深厚。奚禄诒对杜濬之作,亦有品评。如杜濬《变雅堂文集》中就有奚禄诒对杜濬相关文章的评论。杜濬之子早亡,杜氏曾作《为亡儿募义文》一篇,文末附有奚禄诒评论一则:

昔赵括不善读父书,乃败也,而不早死;表侄世农善读父书,又死也,而不及成。于皇感生死成败之不齐,作《亡儿募义文》。奚子苏岭曰:"悲也,而非募也。读是文而不悲者,其为父必不近情之父,故天下不好义之人,由于心之不悲耳。以悲感悲,即谓之募也。亦可嗟乎。使赵奢至今在也,亦未有不悲者。"同学表弟奚禄诒书后。

此茶村骈偶之文也,岂犹夫今之为骈偶者乎?苏岭又评。③

从上述杜濬与奚禄诒的诗文评点和书信往来可知,奚禄诒不仅和杜濬为同乡发小,且为姻亲,关系密切;而且两人常互相切磋,砥砺文艺,评论时文。杜濬诗学杜甫,曾模仿杜甫《同谷七歌》撰《杜陵七歌》,附于《变雅堂文集》之后;黄大宗著《杜诗分韵》,杜濬为其撰写序言,虽《杜诗分韵》一书已佚,但《杜诗分韵序》一文尚存于《变雅堂文集》中。从模仿杜甫诗歌,到为他人撰写杜诗著作撰写序言,可见杜濬推崇杜甫,熟谙杜诗。奚禄诒与之交往,关注杜诗,评论杜诗成为可能。另外,奚禄诒曾批校过朱冀的《楚辞辩》,有过文学批点的亲身体验。综合此两方面因

---

① (清)杜濬:《变雅堂文集》,《四库禁毁书丛刊》集部第72册,第429页。
② (清)杜濬:《变雅堂遗集·诗集》卷三,《续修四库全书》集部第1394册,上海古籍出版社2002年版,第134页。
③ (清)杜濬:《变雅堂文集》,《四库禁毁书丛刊》集部第72册,第397页。

素，奚禄诒手批杜诗，亦属情理之中的事情。

奚禄诒评点杜诗，相关书目文献有著录。近人邓邦述曾藏有黄叔璥过录奚禄诒批点《杜诗通》钞本一种：

> 《杜诗通》四十卷，七册，明胡震亨编，钞本。黄玉圃录奚禄诒批点。有"北平黄氏"、"叔璥"、"玉圃"三印，又"玉牒崇恩"、"香南精舍珍藏"、"曾在崇禹斴处"三印。①

从邓邦述的记载可知，《杜诗通》上奚禄诒批点系黄叔璥过录，非奚禄诒原批，该批本未知现藏何处。叶嘉莹在《杜甫秋兴八首集说》中曾辑存黄叔璥手录奚禄诒原批《杜诗通》的评语多则，可见其杜诗批点颇有价值，至今仍被杜诗研究者所重视。

除邓邦述《群碧楼善本书录》著录的黄叔璥过录本外，笔者在复旦图书馆古籍部亦发现奚禄诒批点杜诗的文献一种，批点底本为清康熙刻本《杜诗详注》，该书二十五卷，共两函十四册。黄色封皮，扉页大字题"杜少陵集详注"，右上小字题"史官仇兆鳌诵习"，眉栏上朱刻题"进呈本新镌"。在卷之一处有朱笔题"奚苏岭评"，从笔迹看，此处笔迹与批点中笔迹完全一致，虽不能据此确认此本系奚禄诒亲笔批点，但此题署与此本批点为一人所题则是毫无疑问的。

该本批注有朱墨二色，从批点字迹来看，两种颜色当为一人批点无疑。批语对胡震亨等人的批点有所驳斥或辨证。批点形式有眉批、旁批，以眉批为主。其圈评有圈有点，并且在某些句子旁还画有短竖，从其所标示的字句和批点的内容看，短竖主要是针对杜诗中的不妥之处进行评点。另外，为了评判诗歌艺术的高下，在某些诗歌的诗题前，亦有用一至三个不等的"○"或"●"表示批评者对该诗艺术高下的判断。

该本钤有"丁福保印"、"丁福保校读印"、"丁福保读书记"、"震旦大学图书馆丁氏文库"和"复旦大学图书馆藏"等多枚印鉴。可知该批本曾被近代藏书家丁福保（1874—1954）收藏。丁氏藏书后来有2万余册捐赠给震旦大学，该校据此设立"丁氏文库"以志纪念，"奚禄诒批点

---

① 邓邦述撰，金晓东整理：《群碧楼善本书录》卷六，上海古籍出版社2014年版，第192—193页。

《杜诗详注》"当为"丁氏文库"中的一种。震旦大学后合并到复旦大学，奚禄诒批本亦归入复旦图书馆。从批本渊源有自的流传情况，可以旁证奚禄诒批本的真实性。

二 复旦图书馆藏奚禄诒批点《杜诗详注》系他人过录本

复旦图书馆藏"奚禄诒批点《杜诗详注》"一书，《复旦大学图书馆善本书目》记载称"《杜诗详注》存二十五卷，卷首一卷，清仇兆鳌详注，清康熙刻本，清奚苏岭硃墨批点，十四册"，明确指出该本系清奚禄诒批点的事实。这一著录，当据《杜诗详注》卷之一处朱笔题署"奚苏岭评"而定的。对于这个著录，周采泉在《杜集书录》中以"编者按"的形式予以了质疑：

> 群碧楼所旧藏者，题明为过录之本，则原批不一定在《杜诗通》，至复旦图书馆所藏者，虽未注明为过批本，以奚氏之科第考之，远在仇兆鳌之前，当不及见《详注》，疑亦为过批本。其原批为何本，今已不可考矣。但黄叔琳为清代大学者[①]，且手录其批语，其内容当必有过人者，容当于增订时补辑其批语，以饷读者也。

周采泉在按语中一方面质疑了复旦图书馆藏奚禄诒批点《杜诗详注》非原批本，另一方面也对奚禄诒批点内容的价值予以高度肯定。周采泉的质疑颇有道理，虽然奚禄诒的生卒年现已不能确考，但梁机为奚禄诒《楚辞详解》一书所撰序言中称："顺治己亥恩科进士黄冈苏岭奚先生，讳禄诒，三闾之乡人也。"由此可知，奚禄诒为顺治十六年己亥（1659）科进士，而仇兆鳌为康熙二十四年（1685）进士，二者相距26年。另外，奚禄诒与杜濬为表兄弟，但比杜濬要小，因杜濬在诗文中称奚禄诒为"奚苏岭表弟"（如其《访奚苏岭表弟于澄江官舍》一诗），而奚禄诒也自称为"同学表弟"（如评杜濬《为亡儿募义文》一文后称"同学表弟奚禄

[①] 按：邓邦述《群碧楼善本书录》著录为黄叔璥过录奚禄诒批点《杜诗通》钞本，周采泉《杜集书录》误为黄叔琳过录，黄叔琳为黄叔璥之兄长。

诒书后"）。故奚禄诒生活于 17 世纪下半叶是毫无疑问的。此外，从《杜诗详注》的成书来看，奚禄诒批点《杜诗详注》的可能性也不大。仇兆鳌（1638—1717）于康熙二十八年开始注解杜诗，历经四年脱稿，于康熙三十二年奏呈康熙帝御览，直到康熙四十二年《杜诗详注》的初刻本才得以问世，因此，奚禄诒要亲自批点《杜诗详注》最早也必须在康熙四十二年，此时距离奚禄诒中进士的顺治十六年已经过去 45 年了。而据宋元强《清朝的状元》一书统计称，清朝考中进士的最小年龄是 24 岁，最大年龄是 59 岁，平均年龄已达 35 岁，如果按照平均年龄计算，奚禄诒在《杜诗详注》初刻本刊刻完毕之时，已经是 80 岁的高龄了。何况该批点底本也未必是《杜诗详注》的初刻本，故批点《杜诗详注》的时间可能还要推后，而奚禄诒亲自批点《杜诗详注》的可能性也变得更小。所以，复旦图书馆所藏之本当是他人过录之本，只不过具体过录之人已无从考究。

既然复旦图书馆藏本为过录本的可能性很大，那么，此本是不是后人伪托奚禄诒批点的评本呢？关于此本所录内容与奚禄诒评点内容是否一致的问题，笔者曾将复旦图书馆藏本中过录的奚禄诒批点内容（下文简称"复旦过录本"）与叶嘉莹《杜甫秋兴八首集说》中所辑录黄叔璥手录奚禄诒批点《杜诗通》中关于《秋兴八首》的内容（下文简称"叶辑本"）进行比勘，二者内容大体相同，可以肯定该本批语内容系奚禄诒批点内容，即使不是奚禄诒亲自批点，也是他人过录了他的评点。现将对比结果列表如下：

奚禄诒批点内容对照表（以《秋兴八首》为例）

		叶辑本	复旦过录本
	总 评	前四首言肃、代两朝，后四首则追天宝。	（墨眉）前四首言玄、肃二朝，后四首追天宝事，不过以秋兴起。
第一首	玉露凋伤枫树林，巫山巫峡气萧森。	以秋起兴，气象颇健。	玉露凋伤枫树林（墨旁）八月。
	江间波浪兼天涌，塞上风云接地阴。	三、四写秋气中，含尽乱象。	（墨眉）三、四写秋气，含尽乱象。

续表

		叶辑本	复旦过录本
第一首	丛菊两开他日泪，孤舟一系故园心。	一系，犹独系也。	
	寒衣处处催刀尺，白帝城高急暮砧。	七句，"九月授衣"；八句，思归。	（墨旁）因而思归。（墨眉）将九月授衣。（红眉）此章风韵，自足压卷。
第二首	夔府孤城落日斜，每依北斗望京华。	首句，承上末句；次句，眼目，已点出长安了。又暮暮朝朝，千思万想。	（墨旁）【第一句】承前暮砧来。（红旁）【第二句】此句已出长安。
	听猿实下三声泪，奉使虚随八月槎。	贯星槎是八月，却非奉使，张骞槎，又非八月（参看蔡笺）。	（墨旁）少不妥。（墨眉）"八月槎"是名，贯星槎与奉使不合，若张骞奉使之槎又非八月。
	画省香炉违伏枕，山楼粉堞隐悲笳。	《汉官仪》：尚书省以胡粉涂壁紫青界之，画古列士，尚书郎更直于建礼门内，台给青缣白绫被，或锦被帷帐茵褥通中枕，女侍史二人，选端正者，执香炉烧熏，护衣服（参看九家注）。又"画省"句，应京华；"山楼"句，应夔府。	（墨旁）【第一句】应京华。（墨旁）【第二句】应夔府。
	请看石上藤萝月，已映洲前芦荻花。	"藤萝月"二句，比也，逗下首末句。	（红旁）【第一句】比也。（墨旁）【第二句】由日落序至月出。（墨眉）暮暮朝朝，千思万想。（墨眉）月映二句比体，逗下章结句矣。

续表

		叶辑本	复旦过录本
第三首	千家山郭静朝晖，一日江楼坐翠微。	首句，从上夜说至朝。次句，无时不愁。	（墨旁）由夜又至朝矣。无时不愁。
	信宿渔人还泛泛，清秋燕子故飞飞。	三、四，可知公意之不久于夔也。又信宿着渔人上，从上"日日"来。	（墨眉）"还泛泛"、"故飞飞"言已不久留夔州。
	匡衡抗疏功名薄，刘向传经心事违。		（墨旁）此少年得以胜我。
	同学少年多不贱，五陵衣马自轻肥。	五陵：长陵、安陵、阳陵、茂陵、平陵五处。又同学少年岂非"洲前芦荻"耶？又他自轻肥而已。	（墨眉）"同学少年"正是洲前芦荻也。（红旁）已逗下首。
第四首	闻道长安似弈棋，百年世事不胜悲。		（墨旁）【第一句】承上末句。（墨眉）【第二句】此首已切指长安。
	王侯第宅皆新主，文武衣冠异昔时。		
	直北关山金鼓振，征西车马羽书迟。	广德元年，吐蕃入寇，征天下兵皆不至，故曰迟。又"直北"二句，安史未定，吐蕃又入京。	（墨旁）【第一句】安史。（墨旁）【第二句】吐蕃。（墨旁）王侯文武可愧。
	鱼龙寂寞秋江冷，故国平居有所思。	鱼龙寂寞，比君之蒙尘。又末八句为八章之枢轴。	（墨眉）"故国平居"一句是承上起下，乃八首中间挑担之力，以下俱言故国矣。"鱼龙寂莫（寞）"比君之蒙尘。（墨眉）如神仙游观，穷兵皆致乱之道。

续表

		叶辑本	复旦过录本
第五首	蓬莱宫阙对南山,承露金茎霄汉间。	高宗以隋蓬莱宫为西内,新建蓬莱宫为东内,颇侈丽。	(墨眉)此言故国之好神仙,故用蓬莱、金茎、瑶池、紫气诸仙事。五、六言玄宗之臣唤仗对君之时,不闻责琐谏垣,一言以诤之,此追往也。七、八又推到近日青琐入班之人,亦能言否,此句亦绾到八首。
	西望瑶池降王母,东来紫气满函关。		
	云移雉尾开宫扇,日绕龙鳞识圣颜。	二句,往事。	(红旁)往来也。
	一卧沧江惊岁晚,几回青琐点朝班。	末二句,言己流落,不在青琐,然不能无望于在朝之人。	(墨旁)言我已流离,不在青琐,然犹望于在朝者。(墨旁)独言青琐指谏官也。
第六首	瞿唐峡口曲江头,万里风烟接素秋。	故国之游观也。	(墨旁)【第一句】由蜀至秦。(墨旁)【第二句】万里皆乱。(墨眉)此故国之好游观。五、六是折腰体,从盛抚衰,昔之珠帘绣柱,锦缆牙樯,今则"围黄鹄"、"起白鸥"矣。故紧承以"回首"二句。末句有龙翔凤舞之势,大力量,大含蓄。
	花萼夹城通御气,芙蓉小苑入边愁。	"花萼"句,承曲江;"芙蓉"句,此句转下,下正入边愁也。	(红旁)【第一句】承曲江。(墨旁)昔日。(墨旁)【第二句】今日。
	朱帘绣柱围黄鹄,锦缆牙樯起白鸥。	故国之游观也。又从盛满说出衰残,下联可接。	(墨旁)此正入边愁也。
	回首可怜歌舞地,秦中自古帝王州。	末句有龙回凤绕之势。	(红旁)今不然矣,言在外。

续表

		叶辑本	复旦过录本
第七首	昆明池水汉时功，武帝旌旗在眼中。	故国之穷兵也。又比而赋也，武帝比玄宗。	（墨眉）此故国之穷兵也。中四句诗池中原有的，但今非盛时，惟"虚夜月"、"动秋风"而已。菰米蓬房空沉空坠，则人民逃散矣。末二句叹己之流落，不得归长安也。
	织女机丝虚夜月，石鲸鳞甲动秋风。	中四句，是池中原有的，但今非盛时，惟虚夜月动秋风而已。	
	波漂菰米沉云黑，露冷莲房坠粉红。	菰米、莲房，空沉空落，则人民逃亡矣。	
	关塞极天唯鸟道，江湖满地一渔翁。	末二句，叹己之流落，不得归长安也。又末二句，极天、满地，终然汗漫无何矣。	（墨眉）妙处全在一结，前六句皆想像昆池景色，此二句许大悲感意未安，能收住本题，真挽得万斤之力量。（墨旁）极天、满地，终能汗漫无何矣。
第八首	昆吾御宿自逶迤，紫阁峰阴入渼陂。	此己在故国时也。又首句，仍从故国起。	（墨眉）此己之在故国时也。述与岑参游漾（注：当作渼，原文误）陂。三、四言昆吾御宿二死中婴武（注：当作鹦鹉，原文误）啄残香稻，岂非禽兽食人之食乎？紫阁上凤凰栖老碧梧，岂非贤人隐退乎？五、六乃己与岑游时之乐事。末句有五层，白头而且望且吟且苦且低垂，本楚词必郁郁兮。咏叹乎增伤叠用，以写其忧思之极。

续表

		叶辑本	复旦过录本
第八首	香稻啄馀鹦鹉粒，碧梧栖老凤凰枝。	三、四，言昆吾御宿中，鹦鹉啄馀香稻，岂非禽兽食人之食乎？紫阁峰上，凤凰栖老碧梧，岂非贤人隐退乎？又紫阁峰，秦地。	（墨旁）【第一句】承首句。（墨旁）二句比体，又是倒装。（墨旁）【第二句】承次句。
	佳人拾翠春相问，仙侣同舟晚更移。	五句，乃与岑游渼陂之事。	
	彩笔昔游干气象，白头吟望苦低垂。	末句有五层，可结完八首。又以第七句缴完上六句。又七句乃追献赋事。	（墨旁）一句可结八首。

从上表所列可知，复旦过录本的内容与叶辑本的内容基本一致。只是在复旦过录本中置于一处的批点内容，叶辑本将其中涉及具体诗句的内容分别置于具体诗句之下（或者是黄叔璥过录本即已如此），如第七首、第八首的批点内容，在复旦过录本中均只作一处（或两处）批点，但在叶辑本中已经将其分置于每句之下。由此可以判断，复旦过录本中奚禄诒批点杜诗的内容当系奚禄诒所作。

但是，因复旦过录本和（叶辑本所据）黄叔璥过录本均系过录本，所以在某些具体评点中存在文字讹异的情况。概而言之，主要有以下几点。

首先，批点内容存在此有彼无的情况。总体而言，复旦过录本中奚禄诒的批点内容远多于黄叔璥过录本中的内容，这也是复旦藏本的重要文献价值所在。

其次，在过录过程中因文字讹异而导致意思相左。比如对《秋兴八首》的总评中就有不同。黄叔璥过录本称"前四首言肃、代两朝，后四首则追天宝"，而复旦过录本中则谓"前四首言玄、肃二朝，后四首追天宝事，不过以秋兴起"，到底暗指哪两个朝代，两过录本中给出了不同的意见。实际上，《秋兴八首》是杜甫于大历元年（766年）寓居夔州的两年时间内所作。杜甫夔州诗的一个重要题材就是对往事和历史的回忆,具有浓郁的怀旧情结。《秋兴八首》前三首以夔州秋景为中心,后五首以回忆长安往事为主要内容,"体现了杜甫对唐帝国由盛转衰之历史的整体思考"[①],不仅涉及了玄、肃、代等朝史事,而且还多次提及汉代的人事,如匡衡抗疏、刘向传经、昆明池水、武帝旌旗、承露金茎等,故《秋兴八首》不当仅仅局限于玄、肃、代等朝之事,而是"以飞动的思绪纵横于上下千年、南北万里之间……堪称杜甫在夔州所作的回忆往事之诗的代表作"[②]。黄叔璥过录本和复旦过录本简单以前四首言"肃、代"或"玄、肃"二朝[③],"后四首追天宝事",虽指出了诗中所记之重要史事,但其以"前、后四首"分言之论,有过于绝对之嫌,且失之简略。另如第五首"云移雉尾开宫扇,日绕龙鳞识圣颜"一句,黄叔璥过录本称"二句,往事",而复旦过录本则谓"往来也",二者所说牛头不对马嘴,内容完全并非一回事。按照朱鹤龄引《唐会要》注称,此句指唐开元中,"皇帝受朝于宣政殿"之"宸仪肃穆"[④],陈廷敬则进一步指出"史称明皇仪范伟丽,有非常之表"[⑤]。卢德水甚至认为此句"似早朝诗语",仇兆鳌反驳称:"公以布衣召见,感荷主知,故追忆入朝觐君之事。"[⑥] 于此可

---

① 莫砺锋:《杜甫评传》,南京大学出版社1993年版,第191页。
② 同上书,第192页。
③ 关于《秋兴八首》所反映之史事,历代注家皆有论述。如《秋兴八首》其二"夔府孤城落日斜",仇注称:"《旧唐书》'贞观十四年,夔州为都督府,督归、忠、万、涪、渝、南七州。'"《秋兴八首》其四"王侯第宅皆新主,文武衣冠异昔时",钱谦益笺称:"天宝中,京师堂寝已极宏丽,而第宅未甚逾制,然卫国公李靖庙已为嬖人杨氏厩矣。及安史作逆之后,大臣宿将竞崇栋宇,人谓之木妖。"又称:"玄宗宠信藩将,而肃宗信任中官,俾居朝右,是文武衣冠皆异于时也。""故国平居有所思"一句,钱谦益笺称:"肃宗收京后,委任中人,中外多故,公不以移官僻远,愁置君国之宴,故有长安世事之感。"《秋兴八首》其五,陈廷敬注称:"此诗前六句是明皇时事。一卧沧江,是代宗时事。青琐朝班,是肃宗时事。"仇注称"承露金茎""盖言唐开、宝宫阙之盛";"西望瑶池"句仇注称"唐公主如金仙、玉真之类,多为道士,筑观京师,西望瑶池,盖言道观之盛"。"云移雉尾开宫扇,日绕龙鳞识圣颜"一联朱鹤龄注引《唐会要》称指开元中"皇帝受朝宣政殿"之"宸仪肃穆",陈廷敬注称指"明皇仪范伟丽,有非常之表"。《秋兴八首》其六"花萼夹城通御气,芙蓉小苑入边愁"一句,钱谦益笺称:"禄山反报至,帝欲迁幸,登兴庆宫花萼楼置酒,四顾凄怆,所谓'小苑入边愁'也。"诸如此类,比比皆是。所涉史事,已横跨玄、肃、代三朝,甚至反映了杜甫对唐朝由盛入衰史事的整体思考。
④ (清)仇兆鳌:《杜诗详注》卷一七,中华书局1979年版,第1492页。
⑤ 同上。
⑥ 同上。

见，此二句盖追述入朝觐君之事，故黄叔璥称"二句，往事"当更符合诗意。

综上所述，可得出如下结论：（1）复旦图书馆藏"奚禄诒批点《杜诗详注》"应系他人过录本，非奚禄诒亲笔批点；（2）复旦过录本虽非奚禄诒亲自批点，但评点文字乃是奚禄诒所作；（3）复旦过录本与黄叔璥过录本相比，内容大体相同，但复旦过录本的批点内容比黄叔璥过录本的内容更加丰富；（4）复旦过录本和黄叔璥过录本内容存在文字上的讹异情况。所有这些，对于深入了解奚禄诒的杜诗批评实况，深化清初杜诗学研究，均具有重要的文献价值。

三　奚禄诒杜诗评点的批评特征及价值

奚禄诒批点杜诗拥有自己的批评特色和原则。作为楚地人，他在批评杜诗时喜欢将杜诗与诞生于此地的楚辞相联系，加上自己曾经详解楚辞的经历，故在批点杜诗时有意与之挂钩。另外，在诗歌用字方面，多强调诗歌用字需"得力"的原则，与清初其他杜诗评点者相比，具有别具一格的批评风格。

1. 充分发挥评点者的地域文学特征，善用熟悉的楚辞内容来观照杜诗

奚禄诒批点杜诗经常采用楚辞或屈原的相关内容来阐释杜诗，其原因在于：一是自己为湖北黄冈人，属于楚人，对屈原的经历和楚辞所展示的楚地风貌有着深厚的切身体验，尤其是楚辞中所涉及的民俗、词汇等，自己都颇为熟稔；二是奚禄诒自己详解过屈原的楚辞，撰有《楚辞详解》五卷，对楚辞内容非常熟悉，所以对杜诗中吸纳楚辞艺术特色之处，能够很快加以辨识。那么，具体到奚禄诒批点杜诗的情况，主要是强调杜诗与楚辞之间三个层面的联系。

第一，强调杜诗主旨与楚辞主旨的相似。屈原作为战国时期的著名诗人，开创了诗歌史上浪漫主义的诗歌流派，其生平经历与楚地渊源深厚，其创作的楚辞也带有浓郁的楚地色彩；同样，作为唐代现实主义诗人的代表，杜甫也与湖湘之地关系密切，尤其是杜甫晚年流寓湖南、客死潇湘，湖湘之地至今还保留有诸多关于杜甫的遗文古迹。由于屈原与杜甫和楚地的密切关系，加上两人政治仕途的不得意，因此，在诗歌主旨层面具有很

多相通之处。奚禄诒在杜诗评点中发现杜诗诸多篇章在主旨上与《楚辞》某些篇章不谋而合，如对于《桃竹杖引赠章留后》一诗，奚禄诒批称：

> 《冬狩》是天子之礼，故公讽其僭，《山寺》《桃杖》不是讽。凡作诗者，随地头，看诗者亦然。何必篇篇要比？

> 他诗有讥讽之意，此篇为讥则曲说也。看后章所忧盗贼多，重见衣冠走，则此篇亦不过因蜀乱欲下吴楚，如屈子《远游》之旨，而立言则用屈子、湘君、湘夫人之意，故后段用楚调提，是自叹无偶。此所谓怨歌楚调也。

在这里，奚禄诒认为《桃竹杖引》一诗与屈原《远游》一诗的主旨一致，强调杜甫"因蜀乱欲下吴楚"而远游的实际心态，颇有道理。在具体批点此诗中，奚禄诒更是将此诗所述诗句与《楚辞》中内容相互印证，如批"老夫复欲东南征，乘涛鼓枻白帝城"句称"此即《楚辞·湘君》篇曰：'令沅湘兮无波，使江水兮安流'之旨"；批"重为告曰"为"即'乱曰'"；批"尔之生也甚正直，慎勿见水踊跃学变化为龙"句称"此即《湘君》篇之'石濑兮浅浅，飞龙兮翩翩，交不忠兮怨长，期不信兮告余以不闲'"；批"风尘澒洞兮豺虎咬人，忽失双杖兮吾将曷从"为"即'目渺渺兮愁予'"；等等，都是将杜诗的具体诗句与《楚辞》中的具体内容一一对应，强调二者在主旨层面的大体相近。其他如认为《徐步》一诗"中四句字字是徐步。○此《楚辞·渔父》之旨"；《丈人山》一诗"屈子游仙之旨"；《写怀二首》之"夜深坐南轩，明月照我膝"一首"语虽近庄生，却是屈子之志"；《忆昔二首》之"忆昔开元全盛日，小邑犹藏万家室"一首"追昔抚今即屈原'敷衽陈词'之意"；《绝句四首》"诗楚调之旨"；等等，都是强调二者主旨层面的相近，阐述了杜诗与《楚辞》主旨的内在关联性。

第二，着意于杜诗与楚辞艺术技巧层面的相似。奚禄诒在批点杜诗过程中注重剖析杜诗对楚辞比兴手法的吸纳，看到杜甫师法楚辞在技巧层面的蛛丝马迹。比如《江畔独步寻花七绝句》一诗，奚禄诒即联系屈原《九歌》"赋中兼有比兴"的艺术手法，认为：

屈原《七（九）歌》①赋中兼有比兴，公之七言绝句竟与楚辞相颉颃，拟之不尽，又是王风之遗，太白能坐只字否？百回读之，一回有一层之妙。余常拟之，终日阁［搁］笔。

看到了杜诗在艺术手法层面的继承性。另如《独立》一诗"空外一鸷鸟，河间双白鸥"一句，奚禄诒批称："屈原《九歌》亦有比而又比者，然每句另一意，故佳。"既看到了杜诗与《楚辞》均善于用"比"的基本特质，同时又从客观实际出发，指出《楚辞》"每句另一意"的佳妙。有时则是从诗风与楚调的相近，来剖析杜诗的艺术风格。如《楠树为风雨所拔叹》一诗，奚禄诒即强调其与楚调的相近，批称该诗"悲歌楚调"，亦自有理。有时则强调杜诗模仿楚辞之体，如杜甫《封西岳赋》一文的"决河汉之淋漓"处，奚禄诒即认为其乃"仿楚词之体"，亦是着意于二者艺术手法和表现风格而言。

第三，在具体字句的运用上，也善于发现杜诗与《楚辞》之间的相似处，故往往以《楚辞》内容来阐释杜诗字句。比如《临邑舍弟书至苦雨黄河泛溢堤防之患簿领所忧因寄此诗用宽其意》一诗"难假鼋鼍力"一句，奚禄诒批称"《楚辞》：航鼋以为梁"；《月》一诗的"入河蟾不没，捣药兔长生"一句，奚禄诒批曰"屈原《天问》'顾兔在腹'"等，就是以《楚辞》中的内容来阐释杜诗字句，而不做任何说明，从其引录《楚辞》的内容可以看到奚禄诒在杜诗批点过程中以《楚辞》为标杆论杜的潜在意识。

2. 以"得力"为诗歌用字之妙境

在中国文学批评传统中，以力量来形容文学作品的思想内容和语言表达也是文学批评所采用的方式之一。比如我们用"笔力"来形容文章在笔法表现上的磅礴气势和无穷力量；用"力度"来描述文学作品功力的深度；用"力透纸背"来形容书画笔力遒劲或诗文作品深刻有力等，无不是用文学作品表现的力度来阐释其艺术价值和理论深度。奚禄诒在批点杜诗过程中，就反复强调诗歌用字须"得力"的内在要求，"得力"成为其批点杜诗用字的批评原则和理论标准。

在《寄杜位》一诗的批点中，奚禄诒以总论炼字的批评形式阐述了

---

① 此处当指屈原《九歌》，奚禄诒误作《七歌》。

自己对于诗歌炼字"要炼一得力字"的基本观点:

> 凡诗不论五言七言,句中必要炼一得力字。或虚字,或实字,只在得力。如此首,精神全在十二虚字,感叹之至。

奚禄诒从《寄杜位》一诗中所运用的十二个虚字出发,提出凡诗要炼得力字的观点,既是对《寄杜位》一诗的剖析,也可视为其关于诗歌用字理论的基本批评原则。至于其具体批评杜诗用字"须得力"的情况则更为繁夥。如奚禄诒认为《晓望》一诗"三四'寒'、'宿'二字有力,五六'隐'、'闻'二字有力";《夜宴左氏庄》一诗"起句有景,三句'暗'字、四句'带'字,皆有力";《夜二首》之"城郭悲笳暮,村墟过翼稀"一首"主意在三四,前后皆人民萧瑟。'鹊休飞'与'过翼稀'不同,二是唤'赋敛夜深',末句言诗,下弦之月,'鹊休飞','休'字是用力字,谓甲兵久,亦当歇也";《孟氏》一首之"承颜胝手足,坐客强盘飧"一句"'强'字有力,言客知主人之贫,不欲费其盘餐,主必强留,觉主客俱得";等等,都是从杜诗中的具体用字层面强调诗歌用字须得力、须有力的创作原则。

既然用字须得力,那么怎样的用字才称得上是"得力"?在奚禄诒看来,所谓得力指得是整首诗歌中的担力之字。如《上兜率寺》诗中"江山有巴蜀,栋宇自齐梁"一句,奚禄诒引用叶梦得之言称:"叶梦得云:诗人以一字为工。如'江山'二句只在'有'与'自'二字之间。吞吐山川之气,俯仰古今之怀,见于言外。即叶评乃余前所说炼一担力之字是也。"在奚禄诒看来,诗句中的"有"与"自"字,就是该诗的担力之字。除了用字须担力,推而广之,在运句方面也同样如此。一句之中,须有担力之字;一诗之中,须有担力之句。奚禄诒也善于发现杜诗中的担力之句。比如《秋兴八首》之"闻道长安似弈棋,百年世事不胜悲"一首中,"'故国平居'一句是承上起下,乃八首中间挑担之力,以下俱言故国矣";"昆明池水汉时功,武帝旌旗在眼中"一首"妙处全在一结,前六句皆想像昆池景色,此二句许大悲感意未安,能收住本题,真挽得万斤之力量",无不强调诗句对于整首诗歌的担当作用。另如批《野人送朱樱》一诗末句"金盘玉箸无消息,此日尝新任转蓬"称"八句掉转有力";认为《严公仲夏枉驾草堂,兼携酒馔得寒字》一诗中的"非关使者征求急,自识将军礼数宽"一句"以'礼数宽'三字转出下四句,机捷力大";批评《秋兴八首》"瞿唐峡口曲江头,万里风烟接素秋"一首"末句有龙翔凤舞之势,大力量,大含畜[蓄]"等。不管是用字还是运句,上述例子都是诗歌的"得力"之处,而诗歌字句运用的最高境界就是"力健神足"。奚禄诒在批点《壮游》一诗中称其"力健神足,无一懈处",既可看作对《壮游》一诗的极高评价,也可视为奚禄诒对用字运句最高境界的总体概括。

根据字句"得力"与否的标准,还可以判断某一诗篇的艺术高下,甚至可据此推断该诗是否为某人所作。如奚禄诒批《李监宅二首》之"华馆春风起,高城烟雾开"一首"似晚唐,不似公笔力";认为《奉送蜀州柏二别驾将中丞命赴江陵起居卫尚书太夫人因示从弟行军司马位》一诗"真至老辣,他人无此力量";肯定《岳麓山道林二寺行》一诗"定是村俗之笔无疑。杜公老年粗枝大叶,文字绝非此种,笔力不可假也";等等,就是根据笔力是否"得力"这一标准进行甄别的。而在《喜闻官军已临贼寇二十韵》中,奚禄诒更是根据这个原则判定《洗兵马》之伪,曰"此诗写喜意,但觉枯瘦些。看此作笔力,便形出《洗兵马》之伪",其结论虽可商榷,但其据"得力"与否的标准做出结论则是十分明显的。

3. 顺应时代文学思潮,非议竟陵派的评杜之论

竟陵派为矫正公安派的俚俗粗浅之弊,在诗学取向上形成幽深孤峭、刻意求新,语言艰涩奇拗的创作风格,尤其是"竟陵派的影响有相当大一部分是借其评点方面的作为建立起来的"[①],由于其独特的批评眼光和文学评点影响的广泛,故在中国文学史上屡遭非议。明末清初社会政治格局急剧变动之时,"士人中或推崇博雅宏正之音,或呼吁诗歌当以'忧时托志'为本的文学思想渐趋上风,于是钟、谭及其《诗归》遂备受指斥"。[②] 被誉为"明诗殿军"的陈子龙批评钟、谭等人"举古人所谓温厚之旨,高亮之格,虚响沉实之工,珠联璧合之体,感时托讽之心,援古证今之法,皆弃不道",甚至认为"彼所谓之诗,意既无本,辞又鲜据,可

---

① 陈广宏:《竟陵派研究》,复旦大学出版社2006年版,第362页。
② 王运熙、顾易生主编:《中国文学批评通史》(明代卷),上海古籍出版社1996年版,第533页。

不学而然也"。① 而钱谦益在《列朝诗集小传》中认为文运关乎国运, 直斥钟、谭是乱世之"诗妖"。② 王夫之更是指出竟陵派之诗"媟者如青楼哑谜, 黠者如市井局话, 蹇者如闽夷鸟语, 恶者如酒肆拇声, 涩陋秽恶, 稍有须眉人见欲哕。而竟陵唱之, 文人无行者相与学之, 诬上行私, 以成亡国之音, 而国遂亡矣"③, 以竟陵之诗为亡国之音; 朱彝尊在《明诗综》中亦称潘陆"论诗慷慨, 谓钟、谭兴而国亡, 是亦法家定案"④。诸如此类观点, 足见当时对竟陵派批评之激烈。入清以后, 正统文学纷纷剑指竟陵, 借批驳竟陵诗风来指责晚明文风。在杜诗评点中, 奚禄诒也同样将批驳的矛头指向钟惺、谭元春为代表的竟陵派, 极力否认竟陵派对杜诗的评价和赏析。

非议钟、谭的表现之一, 就是毫不客气地指责钟谭"不知诗"。如在批点《遭田父泥饮美严中丞》一诗中称:

> 穷途中遇一田父之饮, 亦必留情, 与残杯冷汁（炙）者异矣。的真《豳风》之作。钟伯敬谓: 写淳朴气象, 正是美中丞, 不止说尹一句, 此真穿凿, 不过是田夫朴率可书, 即说尹亦是村人扯来头之意。公诗原只赞田父。钟、谭本不知诗, 人为《诗归》误耳。

此处既指出钟、谭"不知诗", 又谈到人们被竟陵派选评《诗归》所误的历史事实。在批点《绝句漫兴九首》之"手种桃李非无主, 野老墙低还似家。恰似春风相欺得, 夜来吹折数枝花"一首时亦指出"钟、谭谓绝句为变体别调, 全不知诗之言", 非议之情, 不言而喻。

除直接否定外, 还有一些批点是针对竟陵派的具体选评提出异议。如批《冬深》一诗, 谓"'随类影'、'各依痕'立意要炼, 都失炼法, 惟钟、谭小巧好之", 指出钟谭不善炼字的弊端; 而在批点《信行远修水筒》一首之"行诸直如笔, 用意崎岖外"一句称"末有扯拽, 不知钟、

---

① （明）陈子龙:《安雅堂稿》卷十八《答胡学博》, 辽宁教育出版社2003年版, 第346—347页。
② （清）钱谦益:《列朝诗集小传》丁集中《钟提学惺》, 上海古籍出版社1983年版, 第571页。
③ （清）王夫之:《古诗评选》,《船山全书》第14册, 岳麓书社1996年版, 第617页。
④ （清）朱彝尊:《明诗综》第七册, 上海古籍出版社1993年版, 第3789页。

谭何赏此",亦认为钟、谭之赏析不当;另如批《崔评事弟许相迎不到应虑老夫见泥雨怯出必愆佳期走笔戏简》称该诗"止可为戏,不可为佳,惟钟、谭取此",其鄙视之情,也跃然纸上。在批《奉先刘少府新画山水障歌》一诗之"堂上不合生枫树,怪底江山起烟雾"一句时,奚禄诒称"起得振拔。钟伯敬谓'唐突',方采山谓'惊愕',俱未当。通章画中一物不遗,却有飘然之致",亦提出与钟、谭完全相反的观点。

总之,在杜甫研究已走向世界的今天[①],奚禄诒手批《杜诗详注》的形式和内容体现出鲜明的民族性。奚禄诒批点杜诗既善于以自己熟悉的《楚辞》来衡量杜诗优劣,也擅长以"得力"与否来评价诗歌用字,甚至还打上了当时文学思潮的深刻烙印,如对竟陵派评点杜诗的指摘,反映出明末清初杜诗评点转型时期的基本倾向,对于正确理解杜诗未刊评点的发展脉络,以及杜诗未刊评点在杜诗学和文学批评史上的作用,具有重要价值和典型意义。

---

① 郝稷:《英语世界中的杜甫及其诗歌的接受与传播——兼论杜诗学的世界性》,《中国文学研究》2011年第1期。

由博返约:《读杜心解》对宋人之注、近世之解的使用

福建师范大学文学院　张家壮

【摘　要】从历史的角度看,《读杜心解》(简称《心解》)的"由博返约"其实是对杜诗诠释"一烈于宋人之注,再烈于近世之解"的弥缝与反拨。然而也正是在《心解》的这种"折衷去取"里,已隐然包含了注杜式微的危机。洪业《杜诗引得·序》在介绍完《心解》之后即说道:"此后注杜之风杀矣!"甚是。

【关键词】《读杜心解》　由博返约　注杜式微

一　小引

在《论浦起龙〈读杜心解〉之缘起、编次及其"心解"法》(《杜甫研究学刊》2011年第3期)一文中,我们曾说,浦起龙《读杜心解》(以下简称《心解》)"道问学"方式下的"心解"其实并不唯"心",毋宁说它的起点正是在对被《题辞》"否定"了的"百氏诠释之杜"的泛观博览上。《心解》撰述之初,浦起龙曾多方裒搜诸家注本,《不是集·致丁纫庵》云:

> 弟进取已灰,长夏病目,两月未复。近来翻阅杜诗,独阙长孺笺本,颛力乞之宝笈中,想不靳也。①

---

① (清)浦起龙:《不是集》,燕京大学图书馆,中华民国二十五年铅印本。

所谓"长孺笺本"即指朱鹤龄的《杜工部诗集辑注》。由此所引,我们虽然无从获知浦氏究竟萃集了多少杜诗注本,但"独阙"云云,数量恐亦不在少数。同时,凭借钱谦益、朱鹤龄等前辈杜诗学者的基业,尤其是仇兆鳌《杜诗详注》对唐宋以来所有注杜与诗话的搜罗汇集,提供给他以极为丰富的资料,浦起龙于杜诗自宋以还的笺疏百家亦可谓是"无所不窥"了。以见于《心解》笺释中的历代杜诗注解评论言,计有80种,兹罗列其名目如次:

  王洙、苏黄门、黄鲁直、范元实、叶石林、鲍钦止、赵子栎、蔡兴宗《正异》、薛梦符、赵次公、陆游《入蜀记》、杨万里《诚斋诗话》、朱子、楼钥、鲁訔、伪苏注、吴若、王十朋、洪容斋、吴曾《漫录》、杜田、蔡絛、郭知达、师古、胡宗汲《诗说隽永》、黄希、黄鹤、蔡梦弼、真德秀、刘克庄、罗大经、王应麟、刘辰翁、方回、张綖、张性《杜律演义》、张璁、周珽、杨慎、单复、王维桢、邵宝、赵滂、赵大纲、郝敬、陆时雍、唐汝询、钟惺、谭元春、胡应麟、胡震亨、胡夏客、杨德周、陶开虞、王嗣奭、顾炎武、申涵光、卢世㴶、潘柽章、潘鸿、刘逴、钱谦益、程嘉燧、朱鹤龄、俞玚、潘耒、顾宸、吴见思、卢元昌、邵长蘅、黄生、洪仲、张溍、陈廷敬、张远、朱瀚、毛奇龄、吴山民、仇兆鳌、沈德潜

基本涵括了宋以来杜集文本研究的主要成果。经过统计可知,《心解》引述如上所列杜诗文献累计达1650余条[①],其中引述在百条以上的有四种:黄鹤120条,钱谦益104条,朱鹤龄336条,仇兆鳌434条;引述在数十条的还有四种:赵次公66条,王嗣奭89条,黄生75条,顾宸49条。《心解》作为非集注本,对比于这个时期的同类杜集如卢元昌《杜诗阐》、黄生《杜诗说》、张远《杜诗会粹》等,就其涉猎释杜文献的丰富广博而言,毫无疑问是最为突出的。

---

  ① 这里的统计数据系据《心解》所引述有具体姓氏或书名者,另有不少通称"旧注"、"旧解"、"坊本"者。

二 《心解》所用杜集文献来源考实

下面，让我们先就浦起龙对历代杜诗注释、评解的征引、转述情况做一次具体考察。

从浦氏直接标举上列评、注家姓氏或他们的评、注本书名看，《心解》征引的似乎是第一手资料，实际情形如何呢？《心解·发凡》中有一条述及其征引文献的情况，曰：

> 凡注之例三：曰古事，曰古语，曰时事。古事、古语，自鲁訔、王洙、师氏、梦弼之徒，援据亦略备矣。其谬者，牧斋、长孺驳正较多。近时仇本搜罗更富，集中节采，大率本此三书。间有参易论著，十得二三耳。

明明白白告诉我们，其所注古事、古语，大抵由钱、朱、仇三家注中撷取，属于转录而得的第二手资料。此等注开卷即是，如卷一之一《望岳》"岱宗夫如何"，浦注："《前汉·郊祀志》：岱宗，泰山也"，钱笺、朱注此条未注，浦注与仇注全同，当由仇注出；"决眦入归鸟"，浦注："《广韵》：眦，目睫也"，钱笺："《广韵》：决，破也"，朱注："《广韵》：决，破也；眦，目睫也"，仇注："决，开也；眦，目眶也"，此则承自朱注无疑。事实上，非但是古事、古语如此，即《心解》所引古、今所注杜诗时事以及评杜、论杜之言，也多与三家注重出[①]。兹不惮繁琐，逐一考察相关诸家于下。

1. 王洙

《心解》中征引王洙注18条，钱笺无一引及，与朱注重出者1条，

---

① 本文所谓"重出"，系指：1. 征引同一注家，称谓与注文相同或基本相同者；2. 征引同一注家，称谓不同，但注文相同或基本相同者；3. 浦氏仅述某评注家大意，未具引原文，而其意实与三家注所引该评注家相同者。如下情形，本文不计入"重出"范围内：1. 浦氏所引注文或所述大意多于三家注所引者；2. 虽然注文相同或基本相同，但浦氏所引有评注家姓氏，而三家注隐而未名者。鉴于本文意在探明浦起龙对于过去杜诗评、注文献的使用情况，因此，《心解》中作为一般情况出现的史书、字书、韵书、方志等具有工具性质的文献则不在具体考察之列。其实，这类文献征引的情形，也是可以根据我们已察的情状加以隅反的。

18条均与仇注重出。如：

（1）卷一之二《西枝村寻置草堂地夜宿赞公土室二首》其二"从来支许游"句下，浦注："洙注：讲《维摩诘经》，支遁为法师，许询为都讲。"同条仇注："洙注：支遁字道林，讲《维摩经》，支遁为法师，许询为都讲。"

（2）卷三之二《初月》，浦云："王原叔谓为肃宗新自外入受蔽妇寺而作。"同诗仇注："《山谷诗话》：王原叔说：此诗为肃宗而作。……升古塞，初即位于灵武也。隐暮云，旋受蔽于辅国、良娣也。……"此条朱注亦引，曰："《山谷诗话》：王原叔说此诗为肃宗而作。按：肃宗即位灵武，旋为张后、李辅国所蔽……"但据朱注体例，"按"字后所云，当为朱氏本人之言（尽管事实上不尽如此，朱氏仍沿旧说），若浦氏据朱注转录，则"受蔽妇寺"之说，当出自朱鹤龄而非王洙，因此，浦氏此条仍当从仇注中出。

按：重出18条中，有17条和《西枝村寻置草堂地夜宿赞公土室二首》一样作"洙注"（或"洙云"、"洙曰"），只《初月》作"王原叔"，一如仇注所引，正可见浦氏所引王洙注殆由仇注抄撮无疑。

2. 苏黄门（辙）

《心解》征引苏辙2条，见于卷二之一《哀江头》，均作"苏黄门"。一云："苏黄门论此诗，谓若百金战马，注坡蓦涧如履平地。"又一云："苏黄门云：《哀江头》即《长恨歌》也。《长恨歌》费数百言而成，杜则不然。潘耒驳之曰：《长恨歌》本因《长恨传》而作，公则安得预知其事。"钱注、朱注，止引及后一条，仇注则两条均引。钱笺所引只"苏黄门曰：《哀江头》，即《长恨歌》也"一句，朱注最详："《杜诗博议》：赵次公注引苏黄门，尝谓其侄在进云：《哀江头》即《长恨歌》也。《长恨歌》费数百言而后成，杜言太真被宠，只'昭阳殿里第一人'足矣；言从幸，只'白马嚼啮黄金勒'足矣；言马嵬之死，只'血污游魂归不得'足矣。按黄门此论，止言诗法繁简不同，非谓'清渭东流'以下皆寓意上皇、贵妃也。《长恨歌》本因《长恨传》而作，公安得预知其事而为之兴哀。"仇注，一云："苏辙曰：杜陷贼诗，有《哀江头》诗……若百金战马，注坡蓦涧，如履平地。"另一条除在《杜诗博议》前冠"潘氏"二字外，与朱注大同小异。浦氏所谓"潘耒驳之"云云，可见其未见《杜诗博议》原书，不过是见仇注称"潘氏"而误以潘柽章为潘耒罢了。

3. 黄鲁直（庭坚）、范元实（温）

《心解》卷四之二《小寒食舟中作》驳斥黄鲁直、范元实，黄、范所论不见于钱笺、朱注，而见于仇注。浦氏曰："三、四，第七，与沈云卿诗偶相类，固非蹈袭，亦非有意损益也。黄鲁直、范元实辈，斤斤辩之。前人诗话，多著相处，勿为所惑。"仇注："黄鲁直曰：……老杜'春水船如天上坐'，乃祖述佺期语……盖触类而长之也。"又："林时对曰：……范元实谓老杜不免蹈袭，斯言过矣。"

4. 叶石林（梦得）

《心解》卷一之三《枯楠》，浦氏引述"叶石林"1条，钱笺、朱注未引，见于仇注同诗所引"叶石林"条，唯仇引称房琯为"房次律"，浦引称"房相"。按叶梦得《石林诗话》原亦作"房次律"①，则浦氏当据仇注径改，非由原书出。

5. 鲍钦止（慎由）

《心解》中征引鲍慎由7条，或称"鲍曰"，或称"鲍钦止"，无一例外俱见于三家注，2条与钱笺重出，5条与朱注重出，5条与仇注重出：卷一之六《别李义》、卷二之二《去秋行》所引2条三家注俱引；卷三之一《奉赠严八阁老》、卷五之一《奉送郭中丞兼太仆卿充陇右节度使三十韵》所引2条与朱注重出，钱注、仇注未见；卷三之三《广州段功曹到得杨五长史谭书功曹却归聊寄此诗》1条与朱注、仇注重出；卷二之一《去矣行》、卷四之一《卜居》2条与仇注重出。如：

（1）卷一之六《别李义》"神尧十八子，十七王其门"句下，浦注："鲍注：高祖二十二子，卫王、楚王皆先薨。太子建成、巢王元吉以事诛，除籍，故言十八子。太宗有天下，止十七子封王。"钱笺："鲍曰：高祖二十二子，卫怀王玄霸、楚哀王智云皆先薨。太子建成、巢王元吉，以事诛，诏除籍，故止言十八。太宗有天下，故言十七子王也。"朱注："鲍曰：高祖二十二子，卫怀王玄霸、楚哀王智云皆先薨。太子建成、巢王元吉，以事诛，诏除籍，故止言十八。太宗有天下，止十七子封王。"仇注："鲍曰：高祖二十二子，卫怀王玄霸、楚哀王智云皆先薨。太子建成、巢王元吉以事诛，诏除籍，故止言十八子。太宗有天下，止十七子

---

① 见清何文焕辑《历代诗话》，中华书局1981年版，第414页。

（2）卷三之三《广州段功曹到得杨五长史谭书功曹却归聊寄此诗》题下，浦注："鲍曰：前有《寄杨五桂州》诗，杨盖自桂徙广也。"朱注："鲍曰：前有《寄杨五桂州》诗，杨盖自桂而徙广也。"仇注与朱注全同。

6. 赵子栎《谱》

《心解》引赵子栎1条，见于卷一之六《上水遣怀》题下，与钱、朱、仇三家同时重出。浦注："赵子栎谱：自岳之潭之衡，为上水。"同诗钱笺："赵子栎曰：自岳之潭之衡，为上水。自衡回潭，为下水。"朱注作"赵子栎谱"，仇注作"赵子栎《年谱》"，注文并同于钱笺。按：钱笺仅作"赵子栎"，非浦氏所本，浦注从朱注或仇注。

7. 蔡兴宗《正异》

《心解》征引蔡兴宗3条，1条与钱、朱、仇三家同时重出，1条仅见朱注，1条与朱注、仇注所引各见异同。

（1）卷一之一《游龙门奉先寺》，"天阙"，浦云："蔡兴宗正异作'天阙（窥）'"，钱笺："蔡兴宗考异作阙。"朱注："正异作阙。"又曰："蔡兴宗正异谓世传古本作天阙。"仇注："蔡兴宗《正异》依古本作'天阙'。"按：钱笺作"考异"，朱、仇所引皆作"正异"，则浦注从朱注或仇注，不从钱笺。

（2）卷一之二《留花门》"北门天骄子"，"北门"，浦注："正异作花门。"朱注："一作北方，正异作花门"。

（3）卷二之一《瘦马行》，浦曰："兴宗云：乾元元年华州诗，公自伤贬官而作"，朱注："蔡兴宗云是华州诗。"仇注："蔡兴宗以为乾元元年公自伤贬官而作。"按：浦氏所引"兴宗"云云，当是综合朱、仇两家而成。

8. 薛梦符（苍舒）

《心解》征引薛梦符2条，见卷一之四《七月三日戏呈元二十一曹长》、卷三之二《秦州杂诗二十首》其三，钱笺未及，与朱注、仇注同时重出。如《七月三日戏呈元二十一曹长》"晚风爽乌匼"句下，浦注："薛梦符曰：乌匼，乌巾也。"朱注："薛梦符曰：乌匼，乌巾也。"仇注："薛梦符曰：乌匼，乌巾也。"

9. 赵次公

《心解》征引赵次公注64条，与钱笺重出者3条，与朱注重出者35

条，与仇注重出者59条。浦氏征引赵次公注，大抵依照仇注之例，或称"（赵）次公"，或称"赵傻"，或简称"赵云"（或"赵曰"、"赵注"）。如卷一之一《述怀》"今已十月后"下，浦注："次公云：自去年寄书，已经十月。"同条仇注："赵次公曰：十月，谓自去年寄书已经十月。"如此条浦氏作"次公"，仇注作"赵次公"者，尚有卷一之三《过郭代公故宅》、卷三之三《城上》、卷六之下《少年行二首》3条；另卷三之六《舟中》所引，浦氏从仇注作"赵傻"，而其余浦注与仇注重出的条目，多如仇注作"赵云"（或"赵曰"、"赵注"）。据此可知，《心解》征引赵注，大抵从仇注中采录，即令是那些与两家甚至三家都重出的条目，也多是如此。如卷一之六《解忧》"向来云涛盘"下，浦注："赵注：言云涛之间，盘转未出，方言所谓盘滩也。旧以为滩名，恐是附会。"朱注："赵曰：云涛盘，言云涛之间盘转未出，乃方言所谓盘滩也。旧注：云涛盘，滩名，极为险阻。恐是附会。"仇注："赵注：云涛盘，言云涛之间盘转未出，方言所谓盘滩也。旧注以云涛盘为滩名，恐是附会。"朱、仇之间，虽然朱注更为详尽，也更近于赵次公原注①，但由文字间的异同看，浦注之从仇注，仍是不难判断的。而《心解》所引赵注中，4条仇注未引的条目，则又无一例外地见于朱注，如卷二之一《徒步归行》题下，浦注："次公云：李嗣业也。"朱注："赵次公云：李嗣业也。"由此，倒益可证明浦氏采录赵注，实以仇注为首选，仇注无者，则采自朱注。②

10. 陆游《入蜀记》

《心解》卷三之六《云》引述陆游《入蜀记》1条，曰："陆游《入蜀记》历举杜诗所言高斋，皆强实其处，总属附会。"钱、朱、仇三家所引陆游论杜诗高斋之语均见《自瀼西荆扉且移居东屯茅屋四首》，钱笺曰："陆务观《高斋记》：少陵居夔三徙居，皆名高斋。其诗曰'次水门'者，白帝城之高斋也；曰'依药饵'者，瀼西之高斋也；曰'见一川'

---

① 原注作："云涛盘，岂言云涛之间盘转未出，乃方言谓之盘滩者乎？旧注云：云涛盘，滩名，极为险阻。"

② 也有例外的时候。卷二之一《秋雨叹三首》其二"阑风伏雨秋纷纷"一句，《九家注》及《分门类》本所引作"赵次公"注，《草堂诗笺》则作"赵子栎"注，而注文均同，未知孰是（参见周采泉《杜集书录》，第25页）。浦注从朱注作"赵云（曰）"，依朱氏、浦氏称引其他赵姓评注家（如赵子栎、赵溍）均具称其名的惯例，此"赵"自当指赵次公，而钱注、仇注均作赵子栎。

者，东屯之高斋也。故又曰'高斋非一处'。"朱注、仇注则作"陆游《少陵高斋记》"云云。按：陆游《渭南文集》卷十七有《东屯高斋记》云："少陵先声晚游夔州，爱其山川，不忍去，三徙居皆名高斋。质于其诗，曰'次水门'者，白帝城之高斋也；曰'依药饵'者，瀼西之高斋也；曰'见一川'者，东屯之高斋也。故其诗又曰'高斋非一处'。"①正是浦氏所谓"历举杜诗所言高斋"者。浦氏常据以转录的朱注，在征引《少陵高斋记》之后，又引《入蜀记》一条，浦氏误将《高斋记》作《入蜀记》，当是他转录朱注时误植，这也正是其未翻检原书的明证。

11.《诚斋诗话》（杨万里）

《心解》征引《诚斋诗话》1 条，见卷五之四《秋日荆南送石首薛明府辞满告别奉寄薛尚书颂德叙怀斐然之作三十韵》"战策两穰苴"句下，钱注、朱注未及，与仇注重出。浦注："《诚斋诗话》：犹云三王不足四，五帝不足六。"同条仇注："《诚斋诗话》：犹云三王不足四，五帝不足六。"按：《诚斋诗话》此条原作："杜云'侍臣双宋玉，战策两穰苴'，盖用如'六五帝，四三王'。"② 显然非浦氏所本。

12. 朱子（熹）

《心解》引朱子 1 条，见卷一之四《雨》。"风雨苍江树"一句之"树"字，浦注："朱子改作'去'。"钱注："晦庵作'去'。"仇注："朱子改作'去'，董作'澍'。"则浦注当据仇注采录。

13. 楼钥

《心解》征引楼钥 2 条，见卷一之二《留花门》、卷二之二《阆水歌》。

（1）《留花门》"百里见积雪"句下，浦注："楼钥曰：回纥之俗，衣冠皆白。"钱注："楼大防云：回纥人衣冠皆白，故云。此无稽之言耳。"朱注："楼大防云：回纥人衣冠皆白，故云。此无稽之甚。"仇注："楼钥曰：读者谓积雪止言其多……惟知回纥之俗，衣冠皆白，然后少陵之意涣然。"浦从仇出。

（2）《阆水歌》"阆州城南天下稀"句，钱、朱失引，浦氏从仇注作"楼钥曰"云云，注文亦悉据仇注采录。

---

① 文渊阁四库全书本。
② 丁福保辑：《历代诗话续编》，中华书局 2006 年版，第 148 页。

14. 鲁訔

《心解》引述鲁訔3条，卷二之二《相从行赠严二别驾》1条与朱注重出，卷二之二《引水》、卷五之一《桥陵诗三十韵因呈县内诸官》2条与朱注、仇注同时重出。如：

（1）卷二之二《相从行赠严二别驾》题下，浦注："鲁訔诸本题下并注云：时方经崔旰之乱。"钱笺："陈浩然本及草堂诸本题下并注云：时方经崔旰之乱。"朱注："鲁訔诸本题下并注云：时方经崔旰之乱。"仇注："诸本题下并注云：时方经崔旰之乱。"浦氏从朱注。

（2）《桥陵诗三十韵因呈县内诸官》题下，浦注："鲁訔谱云：公在率府，其家先在奉先。"朱、仇注本诗未引，两家注卷首《杜工部年谱》"天宝十四载"条皆曰："鲁曰：公在率府，其家先在奉先。"浦氏从此出。

15. 伪苏注

《心解》引述"伪苏注"2条，卷一之四《杜鹃》1条与钱注、朱注重出，卷二之二《乾元中寓居同谷县作歌七首》1条与朱注、仇注重出。如：《乾元中寓居同谷县作歌七首》其六，浦曰："伪苏注以龙喻明皇在南内，《博议》非之，谓咏万丈潭之龙。"朱注："郭知达本注引东坡云：……此诗'南有龙'，喻玄宗在南内也。"又曰："《杜诗博议》：……此盖咏万丈潭之龙也。……古人诗文取喻于龙者不一，未尝专指为九五之象，东坡必无是言也。"仇注："王道俊《博议》：……此盖咏万丈潭之龙也。……郭知达引苏注云：此诗'南有龙'，喻明皇在南内。东坡必无是言。"按：自语意观之，朱、仇所引皆可为浦氏所本，但自文气以及用字言，浦氏显然更近于仇注。

16. 吴若

《心解》引及吴若2条。

（1）卷一之四《七月三日戏呈元二十一曹长》"晚风爽乌匼"句下，浦注："吴若注：匼当作帢，音恰，殆是今字。"钱笺："吴若本注：匼……作帢，字书无匼字，音恰。"朱注："吴若注云：匼当作帢，音恰，殆是今字。"仇注："吴若本注：……作帢，音恰，苦协切。字书无匼字。"则浦注从朱注出无疑。

（2）卷三之六《九日五首》题下，浦云："吴本（云）缺一首，赵本以《登高》一首足之。"朱注："吴若本题下注云：缺一首，赵次公以

'风急天高'一首足之。"仇注:"吴若本云缺一首,赵次公以《登高》一首足之。"浦氏或本仇注。

17. 王十朋

《心解》征引王十朋1条,钱笺、朱注未引,与仇注重出。见卷三之三《百舌》题下,浦注:"王十朋曰:百舌,反舌也,春啭夏止。"仇注:"王十朋曰:百舌者,反舌也,能反覆其舌,随百鸟之音,春啭夏止"。

18. 洪容斋（迈）

《心解》引述洪容斋5条,与钱笺重出1条,与朱注重出3条,5条均与仇注重出。如:

（1）卷三之三《野望因过常少仙》题下,浦注:"《容斋随笔》:蜀本注云:应是县尉。尉谓少府,而梅福为尉,有神仙之称也。"钱笺:"随笔载县尉为少公。予后得晏几道叔原一帖。与通叟少公者。正用此也。杜诗过常少仙。蜀士注云。应是言县尉也。县尉谓之少府。而梅福为尉。有神仙之称。少仙二字,犹今俗呼仙尉也。"朱注:"《容斋随笔》:杜诗《过常少仙》,蜀本注云:应是言县尉也。县尉谓之少府,而梅福为尉,有神仙之称。少仙,犹今俗呼为仙尉也。"仇注:"洪容斋《随笔》:杜诗《过常少仙》,蜀本注云:应是言县尉也。县尉谓之少府。昔梅福为尉,有神仙之称。少仙者,犹今俗呼为仙尉。"按:钱、朱、仇三家所引,钱笺最近《容斋随笔》原文[①],然浦氏所引与钱笺相差最远,此不唯表明浦注不本钱笺,亦且可证浦氏并未检核洪氏原书。细绎各家注文,可知浦引此条盖从朱注出。

（2）卷六之下《存殁口号二首》,浦云:"自容斋有每篇一存一殁之说,谓席、曹存,毕、郑殁。"钱笺未及,朱注:"《容斋续笔》:子美存殁绝句,每篇一存一殁,盖席谦、曹霸存,毕耀、郑虔殁也。"仇注同。

（3）卷五之末《清明二首》其一"虚霑周举为寒食"句下,浦注:"《容斋随笔》:此乃冬中,非今二三月间也。《邺中记》:并州俗,冬至后一百五日,为子推断火。"钱笺、朱注未及,仇注:"洪容斋《随笔》:……《邺中记》云:并州俗,冬至后一百五日,为子推断火,冷食三日。……然所谓寒食,乃是冬中,非今二三月间也。"

---

① 参看《容斋随笔·容斋四笔》卷七,中华书局2005年版,第708页。

19. 吴曾《漫录》

《心解》征引吴曾《漫录》2条：卷一之四《杜鹃》1条，三家注俱引；卷四之一《登楼》1条，钱笺未及，与朱注、仇注重出。如《杜鹃》"云安有杜鹃"句下，浦注："吴曾《漫录》：乐府《江南词》：'鱼戏莲叶东，鱼戏莲叶西，鱼戏莲叶南，鱼戏莲叶北。'子美正用此格。"此引与朱注、仇注一无差异，而钱笺所引则于注文"乐府江南词""江南"二字后多一"古"字，作"乐府江南古词"，

虽一字之差，即恐非浦氏所据也。

20. 杜田

《心解》征引杜田4条，或作"杜田"，或作"杜田《补遗》"，或作"杜田《正谬》"，与钱笺重出1条，与朱注、仇注全部重出。如：

（1）卷二之二《最能行》"贫穷取给行艓子"句下，浦注："杜田《补遗》：艓，小舟名。"钱笺"补遗"作"补注"，朱注："杜田《补遗》：艓，小舟名。"仇注："朱注：杜田《补遗》：艓，小舟名。"

（2）卷三之一《巳上人茅斋》"天棘蔓旧作梦青丝"句下，浦注："纂朱注：'杜田《正谬》：梦，当作蔓。《抱朴子》及《博物志》皆云：……'"同条钱注未引，朱注："杜田《正谬》：梦，当作蔓。《抱朴子》及《博物志》皆云：……"仇注："朱注：'杜田《正谬》：梦，当作蔓。《抱朴子》及《博物志》皆云：……'"仇氏、浦氏转录前人注、评，都较少交代转录来源，浦氏尤其如此。如上一例，仇注、浦注同时标明所引资料出于朱注，正可说明浦氏所引其真正来源是仇注而非朱注。

21. 蔡絛

《心解》卷一之二《梦李白二首》"落月满屋梁，犹疑照颜色"句下，浦注："杨慎曰：二句所谓梦中魂魄，犹言是觉后精神尚未回也。蔡絛传神之说非是。"（按：此句当作"梦中魂魄犹言是，觉后精神尚未回"为是。）此条钱笺未及，朱注："杨慎曰：落月二句言梦中见之而觉其犹在，即所谓'梦中魂魄犹言是，觉后精神尚未回'也。蔡絛传神之说非是。"仇注亦引杨慎云云，但无"蔡絛传神之说非是"一句。

显然，这里所说的"蔡絛传神之说"云云，见于朱注所引杨慎语，而浦注又自朱注转录而得。

22. 郭知达

《心解》引述郭知达3条，钱笺未及，与朱注、仇注重出。如卷三之

三《奉寄驿重送严公四韵》题下，浦注："郭知达本注：驿去绵州三十里。"朱注："郭知达本注：驿去绵州三十里。"仇注："郭知达本注：驿在绵州三十里。"朱注、仇注一字之差，或可证浦注此条从朱不从仇。

23. 师古

《心解》引述师古10条，9条与仇注重出，这9条，钱笺、朱注无一引及。唯卷二之一《饮中八仙歌》"苏晋长斋绣佛前，醉中往往爱逃禅"句下所引，其情形略显复杂，须稍加辨析。该条浦注："师氏注：晋得胡僧慧澄绣弥勒佛一本，宝之，曰：'是佛好饮米汁，愿事之。'按：师注，朱氏驳其为伪，然《虞山集》袭用之，存考可也。"同条朱注："旧注：苏晋学浮屠术，尝得胡僧慧澄绣弥勒佛一本，宝之，曰：'是佛好饮米汁，愿事之，他佛不爱也。'按：此事不知何本，米汁语未见佛书，疑是伪撰。"仇注："此条师氏谓晋得胡僧所绣弥勒佛事，亦属伪撰。"浦氏所谓"《虞山集》袭用之"，钱笺、朱注、仇注均未及，不知浦氏所自出。

24.《诗说隽永》

《心解》引述胡宗汲《诗说隽永》1条，卷六之上《绝句三首》题下，浦云："《诗说隽永》谓并前六绝为九也。"此条虽钱、朱、仇三家俱引，然浦注引《诗说隽永》前有"题依仇本"等语，可见浦注引此当据仇注转录而得。

25. 黄希

《心解》征引黄希8条，卷一之三《盐井》、卷三之三《西山三首》2条与朱注、仇注同时重出，卷一之一《送高三十五书记十五韵》《喜晴》等6条唯与仇注重出。如：

（1）《西山三首》"筑城依白帝"句下，浦注："希云：白帝，西方之帝也。旧引夔州白帝城，非是。"朱注："黄希曰：白帝，西方之帝也，旧引夔州白帝城，非是。"仇注同。

（2）卷五之三《南极》题下，浦云："黄希曰：此用《尔雅》四极中之南极，夔在长安南也。"钱笺、朱注未及，仇注："黄希曰：此是用《尔雅》四极中之南极。夔在长安极南也。"

26. 黄鹤

《心解》引述黄鹤120条，俱见于三家注，其中有15条与钱笺重出，28条与朱注重出，117条与仇注重出。卷一之一《三川观水涨二十韵》、卷二之二《相从行赠严二别驾》等5条，钱、朱、仇三家注俱引；卷一之三《陈拾遗故宅》、卷二之一《高都护骢马行》、卷六之下《李司马桥了承高使君自成都回》3条与钱笺、朱注重出；卷一之一《奉赠韦左丞丈二十二韵》、卷一之五《遣怀》等7条与钱笺、仇注重出；卷一之四《赠李十五丈别》、卷一之六《白马》等20条与朱注、仇注重出；卷一之一《陪李北海宴历下亭》《同诸公登慈恩寺塔》等82条，钱笺、朱注未及，仅见于仇注。

27. 蔡梦弼

《心解》征引蔡梦弼31条，俱见于三家注，其中有7条与钱笺重出，17条与朱注重出，29条与仇注重出。卷一之五《昔游》《暇日小园散病将种秋菜督勒耕牛兼书触目》等5条，钱、朱、仇三家注俱引；卷一之六《解忧》、卷三之一《巳上人茅斋》2条与钱笺、朱注重出；卷一之一《送从弟亚赴河西判官》、卷三之一《登兖州城楼》等10条与朱注、仇注重出；卷一之五《阻雨不得归瀼西甘林》、卷三之一《送裴二虬尉永嘉》等14条，钱笺、朱注未及，仅见于仇注。在同时重出的条目中，究竟是采自钱笺、朱注还是仇注，虽多难以遽定，但仍有部分是有迹可按的。如卷二之一《洗兵马》"关中既留萧丞相"句下，浦注："梦弼云：杜鸿渐。"同条朱注："此诗萧丞相未详何指，梦弼注：一云杜鸿渐。"仇注："朱注：萧丞相未知何指。蔡梦弼谓杜鸿渐。"此条仇注自是采录朱注，而浦注则大抵来自仇注；又卷四之二《秋兴八首》其二"每依北斗望京华"句下，浦注："旧引长安城为北斗形者固非，赵、蔡等云秦城上直北斗，亦非。"同条朱注："按：南斗不直夔城，公诗有'秦城北斗边'，又云'秦城上斗杓'，作北斗是，赵、蔡皆主此说。"仇注："按：赵、蔡两注俱云，秦城上直北斗，长安在夔州之北，故瞻依北斗而望之。或引长安城北为北斗形者，非是。"此条浦注之从仇注，一目了然。

28. 真德秀

《心解》卷一之二《新婚别》征引真德秀1条，钱注、朱注未及，与仇注重出。浦云："真德秀曰：先王之政，新有婚者，期不役政。此诗所怨，尽其常分，而能不忘乎礼义。"同诗仇注："真德秀曰：先王之政，新有婚者，期不役政。此诗所怨，尽其常分，而能不忘礼义。"

29. 刘克庄

《心解》卷一之五《壮游》引述刘克庄1条，浦云："刘克庄比之荆卿之歌，雍门之琴，信矣。"此条钱笺、朱注未及，见于仇注："刘克庄曰：此诗……虽荆卿之歌，雍门之琴，高渐离之筑，音调节奏不如是之跌宕豪放也。"

30. 罗大经

《心解》引述罗大经 2 条，钱笺、朱注未及，与仇注重出。卷三之五《鸥》作"罗大经"，卷六之下《书堂饮既夜复邀李尚书下马月下赋绝句》作"《鹤林玉露》"，悉与仇注同。

31. 王应麟

《心解》卷一之二《石壕吏》题下征引王应麟 1 条，钱笺未及，与朱注、仇注同时重出。浦云："王应麟曰：石壕，陕州陕县之石壕镇也。"朱注："王应麟曰：石壕吏，盖陕州陕县之石壕镇也。"仇注："王应麟曰：石壕，陕州陕县之石壕镇也。"朱、仇文字略异，浦从仇出。

32. 刘辰翁

《心解》引述刘辰翁 3 条，卷一之二《得舍弟消息》、卷二之二《最能行》所引两条，一作"刘须溪"，一作"刘会孟"，钱笺、朱注未及，俱与仇注重出；卷三之一《晚行口号》所引一条，浦氏云："刘辰翁谓（江总）自梁入陈、入隋，乃著一'梁'字愧之。钱笺驳之是矣。……至《日知录》以陈天嘉四年征还，年四十五为解，亦不合。"钱笺："刘会孟云：总自梁入陈，自陈入隋，归尚黑头。不知总入隋，年七十余矣。刘之不学可笑如此。"朱注转录钱注，注文悉与钱注同。仇注："刘须溪谓著一'梁'字，不胜其愧，此谬说也。"细绎钱、朱、仇所引，无论哪家皆与浦氏所引有所不同，非浦氏所本。顾炎武《杜子美诗注》"《晚行口号》"条云："刘辰翁评曰：'人知江令自陈入隋，不知其自梁时已达官矣。自梁入陈，自陈入隋，归尚黑头，其人物心事可知。著一梁字而不胜其愧矣'。"[1] 正是浦氏据以转录的来源。

33. 方回

《心解》卷三之一《与鄠县源大少府宴渼陂得寒字》引方回 1 条，钱笺、朱注未引，与仇注重出。浦云："方回云：'无计回船'有投辖意。"全同于仇注。

---

[1] （清）黄汝成集释，秦克诚点校：《日知录集释》卷二七，岳麓书社 1994 年版，第 974 页。

34. 张綖

《心解》引述张綖 7 条，钱注、朱注则无一引及，均与仇注重出。如：

（1）卷一之二《新安吏》，浦云："张綖曰：凡此等诗，不专是刺。……"仇注："张綖曰：凡公此等诗，不专是刺。……"

（2）卷一之六《咏怀二首》其一"丈夫重天机"句下，浦注："綖注：天机，谓天时之机会……"同条仇注："綖注：天机，谓天时之机会……"

35.《演义》

《心解》引述《演义》3 条，钱注、朱注未及，均见仇注：卷四之一《赠献纳使起居田舍人澄》《曲江二首》、卷四之二《返照》各 1 条。《演义》即元人张性的《杜律演义》，又称《七言律诗演义》，浦氏盖随仇注所引作简称。如《赠献纳使起居田舍人澄》题下，浦云："《演义》：田必起居而兼献纳。"仇注："《演义》：献纳使，掌封驳，起居舍人，掌起居注，田必起居而兼献纳。"

36. 张璁

《心解》卷四之一《院中晚晴怀西郭茅舍》引张璁 1 条。浦云："张璁曰：详此诗，见公不乐居幕府。"钱笺："张璁曰：此公有不乐于幕府者也。"朱注："张璁曰：详此诗，见公不乐居幕府。"仇注未及。浦从朱注中出。

37. 周珽

《心解》卷六之下《书堂饮既夜复邀李尚书下马月下赋绝句》引周珽 1 条，钱笺、朱注未及，与仇注重出。浦云："周珽曰：风月既清，酒兴未阑。饮当垂白，达旦何妨？钟情自道，气味宛然。"仇注："周珽注：风月既清，酒兴未阑。饮当垂白，达旦何妨？钟情自道，气味宛然。少陵七绝，老健奇瑰，别成盛唐一家。"

38. 杨慎

《心解》引述杨慎 15 条，钱笺无一引及，与朱注重出者 4 条，而悉与仇注重出。如：

（1）卷一之一《送从弟亚赴河西判官》"芦酒多还醉"句下，浦注："杨慎曰：芦酒，以芦为筒，吸而饮之，亦名钩藤酒。此见《溪蛮丛笑》。"仇注："杨慎曰：芦酒以芦为筒，吸而饮之，今之啞酒也，亦名钩藤酒。此见《溪蛮丛笑》。"

（2）卷四之一《秋尽》"江上徒逢袁绍杯"句下，浦注："杨慎曰：《郑玄传》：'袁绍总兵冀州，要玄大会，玄后至，乃延上座，饮一斛，容仪温伟。'旧指河朔饮，非是。"同条朱注："杨慎曰：《郑玄传》：'袁绍总兵冀州，遣使要玄大会宾客。玄最后至，乃延升上座，身长八尺，饮酒一斛，秀眉明目，容仪温伟。'公以玄自况为儒而遭世难也。旧注引河朔饮，非是。"仇注："杨慎曰：《郑玄传》：'袁绍总兵冀州，遣使要玄大会宾客。玄最后至，乃延升上座。身长八尺，饮酒一斛，秀眉明目，容仪温伟。'旧指河朔之饮，非是。"细勘诸家所引文字间的差异，浦氏似乎自仇注采录为是。

39. 单复

《心解》卷二之一《兵车行》"武皇开边意未已"句下征引单复1条，钱笺、朱注未引，与仇注重出。浦注："单复曰：托汉武以讽。"仇注："单复曰：此为明皇用兵吐蕃而作，故托汉武以讽，其辞可哀也。……"

40. 王维桢

《心解》卷四之二《奉送蜀州柏二别驾将中丞命赴江陵起居卫尚书太夫人因示从弟行军司马位》引述王维桢1条，钱笺、朱注未引，与仇注重出。浦云："七、八，王维桢谓鬓白苦吟，不能别寄一诗，非惜诗也。"仇注："王维桢曰：末言鬓今尽白，本以苦吟之故，不能别寄一诗，非惜诗也。"

41. 邵宝

《心解》征引邵宝24条，钱笺无一引及，与朱注重出者唯卷一之六《宿凿石浦》1条，而24条悉与仇注重出。如：

（1）《宿凿石浦》题下，浦注："邵注：在今长沙府湘潭县西。"朱注："邵宝曰：凿石浦，在今长沙府湘潭县西。"仇注同。

（2）卷三之一《刘九法曹郑瑕丘石门宴集》题下，浦注："邵注：瑕丘，兖州府治。郑是官于瑕丘者。"仇注："邵注：《唐志》：瑕丘，山东兖州府治也。石门，名山，在兖州府平阴县，与瑕丘相邻境。郑是官于瑕丘者。"

42. 赵汸

《心解》引述赵汸12条，钱笺未引，与朱注重出者3条，而俱见于仇注。浦氏引述赵汸，颇多误植：卷五之三《哭王彭州抡》、卷六之下《绝句四首》两条浦注作"赵汸"者，朱注、仇注均作"赵曰"，而卷三之一《得舍弟消息二首》、卷三之六《北风》两条浦注作"赵云"、"赵注"者，仇注乃作"赵滂"（朱注未引）。浦氏引述前人注评，称谓多遵朱注、仇注之例，其简称"赵曰"（"赵云"、"赵注"）者，即为赵次公。则《哭王彭州抡》《绝句四首》两条，浦氏作"赵滂"者，实为赵次公注，而《得舍弟消息二首》《北风》两条本为赵滂所注者又误为赵次公注。翻检赵次公原注，《哭王彭州抡》《绝句四首》两条，俱见赵注，《得舍弟消息二首》《北风》两条，赵注则无，则其实际情形正复如此。

43. 赵大纲《测旨》

《心解》引述赵大纲3条，钱笺、朱注未及，俱见仇注。卷四之一《至日遣兴奉寄北省旧阁老两院故人二首》、卷四之二《十二月一日三首》作"赵大纲"，卷四之一《腊日》作"赵大纲《测旨》"，称谓一如仇注，显系从仇注中出。

44. 郝敬

《心解》卷三之二《所思》征引郝敬1条，与仇注重出，钱笺、朱注未引。

45. 陆时雍

《心解》卷二之一《丽人行》征引陆时雍1条，与仇注重出，钱笺、朱注未引。

46. 唐汝询

《心解》引述唐汝询3条，钱笺、朱注未及，有2条与仇注重出。

47. 钟惺、谭元春

《心解》引述钟、谭10条，钱笺未及，卷一之二《夏夜叹》1条与朱注重出，8条与仇注重出，其中卷三之二《铜瓶》1条，见于仇注《苦竹》一诗，卷三之二《天末怀李白》、卷四之二《咏怀古迹五首》2条，仇注未及。

48. 胡应麟

《心解》引述胡应麟2条，钱笺、朱注未引，见于仇注同诗所引。卷四之二《登高》浦引仅"胡应麟谓古今七言律第一"寥寥数字，仇注则详悉有加；卷六之下《赠花卿》，浦云："胡元瑞谓赠歌妓，《杜臆》谓非歌妓所能当。"仇注："《杜臆》：胡元瑞因李群玉有赠歌妓相同，因以花卿为歌妓。窃谓：此诗非歌妓所能当，其为花惊定无疑。"可见浦氏引胡应麟所自出。

49. 胡震亨

《心解》卷五之四《秋日荆南述怀三十韵》引述胡震亨3条，有2条与仇注重出。如"汉庭和异域"句下，浦注："震亨云：回纥和亲。"又"晋史圻中台"句下，浦注："震亨云：言房琯道卒。"同诗仇注："胡震亨曰：和异域，言回纥和亲。圻中台，言房琯道卒。"又浦氏于诗后云："胡震亨以此诗通身主房琯言。愚谓篇首只述己得罪一句，与房琯有关会。……"此条盖引述胡氏语而批驳之，胡氏原评见同诗朱注所引何（当为"胡"）震亨条。

50. 胡夏客

《心解》引述胡夏客16条，均见于仇注，钱笺、朱注未引。卷一之一《送从弟亚赴河西判官》、卷一之二《无家别》、卷五之四《风疾舟中伏枕书怀三十六韵奉呈湖南亲友》所引各条，仇注同诗未见，别见于《送樊二十三侍御赴汉中判官》《垂老别》《聂耒阳以仆阻水书致酒肉疗饥荒江诗得代怀兴尽本韵至县呈聂令陆路去方田驿四十里舟行一日时属江涨泊于方田》三诗。重出诸条中，应当引起注意的是卷五之四《又示宗武》，浦氏云："夏客疑此诗有誉儿癖。"同诗仇注："胡夏客曰：诗云：'觅句新知律'，又云：'试吟青玉案'，或疑公有誉儿癖，非也。……""或疑"云云，盖指他人致疑，而非夏客本人，浦氏显是误读夏客所论。

51. 杨德周

《心解》征引杨德周3条，均与仇注重出，钱笺、朱注未引。卷一之三《成都府》，浦云："杨德周曰：纪行诸篇，幽灵危险，直令气浮者沉，心浅者深。刻画之中，元气浑沦；窈冥之内，光怪迸发。"此条仇注同诗未见，别见于《万丈潭》一诗。

52. 陶开虞

《心解》卷三之三《舍弟占归草堂检校聊示此诗》征引陶开虞1条，与仇注重出，钱注、朱注未引。①

53. 王嗣奭

《心解》引述王奭嗣90条，或称"《杜臆》"，或称"王嗣奭"，悉见

---

① 按：陶开虞有《说杜》一卷。《心解》卷三之二《得舍弟消息》，浦云："虽得消息，而仍不见，依旧作苦语。上四，屈曲作意，言故乡值乱难住，不如他乡好矣。然且不能已于忆者，直为此心以乱向厄，离而苦，存亡莫保，故久念不释也。'与'字内含存亡不可知之意。《说杜》不会一转一折看，便混。"此据王志庚校点本引。则浦注在《舍弟占归草堂检校聊示此诗》外，另有引陶开虞一条。不过，细绎浦氏此解，屈曲层深，其所谓"说杜不能一转一折看"，盖泛言解杜者须体会入微，才能见其真，并非专指陶氏一家言，笔者翻检其他的杜注，同样未见有于此诗引《说杜》者，故这里的"说杜"，不大可能是陶开虞的"《说杜》"，恐是王氏校点之误。

于仇注。《杜臆》成书后,并无刊本流传,传世稿本见者又极稀,故各注家征引王嗣奭,大抵由仇注转录,《心解》正复如此。唯卷三之四《严郑公宅同咏竹得香字》、卷五之三《奉汉中王手札报韦侍御萧尊师亡》所引,同诗仇注未见,别见于《严郑公阶下新松》《奉汉中王手札》二诗。

54. 顾炎武

《心解》征引顾炎武7条,唯卷一之二《新安吏》1条与仇注重出,其余6条均未见引及,系直接征自顾氏《日知录》(参看刘辰翁条)。

55. 申涵光

《心解》引述申涵光6条,均见于仇注。如卷一之一《述怀》,浦云:"申涵光曰:'反畏消息'二句,非身经丧乱,不知此语之确。"同诗仇注:"申涵光曰:'麻鞋见天子,衣袖露两肘',一时君臣草草,狼籍在目。'反畏消息来,寸心亦何有',非身经丧乱,不知此语之真。此等诗,无一语空闲,只平平说去,有声有泪,真三百篇嫡派,人疑杜古铺叙太实,不知其淋漓慷慨耳。"卷一之四《三韵三首》,浦云:"申涵光曰:《三韵》三篇甚古悍。"同诗仇注:"申涵光曰:三韵三篇,甚古悍。"

56. 卢世㴶

《心解》引述卢世㴶11条,钱笺、朱注无一引及,有10条与仇注重出。如卷一之六《客从》,浦云:"卢世㴶云:情酸味厚,歌短泣长,而一唱三叹,蕴藉优柔,《三百篇》《十九首》,上下同流。"同诗仇注:"卢世㴶曰:……二叹暨'客从南溟来'、'白马东北来',纡虑老谋,补偏救弊,其情酸味厚,歌短泣长,而一唱三叹,蕴藉优柔,三百篇、十九首、苏、李、曹植、陶潜,上下同流,先后一揆矣。"卷一之一《送从弟亚赴河西判官》,浦云:"卢世㴶亦云:但俱不及长孙篇。"此条仇注未及。

57. 潘柽章

《心解》引述《杜诗博议》12条,或如卷五之一《送杨六判官使西蕃》作"《杜诗博议》",或如卷二之二《乾元中寓居同谷县作歌七首》作"王道俊《博议》",或如卷一之一《同诸公登慈恩寺塔》简称"《博议》"。浦氏引《杜诗博议》有从朱注中出者,如卷三之四《闻高常侍亡》"致君丹槛折"句下,浦注:"《博议》云:史称适负气敢言,权贵侧目。"同诗朱注:"《杜诗博议》:……史称适负气敢言,权贵侧目。……"仇注:"唐史称适负气敢言,权贵侧目。"仇注虽然也出注,但止言唐史，未提及《杜诗博议》，非浦氏所本，浦从朱出；又如卷三之五《骊山》"人间有赐金"句下所引，仇注未及，浦氏据朱注引出。而有些条目，浦氏则据仇注转录，如卷二之二《乾元中寓居同谷县作歌七首》"南有龙兮在山湫"句下，浦注："王道俊《博议》，同谷万丈潭有龙。"朱注无作"王道俊《博议》"者，"王道俊《博议》"之名，仅见于仇注。今人的考证已表明，所谓王道俊《杜诗博议》，其实是仇注据朱注引入时，将《杜诗博议》之作者误植为明人王道俊[①]，浦起龙征引有题"王道俊《博议》"者，则是承仇注之误，此益可证浦起龙未见潘氏原著也。

58. 潘鸿

《心解》卷五之四《太岁日》引潘鸿1条，与朱注、仇注重出。

59. 刘逴

《心解》卷三之三《又呈窦使君》引述刘逴1条，仅见于仇注。

60. 钱谦益

《心解》引述钱谦益104条，其中39条与朱注重出，81条与仇注重出，有卷一之二《垂老别》、卷一之四《赠李十五丈别》等18条，朱注、仇注均未引及，可判定是由钱氏原笺中出。重出的条目中，有10条可立判系据仇注转录。

61. 程孟阳（嘉燧）

《心解》引述程嘉燧2条，同见于钱注、仇注，朱注则未引。卷一之一《同诸公登慈恩寺塔》"日晏昆仑丘"句下，浦注："程（嘉）燧曰：明皇游宴，皆贵妃从幸，故讽之。"同条钱注："程嘉燧曰：玄宗游宴，贵妃皆从幸。"仇注："程嘉燧曰：明皇游宴骊山，皆贵妃从幸，故以日晏昆仑讽之。"此条浦注显然是据仇注而采录。又卷二之三《寄韩谏议注》，浦云："钱笺引申程孟阳之指，谓：'安刘、帷幄等语，非李泌莫当。'其言殊不孟浪。潘耒、黄生驳之……其言亦善求间。"同诗钱注："程嘉燧曰：此诗盖为李泌而作。余考之是也。……安刘、帷幄，在玄肃之代，舍泌其谁。"潘耒、黄生驳斥钱谦益之语则见同诗仇注所引，则此条实由钱注、仇注综合而出。

---

① 参见蔡锦芳《〈杜诗博议〉质疑》，《杜诗版本及作品研究》，上海大学出版社2007年版。

62. 朱鹤龄

《心解》引述朱鹤龄375条，与仇注重出177条，其余198条仇注未引，可判定是从朱氏原注中出。与仇注重出诸条中，有19条可立判系据仇注转录。

63. 俞玚

《心解》征引俞玚（《心解》均作"旅农"）5条，钱、朱、仇三家以及吴见思、卢元昌、黄生等清初诸注家均未引及。浦起龙与俞玚同为无锡人，浦氏当得见俞玚原著而采录之。

64. 潘耒

《心解》引述潘耒3条，分别见于卷二之一《哀江头》《洗兵马》、卷二之三《寄韩谏议注》三诗中。《哀江头》一诗所引，其实当为潘柽章而非潘耒（参前文苏辙条）。其余二诗所引，浦氏则自仇注节录潘耒语，如《寄韩谏议注》，浦云："钱笺引申程孟阳之指……潘耒、黄生驳之，一云题中不见郏侯姓氏，一攻笺中欲谏议贡泌于玉堂之说……"此"题中不见郏侯姓氏"云云，即由仇注同诗所引潘耒论杜之言中节录而得。

65. 顾宸

《心解》引述顾宸49条，与仇注重出者30条，其余19条仇注未引，当据原书直接引入。

66. 吴见思

《心解》征引吴见思11条，俱与仇注重出，亦如仇注全作"吴论"（吴见思《杜诗论文》之简称）。以卷六之上《复愁十二首》为例，其二，浦云："吴论：上二章，皆言景。"仇注："吴论：上二章，皆言景。"其四，浦云："吴论：上二章，皆言情。"仇注："吴论：上二章，皆言情。"其五，浦云："吴论：此下五章，因乱后而作。"仇注："吴论：此下五章，因乱后而作。"其十，浦云："吴论：此下三章，仍说现前景事。"仇注："吴论：此下三章，仍说现前景事。"从称谓到注文浦引与仇引一无差异，而与吴见思原注——其二："二首皆咏景"；其四："二首俱言情"；其五："此下五首俱乱后之事也"；其十："下三首仍挽归目前之事"——文字上颇显不同。毋庸置疑，浦氏所引乃由仇注中转录而来。

67. 卢元昌、邵长蘅

《心解》引述卢元昌35条，其中29条与仇注重出，有6条仇注未及；征引邵长蘅3条，仇注无一引及。如所周知，邵长蘅尝手批《杜诗阐》，在浦氏直接征引的为数不多的几家文献里，卢、邵二家恰在其中，所以，如上仇注未及的诸条，浦氏当是根据邵长蘅所批《杜诗阐》直接引入。《后出塞五首》可证浦氏见卢元昌原本。

68. 黄生

《心解》引述黄生65条，有卷四之二《咏怀古迹五首》、《七月一日题终明府水楼二首》等5条仇注未及，可以判定是据《杜诗说》直接采录，其余60条悉与仇注重出。与仇注重出诸条中，有23条可立判浦氏乃据仇注转录，如卷一之五《上后园山脚》"庶作梁父吟"句下，浦注："黄生注：非窃比诸葛也。陆机、沈约各有《梁父吟》，皆伤时运易逝之意。"同条仇注："黄生谓：《梁父吟》，非窃比诸葛也。陆机、沈约各有《梁父吟》，皆伤时运易逝之意。"黄氏《杜诗说》原作："按：诸葛《梁父吟》言二桃杀三士事……晋陆机、沈约皆有此咏，皆悲时运易逝之意。……公每好用'梁父吟'字，解者徒谓其窃比诸葛。"其余重出条目，或因仇注所引黄生语与《杜诗说》所见差异甚微，或因浦氏仅简述黄生语意并未具引原文，故难以轻易判断其来源，以卷六之下《江南逢李龟年》为例，浦曰："黄生曰：此与《剑器行》同意。今昔盛衰之感，言外黯然欲绝。见风韵于行间，寓感慨于字里。使龙标、供奉操笔，亦无以过。乃知公于此体，非不能为正声。"仇注所引与《杜诗说》原文雷同，在"此与"之间多一"诗"字，"使龙标、供奉"作"即使龙标、供奉"。

69. 洪仲

《心解》征引洪仲3条，见于卷三之一《陪郑广文游何将军山林十首》、卷三之二《漫成二首》、卷三之六《发潭州》，俱见于仇注。洪仲为黄生友，其论杜之言，黄生《杜诗说》所在多有，然仇注所引文字与《杜诗说》所引略见差异。如《漫成二首》其一，黄生作："洪方舟曰：荒荒白，不甚白；泯泯清，不甚清。"仇注作："洪注：荒荒，不甚白；泯泯，不甚清。"浦注与仇注同；又《发潭州》，黄生作："洪方舟云：三四说物见人，后半言人见己。"仇注作："洪仲曰：此诗三四托物见人，五六借人形己。"浦注："三、四，发船之景，洪仲所谓托物见人者也。"仇、黄二家注文之异，浦氏之近仇，可证《心解》所引盖源自仇注。

70. 张溍

《心解》征引张溍2条，见卷一之四《课伐木》、卷二之二《韦讽录事宅观曹将军画马图》二诗,俱与仇注重出。如《韦讽录事宅观曹将军画马图》,浦云:"张㵎曰:杜诗咏物,必及时事,故能淋漓顿挫。"同诗仇注:"张㵎曰:杜诗咏一物,必及时事,故能淋漓顿挫。今人不过就事填写,宜其兴致索然耳。"而张㵎原作:"杜诗咏一物,必及时事,感慨淋漓。今人不过就事填写,宜其兴致索然耳。"据此可推见浦氏并未检索张氏原注,仅仅是根据仇注转录而得。

71. 陈廷敬

《心解》引述陈廷敬3条,见卷四之二《秋兴八首》《宇文晁尚书之甥崔彧司业之孙尚书之子重泛郑监审前湖》、卷五之一《投赠歌舒开府翰二十韵》,俱与仇注重出。《投赠歌舒开府翰二十韵》所引一条,同诗仇注未及,别见于仇注《赠田九判官梁丘》一诗。

72. 张远

《心解》引述张远12条,悉与仇注重出,或称"远"或称"张远",亦多与仇注雷同。如:

(1) 卷一之一《大云寺赞公房四首》其四"执热烦何有"句下,浦注:"远注:公诗用'执热',俱作热不可解言。"同条仇注:"远注:公诗用执热,俱作热不可解,言一对赞公,则心地自凉,觉烦嚣尽释矣。"张远原注则作:"按:'执热''执'字,公诗俱作执持不解讲,言近赞公之清旷,令人心地自冷,尚何有烦嚣乎?"

(2) 卷五之四《远怀舍弟颖观等》,浦云:"张远云:亦元日所作。因前'不见江东弟'句,故又有此。"同诗仇注:"张远注:此诗亦元日所作,因前诗'不见江东弟'句,故又有此诗,观落句'旧时元日会',可见。"张远原注作:"此诗亦元日所作,因前诗'不见江东'句,又有此诗,故落句'旧时元日会'云云。"

则,浦氏之径据仇注转录,在在可见。

73. 朱瀚

《心解》引述朱瀚9条,俱与仇注重出。如卷四之一《崔氏东山草堂》,浦云:"朱瀚云:次联即'衡门之下,可以栖迟'也。三联即'泌之洋洋,可以乐饥'也。"同诗仇注:"朱瀚曰:草堂之静,延秋气之爽,故曰相鲜新。次联,即'衡门之下,可以栖迟'也。三联,即'泌之洋洋,可以乐饥'也。"

74. 毛奇龄

《心解》卷四之二《奉送蜀州柏二别驾将中丞命赴江陵起居卫尚书太夫人因示从弟行军司马位》引述毛奇龄1条，与仇注重出。[①] 浦云："毛奇龄曰：此长题八句完点之法"，仇注："毛奇龄曰：……此唐人长题，用八句完点之法。"

75. 吴山民

《心解》卷一之二《梦李白二首》征引吴山民1条，与仇注重出。

76. 仇兆鳌

《心解》引述仇兆鳌434条。

77. 沈德潜

《心解》卷二之一《饮中八仙歌》征引沈德潜1条，未见仇注采录。浦云："沈德潜曰：前不用起，后不用收，中间参差历落，似八章，仍是一章。格法古未曾有。"《唐诗别裁集》卷六《饮中八仙歌》诗后，沈氏评曰："前不用起，后不用收，中间参差历落，似八章，仍是一章。格法古未曾有。……"[②] 浦氏所引与沈氏原评雷同，则浦氏当据《别裁集》直接采录。

通过如上一番实证性的考察，我们更可进一步说，浦氏所"节采"的三家注里，究其实主要是仇注。《心解》之成书颇依托于仇注，他所引述有宋以来的杜诗文献多自仇注转录而出，即令钱笺、朱注等案头就有的杜注，浦氏有时也没有翻检原书，而直接由仇注录入。[③]

三　由博返约

经过上面的考释，可知"心解"确乎与"百氏诠释之杜"有着广泛的关联，紧接下来，我们要进一步追问的是，浦起龙是如何使用这些杜诗诠释文献的？

---

① 今人周采泉尝云："西河论杜，殊有卓见，仇注未引，殆由于门户之见使然。"见《杜集书录》，上海古籍出版社1986年版，第921页，今见仇氏于此引毛奇龄，周氏之说可不攻自破。

② （清）沈德潜：《唐诗别裁集》，中华书局1975年版，第94页。

③ 王志庚先生点校《心解》时曾以为"作者参考了宋朝以至清朝各家的注本"（《读杜心解·点校说明》）。

为了具体地了解这一点，我们不妨先看一下浦起龙的如下笺释：

> 小寒食……首点节，次贴身。三、四，俱承次句写出。朱瀚谓分承上二，非也。"娟娟蝶"，却似蒙花。"片片鸥"，却似蒙水。瀚又云：蝶鸥自在，而云山空望，所以对景生愁，首尾又暗相照应。此解却得。其曰首尾暗应者，"云白山青"应"佳辰"，"愁看直北"应"隐几"也。○三、四、第七，与沈云卿诗偶相类，固非蹈袭，亦非有意损益也。黄鲁直、范元实辈，斤斤辩之。前人诗话，多著相处，勿为所惑。（《小寒食舟中作》）

> 黄生云：写景如此阔大，自叙如此落寞，诗境阔狭顿异，结语凑泊极难，转出"戎马"五字，胸襟气象，一等相称。愚按：不阔则狭处不苦，能狭则阔境愈空。然玩三、四，亦已暗逗辽远漂流之象。○赵滂曰：公此诗，同时惟孟浩然足以相敌。孟诗云："八月湖水平，涵虚混太清。气蒸云梦泽，波撼岳阳城。欲济无舟楫，端居耻圣明。坐看垂钓者，徒有羡鱼情。"愚按：孟诗结语似逊。（《登岳阳楼》）

以上随举二例所见朱瀚、黄鲁直、范元实、黄生、赵滂之说亦无一例外由仇注中出。然则，浦氏所引往往加以裁择删节，较仇氏已大为简略，如《小寒食舟中作》一笺所引朱瀚条，仇氏《详注》原作：

> 朱瀚曰：颔联分承上二。时逢寒食，故春水盈江。老景萧条，故看花目暗。须于了无蹊径处，寻其草蛇灰线之妙。腹联兴起下二。戏蝶轻鸥，往来自在，而云山万里空望长安，所以对景而生愁也。首尾又暗相照应，与"几年逢熟食，万里逼清明"参看。[①]

对比之下，浦起龙所引不但更为简约，还随其所需地将朱瀚的笺语一分为二。而黄鲁直、范元实"斤斤辩之"的原话，浦氏则全然略去。诸如此类与《详注》有着鲜明对比的例子在《心解》中触眼即是。《杜律启蒙》

[①] （清）仇兆鳌：《杜诗详注》卷二三，中华书局1979年版，第2062页。

的作者边连宝曾认为仇氏《详注》"所取太博,时或短于抉择"①,今人蒋寅也批评仇注"对繁富的追求,在某种程度上是以冗滥为代价的",且往往"不下按断,不加分析,令人不知注者何取"②。

仇注之失,正是浦起龙《心解》所长。我们从上面所引《小寒食舟中作》《登岳阳楼》两例中可以清楚地看出他对杜诗诠释文献的两种取向,或质辩旧说之反者,或采撷旧说之合者,要在借宾定主,在旧说中涵养自己的见解。浦起龙对"宋人之注"、"近世之解"的使用,与其所归依的朱子有异曲同工之处,朱熹读书法有云:

> 大凡看书,要看了又看,逐段、逐句、逐字理会,仍参诸解、传,说教通透,使道理与自家心相肯方得。③

在博参的基础上进行深思、明辩,进而由博返约,使其会归于自家的心灵。朱子讲这些,原是教人如何把知识学习与心性修养打通,我们以此来说浦起龙的"心解",未免浅乎用之,但那着实可以说是"心解"得力的地方,诚如他在《致同年王蓼原先生》一札中与王蓼原谈读杜诗时所云:"取旧本互勘,摄意静思,或当有赏奇析疑之叹焉!"④浦起龙正是凭借仇注博取繁富,在比勘抉择中重新熔铸"宋人之注"、"近世之解",从而折中去隙,会归己意。

从历史的角度看,《心解》的"由博返约"其实是对杜诗诠释"一烈于宋人之注,再烈于近世之解"(《心解·发凡》)的弥缝与反拨。然而也正是在《心解》的这种"折衷去取"里,已隐然包含了注杜式微的危机。洪业《杜诗引得·序》在介绍完《心解》之后即说道:"此后注杜之风杀矣!"⑤何以这么说?让我们借浦起龙谈十三经注疏之学走向没落的一段极具启发意义的话来对此试作回答:

> 自宋儒出而为注为传为章句,其于汉唐之注疏,博取而会其归,

---

① 见韩成武等点校《杜律启蒙·凡例》,齐鲁书社2005年版,第1页。
② 蒋寅:《〈杜诗详注〉与古典诗歌注释学之得失》,《杜甫研究学刊》1995年第2期。
③ (宋)黎靖德编,王星贤点校:《朱子语类》卷一〇,中华书局1983年版,第162页。
④ (清)浦起龙:《不是集》,燕京大学图书馆,中华民国二十五年铅印本。
⑤ 洪业:《杜诗引得》,上海古籍出版社1985年版,第74页。

折衷而去其隙，学者便之，而古学亦因以荒矣。……要而论之，古注详核，各有师承，然多驳而未醇，宋儒刊落众家之烦芜，取便学者之诵读，而学者因其便易遂不复考其源流，由是经学日荒，求如汉儒之专门名家者无有也，亦可惜矣。有志之士宜博稽而详究之，即朱传所以折衷去取之故亦于是而可考焉。①

"学者便之"则注疏之学日荒，此真可谓是一语破的的解释。"刊落众家之烦芜"、"博取而会其归，折衷而去其隙"都算得上是《心解》的特点（且不论这种"折衷"是否像梁启超说的那样，在"别人看来不过多一重聚讼的公案"），而它的取便学者也是客观的事实，清代杜诗批点本中以《心解》为底本者，算来就有十余家之多（见周采泉《杜集书录》）。事实上，《心解》自己便是取便于仇注的繁富，"遂不复考其源流"的，因而颇沿袭仇注之误。从这个角度上说，杜注衰杀的根苗，毋宁说在仇氏《详注》中就已经种下了。

[说明：本文所涉杜诗注本，《读杜心解》《杜臆》《钱注杜诗》《杜诗详注》均据中华书局校点整理本，赵次公注据林继中先生《杜诗赵次公先后解辑校》（上海古籍出版社），朱鹤龄《杜工部集辑注》用四库禁毁书丛刊补编本，吴见思《杜诗论文》、张溍《读书堂杜工部诗集注解》、张远《杜诗会粹》均用四库全书存目丛书本，黄生《杜诗说》用徐定祥点校本（黄山书社），为省篇幅，文中均未另外出注，特此说明。]

---

① （清）浦起龙：《酿蜜集·十三经异同》，光绪二十七年孟春工竣板藏静寄东轩家塾本。

晋唐时期杜甫家族的播迁历程及其背景考论

河南社会科学院文学所　西北大学文学院

胡永杰

【摘　要】杜甫家庭所属的杜氏本为长安大族，但西晋之后辗转迁徙，播迁各地。杜甫世系所在的杜氏襄阳房播迁的过程可分为四个阶段：一、西晋末至前秦、后秦时期，避地西凉及返回长安故里阶段；二、宋、齐、梁时期，迁居襄阳、梁州阶段；三、西魏、北周、隋朝时期，返回长安阶段；五、唐朝时期，迁居河南府巩县及东都洛阳阶段。这一家族多次迁徙，是社会动乱、政治分裂、政权频繁易主的时代社会政治形势所迫使，最终定居洛阳所属巩县，则是当时士族中央化的时代趋势使然。

【关键词】杜甫　杜氏家族　播迁　背景　晋唐

随着杜甫叔父《杜并墓志》出土，参以杜甫所撰其二姑母《唐故万年县君京兆杜氏墓志》、元稹所撰杜甫墓志及《周书·杜叔毗传》《北史·杜叔毗传》《元和姓纂》卷六"杜氏"条等文献记载及近人关于杜氏家族的研究成果，杜甫家族从杜预以来的世系已基本清晰准确，其家族籍贯的迁移变化及其原因则具有了厘清的必要和可能。

杜甫的世系，《元和姓纂》卷六"杜氏·襄阳"条有较为完整的记载：

> 杜预—耽—顾—逊—灵启、乾光—（乾光孙）叔毗—廉卿、凭石、安石、鱼石、黄石—（鱼石子）依艺—审言—闲—甫。①

唯杜乾光、杜叔毗祖孙之间一世名字失载。《周书》卷四六《杜叔毗传》则记载：

> 杜叔毗……祖乾光，齐司徒右长史。父渐，梁边城太守。

可补《姓纂》之缺。近人研究成果以四川省文史研究馆《杜甫年谱》、胡可先先生《杜甫叔父杜并墓志铭笺证》所考最为详切，此先引之于下。

四川省文史研究馆《杜甫年谱》②：

> 杜预—耽—顾—逊—灵启—乾光—渐—叔毗—鱼石—依艺—审言—闲（并、专、登）—甫（颖、观、占、丰、有一女适韦氏）—（宗文、）宗武—嗣业。

胡可先《杜甫叔父杜并墓志铭笺证》③：

> 预—耽（凉州刺史）—顾（西海太宁）—逊（居襄阳）—乾光（齐司徒右长史）—渐（梁边城太宁）—叔毗（周峡州刺史）—鱼石（获嘉县令）—依艺—审言（膳部员外郎）—闲（奉天令）—甫（左拾遗）。

杜甫在《祭远祖当阳君文》中称自己为杜预"十三叶孙"④，四川省文史研究馆《杜甫年谱》所列自杜预至杜甫世系虽为十三世，但以杜灵启、杜乾光为父子，系为二世，则缺乏依据。《元和姓纂》卷六"杜

---

① （唐）林宝撰，岑仲勉校记：《元和姓纂》（附四校记），中华书局1994年版，第930—932页。
② 《杜甫年谱》，四川人民出版社1981年版，第1页。
③ 文载《杜甫研究学刊》2001年第2期。
④ 萧涤非主编：《杜甫全集校注》，人民文学出版社2014年版，第6294页。

氏·襄阳"条明载"（杜）逊官至魏兴太守，生灵启、乾元（光）"①，以杜灵启、杜乾光为兄弟而非父子。诚如胡可先先生《杜甫叔父杜并墓志铭笺证》文中所指出："《杜甫年谱》……然将《姓纂》所载灵启、乾光兄弟又重新定为父子，则尚缺乏可靠依据。故杜甫世系所缺的一世，仍应在乾光的上几世间。目前尚无材料证明，待以后详考。"②

西晋末年的永嘉之乱以后，随着政权的南北分裂，北方地区战乱无常，北方家族开始了分离播迁，杜甫家族所属的杜预之子杜耽一支，也开始了频繁地迁移。大体而言杜甫家族的播迁过程可分为四个阶段：一、西晋末至前秦、后秦时期，避地西凉及返回长安故里阶段；二、宋、齐、梁时期，迁居襄阳、梁州阶段；三、西魏、北周、隋朝时期，返回长安阶段；四、唐朝时期，迁居河南府巩县及东都洛阳阶段。其迁移的原因则主要有二，一是西晋末至北周天下分崩，政权频繁更迭的社会政治形势的驱使，二是隋唐时期士族中央化趋势的驱动。③下面对其过程和原因试做考论。

一　西晋末至前秦、后秦时期避地凉州及返回长安故里阶段

（一）杜预之前杜氏的居住地

《三国志·魏书·杜畿传》裴松之注云："《傅子》曰：畿，汉御史大夫杜延年之后。延年父周，自南阳徙茂陵，延年徙杜陵，子孙世居焉。"④杜畿为杜预之祖，杜甫的十五世祖。杜畿之前这一家族世居京兆杜陵，至杜畿因汉末的战乱，他先是客居荆州，后还京兆故里，后又在曹

---

① （唐）林宝撰，岑仲勉校记：《元和姓纂》（附四校记），第930页。
② 笔者按，目前所缺一世，当在杜逊和杜灵启、杜乾光之间，详见下文考辨。
③ 士族中央化是指，隋唐废除察举、九品中正选官制度，施行科举取士制，使官僚系统人才选拔权集中于中央，削弱了士族入仕对地方乡里的依赖，从而驱动他们的家庭重心逐渐向中央地区转移。这一概念及问题由毛汉光先生在《从士族籍贯迁移看唐代士族的中央化》文中提出，文载氏著《中国中古社会史论》，上海书店出版社2002年版。
④ （晋）陈寿撰，（南朝宋）裴松之注：《三国志》卷一六，中华书局1959年版，第494页。

魏政权中为官，因功业卓著，开始定居洛阳附近。《三国志·魏书·杜畿传》记载：

> 杜畿字伯侯，京兆杜陵人也。少孤，继母苦之，以孝闻。年二十，为郡功曹，守郑县令。……举孝廉，除汉中府丞。会天下乱，遂弃官客荆州，建安中乃还。荀彧进之太祖，太祖以畿为司空司直，迁护羌校尉，使持节，领西平太守。

裴松之注：

> 《魏略》曰：畿少有大志。在荆州数岁，继母亡后，以三辅开通，负其母丧北归。……畿到乡里，京兆尹张时，河东人也，与畿有旧，署为功曹。①

可见杜畿早期乃出生、成长于京兆，任官也在此一带，其母去世仍归葬京兆，说明其家族重心仍在此地。后杜畿为曹操重用，特别是任河东郡守十六年政绩突出，"文帝即王位，赐爵关内侯，征为尚书。及践阼，进封丰乐亭侯，邑百户，守司隶校尉"。② 这时当把家业安置在了京城洛阳。杜畿子杜恕又在洛阳所属的宜阳县营建了一个坞堡——一泉坞，其整个家族则定居在了洛阳附近的一泉坞。《三国志·杜畿传附杜恕传》裴松之注云："《杜氏新书》曰：恕遂去京师，营宜阳一泉坞，因其垒壍之固，小大家焉。"③ 又，《通典》卷一七七"州郡七·河南府·洛州·福昌"条载：

> 魏尚书仆射杜君畿、幽州刺史杜君恕墓并在今县北。县城即魏之一金（全）坞城，东南北三面峭绝天险。④

---

① 《三国志》卷一六，第493—494页。
② 同上书，第497页。
③ 同上书，第506页。
④ （唐）杜佑撰，王文锦等点校：《通典》，中华书局1988年版，第4654页。

杜畿、杜恕卒后皆葬于一泉坞，也可证明其家族居住地在此。另外《三国志·杜畿传附杜恕传》裴松之注引《杜氏新书》云："（杜恕）弟宽，字务叔。清虚玄静，敏而好古。以名臣门户，少长京师。"① 杜畿子杜宽"少长京师"，则可证明其主要成员生活成长于京城洛阳。至西晋末洛阳失陷时，杜预子杜尹仍屯守一泉坞自保②，说明从三国的曹魏时至西晋末，京兆杜氏的杜畿、杜恕、杜预及其子孙有四世、达百年左右之久定居在洛阳及其附近。

（二）前凉时期避地凉州

西晋末永嘉之乱以来，北方地区发生严重动乱，社会分裂，胡人入主，政权频繁更迭，迫使士族家庭为避难或归依某一政权而开始大量迁移变动。杜预的子孙此时或南迁，或留居北方，归属不同政权，也开始大范围地分离播迁。

西晋之后杜氏京兆房、襄阳房皆出自杜预。《新唐书·宰相世系表二上》"杜氏"条记载杜预有四子：锡、跻、耽、尹。③ 唐林宝《元和姓纂》卷六"杜氏"条所载相同，唯次序有异：长子锡、次子尹、少子跻、少子耽。④ 永嘉之乱时，杜预长子杜锡之子杜乂随元帝过江；杜锡另一子（名不详）当留北方。杜跻及其后人也留居北方；杜尹则据守其祖杜恕在洛阳附近的宜阳所建的一泉坞（《水经注》作"一合坞"）自保，但后来魏该之将马瞻袭杀杜尹并占据一泉坞⑤，杜尹后人当流散北方。杜甫世系所属的杜耽则避地西凉，其后人后来迁回长安，又辗转迁往江南的彭城、襄阳等地。⑥ 此据《元和姓纂》（简称《姓纂》）及史籍记载，列表说明其大概（见表1）：

---

① 《三国志》卷一六，第508页。
② 见（唐）房玄龄等《晋书》卷六三《魏浚传附魏该传》，中华书局1974年版，第1713页。
③ （宋）欧阳修、宋祁：《新唐书》卷七二上，中华书局1975年版，第2418—2419页。
④ 《元和姓纂》（附四校记），第911、929、930页。
⑤ 见《晋书》卷六三《魏浚传附魏该传》，第1713页。
⑥ 杜氏京兆房、襄阳房的情况，王力平《中古杜氏的变迁》杜氏"京兆望诸房"、"襄阳杜氏两房支"部分有详细梳理，可参看，商务印书馆2006年版，第58—70页。

表1

房支	杜预四子	后世世系	所据文献
京兆房	杜锡	杜乂（随元帝渡江南迁。杜乂无子，其系断绝）	《晋书》卷九三《外戚·杜乂传》（《姓纂》未载）
		（杜锡曾孙）憨—楚、秀—（孙）建（北魏辅国将军）—皎（仪同三司、武都郡守）—徽（晖）、杲（后周义兴公，隋兵部尚书）—（徽子）吒、淹—（吒子）如晦、楚客	《周书》卷三九《杜杲》、《北史》卷七〇《杜杲传》、《姓纂》卷六
		（杜杲族父）瓒（攒）（北魏黄门侍郎兼度支尚书，始平公）、胜	《姓纂》卷六"杜氏·京兆"、《周书》卷三九《杜杲传》、《北史》卷七〇《杜杲传》
	杜尹	（六代孙）颙（西魏安平公）—景秀、景仲、景恭	《姓纂》卷六、《魏书》卷四五《杜铨传附杜颙传》
	杜跻	（子）胄（苻秦太尉）—嶷（秦秘书监）—铨（后魏中书侍郎）	《姓纂》卷六、《魏书》卷四五《杜铨传》
襄阳房	杜耽	顾—逊—灵启、乾光—（乾光子）渐—君锡、叔毗	《姓纂》卷六、《宋书》卷六五《杜骥传》、《周书》卷四六《杜叔毗传》

杜甫属杜耽一支。《元和姓纂》卷六"杜氏·襄阳"条记载：

> 当阳侯元凯少子耽，晋凉州刺史；生顾，西海太守；生逊，过江，随元帝南迁，居襄阳。逊官至魏兴太守，生灵启、乾元（光）。[①]

可知杜耽、杜顾父子都曾在凉州一带任职，但《姓纂》所云"耽，晋凉州刺史"不确。《晋书·张轨传》记载：

---

① 《元和姓纂》（附四校记），第930页。

> 晋昌张越，凉州大族，谶言张氏霸凉，自以才力应之。从陇西内史迁梁州刺史。越志在凉州，遂托病归河西，阴图代轨，乃遣兄镇及曹祛、麹佩移檄废轨，以军司杜耽摄州事，使耽表越为刺史。轨令曰："吾在州八年……"①

张越"以（凉州）军司杜耽摄州事"，但张越阴图取代张轨为凉州刺史的图谋并没得逞，张轨并未罢凉州刺史，杜耽后来为凉州刺史的可能性不大，林宝《姓纂》当是对《晋书·张轨传》所载的误解。

杜耽一家西居凉州乃为避西晋末的战乱。《宋书·杜骥传》载：

> 杜骥，字度世，京兆杜陵人也。高祖预，晋征南将军。曾祖耽，避难河西，因仕张氏。苻坚平凉州，父祖始还关中。兄坦，颇涉史传。高祖（刘裕）征长安，席卷随从南还。……坦（对宋文帝）曰："请以臣言之。臣本中华高族，亡曾祖晋氏丧乱，播迁凉土，世叶相承，不殒其旧。直以南度不早，便以荒伧赐隔。"②（《南史》卷七〇《杜骥传》所载略同）

其时间当在永嘉初年（308年前后），因为杜耽以军司杜耽摄凉州州事时，张轨"在州八年"，据《晋书·张轨传》载，"（张轨）永宁初，出为护羌校尉、凉州刺史"，八年后即永嘉二年（308）。杜耽任凉州军司时京师洛阳尚未失陷，后永嘉五年（311），"及京都陷……中州避难来者日月相继，（张轨）分武威置武兴郡以居之"，他较一般"中州避难来者"到凉州为早，也有可能是先在凉州为官，后因洛阳失陷遂滞留凉州。

《宋书·杜骥传》云："苻坚平凉州，父祖始还关中。"前凉376年被前秦苻坚所灭，杜耽一家从永嘉二年前不久到凉州至376年还关中，在凉州的时间约70年。

（二）前秦、后秦时期返回长安

苻坚376年平凉，杜氏家族于此时返回原籍长安，至刘裕417年占领

---

① 《晋书》卷八六，第2223页。
② （南朝梁）沈约：《宋书》卷六五，中华书局1974年版，第1720—1721页。

长安、灭后秦，及417年、418年刘裕、刘义真父子先后离长安返江左①，其家族也于此时南迁，这期间在长安居住约43年。

《宋书·杜骥传》云"苻坚平凉州，（杜骥）父祖始还关中"。杜耽为杜骥曾祖，"父祖始还关中"表明杜氏家族返长安前杜耽已卒于凉州，返回关中的是杜骥的父祖辈杜顾等。杜骥的祖辈和父辈人物，仅能据《元和姓纂》所载知有杜顾和杜逊。杜顾可能是杜骥、杜耽之祖，杜逊是否其父则可能性不大，但由于没有文献记载，只能存疑。杜甫世系中的杜逊，《元和姓纂》称其为杜顾之子，随元帝过江南迁，但"随元帝南迁"殊为可疑。因为376年苻坚平前凉，杜顾及其子辈返回关中，距离317年元帝渡江已经60年，杜逊为杜顾之子，不可能是西晋末年人。而且杜逊子杜灵启、杜乾光②都在南齐为官，距离元帝渡江已超过160年，《姓纂》所载当误。所以更可能杜逊是杜耽、杜顾在凉州时才出生，后跟随其父杜顾返回关中，刘裕攻破长安后南迁襄阳。③

杜顾家族由于离开故里西居凉州仅70年左右，与长安乡里的隔绝时间尚不很长，乡里宗族基础尚在，因此返回长安后的居住发展当比较顺利。《魏书·杜铨传》载："杜铨，字士衡，京兆人。晋征南将军预五世孙也。祖胄，苻坚太尉长史。"④《元和姓纂》则载："当阳侯少子跻，新平太守。生胄，苻秦太尉；生嶷，秦秘书监。嶷生铨，后魏中书侍郎。"⑤《姓纂》所载杜胄为"苻秦太尉"与《魏书》所云"太尉长史"不合，当以《魏书》为准。但两者结合可以看到，杜跻之子杜胄，即杜顾的从

---

① 刘裕收复长安及和其幼子刘义真先后离开长安的时间，见《资治通鉴》第3709、3714、3720页记载，中华书局1956年版。

② 杜灵启、杜乾光为杜逊之子说也是值得怀疑的。此说见《元和姓纂》卷六"杜氏·襄阳"条。但《宋书》卷六五《杜骥传》载，杜骥"元嘉二十七年（450）卒，时年六十四"，杜骥、杜坦兄弟当于418年随刘义真过江南迁，时杜骥32岁，其兄杜坦更长几岁。杜逊为杜骥的父辈，年岁当长于杜骥兄弟，如按他也在418年前后南迁计算，年龄至少当在40岁上下，其子当也在十多岁至20岁的年龄。但杜灵启、杜乾光都在南齐（479—502）为官（见后文所引），距离杜逊南迁已超过60年，不甚合常理。所以杜灵启、杜乾光如为杜逊的孙辈，则更为合理。因无文献依据，此处暂依《元和姓纂》之说。

③ 参见韩树峰《南北朝时期淮汉迤北的边境豪族》，社会科学文献出版社2003年版，第126页；宋艳梅《永嘉乱后京兆杜氏晚渡江左述论》，《长安大学学报》（社会科学版）2011年第1期。

④ （北齐）魏收：《魏书》卷四五，中华书局1974年版，第1018页。

⑤ 《元和姓纂》（附四校记），第929页。

兄弟，这时在苻坚政权中任太尉长史，其家庭在京兆故里应有较大势力。有亲族的基础和帮助，杜顾之家当很快便成为京兆杜陵一带的显赫之家。这一情况在其家庭与当时显赫的韦华家族的密切关系中可窥见一斑。《宋书·杜骥传》记载：

> 北土旧法，问疾必遣子弟。骥年十三，父使候同郡韦华。华子玄有高名，见而异之，以女妻焉。桂阳公义真镇长安，辟为州主簿。……（杜骥元嘉）二十七年卒，时年六十四。①

韦华及其父韦钟、兄韦谦、子韦玄皆有高名。韦华，《北史·寇赞传》记载，"苻坚仆射韦华，州里高达，虽年时有异，恒以风味相待。华为冯翊太守，召为功曹"②。后秦姚兴时，韦华则为中书令（见《晋书》卷一一七《姚兴载记》）。韦玄，《宋书·索虏传》记载，"京兆人韦玄隐居养志，有高名，姚兴备礼征，不起；高祖（刘裕）辟为相国掾，宋台通直郎，又并不就"。③ 杜骥当为杜顾之孙，其家庭与世居本籍，数世显贵的京兆大族韦华家庭常往来问吊，并通婚联姻，杜骥又被刘义真辟用，可见其家族这时也是显要之门。

《宋书·杜骥传》载："（杜骥）兄坦，颇涉史传。高祖征长安，席卷随从南还。"又载："（杜骥）桂阳公义真镇长安，辟为州主簿，后为义真车骑行参军，员外散骑侍郎，江夏王义恭抚军刑狱参军，尚书都官郎，长沙王义欣后军录事参军。"④ 刘裕于晋义熙十三年（417）九月收复长安，十二月离长安返回江左。留幼子刘义真镇守长安，次年（418）十一月刘义真也返江左。⑤ 这一家族于此时结束了在长安的居住时期，迁往江南。

二 宋齐梁时期迁居襄阳、梁州（南郑）阶段

此阶段始于西晋末杜预之子杜逊，终结于西魏北周时杜叔毗。

---

① 《宋书》卷六五，第1721、1722页。
② （唐）李延寿：《北史》卷二七，中华书局1974年版，第990页。
③ 《宋书》卷九五，第2331页。
④ 《宋书》卷六五，第1720、1721页。
⑤ 见《资治通鉴》第3709—3714、3720页记载。

杜预之后迁往南方主要是三个房支，其一是杜预长子杜锡之子杜乂一房，早在晋元帝渡江时随从南迁，这一支因杜乂无子，当很快断绝。另两个即同为杜预另一子杜耽之后的杜骥、杜坦和杜逊两支。杜逊，《元和姓纂》明确记载为杜耽之孙，杜顾之子。杜骥、杜坦，《宋书·杜骥传》仅载："杜骥，字度世，京兆杜陵人也。高祖预，晋征南将军。曾祖耽，避难河西，因仕张氏。苻坚平凉州，父祖始还关中。兄坦。"《南史》卷七〇《杜骥传》记载同。杜坦、杜骥兄弟与杜顾、杜逊的关系未见直接记载，仅能从《元和姓纂》《宋书·杜骥传》《南史·杜骥传》所载推断出两人为杜顾孙辈，杜逊子侄辈。他们为杜顾之孙有其可能，为杜逊之子则可能性不大。因为杜骥、杜坦南迁后占籍于彭城和寿阳一带①，杜逊及其后人则定居襄阳，如为父子，不应分居两地。

杜骥、杜坦兄弟在刘宋元嘉中任遇甚厚，杜骥子杜幼文也"拜黄门侍郎，出为辅国将军，梁、南秦二州刺史。废帝元徽中，为散骑常侍"。但杜幼文后为前废帝所疾，"于是（前废帝）自率宿卫兵诛幼文、勃、超之等。幼文兄叔文为长水校尉，及诸子侄在京邑方镇者并诛。唯幼文兄季文、弟希文等数人，逃亡得免"。②经此屠戮，这一家族遂败落沦没。

杜甫世系所属的杜逊一支则世居襄阳、梁州，发展为当地豪族，至梁朝走上显盛。

（一）杜氏家族在襄阳的发展

考察杜氏在襄阳发展的具体情况前，需先对南北朝时关中士族迁居襄阳的原因及其发展的特点做一简要的介绍。

1. 关中由于距洛阳、建康较远，而与襄阳地区山水相接，有地利之便。西晋末大乱时关中士族多不及随晋元帝南渡江左，而是在较晚的时期更多就便迁往襄阳。《宋书·州郡志三·雍州刺史》的记载可见其情况一斑：

---

① 参见周一良《魏晋南北朝史札记》之"《宋书》札记·晚度北人"（中华书局1985年版，第190—192页）条及宋艳梅《永嘉乱后京兆杜氏晚渡江左述论》[《长安大学学报》（社会科学版）2011年第1期] 有关考辨。

② 《宋书》卷六五《杜骥传附杜幼文传》，第1722—1723页。

雍州刺史,晋江左立。胡亡氐乱,雍、秦流民多南出樊、沔。晋孝武始于襄阳侨立雍州,并立侨郡县。宋文帝元嘉二十六年,割荆州之襄阳、南阳、新野、顺阳、随五郡为雍州,而侨郡县犹寄寓在诸郡界。孝武大明中,又分实土郡县以为侨郡县境。①

2. 由于襄阳的地理之便,关中士族南迁能够携带大量宗族部曲同往,加之这里远离南方政治中心区,当地家族势力不强,所以他们在这里能够发展为具有强大宗族基础(包括军事力量)的地方豪强。如《梁书·康绚传》记载:

> 康绚,字长明,华山蓝田人也。……晋时陇右乱,康氏迁于蓝田。绚曾祖因为苻坚太子詹事,生穆,穆为姚苌河南尹。宋永初中,穆举乡族三千余家,入襄阳之岘南。宋为置华山郡蓝田县,寄居于襄阳,以穆为秦、梁二州刺史。②

侨居襄阳的北方家族又以柳氏、韦氏、杜氏最为显盛。③

3. 由于有地方宗族力量做基础,迁居襄阳的关中士族世代担任襄阳所在的雍州及其邻近的梁州各级官职,并时常为宋齐梁朝廷所倚重而担任朝中或其他地方要职。

4. 这些家族的成员多以勇力和军事才能著称,并具有以经学为主的家学传统。

上述特征是襄阳柳氏、韦氏、杜氏等家族所共有,不过具体而看几个家族显贵也有先后之别。以柳元景、柳世隆、柳庆远为代表的襄阳柳氏,因与刘裕的关系密切,在刘宋时期即已担任朝廷要职,历齐梁而不衰。④以韦祖征、韦祖归、韦叡为代表的韦氏家族⑤和以杜怀宝、杜崱为代表的

---

① 《宋书》卷三七,第1135页。
② (唐)姚思廉:《梁书》卷一八,中华书局1973年版,第290页。
③ 参见王永平、徐成《东晋南朝时期襄阳豪族集团的社会特征》,《河南科技大学学报》(社会科学版)2014年第2期。
④ 见《南史》卷三八《柳元景传》、《宋书》卷七七《柳元景传》及所附柳世隆、柳庆元等柳氏成员诸传,又《梁书》卷一二《柳忱传》。
⑤ 见《南史》卷五八《韦叡传》、《梁书》卷一二《韦叡》及所附韦氏成员诸传。

杜氏家族①则在梁朝才获得更大的发展机会，这主要是由于梁朝创立者萧衍起家于雍州（治襄阳），倚重当地豪族。而三个家族之中，杜氏则是发迹最晚，政治上最不显赫者。

《元和姓纂》卷六"杜氏·襄阳"条记载：

> 当阳侯元凯少子耽，晋凉州刺史；生顾，西海太守；生逊，过江，随元帝南迁，居襄阳。逊官至魏兴太守，生灵启、乾元（光）。
>
> 灵启生怀瑀、怀琎（宝）。怀瑀六代孙文范，唐中书舍人、御史中丞。怀琎，蔡州刺史，生岑、嶷、岩、楤、岸、崱、幼安。楤，梁西荆州刺史。岸，梁州刺史。崱，江州刺史。……
>
> 乾光孙叔毗，周峡州刺史。生廉卿、凭石、安石、鱼石、黄石。②

杜逊大约东晋末年刘裕北伐复长安时迁居襄阳③，并曾担任附近的梁州魏兴郡太守。从其子灵启、乾光起分为两支在襄阳逐渐发展壮大。

杜灵启和杜乾光两支，又以灵启支更为兴盛。《梁书·杜崱传》载：

> 杜崱，京兆杜陵人也。其先自北归南，居于雍州之襄阳，子孙因家焉。祖灵启，齐给事中。④

《周书·杜叔毗传》载：

> 杜叔毗，字子弼，其先杜陵京兆人也，徙居襄阳。祖乾光，齐司徒右长史。父渐，梁边城太守。叔毗早岁而孤，事母以孝闻。⑤

杜灵启和杜乾光都在南齐为官，但事迹无闻，在襄阳乡里之外，名声并不显赫。同时期及之前的刘宋朝，柳氏家族和青徐一带的杜骥、杜坦倒是更

---

① 见《南史》卷六四《杜崱》、《梁书》卷四六《杜崱》及所附杜氏成员诸传。
② 《元和姓纂》（附四校记），第930—931页。
③ 参见前文引证。
④ 《梁书》卷四六，第641—642页。
⑤ （唐）令狐德棻等：《周书》卷四六，中华书局1971年版，第829页。

为显盛。杜骥、杜坦见重于刘宋统治者已见前论。柳氏家族的柳元景,宋文帝元嘉时为北伐军主帅,以功"为侍中,领左卫将军,寻转宁蛮校尉、雍州刺史,监雍梁南北秦四州荆州之竟陵随二郡诸军事",后又为尚书令、太子詹事、侍中、本郡大中正,卒后谥忠烈公(见《南史》卷三八、《宋书》卷七七本传)。柳元景弟之子柳世隆宋末"征为侍中,仍迁尚书右仆射,封贞阳县侯","齐高帝践阼,起为南豫州刺史,加都督,进爵为公","复入为尚书左仆射,不拜,乃转尚书令","少立功名,晚专以谈义自业"(见《南史》卷三八《柳元景传附柳世隆传》)。可见柳氏家族在宋齐时已相当贵盛。

襄阳重要家族的普遍贵盛是在梁朝。由于梁武帝萧衍曾任雍州(治襄阳)刺史,于此积蓄实力,篡齐建梁,襄阳柳、韦、杜等家族势力都依附萧衍,从而走上政治的重要位置。如柳氏家族的柳庆远:

> 后为襄阳令,梁武帝之临雍州,问京兆人杜恽求州纲纪,恽言庆远。武帝曰:"文和吾已知之,所问未知者耳。"因辟为别驾。庆远谓所亲曰:"天下方乱,定霸者其吾君乎。"因尽诚协赞。及起兵,庆远常居帷幄为谋主,从军东下,身先士卒。……累迁侍中、领军将军……出为雍州刺史。①

韦氏家族的韦叡,乃前秦、后秦时期京兆韦华曾孙、韦玄之孙。《梁书·韦叡传》载:

> 宋永光初,袁𫖮为雍州刺史,见而异之,引为主簿。……后为晋平王左常侍,迁司空桂阳王行参军,随齐司空柳世隆守郢城,拒荆州刺史沈攸之。攸之平,迁前军中兵参军。久之,为广德令。累迁齐兴太守、本州别驾、长水校尉、右军将军。齐末多故,不欲远乡里,求为上庸太守,加建威将军。俄而太尉陈显达、护军将军崔慧景频逼京师,民心遑骇,未有所定,西土人谋之于叡。叡曰:"陈虽旧将,非命世才;崔颇更事,懦而不武。其取赤族也,宜哉!天下真人,殆兴

---

① (唐)李延寿:《南史》卷三八《柳元景传附柳庆远传》,中华书局1975年版,第991页。

于吾州矣。"乃遣其二子，自结于高祖。

后"以功增封七百户，进爵为侯"历员外散骑常侍、右卫将军，左卫将军、太子詹事、通直散骑常侍、智武将军、丹阳尹、中护军、平北将军、宁蛮校尉、雍州刺史，"普通元年夏，迁侍中、车骑将军，以疾未拜"。①

杜氏家族的杜灵启后人这时也依附萧衍获得发展机会。《梁书·杜崱传》载：

> 杜崱，京兆杜陵人也。其先自北归南，居于雍州之襄阳，子孙因家焉。祖灵启，齐给事中。父怀宝，少有志节，常邀际会。高祖义师东下，随南平王伟留镇襄阳。天监中，稍立功绩，官至骁猛将军、梁州刺史。②

不过相比较柳氏、韦氏家族成员这时功高位重的情况，杜氏家族却仅是"稍立功绩"，名位仍不及他们显赫。杜氏家族的鼎盛是在之后简文帝和元帝时期。这时杜灵启子杜怀宝的诸子杜崱、杜岸、杜幼安、杜岑子杜龛都是雍州（治襄阳）刺史萧詧府中的重要力量。后杜崱兄弟弃萧詧投靠时任荆州刺史的萧绎，战功卓著，萧绎即帝位后杜崱兄弟子侄得到重用。《南史·杜崱传》载：

> 巚位西荆州刺史……崱，巚弟也。幼有志气，居乡里以胆勇称，后为新兴太守。太清三年，随岳阳王来袭荆州，元帝与崱兄岸有旧，密书邀之。崱乃与岸、弟幼安、兄子龛等夜归元帝，以为武州刺史，封枝江县侯，令随领军王僧辩东讨侯景。至巴陵，景遁。加侍中，进爵为公，仍随僧辩追景至石头。景败，崱入据台城。景平，加散骑常侍、江州刺史。……崱兄弟九人，兄嵩、岑、崱、岌、巚、嶫、岸及弟嶷幼安，并知名。③

---

① 《梁书》卷一二，第 220—221 页。
② 《梁书》卷四六，第 641—642 页。
③ 《南史》卷六四，第 1557 页。

杜崱兄弟投靠萧绎虽然获得更大发展，但是他们背叛萧詧，并试图袭击襄阳，导致襄阳的杜氏宗族被萧詧屠灭。杜氏家族在襄阳的生存发展也就难以为继了。此点下面一并详论。

（二）杜乾光一支在梁州（南郑）的发展

当襄阳的柳氏、韦氏、杜氏灵启一支在梁朝获得政治上重要发展，人物辈出之时，杜甫世系所属的杜乾光（杜灵启之弟）一支则仍名不见经传，似乎没有重要发展。《周书》卷四六《杜叔毗传》记载"杜叔毗……祖乾光，齐司徒右长史。父渐，梁边城太守。叔毗早岁而孤，事母以孝闻。"杜渐为乾光之子，系杜怀宝一辈，曾任梁边城左郡太守，远算不上显赫。因为早亡，当未有显著的名位。

杜渐子孙很有可能后来迁居到了襄阳邻近的梁州。因为梁武帝太清中（547—549），杜灵启之孙杜崱等人背叛襄阳的雍州刺史萧詧，襄阳杜氏宗族遭到血洗，杜渐家庭不可能在襄阳居住下去。《南史·杜崱传》记载：

> 崱兄弟九人，兄嵩、岑、巘、崀、巚、岸及弟幼、幼安并知名。岸字公衡，太清中，与崱随岳阳王詧攻荆州，同归元帝。帝以为北梁州刺史，封江陵县侯。岸请以五百骑袭襄阳，去城三十里，城中觉之。詧夜知其师掩襄阳，以岸等襄阳豪帅，于是夜遁归襄阳。岸等知詧至，遂奔其兄南阳太守巚于广平。詧遣将尹正、薛晖等攻拔之，获巚、岸等并其母妻子女，并斩于襄阳北门。詧母龚保林数岸之众，岸曰："老婢教汝儿杀汝叔，乃枉杀忠良。"詧命拔其舌，脔杀而烹之。尽诛诸杜宗族亲者，幼弱下蚕室，又发其坟墓，烧其骸骨，灰而扬之，并以为漆髹。及建邺平，崱兄弟发安宁陵焚之，以报漆髹之酷，元帝亦不责也。①

萧詧（519—562）"尽诛诸杜宗族亲者，幼弱下蚕室，又发其坟墓，烧其骸骨，灰而扬之，并以为漆髹"。杜渐后人如在襄阳，自然也在被诛之列，他们襄阳的祖茔家业已遭到毁坏。之后萧詧投靠西魏，襄阳被西魏北周占

---

① 《南史》卷六四，第1557—1558页。又见《周书》卷四八《萧詧传》记载。

领。杜氏家族自然无法在襄阳继续生活。

《周书·杜叔毗传》记载：

> （杜叔毗）仕梁，为宜丰侯萧循府中直兵参军。大统十七年，太祖令大将军达奚武经略汉州。明年，武围循于南郑。循令叔毗诣阙请和。太祖（西魏宇文泰）见而礼之。使未反，而循中直兵参军曹策、参军刘晓谋以城降武。时叔毗兄君锡为循中记室参军，从子映录事参军，映弟晰中直兵参军，并有文武材略，各领部曲数百人。策等忌之，惧不同己，遂诬以谋叛，擅加害焉。……自君锡及宗室等为曹策所害，犹殡梁州，至是表请迎丧归葬。高祖（北周武帝宇文邕）许之，葬事所须，诏令官给。在梁旧田宅经外配者，并追还之，仍赐田二百顷。寻除硖州刺史。①

杜叔毗、杜君锡兄弟及子侄"并有文武材略，各领部曲数百人"，都在梁州萧循府中任事，是其中重要的军事力量，说明其宗族势力颇为强大。西魏大统十七年（551）他们在梁州（治南郑），此时距离梁太清三年（549）②萧詧屠杀襄阳杜氏之时仅两三年，时间甚近，这一杜氏支并没有罹襄阳之祸。说明，至少太清（547—549）之前他们已在梁州。

北周武帝宇文邕时，杜叔毗表请迎葬遇害殡于梁州的杜君锡等，宇文邕诏令其家族"在梁旧田宅经外配者，并追还之"。《周书》《南史》本传还记载后来在北周时叔毗之母激励他刺杀曹策，为兄复仇之事。说明叔毗之母也没有遭受襄阳之祸，显然也在之前已迁往梁州。这些情况表明，杜叔毗家族是协同老母宗室同在梁州，而且在此置办了田宅，当已定居于此。至于其迁往梁州的时间始于何时，已不得而知。

这样看来，杜甫的先世还有一段从襄阳迁居梁州（南郑）的经历。

---

① 《周书》卷四六，第829—830页。
② 《南史》卷六四《杜崱传》："崱，巘弟也。幼有志气，居乡里以胆勇称，后为新兴太守。太清三年（549），随岳阳王来袭荆州，元帝与崱兄岸有旧，密书邀之。崱乃与岸、弟幼安、兄子龛等夜归元帝。"（第1557页）

三　西魏、北周及隋文帝时期迁回长安阶段

自西魏废帝元年（552）杜叔毗归西魏之后，历北周至隋60—70年，其家庭当定居京兆长安。

《周书·杜叔毗传》载："自君锡及宗室等为曹策所害，犹殡梁州，至是表请迎丧归葬。高祖许之，葬事所须，诏令官给。""迎丧归葬"，当是从梁州迎归长安。同传又载："在梁旧田宅经外配者，并追还之，仍赐田二百顷。"所赐之田在长安或是梁州难以确定，在长安的可能性更大，而梁州的旧田宅既已追还，此时期当也长期保有，其家庭与梁州当也有联系。

杜叔毗北归后，由于刺杀曹策为兄复仇的孝行及志气，加以自身的军事才干，受到宇文泰、宇文护的赏识，仕途尚比较顺利。《周书》本传载：

> 后遂白日手刃策于京城，断首刳腹，解其肢体。然后面缚，请就戮焉。太祖（宇文泰）嘉其志气，特命赦之。寻拜都督、辅国将军、中散大夫。遭母忧，哀毁骨立，殆不胜丧。服阕，晋公护（宇文护）辟为中外府乐曹参军，加授大都督，迁使持节、车骑大将军、仪同三司，行义归郡守。自君锡及宗室等为曹策所害，犹殡梁州，至是表请迎丧归葬。高祖许之，葬事所须，诏令官给。在梁旧田宅经外配者，并追还之，仍赐田二百顷。寻除硖州刺史。天和二年（567），从卫国公直南讨，军败，为陈人所擒。陈人将降之，叔毗辞色不挠，遂被害。①

但是杜叔毗之子都名位不显，事迹不见诸史籍。文献记载仅有《元和姓纂》卷六所云：

> 乾光孙叔毗，周峡州刺史。生廉卿、凭石、安石、鱼石、黄石。凭石生依德，蓬州咸安令；生易简，考功员外。安石生贤，仓部郎

---

① 《周书》卷四六，第830页。

中。鱼石生依艺，巩县令。

其他则是墓志中偶有记载，如：

>曾祖鱼石，随怀州司功、获嘉县令。祖依艺，唐雍州司法、洛州巩县令。①

>君讳安，字元安，河南洛阳人也。……曾祖毗，周硖州刺史。祖石，隋寿州霍山县令。父英，唐汝州鲁山县丞。②

>曾祖某，隋河内郡司功、获嘉县令。③

可见，杜叔毗北归关中后，虽自身尚较显贵，但是并没有实现整个家庭或家族的持续兴盛。其中原因主要有二。

其一，南迁杜氏房支在南朝虽都曾经贵盛，但是三个房支最终都遭遇灭族之祸，使南迁诸杜零落殆尽，仅杜叔毗一家北归，势孤力单，难以形成雄厚的家族势力。

南迁三支杜氏的沦没，前文都已述及。杜骥、杜坦一房，可能定居彭城、寿阳，因杜骥兄弟的显贵而主要居住京城建康。在刘宋时被前废帝屠戮。襄阳房杜灵启一支的杜崱家族，在襄阳者被萧詧屠灭，虽杜崱等人后在荆州萧绎府中曾显盛一时，最终也在都在征战消亡殆尽，后世湮没无闻。杜乾光一支的杜君锡等则在梁州（南郑）被曹策等人杀害，仅叔毗一家因出使幸免。

北归长安，因单门独支，缺乏家族势力在政治上的相互援助提携，所以杜叔毗南征陈朝遇害后，其家庭便急剧沦落，发展维艰。

其二，乡里宗族势力的断绝。

襄阳杜氏家族在宋齐之世虽不显盛，但是他们在襄阳有深厚的乡里宗

---

① 《杜并墓志》，吴钢主编《全唐文补遗》第六辑，三秦出版社1994年版，第355页。
② 《杜安墓志》，吴钢主编《全唐文补遗》第二辑，第398页。
③ （唐）杜甫：《唐故万年县君京兆杜氏墓志铭》，萧涤非主编《杜甫全集校注》，第6311页。

族基础和势力，所以能持久保持在雍州、梁州一带的地方豪族地位，并在梁朝遇到机遇乘时而起，在政治上显达。这一特征是襄阳韦氏、柳氏等重要家族所共有的。

杜叔毗北归长安后，由于距离东晋末宋初南迁已达130余年之久，不像他的先祖杜顾及子孙从凉州返回长安时，由于离开故里仅70年左右，尚能恢复在乡里地位和力量。从杜叔毗事迹及其诸子的任官情况，看不出这时期他的家庭在长安与当地杜氏的任何联系。

这种状况在北返士族中是普遍现象。我们以同为关中望族的韦氏南迁又北返房支的韦量（即唐代韦嗣立、韦济先祖）和韦瑱家族为例来窥其一斑。先看韦量家族。

> 六代祖华……高祖量，周使持节抚军大将军、散骑常侍、汝南县开国子，食邑三百户。……曾祖瑗，阳武令，袭汝南子。……大父德伦，皇朝瀛州任丘县令；属兴社始基，求贤未浃。怀公辅之量，犹且为□；播人谣之声，因而作乂。父仁慎，皇朝雍州参军、同州司户、屯田、驾部员外，朝请大夫，兵部郎中。①

> 曾祖量，梁中书黄门侍郎，司农卿，汝南县开国子。祖瑗，隋光州定城、广州慎县、降州高梁、荥阳郡阳武四县令。考德伦，皇朝瀛洲任丘县令。并有盛德重名，清猷素范。②

> 量，魏散骑常侍，生高祖瑗，随阳武令。③

> 曾祖瑗，周冬官司金上士，隋阳武郡令，才实兼人，位不充量。祖德伦，皇朝瀛州任丘县令；高尚卅余年，道在礼义，贵非轩冕。父约，皇朝尚书左丞、御史大夫、右御史大夫、同凤阁鸾台三品、纳言、博昌县开国男，赠使持节幽州都督。④

---

① 《净光严（韦氏）墓志》，周绍良、赵超主编《唐代墓志汇编续集》，上海古籍出版社2001年版，第445页。
② 《韦仁约（思谦）墓志》，吴钢主编《全唐文补遗》第二辑，第6页。
③ 《韦希损墓志》，周绍良主编《唐代墓志汇编》，上海古籍出版社1992年版，第1219页。
④ 《韦承庆墓志》，周绍良、赵超主编《唐代墓志汇编续集》，第420页。

《元和姓纂》卷二"韦氏·襄阳"条载:"东眷穆元(玄)孙华,隋宋武过江,居襄阳县。祖归生纂、阐、叡。……纂曾孙弘瑗,生德伦、知止。"① 韦量为韦叡兄韦纂曾孙,仕梁、西魏、北周三朝,显然是雍州刺史萧詧归降西魏,西魏据有襄阳之地时北归,时间和杜叔毗从梁州归西魏相近。韦量在魏周仕途尚可,但其子韦瑗(弘瑗)、孙韦德伦都位不过县令,诚如《韦承庆墓志》所言"道在礼义,贵非轩冕"。

再看韦瑱家族。《周书·韦瑱传》载:

> 韦瑱字世珍,京兆杜陵人也。世为三辅著姓。曾祖惠度,姚泓尚书郎。随刘义真过江,仕宋为镇西府司马、顺阳太守,行南雍州事。后于襄阳归魏,拜中书侍郎,赠安西将军、洛州刺史。祖千雄,略阳郡守。父英,代郡守,赠兖州刺史。……大统八年,齐神武侵汾、绛,瑱从太祖御之。军还,令瑱以本官镇蒲津关,带中潬城主。寻除蒲州总管府长史。顷之,征拜鸿胪卿。以望族,兼领乡兵,加帅都督。迁大都督、通直散骑常侍,行京兆郡事,进车骑大将军、仪同三司、散骑常侍。②

韦瑱曾祖韦惠度随刘裕子刘义真过江,时间和韦华、杜骥、杜逊等家族相同,但他后又"于襄阳归魏",当在刘宋朝,时间比韦华家族的韦量、杜氏家族的杜叔毗北归早得多。所以,长安乡里宗族基础未断绝,有深厚的宗族势力。故能在西魏、北周"以望族,兼领乡兵,加帅都督",为宇文氏所倚重。从而其家族韦氏平齐房能在周隋之世历久显贵,非韦量、杜叔毗家族所能比。

从与韦瑱家族的对比中,大体能看到,南朝北归士族由于与乡里宗族势力的隔断,普遍失去了家族及仕途发展的有力后盾,他们在魏、周、隋代前期一段时期内发展普遍比较艰难。这一形势将迫使他们在家族特征上,由于失去宗族领袖的地位而逐渐丧失武力兴宗的品质,而向单纯依靠文化修养传家的方向发展;在家族居住地上,趋于放弃关中故里,向洛阳

---

① 《元和姓纂》(附四校记),第182页。
② 《周书》卷三九,第893—894页。

一带迁移谋求发展。此点将是下文重点讨论的问题。

四　隋唐时期迁居巩县、洛阳阶段

杜甫家族从其曾祖杜依艺（杜叔毗孙）于唐初时迁居洛阳所属的巩县，至少至杜甫之孙杜嗣业都占籍于此。这方面史籍和杜甫自己的诗文有明确记载。

（杜甫二姑母）曾祖某，隋河内郡司功，获嘉县令。王父某，皇朝监察御史，洛州巩县令。前朝咸以士林取贵，宰邑成名。①

系曰：晋当阳成侯姓杜氏，下十世而生依艺，令于巩。②

杜甫，字子美，本襄阳人，后徙河南巩县。曾祖依艺，位终巩令。③

杜审言，字必简，襄州襄阳人。④

杜甫所属的杜氏家族隋唐时期迁往洛阳附近，其根本原因是当时士族中央化的时代潮流使然。唐代士族中央化的概念由毛汉光先生提出，他在《从士族籍贯迁移看唐代士族之中央化》文中指出：

唐代官僚制度中的选制对地方人物产生巨大的吸引力，使郡姓大族疏离原籍、迁居两京，以便于投身官僚层；科举入仕者以适合官僚政治为主，地方代表性质较低，士族子弟将以大社会中的知识分子求取晋身，大帝国由此获得人才以充实其官吏群。如果将具有地方性格的郡姓"新贯"于中央地区并依附中央的现象，称为中央化；而又

---

① （唐）杜甫：《唐故万年县君京兆杜氏墓志》，萧涤非主编《杜甫全集校注》，第6311页。
② （唐）元稹：《唐故工部员外郎杜君墓系铭并序》，冀勤点校《元稹集》，中华书局1982年版，第601页。
③ （后晋）刘昫等：《旧唐书》卷一九〇下《文苑传下·杜甫传》，中华书局1975年版，第5054页。
④ 《新唐书》卷二〇一《杜审言传》，第5735—5736页。

将（地方）代表性的性格转变为纯官吏性格的现象，称为官僚化；则士族在中古时期的演变，一直在中央化与官僚化的螺旋进程中交互推移，最后成为纯官僚而失去地方性。①

其实相似的观点唐人自身也有过表达，如刘秩曾论："隋氏罢中正，举选不本乡曲，故里间无豪族，井邑无衣冠，人不土著，萃处京畿，士不饰行，人弱而愚。"② 刘秩和毛汉光先生所论是唐代及之前就已逐渐开始的整个社会士族变动的大的趋势，杜甫家族迁居洛阳附近也是这一大趋势的表现之一。不过其家族从两京地区两个核心地之一的长安迁往另一核心地洛阳，则有其更具体的原因。

其一，杜甫家族从长安迁往洛阳乃隋炀帝时期迁都洛阳，政治重心在两京地区之内发生转移所致。

士族中央化的潮流是一个渐进的过程，从北魏孝文帝迁都洛阳时这一进程即已开始，据毛汉光先生《从士族籍贯迁移看唐代士族之中央化》一文研究，在盛唐时期达到高峰。不过毛先生是在对十姓十三家八十三个著房著支士族统计结果的基础上得出的结论。大士族家族迁移具有更大的保守性，中小士族的中央化则可能更早也更容易。就整个士族阶层来看，隋炀帝大业年间是这一过程加速的一个重要时期。其原因主要有以下诸端。（1）隋代开始施行，而炀帝时更趋深入的科举制度，大大削弱了地方选拔人才的权力，进而削弱了士族与地方的联系，加速了中央化的进程。（2）隋代开皇九年（589）平陈，实现了全国的统一，士族中央化的范围更广，扩展至全国。（3）隋炀帝时期士人中央化潮流不仅有选官制度中央化驱使的动因，还有用强制性措施令江南、河北士人家庭迁居洛阳的原因，这也加剧了这一进程。对于第三点，可做一些展开说明。如大业二年（606）曾迁江南重要家族六千余家入洛阳居住。

> （大业二年五月）敕江南诸州科上户分房入东都住，名为部京户，六千余家。③

---

① 毛汉光：《中国中古社会史论》，第333页。
② 《通典》卷一七《选举五·杂议论中》，第417页。
③ （唐）杜宝撰，辛德勇辑校：《大业杂记辑校》，三秦出版社2006年版，第23页。

这一举措并不限于江南家族,而是涉及还涉及河北、并州。

（大业三年）十月,敕河北诸郡送工艺户陪东都,三千余家。①

冬十月,敕河南（校云一作"北"）诸郡送一艺户陪东都三千余家,置十二坊于洛水南以处之。②

一些士族家庭的具体案例也可印证这一现象：

（竺让,高平人,隋燕王府录事参军。）属大业初,营都瀍洛,衣冠□族多有迁移。君既策名英府,陪随藩邸,席卷桑梓,因即家焉。今为洛阳人。③

（傅叔,北地灵州人）隋大业中,迁都洛阳,因而家焉。④

其二,包括杜氏家族在内的南迁又北归侨姓士族因为长时期与乡里隔绝,早在北归之初的西魏北周时期就率先面临了毛汉光先生所谓的"郡姓大族疏离原籍"现象,其家族生存发展只能依赖中央政权。所以他们家族居住地更容易追随中央政权进行迁移。

其三,西魏北周至隋文帝,乃至前秦后秦时期,长安一直是都城,政治中心的地位比较稳定,关陇贵族及投靠魏周政权的他地重要士族的家业在长安一带分布发展基本定型。新来家族如非官高位重,家族产业难以在此有大的发展。⑤ 洛阳因东魏北齐迁都邺城（东魏孝静帝天平元年,534

---

① （唐）杜宝撰,辛德勇辑校：《大业杂记辑校》,第 27 页。
② 《资治通鉴》卷一八〇 "大业三年" 条,第 5634 页。
③ 《段夫人墓志》,周绍良主编《唐代墓志汇编》,第 134 页。
④ 《唐代墓志汇编》,第 88 页。
⑤ 唐初于志宁《让赐地奏》云："臣代居关右,周魏以来,基迹不堕。（张）行成等新营庄宅,尚少田园,于臣之馀,乞申私让。"（《全唐文》卷一四四）这则奏书显示了初唐时期关中士族于志宁和山东士人张行成在长安的家业情况。张行成贞观时期深得太宗器重,已属官高位重。其他一般士人家庭在京城长安安家立业当更不易。

年），主要士人家族一同随迁，至隋大业元年（605）之前已经历长达70年左右的沦落。各地士族在这里尚有大的发展空间。

笔者对韩理洲编《全隋文补遗》，罗新、叶炜著《新出魏晋南北朝墓志疏证》所收隋代墓志进行统计[①]，发现隋文帝时期士族归葬原籍祖茔的现象尚比较普遍，隋炀帝大业之后归葬原籍祖茔者就比较少见，葬于洛阳成为普遍现象，此现象尤以大业六年之后为显著。此列表以见其大概（见表2）。

表2

葬时 \ 数量 \ 葬地	洛阳	长安	原籍（长安、洛阳之外）
隋文帝开皇、仁寿年间	32	27	63
隋炀帝大业元年至五年	12	7	21
隋炀帝大业六年至隋末	97	22	35

陈寅恪先生指出："吾国中古士人，其祖坟、住宅及田产皆有连带关系。"[②] 葬地所在是代表中古士族家庭重心所在地的标杆。从表2中可见，隋代后期以来，在上述诸多因素共同导致下的士族中央化形势驱动下，广大士族家庭迁居洛阳及其周边，是一个突出的时代潮流。这一潮流隋代之前即已开始，至隋代后期进入加速期，并一直延续到初盛唐时期。杜甫曾祖杜依艺在唐初利用任巩县令的机会把家庭迁往洛阳所属的巩县，主要就是这一潮流的结果。

唐代韦嗣立所属的韦氏小逍遥公房与杜甫所属的杜氏襄阳房，同迁襄

---

① 韩理洲辑校编年：《全隋文补遗》，三秦出版社2004年版。罗新、叶炜著：《新出魏晋南北朝墓志疏证》，中华书局2005年版。按，皇室成员（含诸王、公主、宫人）、非士族之士墓志，因难以表现士族家庭重心地变化，不计；两书共收墓志、同一家族不同成员葬地相同者，按一例计。

② 陈寅恪：《论李栖筠自赵徙卫事》，《金明馆丛稿二编》，《陈寅恪集》，生活·读书·新知三联书店2001年版，第2页。

阳,同归长安,又在隋唐时期同迁往洛阳附近。① 这两个家族很具有可比性,共同来看更易于看到他们迁居洛阳附近的原因。

其实从更广的范围看,郡望京兆杜陵的杜氏家族隋唐时期多数都定居在了洛阳及其周边②,综合来看,更能彰显此家族的受中央化潮流驱动而向洛阳迁移的形势。

> 杜才,字思训,其先京兆杜陵人。远祖因宦东京,子孙乃家于河南汜水县。……曾祖该,陈任郢州司马;……祖巇,隋任河阳县令;……父伯,耻为名利所羁,排巢许而高视;……(杜才)以开耀元年十月廿四日终于洛阳私第。其年十月十一月七日权殡芒山平乐原。③

> 杜文贡,京兆杜陵人也。……以贞观十九年九月八日卒于私第……以显庆二年二月廿六日(与夫人)合葬于邙山之原。④

> 杜荣,子世玮,京兆杜陵人也。……(隋季)释褐补慈润府司马……改选任唐苏州吴县丞……在县一年,遂挂冠辞秩,于是列墉居洛汭,葺宇伊川。……大唐贞观十五年……卒于时邕里之私第,……(其年)启畴于邙山之阳。⑤

> 亡夫杜君讳善荣,京兆杜陵人。……学优不仕,贞观二年卒于私第。……(总章三年)合葬于北邙之原。⑥

---

① 《新唐书》卷一一六《韦思谦传》记载:"其先出雍州杜陵,后客襄阳,更徙为郑州阳武人。"前文所引韦氏成员墓志记载,韦思谦之祖韦瑗隋任荥阳郡阳武县令,其家族当于隋唐时期迁居阳武。
② 参见李浩师《唐代杜氏在长安的居所》,《中华文史论丛》(总第八十三辑,2006 年第 3 辑)上海古籍出版社 2006 年版;王琪祎、周晓薇《长安新出隋大业九年〈杜祐墓志〉疏证——兼为梳理隋唐墓志所见京兆杜氏世系》,《唐史论丛》(总第十四辑,2012 年第 1 期),陕西师范大学出版社 2012 年版。
③ 《杜才墓志》,《唐代墓志汇编》,第 682 页。
④ 《杜文贡墓志》,《唐代墓志汇编》,第 249 页。
⑤ 《杜荣墓志》,《唐代墓志汇编》,第 60 页。
⑥ 《杜善荣妻张文母墓志》,《唐代墓志汇编》,第 509 页。

> 杜庆，字才，京兆人也，今寄贯洛阳县余庆乡焉。……越以乾封二年闰十二月九日终于立行坊私第，以其月十七日权殡于邙山之阳。①
>
> 杜安，字元安，河南洛阳人也。……曾祖毗，周硖州刺史；祖石，隋寿州霍山县令；父英，唐汝州鲁山县丞。……（以景龙二年）终于京第……（其年）归葬与邙山之原。②

这些杜氏成员都卒于初唐，葬于洛阳邙山，说明至迟在隋末初唐时期其家庭已定居洛阳及其周边。很可能多数都是隋后期至初唐迁居于此的。杜祐（字乾祐）、杜乾祚兄弟的葬地更具对比性。

> （杜祐）字虔祐，京兆杜陵人也。……父懿，仪同三司、礼部侍郎、殿内监、河南尹赞治。……以大业六年十月廿日遘疾终于县所，春秋卅一，即以今大业九年太岁癸酉十月辛未朔十五日乙酉，归葬于大兴县洪原乡小陵原。③
>
> （杜乾祚）京兆人也。……父懿，隋银青光禄大夫、金部礼部侍郎、殿中监、甘棠公。……（乾祚）解褐皇朝秦府护军府录事参军，转任洛州巩县令。贞观廿年十二月廿日，春秋六十，终于洛州城之私第也。夫人及君同殡于上东门外张村西南五里之礼也。以大唐景云二年五月四日己酉朔，载安宅兆，合葬于安喜门外平乐乡安善里杜郭村西二里北邙山之礼也。④

杜乾祐大业九年葬于长安，杜乾祚贞观二十年卒于洛阳私第，殡于洛阳上

---

① 《杜庆墓志》，《唐代墓志汇编》，第478页。
② 《杜安墓志》，《唐代墓志汇编》，第1081页。
③ 王琪祎、周晓薇：《长安新出隋大业九年〈杜祐墓志〉疏证——兼为梳理隋唐墓志所见京兆杜氏世系》，《唐史论丛》2012年第1期。
④ 《杜乾祚暨妻薛氏墓志》，吴钢主编《全唐文补遗·千唐志斋新藏专辑》，三秦出版社2006年版，第113—114页。

东门门外,景云二年葬洛阳北邙山。这个家族很可能是在隋末唐初从长安迁往洛阳。如此多的杜氏家庭于此时迁居洛阳一带,可见驱动杜甫家族迁居洛阳巩县背后的中央化潮流的强劲势头。

五 小结

上文笔者考论了杜甫所属家族在晋唐时期播迁的过程和原因。在这一基础上,我们可做出以下几点总结。

其一,杜甫家族西晋末至北周的几次迁徙,即西晋末避地凉州、前秦时期返回长安、东晋末迁居襄阳等地、梁朝时北归长安,都是政治形势的迫使所致,主要是被动性的。而隋唐时期迁往洛阳附近,则是士族中央化的形势驱动所致,主要是主动性的。

其二,杜氏家族在长安、襄阳、彭城、梁州等地定居时期,都有强大的乡里宗族、部曲基础,其家族成员多具有地方豪强的身份。这一身份和基础保证了这一家族势力的久盛不衰,并经常能够获得政治上的重要地位。隋唐时期,这一身份和基础则已丧失,其家族成员主要为普通官吏,政治地位普遍不高。

其三,在长安、襄阳、彭城、梁州时期,这一家族成员主要以勇武为特征,并兼备儒学修养,具有显著的以武为主,文武兼顾的家庭传统。而隋唐时期,则丧失了高尚气力的勇武品质,文化修养成为其主要的甚至是唯一的立身资本,文儒传家成为其家族的主要传统。

论杜甫之"腐"

甘肃陇南师专文学与传媒学院　　安奇贤

【摘　要】 杜甫一生习儒至深，他感慨地称自己为"乾坤一腐儒"。"腐"是杜甫对自己沧桑一生的感叹，是他面对复杂而腐败的社会政治现实时无奈的自嘲，有着显而易见的悲剧性。之所以如此，一是杜甫的性格无法适应现实政治文化，二是社会政治体制极端腐败不能眷顾个人命运。"腐"也揭示出杜甫的文化品质：正直不苟，为义舍身；直面苦难，坚韧执着；赤子尚诚，天地惠仁；习儒至深，气高身悲。

【关键词】 杜甫　"腐"　悲剧人生　文化品质

元稹在《唐检校工部员外郎杜君墓系铭并序》中这样评价杜甫："至于子美，盖所谓上薄风骚，下该沈宋，言夺苏李，气吞曹刘，掩颜谢之孤高，杂徐庾之流丽，尽得古今之体势，而兼文人之所独专矣。使仲尼考锻其旨要，尚不知贵，其多乎哉！苟以为能所不能，无可不可，则诗人以来，未有如子美者。"[①] 杜甫在诗坛上的地位是至高无上的。一千多年来，杜诗被列为诗家瑰宝，杜甫被奉为精神楷模。然而，杜甫却无限感慨地称自己为"乾坤一腐儒"（《江汉》），此"腐"饱含着杜甫对自己沧桑一生的感叹，满含着他对酸辛人生的无奈与痛楚，这是一个正直而有良知的书生面对复杂而腐败的社会政治现实时，"对自己与整个世界的关系经过反复思考之后的最后概括"。[②]

[①] （唐）元稹：《元氏长庆集》卷五六，《四部丛刊》本。
[②] 葛晓音：《杜甫的孤独感及其艺术提炼》，《陕西师范大学学报》2007年第1期。

一 杜甫自我对"腐"的认定

(一)"腐"的文献记载及杜甫自我对"腐"的认定

"腐儒"一词最早见于《荀子》。《荀子·非相》篇云:"故易曰:'括囊,无咎无誉。'腐儒之谓也。"《史记·黥布列传》云:"上折随何之功,谓何为腐儒。"明冯梦龙《东周列国志》第三十五回:"诗云:一事无成身死伤,但将迂语自称扬。腐儒全不稽名实,五伯犹然列宋襄。"综观诸条目,所谓"腐儒"指的是只知读书,不通世事的迂腐的儒生,"腐"即为迂腐之意。所以,毫无疑问,"腐"是一个带有贬斥意味的词。杜甫主动捡拾,那一定有着常人难以言说的痛苦和不堪。的确,"腐"是他内心痛苦而又无奈的外化,是打开他现实人生的窗口,是理解杜甫文化品质的一个特殊的门径。

杜甫自嘲性地以"腐"自称,最常被关注的就是《江汉》,诗云:

江汉思归客,乾坤一腐儒。片云天共远,永夜月同孤。落日心犹壮,秋风病欲疏。古来存老马,不必取长途。

这首诗是大历三年(768),杜甫离开江陵赴公安途中所写。作者流落江汉,身为客而心思归,独立天地之间,喟然长叹:乾坤弄人,腐儒其身。虽然,云片单薄,尚与天共远方;永夜沉沦,可扶月同孤。这里虽有孑然之感,但无伤悲之懦,更有一腔坚贞之情,傲立乾坤。"落日"、"秋风"虽有萧瑟之味,而壮心不已,旧病欲疏,悄悄然间一派欣欣向荣之景,蕴含无数豪壮。结尾更是信心满怀,从实而论,老马虽老,志在眼前。全诗写得神采飞扬,虽然不离现实的挫折,但处处见其性情和抱负,全诗尽在一个"坚"字上。以此反观诗首句的"腐儒"之称,很明显在引用无奈的现实处境时,作者是有一定的自嘲情愫,但若从全诗的情感脉络来说,作者更多表现为一种暂时的安慰性的叹惋,一种为提携奋发义气而生的自谦之情。所以明末清初仇兆鳌在《杜诗详注》中说:

思归之旅客,乃当世一腐儒,自嘲亦复自负。天共远,承江汉客。月同孤。承一腐儒。心壮病苏,见腐儒之智可用。故以老马自方。……全首是"老骥伏枥，志在千里，烈士暮年，壮心未已"意。①

黄生著《杜诗说》云：

  一腐儒上着乾坤字，自鄙而谦自负之词。身在草野，心忧社稷，乾坤之内，此腐儒能有几人?②

从这些评论当中可以肯定的是，杜甫之"腐"并非真腐，而是在喟叹现实命运的同时，更多表现为一种不退缩、不放弃的豪情壮志。写这首诗的时候，杜甫已然56岁，大抵知天命之年，还能有如此壮情，足见杜甫赤心弥远，不以年龄改变而改变，不以现实转移而转移，由此这种情思才沉淀为杜甫生命中最为绚烂的光华，而为后世仰拜，杜甫也就一定程度上代表一种文化，是一种沉沦依旧痴诚、暮年犹自怀国的具有深厚根基的中国传统文化。"腐"也就理所当然地折射出杜甫的文化品质。

  在其他的诗歌中，虽然杜甫也屡屡提及"腐"儒，然却没有了这首诗中的豪情壮志，更多表现为一种对命运的无奈。《草堂》诗云：

  天下尚未宁，健儿胜腐儒。飘飘风尘际，何地置老夫？于时见疣赘，骨髓幸未枯。饮啄愧残生，食薇不敢余。

《寄韦有夏郎中》诗云：

  省郎忧病士，书信有柴胡。饮子频通汗，怀君想报珠。亲知天畔少，药味峡中无。归楫生衣卧，春鸥洗翅呼。犹闻上急水，早作取平途。万里皇华使，为僚记腐儒。

《有客》诗云：

---

① （清）仇兆鳌注，于鲁平补注：《杜甫诗注》（下册），三秦出版2004年版，第1053页。
② 葛兆光：《唐诗选注》，浙江文艺出版社1999年版，第203页。

幽栖地僻经过少。老病人扶再拜难。岂有文章惊海内,漫劳车马驻江干。竟日淹留佳客坐,百年粗粝腐儒餐。莫嫌野外无供给,乘兴还来看药栏。

在这些诗中,杜甫记述式的描述,让我们身临其境地感受到他在其时所遭受的多种苦难:当"老"、"病"成为常态,当饥饿如影随形,当流浪成为命运,杜甫当时生存状况之恶劣,远超出后人多情的遐想。相比较而言,《江汉》诗起笔似沉郁,而诗情到底一派晴蓝。读这些诗,到底感觉杜甫沉潜了,他写自己的苦难,但有自己的平静;他写人情的交游,多是静享自然的美好;他不避讳对天下的挂怀,只是一片诚心甘念,因为他更清醒地认识到梦想是越来越遥远了,自己俨然已经是被政局彻底地放逐了。所谓"飘飘风尘际,何地置老夫",所谓"万里皇华使,为僚记腐儒",所谓"岂有文章惊海内,漫劳车马驻江干",杜甫在躬身自问中,痛苦是深刻而凝重的,"腐"儒是尴尬的身份,"腐"是无奈的性格命运。

(二)"腐"是杜甫悲剧人生的深刻暗寓

杜甫有着悲剧性的人生,而自以为"腐"则是这种悲剧人生的暗寓。仍以《江汉》诗来说,正如《唐诗小札》所言:"'儒'在某种涵义上说,代表入世的积极态度,'乾坤'两字,又很有点自负,可以反证'归'字并不是归乡隐逸,而是要有所作为。不过,'乾坤'下面接'一腐儒',仍然不能不是透露了诗人对于流落不遇的命运的感叹。"[①] "腐"有着诉说不尽的对命运的感叹,它反映出在理想陨落、人生处处遭遇碰壁的窘境中,杜甫面对落拓生活时有着清醒的自我认识,然而又不想做出改变的无奈的自嘲。论其原因,或可从下面两方面进行佐证。

第一,杜甫自身的性格无法适应现实政治文化。

官场历来险象环生,宦海沉浮,作为官场中人,有自己的政治抱负固然重要,然立足其中,更需一份耐心,一份隐忍之心,一份随顺之心,还需懂得察言观色。相比较这些现实条件,杜甫显得格格不入。

首先,自尊敏感,不懂掩饰。杜甫少慧,很早就立下了声名,"七龄思即壮,开口咏凤凰","李邕求识面,王翰愿卜邻"(《壮游》)。三十五

---

① 刘逸生:《唐诗小札》,广东人民出版社1978年版,第167页。

岁左右，到长安求取官职时"自谓颇挺出，立登要路津"，滞留十年却一再碰壁。他奔走于权贵门下，作诗投赠，希望得到引荐，但毫无结果，只好过着"卖药都市，寄食友朋"的生活。面对理想和现实存在的巨大的悬殊，杜甫是悲怆的，内心十分排斥，甚至有着深深的屈辱感，"朝扣富儿门，暮随肥马尘，残杯与冷炙，到处潜悲辛"（《奉赠韦左丞丈二十二韵》），"以兹悟生理，独耻事干谒"（《自京赴奉先县咏怀五百字》），沉重的呐喊几欲呼天抢地。等他"往时文采动人主"（《莫相疑行》）被召入宫时，"忆献三赋蓬莱宫，自怪一日声恒赫。集贤学士如堵墙，观我落笔中书堂"（《莫相疑行》），文字间快速的流动感，又见出他情不自禁地喜悦，大有纵笔挥洒的逍遥和得意。悲喜都不留余地，这是文人难免的情愫，但是不适合于政治场地。

其次，刚直率性，疏狂桀骜。所谓政客大都能圆滑其事，见机行事，杜甫于其未能从容。他耿直率性，厌恶机巧和谄媚，即便因为现实的无奈身处仕宦场地，依然在内心坚定地捍卫自己所谓的纯直，并以干谒为害，指其伤害本性。如"二年客东都，所历厌机巧"（《赠李白》），"艰危作远客，干请伤直性"（《早发》）。他甚至有些嫉恶如仇[①]，"性豪业嗜酒，嫉恶怀刚肠"（《壮游》）便是最好的注脚。另《旧唐书·杜甫传》云：

> 甫性褊躁，无器度，恃恩放恣，尝凭醉登武之床，瞪视武曰："严挺之乃有此儿！"武虽急暴，不以为忤。甫于成都浣花里种竹植树。结庐枕江，纵酒啸咏，与田畯野老相狎荡，无拘检。严武过之，有时不冠，其傲诞如此。[②]

《新唐书·杜甫传》亦云："性褊躁傲诞"，"甫旷放不自检，好论天下大事，高而不切"[③]，虽说不能完全以此为据，但作为一部记载当朝历史的史书，也必定反映了杜甫的一部分性格。这性格中的一部分可能受其祖父影响，杨慎《升庵诗话》云："老杜高自称许，有乃祖之风。"[④] 具体论

[①] 孙静、周先慎编著《简明中国文学史》，北京大学出版社2015年版，第147页。
[②] 《旧唐书》卷一九〇，中华书局1975年版，第5054—5055页。
[③] 《新唐书》卷二〇一，中华书局1975年版，第5738页。
[④] 丁仲祜：《续历代诗话》（下册），台北：艺文印书馆1974年版，第1011页。

述可参看赵建明的《"謇傲"与"狂放"——论杜审言对杜甫性格的影响》。① 杜甫也在诗中不止一次地直言他之所"狂",如《狂夫》:

> 万里桥西一草堂,百花潭水即沧浪。风含翠筱娟娟静,雨裛红蕖冉冉香。厚禄故人书断绝,恒饥稚子色凄凉。欲填沟壑唯疏放,自笑狂夫老更狂。

如果说这里的"狂"更多体现了杜甫的坚韧性格的话,"放荡齐赵间,纵马颇轻狂"(《壮游》)则谓是完完全全的"狂"。所以,"综合杜甫的性格、人生、创作来看,他应是个善说而不善做的人,有忠君爱民之心,却不具备做官的素质,以至于不可能取得一个岗位,去落实其忠君爱民之念"。② 这种评价还是有一定道理的。

第二,社会政治体制极端腐败不能眷顾个人命运。

在古代封建社会,往往是大权在握,一言独霸。个人要有所施展,个人命运如何发展,全在于当权者的政治文化素质。从杜甫生活的时代来说,还属于盛唐,但是那个充满着开明开放的温情脉脉的盛唐只是他青年时代孕育崇高治世理想的土壤,远远不是在他羽翼丰满之后能帮助他实现鸿鹄之志的坚实平台。十年长安时期,玄宗沉溺声色,不理朝政,政权由李林甫和杨国忠先后把持,他们擅权弄谋,倒行逆施,排除异己,朝廷早已经是乌烟瘴气,"野无遗贤"的黑暗现实,杜甫只能在屈辱和沉痛中继续自己的心酸人生。安史之乱爆发后,玄宗初始下诏书说要亲自率兵征讨安禄山,然当天天不亮自己就仓皇出逃,遗患无数,直接导致众多官员失去凭靠,而为暴躁的安禄山所俘要挟担任伪职。至德二载(757),唐肃宗收复长安、洛阳,返回长安。先是接连下了两道宽赦之旨,后却雷厉风行,严刑施虐受降官员,如757年12月所下诏书《诛受贼伪官达奚珣等讯》:

---

① 赵建明:《"謇傲"与"狂放"——论杜审言对杜甫性格的影响》,《杜甫研究学刊》2012年第2期。
② 中国作家协会理论批评委员会编:《中国文学理论批评文选(2013)》,文化艺术出版社2014年版,第389—390页。

人臣之节，有死无二……夫以犬马微贱之畜．犹知恋主，龟蛇蠢动之类，皆能报恩。岂曰人臣，曾无感激，有何面目，事于寇仇。乱臣贼子，何以过也。自逆贼作难，顷覆邦家，凡在黎元，皆含愤怒，杀身殉国者不可胜数。此等黔首，犹不背国恩。受任于枭獍之间，咨谋于豺虺之辈，静言思此，何可放宥。达奚珣等一十八人，并宜处斩，陈希烈等七人，并赐自尽。前大理寺卿张均特宣免死，配流合浦郡。①

另《旧唐书》卷五十《刑法志》记载："肃宗方用刑名，公卿但唯唯署名而已。"在此情况下，前后近四十人被处死。还有更多的人被要求向未接受伪职的官员去冠跪拜，这其中就包括杜甫的好友郑虔在内，参看左汉林的著作《杜甫与杜诗学研究》。② 在此情况下，朝野人心惶惶，唯恐言行失守，落斩刀下。后肃宗虽然又实行宽免政策，毕竟奖掖提拔人才，万目共瞩的理想时代终于一去不复返了。个人对理想的坚持在这个复杂多变的时代，在这个政治体制极端腐败的时代，难免沦落为悲剧。

英雄失路，一片被政治权力和人性欲望践踏的土地，已经无法承载杜甫的挚爱，更无法承诺给他一番平静的生活。开明开放的盛唐文化一去不复返，杜甫之所遇，不过是沉沦在困境中的皇帝，这位皇帝所想，不过是希望在身边聚集更多的人以强悍他潦倒的统治，事实上不可能再力挽狂澜。杜甫穷其一生为之奋斗的理想，在这种残酷的现实面前，只有落得一地悲凉。如《八哀诗》"叹旧怀贤"，分别追忆了王思礼、李光弼、严武、李琎、李邕、苏源明、郑虔、张九龄八位著名人物，赞美他们品德的高尚，一方面慨叹人生"扶颠永萧条，未济失利涉"，"萧条阮咸在，出处同世网。他日访江楼，含凄述飘荡"。另一方面直呈内心的隐忧："恐惧禄位高，怅望王土窄。"再如《曲江二首》其一云：

一片花飞减却春，风飘万点正愁人。且看欲尽花经眼，莫厌伤多酒入唇。江上小堂巢翡翠，花边高冢卧麒麟。细推物理须行乐，何用浮名绊此身。

---

① 《诛受贼伪官达奚珣等诏》，《全唐文》卷四二，上海古籍出版社1990年版，第200页。
② 左汉林：《杜甫与杜诗学研究》，东方出版社2015年版，第41—51页。

杜甫已然是深刻的哲人，洞悉了人生的结局，然而他自己始终无法做到上弃国家，下舍庶民，因而无法像李白一样通过隐逸来安慰自己。他深感"这种理想和抱负与当时争名夺利、招权纳贿的官场是格格不入的。他已经感觉到在生活道路上的遭受挫折就是由于立身行事的基本信念和当时社会不能合拍，他既不能改变自己的节操，所以就只好自嘲是'腐儒'了"。① 这"腐"就像一个生在性格里的先天的赘瘤，成为杜甫悲剧人生的提示。吴见思《杜诗论文》更说："下此一字，写其孤也，写其微茫也。"（《杜诗镜铨》，附录"诸家论杜"）② 至于"天下尚未宁，健儿胜腐儒"（杜甫《草堂》），依然借"用刘邦语意，自叹生逢乱世难有作为"。③

二 "腐"揭示出杜甫的文化品质

"腐"让杜甫生前承受了太多的艰辛，也让他的人生处处充满了悲哀。但是，他始终保持着一颗为国为君为家为民的赤诚之心，诗中"描写的不是自我失落，而是罕见甚至空前的自我发现"。④ 他解释自我，追究自我，开拓自我，最终"诗人特有的自我表现成了坦诚面对世人苦难的前提"。⑤ 杜甫自嘲式的慨叹，打开的是一条光明的精神之路。在一个政治体制已然败坏的时代，杜甫的坚持在有些功名至上的人看来，有着简单的执拗和幼稚的自欺欺人。而历史总能在演进中发掘那些熠熠生辉的人生和他们的不朽业绩，杜甫就是如此，经百般淘洗而魅力更加突出。杜甫的伟大不仅仅在于揭示了那个特殊的时代清晰的历史面貌，也不仅仅在于用光辉的艺术之笔留下了多少瑰丽的诗篇。身为"诗圣"，"腐"更揭示出杜甫高尚的文化伦理品质，它们是中华民族传统文化瑰宝的一部分，将被千秋万代的后世子孙所爱戴和歌颂。

---

① 刘树勋：《唐宋律诗选释》，长江文艺出版社1981年版，第92页。
② 转自刘开扬《唐诗论文集》，上海古籍出版社1979年版，第173页。
③ 范之麟、吴庚舜主编：《全唐诗典故辞典》，湖北辞书出版社1989年版，第1696页。
④ ［德］莫芝宜佳：《〈管锥编〉与杜甫新解》，马树德译，河北教育出版社2002年版，第247页。
⑤ 同上书，第223页。

（一）官场尴尬现实中的清莲：正直不苟，为义舍身

官场从来翻云覆雨，尔虞我诈，在权力的运作和计谋的较量中，裹挟着历史演进。杜甫混迹长安十年，深谙其中的黑暗和腐败；安史之乱后担任左拾遗一职，以京官的身份深入权力腹地，更是深刻体味了其中的诡谲多变。在这场政治晋身的活动中，杜甫无疑失败了，他未能登临理想中的职属，而且因为这种失败导致生活时常陷入窘境，长安时期，"饥卧动即向一旬，敝衣何啻联百结。"（《投简咸华两县诸子》）后来更有饿死幼子的悲惨事情发生。

胡应麟曾言"古今诗人，穷者莫过于唐，达者亡甚于宋"（《诗薮》），杜甫于此是一个悲剧的注脚。他如果不坚持他所谓的人生理想和行世原则，大可以仅凭诗名换得一官半职，安然无忧地维持平淡的生活，也可以做个潇洒的隐者，不关世事，至少不会遭受那么多的困厄。"廷争酬造化，朴直乞江湖"（《大历三年春白帝城放船出瞿唐峡久居夔府将适江陵漂泊有诗凡四十韵》）。禀性难移，命运多舛。杜甫的一生是悲怆的，他秉性秉情秉志，用他的磊落和深挚成就了不苟和正直的文化品质。

疏救房琯可以说是最能体现杜甫这种文化品质的了。论当时形势，无论是陈涛之败，还是其门客董庭兰的索贿之祸，对于刚刚建立新朝的肃宗来说，必当严加惩处，以建立威名；另外，永王李璘刚刚被剿杀，肃宗难脱荼毒手足的不义之责，为转嫁责任，肃宗以提出诸王分镇的房琯为始作俑者，定要罢相房琯。在奸佞的挑唆下，这一切已经成为必然之事实。房琯也成为敏感的政治话题，精明者唯恐避之不及。杜甫却在紧要关头，挺身而出，冒肃宗之大不韪，情词激烈，以为房琯辩解。杜甫此举无异以卵击石，终被贬华州司功参军，唯有的一次任职中央的机会就此断送。杜甫似乎从未因此而后悔，让他始终愧悔的却是未能成功疏救房琯。《壮游》诗云：

> 斯时伏青蒲，廷诤守御床。君辱敢爱死？赫怒幸无伤。圣哲体仁恕，宇县复小康。哭庙灰烬中，鼻酸朝未央。小臣议论绝，老病客殊方。郁郁苦不展，羽翮困低昂。秋风动哀壑，碧蕙捐微芳。之推避赏从，渔父濯沧浪。荣华敌勋业，岁暮有严霜。

洪亮吉《北江诗话》曰："杜工部之救房琯，则生平许身稷、契之一念误之。"① 其实，此"误"也是杜甫之一"腐"，其中固然有唐代侠文化精神的成分，也恰好体现出杜甫舍生取义的文化品质。

房琯之事后，同僚吴郁时任侍御，因敢于直言而受到贬斥，杜甫自身境遇蹉跎，未敢谏言。《两当县吴十侍御江上宅》云：

> 台中领举劾，君必慎剖析。不忍杀无辜，所以分白黑。上官权许与，失意见迁斥。朝廷非不知，闭口休叹息。仲尼甘旅人，向子识损益。余时忝诤臣，丹陛实咫尺。相看受狼狈，至死难塞责。行迈心多违，出门无与适。于公负明义，惆怅头更白。

仇兆鳌注此：

> 此悔当时不能疏救也。公方营救房琯，惴惴不安，故侍御之斥，力不能为耳，与他人缄默取容者不同。但身为谏官，而坐视其贬，终有负于明义，所以痛自刻责耳。②

杜甫不是绝对的圣人，在他的身上，人性的弱点悉数尽有。杜甫的可贵在于，他不肯模糊过去，不以人皆如此作为自己心安的借口，敢于自我发露，其真诚的态度，又非一般人所能做到。③《离骚》有言："民生各有所乐兮，余独好修以为常。"王逸注云："言万民禀天命而生，各有所乐，或乐谄佞，或乐贪淫，我独好修正直以为常行也。"④ 杜甫正是好修正直之士。

（二）个体生命有限的抗争：直面苦难，坚韧执着

在中国历史上，有许多勇毅之士，胸怀天下，为自己所坚持的道德理

---

① 转自程千帆《唐代进士行卷与文学古诗考索》，商务印书馆 2014 年版，第 459 页。
② （清）仇兆鳌注，于鲁平补注：《杜甫诗注》（上册），第 351 页。
③ 姜玉芳：《我诗故我在——杜甫与唐代文化》，山东大学博士学位论文，2005 年。
④ （汉）王逸注，（宋）洪兴祖补注，孙雪霄校点：《楚辞》，上海古籍出版社 2015 年版，第 21 页。

想穷尽一生，至死不休，往往难得善终。鲁迅说过"要在文化上有成绩，则非韧不可"①，或许这就是代价。屈原即是，杜甫亦然。

屈原在国家沦亡之时，选择自沉来捍卫他的理想。屈原之悲，在于拥有强大的感情，却无法找到支配这种感情生存的理智，因而只能在汤汤河水中结束自己不屈的一生。杜甫生活的唐王朝，黑暗与光明共存，挫折与希冀并生。杜甫选择直面人生，站在黑暗的挫折里，倔强地遥望着光明，对他所坚信的理想奉行不苟。这更是一种对人生、对人性的挑战。杜甫勇敢地坚持了下来，为了理想的执着，无怨无悔地坚守着他苦难的人生。"杜陵有布衣，老大意转拙"，"葵藿倾太阳，物性固莫夺"。"穷年忧黎元，叹息肠内热。"（《自京赴奉先县咏怀五百字》）他为自己无力造福当世而苦闷："呜呼已十年，儒服敝于地。征夫不遑息，学者沦素志。"（《题衡山县文宣王庙新学堂呈陆宰》）却从未更改对江山社稷的惦念。《客居》诗云：

> 安得覆八溟，为君洗乾坤。稷契易为力，犬戎何足吞。儒生老无成，臣子忧四藩。

"稷契易为力，犬戎何足吞"，有喧天之气；"安得覆八溟，为君洗乾坤"，有夺宇之势。杜甫明知人已老大，一无所成，依旧怀忧四方，豪情不减，的确是"腐"化不冥了。无论外界硝烟战争，他坚信自己所梦想的大道是人类理想的归属。"甲卒身虽贵，书生道固殊"（《大历三年春白帝城放船出瞿唐峡久居夔府将适江陵漂泊有诗凡四十韵》），该是他的执信。安史之乱被俘，绝大多数人接受降职，杜甫位低，完全没有必要冒死出逃，他所为还在于顾全江山社稷的稳固不移。"麻鞋见天子，衣袖露两肘"（《述怀》），足见其痴诚。杜甫怀抱着伟大的治世理想，所谓"致君尧舜上，再使风俗淳"（《奉赠韦左丞丈二十二韵》），从未有过动摇。所以沈文凡这样称述杜甫：

> 杜甫用他的实践展示了《论语》中君子的道德风范，用他的行为阐释了君子的道德风范应该是什么样子的。当一个人遇到事情时，

---

① 鲁迅：《鲁迅全集》（编年版：1929—1932），人民文学出版社2014年版，第354页。

其操守、承守，是对这个人的品德的衡量和考验。《论语》中认为君子应该能做到"临大节而不可夺也"（《论语·泰伯》）。杜甫在这方面确实是身体力行地体现了君子的道德风范。①

理想越微茫，人生越充满荆棘。杜甫即便在人生最失意之时，也不曾抱有李白"人生在世不称意，明朝散发弄扁舟"（《宣州谢朓楼饯别校书叔云》）的幻想。他的生活极为窘迫，"布衾多年冷似铁，娇儿恶卧踏里裂。床头屋漏无干处，雨脚如麻未断绝。自经丧乱少睡眠，长夜沾湿何由彻"便是写实，但他还是坚执地认为只要"大庇天下寒士俱欢颜"，"吾庐独破受冻死亦足"（《茅屋为秋风所破歌》）。茫茫历史，不是谁都能自始至终，不改初心，心兼天下。难得杜甫，他对悲苦的正视与担荷，让他才性健全，让他遭受重创的内心总能获得平和与宁静。所谓"宠辱偕忘"、"知足不辱"，正是杜甫精神的至高境界。"他无论遭受多大的困难，受着多大的委曲，他都能够坚韧自持，而不会步屈子的后尘，投江自杀；也不像李白一样，腾在天空中作狂热的呼喊。"② 杜甫是坚毅的，也是执着的。正如徐昌才《梦回唐诗千百度》所言：

"腐儒"一词别有深意，杜甫身在草野，心忧社稷，孤忠永存，痴心不改，此等到老不衰、顽强不息的爱国思想，在常人看来，也许是冥顽不化，迂腐至极，可在老杜看来却是恪守不疑，矢志不移。试想，如此不分穷达，不顾流俗，殚精竭虑，效命尽忠，乾坤之内，能有几人？此腐儒颇有顶天立地，一往无前的志士风范。③

（三）大爱不朽的苍生情怀：赤子尚诚，天地惠仁

杜甫继承了家族中儒学的衣钵，并以学习孟子儒学为主，他对孟子的"浩然之气"及推己及人的"仁爱"之说，十分上心，被梁启超称之为"情圣"，源头即在于此。宋人黄彻就说："其心广大，异夫求穴之蝼蚁

---

① 沈文凡：《唐诗接受史论稿》，现代出版社2014年版，第42页。
② 刘大杰：《中国文学发展史》，复旦大学出版社2011年版，第84页。
③ 徐昌才编：《梦回唐诗千百度》，新华出版社2012年版，第205页。

辈，真得孟子所存矣。……愚谓老杜似孟子，盖原其心也。"① 赵次公也认为：（杜甫）胸中所蕴，一切写之以诗。其曰："许身一何愚，窃比稷与契。"又曰："致君尧舜上，再使风俗淳。"此其夙愿也。至其出处，每与孔孟合。② 杜甫进而把这种国家社会人伦之爱绵延至自然万物，最终形成了他大爱不朽的苍生情怀。仔细体味，它有着一个圆融的体系模式。在上是安社稷，其次是抚生民，最后是念物息。杜甫以赤诚和仁爱紧紧地把他们胶着在肺腑中，时刻在为这样一个乌托邦理想而努力。

"致君尧舜上，再使风俗淳"（《奉赠韦左丞丈二十二韵》）是杜甫的最高理想，它也构成了杜甫理想世界的最高准则和永恒标尺。杜甫一生都在以其为向导，以其为信仰，由之，虽然有诸多的悲歌流倾诉着他的苦难和酸辛，他却不曾以此愤世。诸如《乾元中寓居同谷作歌七首》，杜甫已经沦落到"岁拾橡栗随狙公"、"男呻女吟四壁静"的境地，更何况这种生活已经持续许久，"男儿生不成名身已老，三年饥走荒山道"。即便如此，杜甫"此时犹能作歌，只有悲伤，不见愤世，此老真圣者也"。③ 一旦听闻故土收复，他更是欣喜若狂，"剑外忽传收蓟北，初闻涕泪满衣裳"，"却看妻子愁何在，漫卷诗书喜欲狂"（《闻官军收河南河北》）又至于喜狂而泣，该是压抑心底的期望终于如愿以偿，所以才如此兴奋而欣喜。杜甫和他的诗一起，传诵着一种"大"文化，是炎黄子孙一直以来称颂的天地良心！

杜甫一生落拓，大部分时间生活在社会下层，他深深体会到了人民生活的水深火热和诸多艰难不易。他写"三吏""三别"，反映老百姓所遭受的徭役赋税之苦，写他们荒年流离失所的悲哀。如《又呈吴郎》诗云：

> 堂前扑枣任西邻，无食无儿一妇人。不为困穷宁有此，只缘恐惧转须亲。即防远客虽多事，使插疏篱却甚真。已诉征求贫到骨，正思戎马泪盈巾。

《孟子·离娄下》云："禹思天下有溺者，由己溺之也；稷思天下有饥者，

---

① 丁福保辑：《历代诗话续编》，中华书局1983年版，第347页。
② （清）仇兆鳌：《杜诗详注》，中华书局1979年版，第2248页。
③ 姜玉芳：《我诗故我在——杜甫与唐代文化》，山东大学博士学位论文，2005年。

由己饥之也。是以如是其急也。"杜甫如此体恤一个孤寡的老妇人，正是受这种推己及人的恻隐情思的驱使。至于对五伦（君臣、父子、兄弟、夫妻、朋友）的描写，仍处处充盈着"真情实感"，所谓"由来意气合，直取性情真"（《赠王二十四侍御契四十韵》）；"同心不减骨肉亲"（《戏赠阌乡秦少翁短歌》），即是直呈其情，显得格外朴实，真挚，诚恳。不论是亲情，还是友情，无不表现得深厚真淳、圆润广大！① "恻隐之心，仁之端也。"（《孟子·梁惠王上》）杜甫的仁爱之心，苍天可鉴。他或许有些迂腐，然而从此打通了历代仁人志士的美好愿望，这就是"老吾老，以及人之老；幼吾幼，以及人之幼"的全社会和谐相爱的大美理想，杜甫的心里愿望和文化品质由此可见。

杜甫还把他的"仁爱"和恻隐之心推广到了自然天地间。譬如"白鱼困密网，黄鸟喧佳音。物微限通塞，恻隐仁者心"（《过津口》），杜甫的感慨通天通地通自然，因为他习惯于将万事万物放在内心深处，探求直觉感受，所以杜甫的诗不仅仅是文学的艺术品，更是心灵的倾诉，是他的崇高在统摄物象中的外化。葛晓音以为，这种向内心深处探求直觉感受的创意，早在长安时期就已露端倪，到草堂诗里，才得到了充分的发展。② 无论如何，杜甫永远怀着一颗赤子之心，感念人生，胸涵万物。《原诗》云：

> 千古诗人推杜甫。其诗随所遇之人之境之事之物，无处不发其思君王、忧祸乱、悲时日、念友朋、吊古人、怀远道。凡欢愉、忧愁、离合、今昔之感，一一触类而起，因遇得题，因题达情，因情敷句，皆因甫有其胸襟以为基。③

这种胸襟自然是伟大的。伟大的杜甫，以伟大的人格和伟大的天才，堪称"诗中之圣"，是"中国有史以来第一个大诗人，四千年文化中最庄严、最瑰丽、最永久的一道光彩"。④

---

① 赵睿才：《百年杜甫研究之平议与反思》，人民出版社2014年版，第188页。
② 葛晓音：《杜甫诗选评》，上海古籍出版社2002年版，第102页。
③ （清）叶燮：《原诗·内篇下》，人民文学出版社1979年，第17页。
④ 闻一多：《唐诗杂论》，《闻一多全集》第3卷，湖北人民出版社1994年版，第145页。

（四）绝世中挥之不去的荒凉：习儒至深，气高身悲

杜甫出身于诗书世家，他很自豪地说："诗是吾家事"（《宗武生日》），因为杜审言是初唐时期很著名的诗人，辉光至杜甫时代；他也说自己是"奉儒守官，未坠素业"（《进雕赋表》），因为远祖杜预博学多通，一度控制整个长江上游地区，为三国统一做足了军事上的准备。所以，在杜甫，"诗"与"儒"是完全结合起来的，他以"诗"传"儒"，借"儒"写"诗"。叶嘉莹说："他的家族不仅有读书仕宦的文学诗歌传统，而且有一种品格道德的传统。"① 杜甫十分崇拜杜预，除了积极汲取儒家文化思想之外，他本人一直梦想能像远祖杜预那样，拯世济物，所以，他一生执着于为官之道，一生坚守儒家理想。

清人刘熙载说："少陵一生却只在儒家界内。"（《艺概·诗概》）在杜甫的诗作中，"儒"字出现近50次之多，杜甫总是以儒者自居。② 关于对"儒"的描写，可以简单做以下分类。

第一，以身份而论，如"蒙恩早厕儒"（《大历三年春白帝城放船出瞿唐峡久居夔府将适江陵漂泊有诗凡四十韵》）；"干戈送老儒"（《舟出江陵南浦奉寄郑少尹审》）；"乾坤一腐儒"（《江汉》）；"伤哉文儒士，愤激驰林莽"（《送韦十六评事充同谷防御判官》）；"儒生老无成，臣子忧四藩"（《客居》）；"荥阳冠众儒，早闻名公赏"（《八哀诗·故著作郎贬台州司户荥阳郑公虔》）；"鸾凤有铩翮，先儒曾抱麟"（《敬寄族弟唐十八使君》）；"有儒愁饿死，早晚报平津"（《奉赠鲜于京兆二十韵》）；"学业醇儒富，辞华哲匠能"（《赠特进汝阳王二十韵》）；"世儒多汨没，夫子独声名"（《赠陈二补阙》）；"万里皇华使，为僚记腐儒"（《寄韦有夏郎中》）；"推毂几年唯镇静，曳裾终日盛文儒"（《又作此奉卫王》）；"天下尚未宁，健儿胜腐儒"（《草堂》）。

第二，以神姿而论，如"学蔚醇儒姿，文包旧史善"（《八哀诗·故秘书少监武功苏公源明》）。

第三，以儒术而论，如"儒术诚难起"（《奉留赠集贤院崔于二学士》），"儒术岂谋身"（《独酌成诗》），"儒术于我何有哉，孔丘盗跖俱尘

---

① 叶嘉莹：《叶嘉莹说杜甫诗》，中华书局2008年版，第5页。
② 赵海菱：《杜甫与儒家文化传统研究》，齐鲁书社2007年版，第6页。

埃"(《醉时歌》)。

第四，以冠服而论，如"儒衣山鸟怪"（《送杨六判官使西蕃》），"纨袴不饿死，儒冠多误身"（《奉赠韦左丞丈二十二韵》）。

综观以上，杜甫于"儒"，确实一往情深，或喜爱，或嘲弄，或怅惘，或愤激，"儒"于杜甫不是一种外在的学养，它已经内化为生命中应有之物，所以，杜甫对"儒"的情感表达自然而然而又俯拾即是。杜甫一生习儒至深，"儒"既是他的生命境界，崇高而圣洁；也桎梏了他的生活，一生蹉跎，病饥而终。检索杜甫的诗，生活中多的是悲酸之情，1400多首诗歌中，有127处用了"悲"字，而且所用词汇非常丰富，让人可以清晰地看到悲剧时代在杜甫身上留下的深深的烙印，同时让人看到杜诗悲慨的诗美品格。[①] 所以，杜甫之"悲"又并非一己之感，它囊括了时代和人生两大领域，唯其至悲，让人深刻，唯其至悲，让人难忘。杜甫因而也成为一种精神，气贯长虹，充塞天地，感动古今。他"对儒家仁爱精神、济世情怀的身体力行，使得千百年来的后人一直将他视作儒者精神的典范，他的诗歌也被视作儒家的经典"。[②] 一句话，杜受儒至深，成"悲"为"腐"，他用个人多舛的命运奏响了一个时代的强音，唱响了一个民族的希望。

[①] 参见殷满堂《悲慨：杜甫的生命感悟与杜诗诗美品格》，《长江大学学报》2013年第10期。

[②] 孙玲玲：《杜甫：儒风侠骨铸真情》，济南出版社2014年版，第176页。

胡适的杜甫研究及影响

复旦大学古籍整理研究所　孔令环

【摘　要】作为文学革命的首倡者，胡适对杜甫的接受有着与古代诗人截然不同的眼光，是杜诗学由传统到现代的转换中至为关键的人物。他认为"白话"、"写实"、"诙谐"是杜甫诗歌的价值所在，对其七律评价甚低。其有意的误读与他对于新文学的构想密切相联，对后来的杜诗研究影响深远。

【关键词】胡适　杜诗学　时代　个性

钱锺书曾说："旧诗的'正宗'、'正统'以杜甫为代表。"[1] 一部杜诗，如一座屹立在中国这一古老诗国的高峰，对宋代直至清末的诗坛造成笼罩性的影响，其影响的深远连与之齐名的李白都难以抗衡。杜甫在后人眼里几乎成为一个符号，代表着中国古代诗歌的最高成就。而时光流转，当古典文学走向它的末路，胡适登高一呼，四方呼应，新诗很快占据了文坛的中心位置。在那个颠覆与重建的时代，对杜甫的重新估价既牵涉着对古典诗歌、古典诗学的检讨，又牵涉着对白话新诗的存在合理性的证明，意义重大。胡适对杜甫的研究既体现出鲜明的时代特色，又有自己独特的个性，对后来的杜诗研究产生了重大影响，值得细细探讨。本文试图追溯胡适杜诗观形成的过程，揭示胡适杜诗研究的特色、得失并分析其原因，考察胡适杜诗研究对于后来学者的影响，以期对胡适在现代杜诗学领域的功过做出较为全面客观的评价。

---

[1] 钱锺书：《中国诗与中国画》，《七缀集》，生活·读书·新知三联书店2002年版，第23页。

一

　　胡适对杜甫的认识有一个渐变的过程。

　　胡适第一次认真读杜诗是在上海中国公学期间，胡适到中国公学后不久，曾大量阅读古体诗歌，"这时代我专读古体歌行，不肯再读律诗；偶然也读一些五七言绝句"①，同时，买了一部《杜诗镜铨》研读，正如他自己所说："我初做诗，人都说我像白居易一派。后来我因为要学时髦，也做一番研究杜甫的工夫。但是我读杜诗，只读《石壕吏》《自京赴奉先咏怀》一类的诗，律诗中五律我极爱读，七律中最讨厌《秋兴》一类的诗，常说这些诗文法不通，只有一点空架子。"②"我那时读杜甫的五言律诗最多，所以我做的五律颇受他的影响。"③朱经农在《新文学问题之讨论》（给胡适的信）中也说："足下未发明'白话诗'以前，曾学杜诗（在上海做'落日下无'的时代），后来又得力于苏东坡陆放翁诸人的诗集，并且宋词元曲融会贯通，又读了许多西人的诗歌，现在自成一派。"④胡适在上海时也就十几岁的光景，这一时期，他对杜甫诗歌的理解更多的是从感性的喜憎出发的，在此之前喜好白居易，与此同时及稍后，又读古体诗和苏东坡、黄庭坚、陆游、王安石等宋代诗人的诗集，诚如胡适后来所说："我那时的主张颇受了读宋诗的影响，所以说'要须作诗如作文'，又反对'琢镂粉饰'的诗。"⑤这些诗人比较相近的地方就是以文为诗，语言较为通俗平易。胡适本来就喜欢白居易的"老妪能解"的诗歌，又在古体诗、宋诗氛围中研习杜诗，自然更容易接受杜甫的比较浅近易懂的诗作，而对杜甫以《秋兴》为代表的七律表示厌烦。这种最初的文学感觉对他后来的杜诗研究影响很大，奠定了他的杜诗观的整体基调。

　　在文学革命发动前后，胡适在《新青年》的通信中曾经与人有过与杜甫有关的辩论，而这几次小的辩论恰恰伴随着新文学的萌动、成长与旧文学的逐渐退场，与新旧诗学的交替有着微妙的联系，促使胡适对杜甫与

---

① 胡适：《四十自述》，《胡适全集》第十八卷，安徽教育出版社2003年版，第78页。
② 胡适：《〈尝试集〉自序》，《胡适全集》第十卷，第16页。
③ 胡适：《四十自述》，《胡适全集》第十八卷，第81页。
④ 《新青年》第5卷第2号，1918年8月15日。
⑤ 胡适：《逼上梁山——文学革命的开始》，《胡适全集》第十八卷，第105页。

杜甫所代表的古典诗学主流进行了日渐深入的思考，开启了他的杜诗学研究之路。

在《新青年杂志》第1卷第3号上，刊登了谢无量的一首《寄会稽山人八十四韵》，后面有陈独秀写的"记者识"："文学者，国民最高精神之表现也。国人此种精神委顿久矣。谢君此作，深文余味，希世之音也。子云相如而后，仅见斯篇，虽工部亦只有此工力无此佳丽。谢君自谓天下文章尽在蜀中，非夸矣。吾国人伟大精神，犹未丧失也欤，于此征之。"[①] 胡适看到这首诗，认为此诗水平一般，不满陈独秀对此诗的赞语，在《新青年》第2卷第2号上发表的信中说："足下之言曰：'吾国文艺犹在古典主义理想主义时代，今后当趋向写实主义。'此言是也。然贵报三号登谢无量君长律一首，附有记者按语，推为'希世之音'。又曰：'子云相如而后，仅见斯篇，虽工部亦只有此工力，无此佳丽……吾国人伟大精神，犹未丧失也欤。于此征之。'细检谢君此诗，至少凡用古典套语一百事。（中略）稍读元白柳刘（禹锡）之长律者，皆将谓贵报案语之为厚诬工部而过誉谢君也。适所以不能已于言者，正以足下论文学已知古典主义之当废，而独啧啧称誉此古典主义之诗，窃谓足下难免自相矛盾之消矣。"其中最不满的是该诗的用典过多，并举杜甫、白居易的诗为例论证不用典者"最可传"："老杜《北征》何等工力，然全篇不用一典（其'不闻殷周衰，中自诛褒妲。'二语乃比拟非用典也）。其《石壕》《羌村》诸诗亦然……律诗之佳者，亦不用典。堂皇莫如'云移雉尾开宫扇，日映龙鳞识圣颜。'宛转莫如'岂谓尽烦回纥马，翻然远救朔方兵。'纤丽莫如'梦为远别啼难唤，书被催成墨未浓。'悲壮莫如'永夜角声悲自语，中天月色好谁看。'然其好处，岂在用典哉。（又如老杜《闻官军收河南河北》一首更可玩味。）总之，以用典见长之诗，决无可传之价值。"[②] 也正是在这封信中，首次出现了文学革命著名的"八事"主张的雏形。这里虽然表面上谈的是一首诗的优劣，但实际上涉及胡适对杜甫以及整个中国古典诗歌的价值的反思，中国传统诗学一直把杜甫看作"开宋诗风气"的第一人，黄庭坚对于杜甫"无一字无来历"的断语几乎成为后来诗人的共识，用典的工整与妥帖无疑被认为是杜诗价值的一个重要

---

① 《青年杂志》第1卷第3号，1915年11月15日。
② 《通信》，《新青年》第2卷第2号，1916年10月1日。

方面，也成为后来诗人争相效仿的对象。能恰到好处的用典意味着诗人有着渊博的学识以及满腹经纶所带来的格调的高雅，胡适却偏偏从杜甫诗中挑拣出不用典的名句名篇，用以证明"在古大家集中，其最可传之作，皆其最不用典者也。"① "厚诬"一语，明着说陈独秀对谢无量诗歌的评语夸赞过当，实质上是在说传统杜诗学对于杜甫的评价是错误的，没有挖掘出杜甫诗歌真正的价值所在，是对杜诗学主流观点的批评，对杜甫诗歌价值的具有现代意味的重估，也是对中国古典诗学原则的怀疑与否定。这封信中对于传统诗歌价值的重估与对新文学的倡导同时出现，表现出胡适作为文学革命的首倡者，其倡导新文学的起念最初就是建立在对中国古典文学的深刻反思之上的。这里也可以看出，胡适是在挖掘杜甫身上符合他文学理想的因子，来为他的新文学主张铺路，不用典正是他的"八事"主张中的一项重要内容。他后来的《国语文学史》与《白话文学史》显然也延续了这一思路。

　　白话文运动，诗歌无疑是最大的难题，中国古典诗歌一度达到巅峰状态，成为后人难以企及的顶峰，历来处于各种文学体裁中的最高地位。胡适在与自己的朋友就白话文进行论辩时，最棘手的就是诗歌。胡适的几位朋友曾坚决地认为白话不能作诗，梅光迪曰："文章体裁不同。小说词曲固可用白话，诗文则不可。"任叔永曰："白话自有白话用处（如作小说演说等），然不能用之于诗。"② 任叔永在给胡适的信中拿杜甫为例说明文言可作好诗："就有唐一代而言，足下要承认白香山是诗人，大约也不能不承认杜工部是诗人。要承认杜工部的《兵车行》《石壕村》是好诗，大约也不能不承认《诸将》《怀古》《闻官军收河南河北》……等是好诗。但此等是诗不但是文语，而且是律体。可见用白话可做好诗，文话又何尝不可做好诗呢？不过要看其人生来有几分'诗心'没有罢了。"③ 胡适对此针锋相对，反把杜甫拿来做例子，指出杜甫的诗歌中最有价值的正是他的白话诗，而杜甫的律诗却是失败的："来书说'用白话可做好诗，文话又何尝不可做好诗呢？'又举杜甫的《诸将》《怀古》《闻官军收河南河北》……等诗为证。《闻官军收复河南河北》一首的确是好诗。这诗所以

---

① 《通信》，《新青年》第2卷第2号，1916年10月1日。
② 胡适：《逼上梁山》，《胡适全集》第十八卷，第120页。
③ 《新文学问题之讨论》，《新青年》第5卷第2号，1918年8月15日，第168页。

好,因为他能用白话写出当时高兴得狠,左顾右盼,颠头播脑,自言自语的神气。第三,四,七,八句虽用对仗,都恰合语言的自然。五六两句'白首放歌须纵酒,青春作伴好还乡',便有点做作,不自然了。这可见律诗总不是好诗体,做不出完全好诗,《诸将》五首,在律诗中可算得是革命的诗体。因为这几首极老实本色,又能发挥一些议论,故与别的律诗不同。但律诗究竟不配发议论,故老杜这五首诗可算得完全失败。如'胡虏千秋尚入关,'成何说话?'见愁汗马西戎逼,曾闪朱旗北斗殿,'实在不通,'拟绝天骄拔汉旌,'也不通。这都是七言所说不完的话,偏要把他挤成七个字,还要顾平仄对仗,故都成了不能达意又不合文法的坏句。《咏怀古迹》五首,也算不得好诗。'三峡楼台淹日月,五溪衣服共云山,'实在不成话。'一去紫台连朔漠,独留青冢向黄昏,'是律诗中极坏的句子。上句无意思,下句是凑的。'青冢向黄昏',难道不向白日吗?一笑。他如'羯胡事主终无赖,''志决身歼军务劳,'都不是七个字说得出的话,勉强并成七言,故文法上便不通了。——这都可证文言不易达意,律诗更做不出好诗……即如杜诗'江天漠漠鸟双去,'本是绝好写景诗,可惜他硬造一句'风雨时时龙一吟'作对,便讨厌了。"① 由认为杜甫的好诗并不用典再进一步认为杜甫的好诗并非律诗,而是白话诗,胡适作为白话文学运动的发起者和倡导者,他十分清楚律诗对中国文学的巨大影响,对于杜甫律诗的批评更是冒天下之大不韪,颠覆了古代杜诗学的主流观点。其对杜甫律诗的贬低既源于他自幼对于律诗的反感,也出于他的白话文运动的理想。而"'青冢向黄昏,'难道不向白日吗?"之问也暴露了胡适缺乏对诗歌的一种审美感悟,要求艺术真实等同于生活真实,自然难以领会诗人创造的幽怨的意境,这种生硬的批评在《白话文学史》中也有显现,成为胡适杜诗学研究的短板。有了以上这些对于杜甫诗歌的独特思考,胡适在《国语文学史》以及《白话文学史》中对杜甫诗歌的批评就不再显得突兀,而是顺理成章了。

在《国语文学史》与《白话文学史》中,胡适研究古代文学的思路就是证实白话文学是"古已有之",且是文学发展的正途,其宗旨是为白话文学正名,为当下正在进行的白话文运动助威。中国古代影响最为深远的诗人杜甫自然被他用来作为证明白话文学价值的最有力的例证。

---

① 《新文学问题之讨论》,《新青年》第5卷第2号,1918年8月15日,第171页。

《国语文学史》中，胡适在白话文学与平民文学之间搭建起联系，认为初唐是贵族文学的时期，平民文学不占优势，盛唐是文学开始白话化的时期，也是平民文学的时期。杜甫的诗歌由于是平民文学，所以不能不用白话，因而也是白话文学："杜甫的好处，都在那些白话化了的诗里，这也是无可疑的。杜甫是一个平民的诗人，因为他最能描写平民的生活与痛苦。但平民的生活与痛苦也不是贵族文学写得出的，故杜甫的诗不能不用白话。"① 并说："这种平民文学只有经过平民生活的诗人能描写的清楚亲切。"② 他还第一次用"滑稽"来形容杜甫的一首历来被推崇的诗歌《茅屋为秋风所破歌》，认为："杜甫很有一点滑稽风味，如这首诗便是一个例；因为哭声里藏着一双含泪的笑眼，故是诗人的诗，不是贫儿诉苦。"③ 这一论断也是后来最遭非议的地方。将杜甫的绝句称为"小诗"而大加称赞也首见于此书。

　　以上可以看到胡适对杜甫的思考从感性的喜恶逐渐上升为理性的分析的过程，研究由纯粹的语言层面向思想内涵方面延伸，但语言与形式始终是胡适杜甫研究的核心。

二

　　胡适的《白话文学史》是在《国语文学史》的基础上形成的文学史著作，也是胡适杜甫研究成果的最为集中的展示。这本书中，杜甫是唯一一位个人列专章讲述的诗人，由此可以看出胡适对杜甫的重视程度。其内容主要涉及杜甫在中国文学史上的位置，杜甫诗歌的分期与诙谐风格，杜甫的白话诗、杜甫的社会问题诗、杜甫的"小诗"等几个方面。其中最看重的是杜甫的"白话诗"，而对一向被推崇备至的杜甫七律则评价甚低。

（一）杜甫在中国文学史上的位置

　　对于唐代文学的分期，胡适最与众不同的是不认同传统的"盛唐"

---

① 胡适：《国语文学史》，《胡适全集》第11卷，第60页。
② 同上书，第62页。
③ 同上。

说。他认为,开元、天宝的文学是浪漫的文学,属于少年时期,并不是文学史上的"最盛之世";天宝末年大乱以后到白居易之死这一百年间的文学是写实的文学,属于成人的时期,是"唐诗的极盛时代",也是"中国文学上一个最光华灿烂的时期",而杜甫是"这个时代的创始人与最伟大的代表"。[①]并且认为:"李白、杜甫并世而生,他们却代表两个绝不同的趋势。李白结束八世纪中叶以前的浪漫文学,杜甫开展八世纪中叶以下的写实文学。"[②]将李杜分别划归两个时代,对后来的研究者有很大启示作用。胡适把杜甫的地位置于李白之上,其原因与胡适的文学理想和诗学观念有关,胡适作为文学革命的领袖人物,语言上以白话为文学的正宗,内容上则倡导平民文学,创作方法上倡导写实主义。杜甫在这三个方面都恰恰符合,而李白除第一条外,内容上属于贵族文学,创作方法上属于浪漫主义,胡适对于李杜优劣的判定正是他的文学理想在古典文学研究中的体现。由对杜甫诗歌的重新阐释出发发展到对文学史重大时期的重新界定,既彰显出杜甫在文学史上的划时代的意义与开宋诗风气的开山之功,又在唐代文学史分期问题上有重大突破,显示出胡适敏锐独特的文学史眼光。胡适把唐代文学最兴盛的年代放在天宝末年大乱之后,这种观点无疑是对"诗必盛唐"说的反驳,揭示出政治与文学发展之间不完全同步的关系。

(二) 杜甫诗歌的分期与诙谐风格

胡适把杜甫的诗歌分为"大乱以前"、"离乱之中"、"老年寄居成都以后"[③]三个时期,这三个时期的整体风格是"诙谐的风趣",且越到后期越浓厚。"杜甫很像是遗传得他祖父的滑稽风趣,故终身在穷困之中而意兴不衰颓,风味不干瘪。他的诗往往有'打油诗'的趣味:这句话不是诽谤他,正是指出他的特别风格。"[④]"这种风趣到他的晚年更特别发达,成为第三时期的诗的最大特色。"[⑤]"杜甫最爱作打油诗遣闷消愁,他的诗题中有'戏作俳谐体遣闷'一类的题目。他做惯了这种嘲戏诗,他又是个最有谐趣的人,故他的重要诗(如《北征》)便常常带有嘲戏的风

---

① 参见胡适《白话文学史》,《胡适全集》第十一卷,第464、504页。
② 同上书,第504页。
③ 同上书,第469页。
④ 同上书,第470页。
⑤ 同上书,第472页。

味，体裁上自然走上白话诗的大路。他晚年无事，更喜欢作俳谐诗，如上文所举的几首都可以说是打油诗的一类。后人崇拜老杜，不敢说这种诗是打油诗，都不知道这一点便是读杜诗的诀窍：不能赏识老杜的打油诗，便根本不能了解老杜的真好处。"[①] 不难看出，胡适对于杜甫诙谐风格的赏识，是因为他认为打油诗、嘲戏诗与白话文学有密切的关系。

（三）杜甫的白话诗

胡适的《白话文学史》其宗旨是为提倡白话文运动服务的，贯穿整部书的思想就是证明"白话文学史就是文学史的中心部分"。[②] 因而，胡适对杜甫的白话诗极为赞誉，认为是杜甫诗歌的价值所在："老杜作律诗的特别长处在于力求自然，在于用说话的自然神气来做律诗，在于从不自然之中求自然。"[③] 他对杜甫打油诗、小诗的欣赏都是因为这些诗正是杜甫诗作中的白话诗，也是因为这个原因，胡适认为杜甫的律诗整体来说是失败的，并举《秋兴八首》等律诗为例证明"律诗是条死路，天才如老杜尚且失败，何况别人？"[④]

（四）杜甫的社会问题诗

胡适把杜甫的诗称为社会问题诗："他在乱离之中，发为歌诗：观察愈细密，艺术愈真实，见解愈深沉，意境愈平实忠厚，这时代的诗遂开后世社会问题诗的风气。"[⑤] 称赞《自京赴奉先县咏怀五百字》为"空前的弹劾时政的史诗"。[⑥] 说杜甫的《兵车行》一诗是弹劾时政之作："拿这诗来比李白的《战城南》，我们便可以看出李白是仿作乐府歌诗，杜甫是弹劾时政。这样明白的反对时政的诗歌，三百首以后从不曾有过，确是杜甫创始的。……这样的问题诗是杜甫的创体。"[⑦]

[①] 胡适：《白话文学史》，《胡适全集》第十一卷，第493页。
[②] 同上书，第216页。
[③] 同上书，第501页。
[④] 同上书，第503页。
[⑤] 同上书，第479页。
[⑥] 同上。
[⑦] 同上书，第475—476页。

（五）杜甫的小诗

历来的诗论家对杜甫绝句的评价贬之者居多。明人杨慎《升庵诗话》卷一三："杜子美诗，诸体皆有绝妙者，独绝句本无所解。"胡应麟云："子美于绝句无所解。"（《诗薮》内编卷六）王世贞云："太白之七言律、子美之七言绝，皆变体，间为之可耳，不足多法也。"（《艺苑卮言》卷四）胡适却大作翻案文章，他将杜甫晚年的五七言绝句称为"小诗"，说："晚年的小诗纯是天趣，随便挥洒，不加雕饰，都有风味。这种诗上接陶潜，下开两宋的诗人。因为他无意于作隐士，故杜甫的诗没有盛唐隐士的做作气；因为他过的真是田园生活，故他的诗真是欣赏自然的诗。"① "他晚年做了许多'小诗'，叙述这种简单生活的一小片，一小段，一个小故事，一个小感想，或一个小印象。"② "杜甫的'小诗'常常用绝句体，并且用最自由的绝句体，不拘平仄，多用白话。这种'小诗'是老杜晚年的一大成功，替后世诗家开了不少的法门；到了宋朝，很有些第一流诗人仿作这种'小诗'，遂成中国诗的一种重要的风格。"③ 虽然胡适对于杜甫的很多诗歌表现出审美感觉的匮乏，但是胡适对于杜甫绝句的解读却有独具慧眼之处，比较贴切地揭示出了杜甫绝句的独特价值。

从整体来看胡适的杜甫研究，"时代"与"个性"是认识胡适杜诗学的两个关键因素，而时代因素尤为重要。胡适的杜甫研究有着全新的评价标准、研究思路与方法，得出了一些独特的结论，这些都与那个特殊的时代和他独特的个性紧密相联。

传统杜诗学的主流是将杜甫作为学诗的最高典范，以能接近或达到杜甫诗歌的境界为最高目标。严羽云："诗之极致有一，曰入神。诗而入神，至矣，尽矣，蔑以加矣！惟李杜得之。他人得之盖寡也。"（《沧浪诗话·诗辨》）自宋代以来，学杜者代不乏人，到了清代，以程恩泽、祁寯藻为首的宋诗派以及以陈衍、郑孝胥为首的"同光体"诗人，都秉承江西诗派余绪，将杜甫作为最高的模拟对象，造成顽固的拟古之风，且有愈演愈烈之势，不利于诗歌的创新与发展。胡适在《文学改良刍议》中对

---

① 胡适：《白话文学史》，《胡适全集》第十一卷，第490—491页。
② 同上书，第497页。
③ 同上。

亦步亦趋的学杜行为做了尖刻的讥讽："昨见陈伯严先生一诗云：涛园抄杜句，半岁秃千毫。所得都成泪，相过问奏刀。万灵噤不下，此老仰弥高。胸腹回滋味，徐看薄命骚。此大足代表今日'第一流诗人'摹仿古人之心理也。"① 他最看重的是杜甫诗中与时代相契合的代表诗歌进化方向的因素和创造的因素，认为"李杜之歌行，皆可谓创作。后之妄人，乃谓之曰'五古'、'七古'，不知五言作于汉代，七言尤不得为古，其起与律诗同时。……若《周颂》《商颂》则真'古诗'耳。故李杜作'今诗'而后人谓之'古诗'"。② 是有鉴别、有选择的古为今用，是为了促进新文学的生长，其方向是向前看的。在此基础上，胡适在杜诗的思想与艺术两个方面都建立了新的评价标准，与传统杜诗学主流的"诗圣"说拉开了距离。在思想上，胡适以平民主义为标准来评价杜诗。这突出表现在杜甫与朝廷、杜甫与人民之间的关系上。胡适认为杜甫的一生正是渐渐远离朝廷，走向平民的过程。认为在第一时期，杜甫"还怀抱着报国济世的野心"③，但已经开始创作弹劾时政的诗歌，在第二时期，杜甫开始明白他自己的地位，终于"打定主意，不妄想'致君尧舜上'了"④，在第三时期，政治上的腐败使杜甫"打定主意过他穷诗人的生活"⑤。胡适十分欣赏杜甫的弹劾时政的诗和描写平民生活的诗，与当时新文学运动先驱们对平民文学的倡导有莫大关系，胡适将杜甫诗歌归属于平民文学，也是想借用杜甫的特殊地位来引导更多的人从事平民文学的创作，有很强的现实目的性。在艺术上，胡适以语言的白话程度、写实主义和谐趣的风格为标准。胡适评价杜诗的好坏总是以白话程度的高低为标准，因此认为杜甫写得最好的诗是古体诗和小诗，借杜甫为白话诗张目，颇有"托古改制"之意。"写实主义"自陈独秀在《文学革命论》中大力倡导起，成为五四时期新文学阵营中的潮流，这与当时对"科学"的崇拜有关，胡愈之在《近世文学上的写实主义》中认为："写实文学的第一特色，是科学态度。"⑥ 胡适对于杜甫写实主义的挖掘与肯定，与这一文学潮流有莫大

---

① 胡适：《文学改良刍议》，《胡适全集》第一卷，第 7 页。
② 胡适：《历史的文学观念论》，《胡适全集》第一卷，第 32 页。
③ 胡适：《白话文学史》，《胡适全集》第十一卷，第 472 页。
④ 同上书，第 490 页。
⑤ 同上。
⑥ 胡愈之：《近世文学上的写实主义》，《东方杂志》第 17 卷第 1 号。

关系。与中国传统诗文批评强调主体性、浑整性、意会性[①]不同，胡适在研究杜甫时借鉴西方文论的模式，运用逻辑分析法、归纳法，条分缕析，追求全面性、完整性和系统性，其优点是具有一个比较完整的理论框架，分析具体问题比较透彻，其缺点是很多生搬硬套的痕迹，把古代的杜甫现代化了。在这种全新的杜诗学宗旨、评价标准、研究思路与方法的指导下，胡适提出了许多大胆的观点，这些观点有着鲜明的时代特色。比如，他称杜甫的诗为"社会问题诗"，和五四时期由于易卜生的问题剧的引入掀起了"问题小说"、"问题话剧"的热潮有关。把杜甫的绝句称为"小诗"的灵感来自当时盛行一时的小诗潮流。而胡适对杜甫绝句的欣赏也有他自身的个性因素，杜甫的绝句与盛唐诸人的最大差异在于其他人的绝句大多有着意在言外的悠远含蓄的意境，所谓"盛唐绝句，兴象玲珑，句意深婉，无工可见，无迹可寻"（胡应麟《诗薮》卷一〇），被认为不是绝句的正格，而是变调。胡适看重的正是杜甫绝句的异质性。既是对古代诗论的反拨，也与他一贯追求"平实的意境"有关，他从骨子里看更倾向于学者型，思维方式也是理性因素占绝大部分，不大欣赏朦胧隐晦、空灵悠远的诗境也是在情理之中的事，而刻画生动细腻的绝句正合于他的诗歌理想。胡适对于杜甫诗歌诙谐风趣风格的阐释引来不少非议，其实这种论断也与当时的个性解放思潮有关，朱光潜认为"诗和谐都是生气的富裕。不能谐是枯燥贫竭的征候。枯燥贫竭的人和诗没有缘分"。[②] 认为胡适说陶潜与杜甫都是有诙谐风趣的人是"一段极有见地的话"[③]，可以说是看到了胡适的良苦用心。胡适看重诙谐的风趣除了他认为充满谐趣的打油诗是白话诗的一大源泉外，从更深的层面看，是因为看到这类诗来自民间，与贵族文学相异，正因其近"俗"，与正统"雅"文学相背离，反映了胡适一代反叛中国正统文化的心理。

三

虽然胡适的杜甫研究中对于杜甫有不少曲解与误解，但并不影响他在

[①] 参见赵宪章《文艺学方法通论》，江苏文艺出版社1990年版，第57页。
[②] 朱光潜：《诗论》，《朱光潜美学文集》第2卷，上海文艺出版社1982年版，第33页。
[③] 同上。

现代杜诗学中的无人替代的地位，他对于后来的杜诗学的影响也几乎无人可及。有的吸纳了他的观点，有的则对其观点做了极为严厉的批评，成为一个绕不开的人物。其中影响最大的是"写实主义"、"平民主义"与"诙谐风趣"之说。

汪静之继承了他的"平民诗人"之说："子美是一个平民诗人，他经验过平民的痛苦，所以能写得如此亲切。"① 苏雪林赞同胡适的"写实主义"之说，把杜甫誉为"写实主义开山大师"②，她说："天宝大乱后，文学由浪漫一变而为写实，觉得沿用乐府古题实嫌拘束，故自我作古，另创题目，杜甫的《三别》、《三吏》便是这类文学的代表。"③ 明显来自胡适的观点。吴经熊认为杜甫的幽默是"标准中国幽默"④："杜甫是我所知悉的诗人中最幽默的一位。物质的贫穷使他特别富于幽默。"⑤ "我说杜甫的幽默是我们民族幽默，因它能帮助我们揭穿我们自欺欺人的心理。倘是我们要拯救我们灵魂的话，我们首先要预备失脸。"⑥ 自然是受胡适的影响了。闻一多则把"平民主义"更向前推了一步，着力指出杜甫与人民的密切联系："他的笔触到广大的社会与人群，他为了这个社会与人群而同其欢乐，同其悲苦，他为社会与人群而振呼。""诗人从个人的圈子走出来，从小我而走向大我。"⑦ 他还认为："天宝大乱以后，门阀贵族几乎消灭干净，杜甫所代表的另一时代的新诗风就从此开始。"⑧ 也不难看出他接受了胡适对唐代文学分期的观点。冯至将杜甫称为"人民诗人"，认为杜甫的一生就是"从一个皇帝的供奉官回到人民诗人的岗位上"⑨ 的过程。由"诗圣"到"平民诗人"再到"人民诗人"，杜甫形象的转变与时代、政治气候的变迁有着千丝万缕的关系，而胡适无疑是一个关键环节。冯文炳的杜甫研究借鉴了胡适用小说技巧分析杜诗的传统，他的

---

① 汪静之：《李杜研究》，商务印书馆1928年版，第186页。
② 苏雪林：《唐诗概论》，《唐诗四季 唐诗概论》，辽宁教育出版社1997年版，第56页。
③ 同上书，第7页。
④ 吴经熊：《唐诗四季》，《唐诗四季 唐诗概论》，第50页。
⑤ 同上书，第49页。
⑥ 同上书，第50页。
⑦ 闻一多：《诗与批评》，《闻一多全集》第2卷，湖北人民出版社1993年版，第221页。
⑧ 郑临川整理：《闻一多论古典文学》，重庆出版社1984年版，第85页。
⑨ 冯至：《杜甫传》，人民文学出版社1952年版，第81页。

《杜诗讲稿》把杜甫看成是"中国封建社会最伟大的现实主义的诗人"[①]，也是由胡适的"写实主义"说发展而成。此后的杜甫研究，"现实主义"与"人民性"就成为杜甫的新的权威界定，被一再运用，直至今日。傅庚生的《杜甫诗论》中多处说到杜甫的谐趣，自然也是受胡适的影响。萧涤非先生在20世纪50年代写的《批判胡适对杜甫诗的反动观点》批判胡适的杜甫研究，认为胡适的杜诗观是"超阶级超政治的观点"、"趣味主义的观点"、"形式主义的观点"[②]，的确抓住了胡适杜甫研究的特点。这三个特点，在五四时期是被认为很新潮的，符合时代文化、文学潮流的观点。其中"超阶级超政治的观点"和"形式主义的观点"，是胡适一代受西方文学与文论的影响，肯定文学的审美特征的纯文学观在杜甫研究中的显现。"趣味主义的观点"是与个性解放思潮相对应的，反抗封建文化，张扬主体意识的产物。在当时，也都是被认为是背离传统的观点，而这种观点在20多年后被批判，的确是很有意思的文化现象，可以看出极"左"政治对学术领域的干涉所造成的不良影响，也从另一个方面显示出胡适杜诗学研究影响的深远程度。

结　语

1919年，胡适在《新思潮的意义》中提出用"评判的态度"，"重新估定一切价值"。胡适的杜甫研究正显示出他在新旧文学交替之际对于文学的深刻反思，促进了杜诗学从古典到现代的转型，他借鉴西方文论来观照杜甫，提出不少新的创见，对现代杜诗学的发展产生了深远影响。虽然其中不少论断已经被时代所扬弃，但是他的学术勇气与创新精神却是21世纪杜诗学研究所不可欠缺的精神资源，值得继承和发扬。

---

① 冯文炳：《杜诗讲稿》，《杜甫研究论文集》二辑，中华书局1963年版，第61页。
② 参见萧涤非《批判胡适时对杜甫诗的反动观点》，《文史哲》1955年第9期。

编后记

党的十八大以来，立足当代中国现实，坚守中华文化立场，实现中华文学经典的创造性转化和创新性发展，已成为学术界的共识。中国社会科学院文学研究所所长刘跃进先生多次就"发掘中国文学经典当代价值"等议题主办讲座，发表论著，产生广泛影响。在他的推动下，一些青年学者自发地组织各种读书会，同声相应，疑义相析，取得良好社会效果。杜甫读书会，就是其中一个比较活跃的群体。他们沿着杜甫的足迹，从杜甫出生地的河南巩县开始，东赴济南，西向长安，结合风土人情，深入理解杜诗，脚踏实地，增长见识，极大地拓宽了学术视野。我们知道，长安困顿之后，杜甫生平最重要的一个时期，是在西北地区度过的。为此，跃进先生提议，杜甫读书会最好能在兰州、天水和陇南地区举办。经过大半年时间的筹备，"杜甫与秦陇文化"学术研讨会在2016年8月如期举行。会议由中华文学史料学学会、《文学遗产》编辑部主办，《杜甫研究学刊》编辑部、西北师范大学文学院和陇南师范专科学校共同承办。来自中国社会科学院文学研究所、中国人民大学、湖南师范大学、四川师范大学、西南民族大学、河南省社科院、西北师范大学、天水师范学院、陇南师专等高校的教师，以及《中国社会科学》《文学评论》《文学遗产》《杜甫研究学刊》等刊物的编辑，共六十多位学者参加了研讨会。

与会专家围绕着杜甫流寓秦州、寓居同谷期间的创作，结合秦陇文化背景，探讨杜甫的家国情怀，杜诗的当代价值。会议间隙，学者们还在陇南、天水等地开展田野调查，寻访杜甫当年在秦州、同谷的旧迹，凸显出读万卷书，行万里路的重要性。

为了让更多的学界同仁分享这次会议的研讨成果，跃进先生提议编辑出版论文集，并给予具体指导。作为会议的主要筹备者，我们要向他深致谢意。中国社会科学出版社郭晓鸿老师、史慕鸿老师，为论文集的出版也给予切实帮助，在此一并表示感谢。我们诚挚地希望，论文集的出版能够对杜甫研究起到积极的推动作用。

韩高年　彭　燕
2018 年 3 月 7 日